J.F. Murray vit à Gibbstown, en Irlande. Après des études de théâtre, de cinéma et de marketing dans la célèbre université dublinoise, Trinity College, il s'installe à Los Angeles où il travaille dans le contenu digital. Il a mis à profit le confinement de 2020 pour s'adonner à son amour des mots. Fier de son appartenance à la communauté LGBTQIA+, il ne rate jamais une occasion de participer à la Marche des Fiertés dans n'importe quelle ville du monde. Ses TikTok lui attirent de nombreux abonnés.

J.F. Murray

Crush

Traduit de l'anglais (Irlande) par Claire Allouch

Hauteville

Hauteville est un label des éditions Bragelonne

Titre original : *Fling*

Directeur : Antoine Béon
Directrice de la publication : Claire Renault Deslandes
Directrice éditoriale : Julia Leloup
Directeur artistique : Fabrice Borio

ISBN : 978-2-38122-725-2

Bragelonne – Hauteville
60-62, rue d'Hauteville – 75010 Paris

E-mail : info@editions-hauteville.fr
Site Internet : www.editions-hauteville.fr

Pour mes merveilleux parents, Kathleen et Fininan,
qui m'ont appris que tout arrive pour une raison.

Synchronicité (nom) :

1. L'expérience d'au moins deux événements apparemment dépourvus de lien causal ou dont la cooccurrence est peu probable, mais qui, pourtant, se produisent en même temps d'une façon qui semble riche de sens.
   (Carl Jung)

2. Une coïncidence inexplicable et forte d'une signification profonde qui émeut l'âme et offre à l'individu une vision de son destin.
   (Phil Cousineau)

Chapitre premier

— Rentrons à la maison, lança Tara avec l'impression que sa vie venait de s'achever.

À sa droite, Colin, son époux, se tenait assis très raide, et essayait d'accepter cette nouvelle dévastatrice. Derrière son bureau, le docteur White était en train de leur expliquer que le transfert d'embryons n'avait pas pris, et que leur troisième tentative de FIV avait échoué.

Il sembla à Tara que le temps venait de s'arrêter. Elle n'entendait plus rien d'autre qu'un étrangement tintement dans les oreilles, comme après l'explosion d'une bombe. Elle était incapable d'assimiler ce qu'énonçait le docteur White, enveloppée qu'elle était par le sifflement strident de la défaite.

Mais Tara n'avait pas besoin d'écouter pour savoir ce qui se disait. Elle connaissait la musique par cœur. À peine avait-elle vu l'expression fatiguée et navrée sur le visage du médecin qu'elle avait su que son rêve de maternité ne serait jamais plus que ça.

Un rêve.

— Rentrer à la maison ? s'étonna Colin en se tournant vers elle. Mais on vient tout juste d'arriver.

— Je comprends votre déception, Tara, mais soyez certaine que l'espoir est toujours permis, déclara le docteur White sans conviction, comme s'il lisait un prompteur.

— Je suis désolée, docteur, mais je ne peux pas continuer comme ça, répliqua Tara en s'emparant de son sac à main. Je ne veux pas être impolie, mais j'ai vraiment envie de rentrer à la maison maintenant.

— Tara, nous avons besoin de connaître les différentes possibilités, protesta Colin, manifestement frustré par l'empressement de Tara à quitter la pièce.

— Colin, on sait comment ça marche. On est au stade où on doit tout reprendre depuis le début. Retour à la case départ.

— Vous savez, beaucoup de couples ne rencontrent pas le succès avant leur quatrième voire cinquième tentative de FIV. Et même, nous avons eu un couple qui n'a obtenu de grossesse qu'à la huitième procédure, tempéra le docteur White.

Cette idée arracha une grimace à Tara. Elle ne supportait pas la perspective de subir à nouveau cette épreuve, encore moins plusieurs fois. Elle avait conservé une lueur d'espoir après l'échec des deux premières tentatives, mais elle avait atteint sa limite en matière de déception. Colin n'avait cessé de lui répéter que la troisième fois serait la bonne. Il avait presque réussi à l'en persuader. Et pourtant elle se retrouvait là, à vivre la pire expérience de sa vie pour la troisième fois d'affilée.

— Docteur, je crois qu'il est temps que nous acceptions que je ne suis pas destinée à être mère, soupira Tara, le cœur lourd d'un désespoir qui n'était que trop familier.

— Tara, ne dis pas des choses comme ça, intervint Colin.

— Oh, allons, Colin, j'ai presque trente-sept ans. Mes ovules doivent ressembler à ces plantes qui roulent dans le désert, au point où j'en suis.

Le docteur White réprima un rire. Colin le fit taire d'un regard lourd de reproches.

— Tara, on n'en est qu'à trois essais ! Allez, le quatrième sera le bon !

— Tu dis ça à chaque fois, Colin. Dans quelques années, tu seras en train de me dire que le quinzième sera le bon. On a déjà dépensé trente mille dollars. Il faut stopper l'hémorragie, là, le rebuffa Tara, toujours tournée vers la porte.

Elle se sentait écrasée.

— Euh, peut-être qu'ils ont une carte de fidélité, bredouilla Colin en jetant un regard plein d'espoir au docteur White.

— C'est ça, Colin, on va demander un tampon en sortant, et le prochain coup sera gratuit. On parle de mes ovules, pas d'une manucure, cingla Tara en levant les yeux au ciel. Ils se foutent bien de notre fidélité, de toute façon. Ils nous ont vendu toutes ces options à la noix qui n'ont rien changé du tout.

— Vous avez choisi la prestation Premium, rappela le docteur White.

— Ouais, et qu'est-ce que ça nous a apporté ? Franchement, à dix mille balles la procédure, vous auriez au moins pu nous offrir un tote-bag ! Ou un t-shirt « J'ai tenté la FIV et tout ce que j'ai obtenu, c'est cette fringue pourrie », répondit Tara, agacée.

— Tara, on est sérieux, là, objecta Colin, mortifié.

Tara savait qu'elle avait l'air ridicule. Mais elle savait également qu'elle avait le choix entre rire et pleurer. Et elle avait assez pleuré. Elle avait traversé cette procédure-marathon suffisamment souvent pour en voir le côté comique. Elle avait bien le droit de faire des blagues, parce qu'elle avait l'impression que tout cela n'en était qu'une grosse.

— Je comprends très bien votre frustration, Tara, reprit le docteur White. Mais on ne fait pas d'omelette sans casser des œufs.

— Oui, eh bien j'aimerais bien que le mien s'implante correctement, au lieu d'être « cassé », comme vous dites ! rétorqua Tara en se levant. Et maintenant, excusez-moi, mais je veux vraiment rentrer à la maison.

Elle tourna les talons et quitta la pièce, sa décision prise. Colin soupira et se leva à contrecœur.

— Je suis sûr qu'elle finira par entendre raison, rassura le docteur White.

— On voit bien que vous ne connaissez pas ma femme, répliqua Colin avant de suivre Tara vers la voiture.

Sur le chemin du retour, Tara essayait de digérer la nouvelle en silence. Elle n'avait pas envie d'en parler ; tout ce qu'elle voulait, c'était rentrer à la maison. Elle appuya la tête contre la vitre et contempla le ciel d'un bleu infini, véritable perfection aux tons pastel. C'était vexant. Évidemment, il fallait que le ciel soit bleu le seul jour où elle aurait voulu qu'il pleuve ! Elle voulait que le ciel pleure les larmes qu'elle n'avait plus. Avec une averse, au moins, elle aurait pu se dire qu'après la pluie venait le beau temps.

Après l'échec de la première tentative de FIV, Tara s'était transformée en épave émotionnelle. Bien que la grossesse n'ait même pas débuté, elle portait le deuil des millions de possibilités qui ne verraient jamais le jour. Le deuxième échec avait été semblable, mais cette fois elle avait pleuré de rage et non de désespoir. Cette troisième fois était différente. Elle ne se sentait pas triste, pas en colère non plus. En réalité, elle ne ressentait rien du tout.

C'était comme si elle avait un creux dans la poitrine, un vide qui la submergeait. Soudain, elle se surprenait à remettre en cause toutes ses croyances. La vision du monde de Tara était parfois complexe, mais s'il y avait bien une certitude qui fondait toute sa philosophie, c'était qu'elle faisait confiance au destin.

Tara pensait fermement que chacun avait un chemin tracé et que la vie était prédéterminée. Elle refusait d'accepter la théorie scientifique selon laquelle tout n'était que hasard et chaos. Selon elle, cette vision du monde privait l'existence de son sens. Après tout, l'univers était né du chaos, mais il avait ensuite spontanément formé un ordre. Elle n'avait pas besoin d'autre preuve qu'il existait une force qui la dépassait. Son père, Paddy Fitzsimons, était resté fervent catholique jusqu'à sa mort, et sa mère, Shannon, était une guérisseuse psychique réputée. Tara représentait donc un curieux mélange de religion et de spiritualité. Elle croyait en un pouvoir supérieur, mais elle le voyait plutôt comme un flux d'énergie que comme un vieux barbu assis sur un nuage. Elle était consciente de ne pas connaître toutes les réponses, mais elle pensait qu'il était bon de croire. Mais qu'on choisisse d'appeler cela la fatalité, les plans de Dieu, le *kismet*, la prédestination ou la destinée, ça revenait toujours à ce que sa mère lui avait inlassablement répété : « Rien ne se produit sans raison. »

Pourtant, quelle était la raison de tout ça ? Pourquoi l'univers empêchait-il son rêve de se réaliser ? Tara ne voyait qu'une seule explication. L'univers lui disait clairement qu'être mère n'était pas sa destinée, et elle n'avait pas d'autre choix que d'écouter. La pilule était amère mais Tara savait que le déni ne lui apporterait rien. Tenter une quatrième fois la FIV revenait à nager à contre-courant de la fatalité. Elle ne pouvait pas s'imposer encore une fois cette épreuve. Mais, bien qu'elle ait dit à Colin dès le début qu'elle n'essaierait que trois fois, elle savait qu'il n'accepterait pas sa décision.

Son esprit vagabonda vers le passé, jusqu'au soir où elle avait rencontré Colin. À l'époque, elle était étudiante au Trinity College de Dublin, mais elle rentrait toujours à Galway le week-end pour travailler au pub *O'Malley's*. Par une nuit prédestinée de novembre, un homme entra au *O'Malley's* pendant son service, et commanda une pinte de Guinness. Elle s'attendait à ce que le client soit âgé, mais en levant les yeux, c'était lui qu'elle avait découvert.

L'homme de ses rêves.

Beau comme c'est pas permis, les cheveux bruns coupés court, les yeux profonds comme un océan où on pourrait se noyer.

C'était la première expérience que faisait Tara de ce qu'elle considérait comme la synchronicité, une étrange sensation viscérale, mélange de déjà-vu et d'intuition féminine. Elle en eut des frissons, la chair de poule. Elle avait l'impression de capter la fréquence secrète de l'univers, d'être soudain connectée aux ondes les plus profondes de la vie. C'était sa boussole spirituelle qui lui faisait savoir qu'elle était sur la bonne voie. Qu'elle était avec la bonne personne, au bon endroit et au bon moment.

Elle était tombée amoureuse de Colin à la seconde même. Le temps que sa Guinness ait fini de mousser, elle était sienne. « De tous les pubs de toutes les villes de toute l'Irlande, il a fallu que tu entres dans le mien », lui avait-elle dit. Au mépris de toute rationalité et de toute prudence, elle était montée à l'arrière de sa moto en direction de Nimmo's Pier. Lorsqu'il l'avait embrassée à la clarté vacillante de la lune, elle s'était sentie fondre entre ses bras et s'était perdue dans un doux abandon. Plus tard dans la nuit, elle l'avait fait entrer clandestinement dans sa chambre. Bien qu'ils viennent tout juste de se rencontrer, elle était prête à se donner complètement à lui, comme elle le ferait sa vie entière. Ses sentiments n'obéissaient alors à aucune logique, mais lorsque Tara éprouvait une sensation viscérale, elle savait que c'était le destin qui lui chuchotait qu'elle était dans le vrai.

Mais à aucun moment de la procédure de FIV Tara n'avait ressenti cette impression viscérale. Elle savait, dans son âme, que cela ne fonctionnerait pas ; le destin en avait décidé autrement. Et même si son rêve de maternité venait de s'écrouler, Tara devinait qu'elle s'en remettrait et trouverait un nouveau rêve. Cette expérience d'échec constant avait aspiré toute sa vitalité. Elle avait besoin d'un rêve qui lui apporte un flux de joie, pas de déception. Il était temps de tourner la page des ratages et d'entamer un nouveau chapitre de possibilités infinies.

Embarrassé par le silence qui régnait dans la voiture, Colin alluma la radio. Il la régla aussitôt sur Radio Nova, une chaîne rétro qu'il écoutait avec une ferveur religieuse. Comme pour se moquer de lui, l'enceinte diffusa aussitôt *Enjoy the Silence* de Depeche Mode.

— Tu pourrais au moins viser la bonne humeur avec un peu de ABBA, reprocha Tara.

— Nous n'avons pas fini notre conversation, répliqua-t-il en éteignant le poste.

— Et c'est reparti…, souffla Tara en se redressant dans son siège.

— On n'a fait que trois essais. Le succès passe par l'échec. Il faut juste qu'on échoue mieux à chaque fois !

— Colin, je ne suis vraiment pas d'humeur pour les mantras de développement personnel.

— Pourtant, c'est comme ça qu'on construit le succès, Tara. Personne n'a jamais obtenu ce qu'il voulait en baissant les bras.

— Je sais que tu as les meilleures intentions du monde, Colin, mais on ne peut pas constamment encaisser des échecs. Quand tu rates un examen une fois, OK, tu vas réviser et le repasser. Mais tu ne crois pas que trois échecs successifs, c'est l'univers qui te dit que tu n'es pas fait pour cette matière en particulier ? demanda Tara pour tenter de lui faire comprendre son point de vue.

— Oh, s'il te plaît, ne commence pas avec ton charabia sur les signes de l'univers, Tara !

— Ce n'est pas du charabia, Colin. Si tu dois lutter et souffrir pour obtenir quelque chose, c'est évident que ce n'était pas censé arriver. Si une chose t'est destinée, elle ne t'échappe pas. Tout doit se mettre en place.

— Non, Tara, dans la vraie vie, il faut se battre pour obtenir ce qu'on veut, répliqua Colin pour la motiver. Ça vaut la peine de tenter le coup une dernière fois.

— Mais ce n'est pas juste « tenter le coup », Colin. Ce sont des dizaines de piqûres, d'aiguilles, d'injections d'hormones. Le seul coup dont j'ai besoin, c'est un coup dans le nez.

— Tout ça, ça en vaudra la peine quand ça marchera.

— Mais il y a aussi les comprimés pour la fertilité, qui me rendent zinzin. Et le fait d'avaler vingt gélules de vitamines différentes tous les matins. C'est facile pour toi de vouloir recommencer, tout ce que tu as à faire c'est remplir un petit récipient !

— Wow, c'est ma seule contribution, alors ? s'offusqua Colin. Qui est-ce qui te fait les piqûres ? Qui doit supporter tes sautes d'humeur quand tu es sous hormones ?

— Je te conseille de faire très attention à ce que tu dis…, siffla-t-elle en lui offrant une dernière chance de faire machine arrière.

— Tout ce que je dis, c'est qu'on est dans le même bateau. J'ai été à tes côtés tout du long, répondit-il pour faire retomber la tension.

— Je sais bien, Colin. Mais ce n'est pas pareil. C'est mon corps. Je n'ai pas la force de tout recommencer. Depuis qu'on a pris ce chemin, on s'est éloignés. Je veux retrouver notre vie d'avant. Je veux qu'on soit de nouveau *nous*.

— Mais pourquoi tu ne comprends pas qu'à la fin, on saura que ça valait le coup ? Il nous reste toujours quinze pour cent de chances de réussite.

— Ouais, et ça fait quatre-vingt-cinq pour cent de risque d'échec, Colin, soupira Tara.

Les subtilités des mathématiques avaient toujours échappé à Tara, mais Colin savait que lui donner un cours de probabilités ne ferait que renforcer ses objections.

— Quelles que soient les statistiques, je sais qu'on peut les défier, répondit-il.

— Mon utérus n'est pas une machine à sous, Colin. Chaque fois qu'on mise dix mille balles sur ce rêve chimérique, on perd. C'est toujours la maison qui gagne, affirma Tara, campée sur ses positions.

— Il reste quand même plein d'options pour augmenter nos chances. Par exemple, si tu acceptais qu'on cherche une donneuse d'ovules…

— Je t'ai dit dès le début que je voulais être la mère biologique de mon enfant, coupa Tara.

— C'est toi qui vas le porter. Donc ce sera le tien. On s'en fiche, que ce ne soit pas ton ovule !

— Alors, pour information, tes têtards ne décrochent pas non plus la médaille olympique. J'accepterai un don d'ovules si tu acceptes un don de sperme, assena Tara, bien consciente que jamais Colin ne céderait à une demande pareille.

— Tu plaisantes. Dans ce cas, je ne serais pas le père ! s'offusqua Colin.

— OK, alors on va mélanger ton sperme avec celui de deux autres donneurs. Et ensuite, vingt ans après, on vous invitera tous les trois au mariage de l'enfant, en Grèce, et on essaiera de trouver qui est le père, avança Tara.

— Je ne suis pas débile, Tara. J'ai vu *Mamma Mia*. Tu me l'as fait regarder assez souvent, bordel ! Je ne comprends pas comment tu peux parler de tout ça avec autant de légèreté.

— Parce que j'ai déjà versé toutes mes larmes de mon corps, Colin. Je veux recommencer à rire. Les échecs, c'est fini. On ne peut pas continuer à agir de la même façon et espérer un résultat différent. C'est au mot près la définition de la folie. J'ai presque trente-sept ans, pour l'amour du ciel, soupira-t-elle.

— Ah, ne me sors pas cette excuse ! Ta mère t'a eue à trente-huit ans.

— Parce que c'était son destin. Mais clairement, ce n'est pas le mien. Ça fait six ans qu'on essaie. De toute évidence, l'univers a d'autres projets pour moi. Peut-être que je suis censée passer mon master ou créer ma boîte, ou voyager, ou…

— Tu es censée devenir mère, coupa Colin.

Tara vit rouge. Ce n'était pas tant son propos que la façon dont il l'avait proféré. Elle essayait de se rassurer, en se disant qu'il lui restait toujours des millions de possibilités, et voilà que Colin sous-entendait qu'elle avait une sorte d'obligation, en tant que femme, de lui donner un enfant. Chaque fois que Colin prononçait une phrase dans ce goût-là, même par erreur, le radar féministe de Tara s'emballait.

— Ah, parce que les femmes ne sont rien censées faire d'autre, c'est ça ? Ma seule destinée possible, c'est de donner un enfant à mon homme, hein ? tonna-t-elle, les yeux brillants de fureur.

— Ce n'est pas ce que j'ai voulu dire. Seigneur, tu recommences ! Je ne te reconnais plus quand tu es comme ça !

— Je suis gémeaux, Colin. Tu savais très bien que c'était deux pour le prix d'une quand tu m'as épousée.

— Tu ne peux pas tout justifier avec le zodiaque, Tara, soupira Colin.

— C'est bien une phrase de taureau, ça, commenta-t-elle en levant les yeux au ciel.

— Est-ce qu'on pourrait plutôt parler de notre…

— Colin, je sais que tu veux continuer cette conversation, l'interrompit Tara. Mais ma décision est prise et c'est mon dernier mot, décréta Tara sans une trace d'émotion.

Ce fut à cet instant précis que Tara sentit un gouffre invisible s'ouvrir entre Colin et elle. Cela faisait longtemps qu'ils avaient commencé à s'éloigner, mais à présent, sans le but commun de fonder une famille, elle redoutait que quelque chose ait changé dans la dynamique profonde de leur couple.

Le silence revint dans la voiture.

Alors que Colin roulait vers la maison, il se sentait profondément perturbé par le point de vue de Tara. Il ne comprenait pas pourquoi elle avait décidé si vite, pour eux deux, d'arrêter d'essayer de concevoir un enfant. Il avait l'impression qu'on l'avait privé du droit à avoir une opinion sur le sujet, alors que le choix de Tara impactait le reste de sa vie. L'essentiel de ses économies était passé dans la FIV, et abandonner maintenant… quel gâchis. Aussi élevé soit le coût financier, ce n'était pas cher payé pour accomplir leur rêve. Il n'allait pas rester là, les bras ballants, et la laisser renoncer à leur rêve commun à cause d'excuses bidon sur le destin.

Colin ne partageait pas le mysticisme de Tara. Il revendiquait souvent, en plaisantant, être « athée pratiquant », et affirmait que les humains n'étaient rien de plus que des particules de poussière sur un caillou qui flottait dans l'espace. On lui reprochait parfois le cynisme de cette vision, mais Colin la trouvait au contraire très inspirante. Si la vie n'avait pas de sens préétabli, alors c'était à chacun d'en trouver un. Et si l'univers obéissait à une loi, il s'agissait de celle de Murphy : tout ce qui peut foirer foire. Il y aurait toujours des obstacles à surmonter, mais cela rendait la victoire d'autant plus délectable. Réaliser ses rêves n'avait pas de saveur sans adversité.

La vie, c'était ça.

Mais fonder une famille, c'était un travail d'équipe, et son équipière semblait avoir déclaré forfait, tout ça parce qu'ils avaient raté trois occasions. Ce qui importe dans la vie, ce ne sont pas les buts ratés, aussi mais ceux que tu rentres. Et le match était loin d'être fini. Où était passé l'esprit combatif de Tara, celui dont il était tombé amoureux ?

Colin et Tara s'étaient toujours chamaillés comme chien et chat, ce n'était pas nouveau. Tara croyait au coup de foudre, Colin au coup de gueule. C'était un peu la blague récurrente dans leur couple. Après qu'elle lui avait servi cette Guinness au *O'Malley's* dix-huit ans plus tôt, il avait aussitôt affirmé que la Guinness était bien meilleure à Dublin qu'à Galway. Pendant qu'elle lui reprochait en long, en large et en travers de n'être qu'un hypocrite, il était tombé sous le charme de cette rousse volcanique au regard d'émeraude. C'était la première d'une longue lignée de disputes futiles. Mais c'était toujours taquin, plein d'espièglerie. Pendant des années, les disputes avaient quasiment fait partie des préliminaires pour eux. Colin se surprenait parfois à créer des querelles d'amoureux sous un prétexte idiot juste pour la partie de jambes en l'air qui allait en découler.

Mais cet aspect joueur s'était lentement évaporé au fil des ans. Le sexe était devenu une corvée, un acte purement fonctionnel et utilitaire. Il n'y avait plus trace d'émotion ni de spontanéité. Tara avait noté ses dates d'ovulation sur son calendrier, et cela rendait l'amour complètement mécanique. Le sexe n'était plus sexuel. Ça ressemblait davantage à un accouplement de mammifères qu'aux ébats d'un couple. On aurait cru qu'ils oubliaient de faire l'amour pendant qu'ils faisaient l'amour. Il arrivait même à Colin de devoir piocher dans une réserve secrète de Viagra. La pression de mettre sa femme enceinte le rendait presque impuissant.

Mais à présent que Tara parlait de renoncer à fonder une famille, il savait que le sexe n'aurait même plus de but. Avec le temps, elle s'était teint les cheveux en un blond cendré terne, et ses yeux verts avaient perdu leur éclat de séduction. Et voilà que la décision irréfléchie qu'elle venait de prendre éteignait la lumière au bout du tunnel. Il savait que la naissance de leur enfant marquerait le renouveau de leur amour. Mais si Tara abandonnait, comment parvenir à rallumer cette étincelle si difficile à saisir ?

Il se demandait à quoi ressemblerait sa vie si son ambition de devenir père ne se réalisait pas. Cela lui semblait inconcevable. L'existence qu'il avait projetée avec elle, disparue en un claquement de doigts. Elle voulait laisser le destin prendre la barre, mais il lui semblait qu'ils filaient droit vers un précipice. Dans la voiture, Colin eut soudain froid alors qu'il songeait à la vie qu'il avait bâtie et à son avenir incertain.

Lorsqu'ils arrivèrent chez eux, le jour avait commencé à baisser. Tara se tenait très droite dans son siège alors que Colin s'engageait dans Hillcrest Grove, l'impasse pittoresque du très chic quartier sud de Dublin où ils habitaient. Hillcrest était un environnement parfait. Trop parfait. Les pelouses étaient toujours tondues, les Range Rover bien lavées et les dents des habitants immaculées. Ayant grandi dans la campagne autour de Galway, Tara ne s'y était jamais sentie à sa place. Elle trouvait bizarre que le concept de banlieue à l'américaine ait envahi le quotidien des Irlandais. Pour elle, c'était une référence creuse, comme la copie de quelque chose qui n'aurait en réalité jamais existé. Elle était habituée aux murets de pierres, pas aux clôtures blanches. C'était un vernis de perfection perturbant, un rideau surfait derrière lequel il n'y avait rien. Pourtant, *show must go on*!

Alors qu'ils approchaient de leur allée, Tara vit leur voisine Celine Loftus sur sa pelouse, en train de prendre un selfie tout en jardinant. Celine avait dix mille abonnés sur Insta, et se considérait comme une « influenceuse ». Tara savait reconnaître une personnalité narcissique, et Celine n'aimait rien autant qu'elle-même. Elle snobait tous ceux qui n'avaient pas les moyens de vivre dans la moitié sud de Dublin et Tara l'avait secrètement surnommée la Méchante Sorcière du Sud.

Hélas, Celine n'avait pas l'apparence d'une sorcière. Au contraire, elle était parfaite jusqu'à l'écœurement. D'épais cheveux blonds, les pommettes hautes et une paire de seins si volumineux qu'ils auraient mérité un code postal à eux tout seuls. Les femmes de Hillcrest étaient éperdues d'admiration devant Celine à cause de sa popularité, et elles étaient toutes devenues ambassadrices de sa marque de vitamines, Yummy Mummy. Tara n'aurait pu le prouver, mais elle avait l'intime conviction que la stratégie commerciale de Celine n'était qu'une arnaque pyramidale déguisée. Malheureusement, les autres Yummy Mummy étaient bien trop engagées pour remettre en question leur gourou charismatique, et la pyramide ne cessait de croître. Bien que Celine ait tenté de la recruter des années auparavant, Tara ne s'était pas laissé prendre au piège de ses tactiques sectaires. Résultats, Celine et Tara étaient devenues meilleures ennemies. Chaque fois que leurs chemins se croisaient, elles s'assassinaient à coups de petites phrases mièvres.

Apercevant la voiture de Tara et Colin qui passait devant sa maison, Celine se mit à agiter les bras frénétiquement comme si elle avait des nouvelles urgentes à leur communiquer.

— Seigneur, dit Tara à Colin. Celine nous appelle. Je n'en reviens toujours pas que tu lui aies parlé de nos difficultés. Elle s'en sert pour prendre l'ascendant sur moi.

Tara baissa sa vitre et arbora un sourire faux.

— Eh, salut, vous deux, j'étais juste en train d'arracher des mauvaises herbes. Tara, tu as une mine affreuse, tout va bien ? demanda Celine en se penchant pour l'observer.

— Oh, oui, ça va. On est juste sortis faire des courses et je ne me suis pas embêtée à me maquiller, mentit Tara.

Elle n'avait pas envie que Celine se remette à colporter des ragots.

— Ah, c'est bien de ne pas se soucier du regard des autres. J'ai toujours admiré ta confiance en toi.

La seule chose pire que les insultes de Celine était ses compliments. Chaque fois qu'elle prononçait une phrase flatteuse, c'était avec un sous-entendu blessant. C'était comme une étreinte chaleureuse suivie d'un coup de poignard dans le dos.

— On peut faire quelque chose pour toi, Celine ? s'enquit Tara pour couper court à la conversation.

Celine se pencha encore davantage vers la voiture.

— Je voulais juste vous prévenir avant de faire l'annonce sur les réseaux ce soir… JE SUIS ENCEINTE !

Tara ressentit une vive douleur dans le cœur. À ce stade, la destinée était juste en train de lui remuer le couteau dans la plaie.

— Félicitations, Celine, répondit Colin en se penchant vers elle.

— Merci à vous deux. Déjà quatre mois, c'est incroyable ! Je voulais vraiment avoir un petit troisième avant mes trente-cinq ans. J'avais l'impression d'entendre mon horloge biologique faire « tic, tac, tic, tac » tous les soirs, rit-elle.

Tara savait que cette remarque était dirigée contre elle. Ce n'était jamais par hasard que Celine manquait de tact. Et Tara savait aussi très bien quelle serait la question suivante.

— Et vous deux, vous en êtes où ? Mon petit doigt me dit que vous n'avez pas eu beaucoup de chance avec la FIV, reprit Celine en affectant la sollicitude. Vous savez, le plus grand spécialiste de la fertilité de tout le pays est un de mes très chers abonnés.

— Je crois qu'on dit « un de mes très chers amis », marmonna Tara.

— Bref, il ferait n'importe quoi pour moi. Il a un taux de succès pour les FIV de quatre-vingts pour cent. Si vous voulez que je vous fasse entrer dans sa clientèle, il suffit de me le dire.

Tara voyait le truc venir à un kilomètre. Comme tous les gourous, Celine employait la règle de la réciprocité. Elle vous rendait un service, puis venait vous demander son dû. Avec Celine, rien n'était gratuit, et Tara n'avait pas l'intention de passer un pacte avec le diable, aussi angélique soit son apparence.

— Ce serait merveilleux, Celine, intervint Colin.

Tara lui donna discrètement un coup de coude.

— Non merci, Celine, ça va aller.

— Pas de problème, Tara. Mais surtout si vous changez d'avis, n'hésitez pas. Entre femmes de carrière comme nous, il faut se serrer les coudes. Et n'écoute pas les gens : tu n'es pas si vieille, assena Celine avec des dents étincelantes et un sourire maléfique.

Tara remonta sa vitre et se tourna vers Colin. Il suivait Celine des yeux alors qu'elle s'éloignait.

— Ah, ferme la bouche, tu vas avaler une mouche ! cingla-t-elle, agacée de le voir béer de la sorte.

— Son ami spécialiste des FIV semble être une bonne piste. Tara pourrait peut-être nous aider, Tara, hasarda Colin en manœuvrant dans leur allée.

— Elle ne veut pas nous aider mais prendre possession de nous. Tout ça, ce n'est qu'une manœuvre pour me transformer en Yummy Mummy moi aussi, piégée dans son arnaque pyramidale. Être au sommet d'une pyramide, ça lui donne l'impression d'être Cléopâtre.

Fais-moi confiance, si tu demandes de l'aide à Celine, tu finiras par le regretter.

— Elle essayait juste d'être gentille, soupira-t-il.

Elle était toujours ébahie par la méconnaissance que les hommes avaient des femmes. D'un autre côté, Celine avait réussi à embobiner absolument tout le monde. Seule Tara savait qu'elle était trop bonne pour être honnête.

En sortant de la voiture, elle contempla le 3, Hillcrest Grove. Le soleil couchant projetait des tons chauds d'orange sanguine sur la façade de leur maison. On aurait dit un tableau impressionniste. Tara se souvint de la première fois qu'elle avait vu la maison. Exactement comme lorsqu'elle avait rencontré Colin, elle avait ressenti une synchronicité, et su d'instinct que la maison lui appartiendrait un jour.

Les murs extérieurs revêtus de pierre ressemblaient à de petites pièces de puzzle qui dessinaient la maison de ses rêves. Le chic campagnard de l'intérieur lui rappelait le cottage où elle avait grandi, en beaucoup plus grand. La demeure était immense, mais Tara savait qu'elle parviendrait à la remplir de vie, de rire et d'amour, bien que Colin ait expressément refusé qu'elle ajoute une pancarte décorative avec l'inévitable « Live, Laugh, Love » qui aurait traduit cette idée. Il l'avait toutefois autorisée à acheter une plaque à suspendre au-dessus de la porte d'entrée avec le proverbe irlandais « *Is glas iad na cnoic i bhfad uainn* », autrement dit « L'herbe est toujours plus verte chez le voisin ». C'était censé lui rappeler d'apprécier ce qu'elle avait.

Mais à présent, en poussant le battant, les teintes chaudes qui illuminaient la façade cédaient la place à une réalité dure, glaciale. À cause de sa taille, la maison n'était jamais suffisamment chauffée, comme une bête insatiable qu'aucune quantité de chaleur ne parviendrait à contenter. Elle avait toujours pensé que la chaleur des enfants viendrait un jour dégivrer l'âtre glacé.

Il semblait qu'elle se soit trompée.

En se couchant ce soir-là, Tara sentit un vide écrasant dans sa poitrine. À trente-six ans, son rêve de maternité désormais brisé, elle avait l'impression d'avoir commis une erreur à un moment, pris un mauvais tournant qui l'avait éloignée de sa destinée.

Rencontrer Colin, trouver la maison de ses rêves, toutes ces choses s'étaient produites sans effort. On aurait dit que, plus elle désirait un enfant, plus la probabilité diminuait. Elle avait l'impression d'être arrivée à la croisée des chemins, sans aucune flèche pour lui indiquer où menaient les routes, sans boussole spirituelle pour l'aider à trouver sa direction.

Elle avait toujours cru que manifester ses souhaits la conduirait sur la voie de sa vie rêvée. Elle croyait toujours au destin, mais avait l'impression qu'il n'était plus à ses côtés. Elle qui avait toujours pensé que l'univers était avec elle avait désormais l'impression que le destin l'avait laissée tomber. Peut-être qu'elle ne savourerait pas son avenir, mais devrait se contenter de l'accepter. Elle finit par arriver à une terrible révélation.

Tara ne faisait plus confiance au destin.

Le destin, pourtant, n'avait pas perdu foi en Tara.

Chapitre 2

Six mois plus tard

Un matin de septembre, Tara se réveilla avec une sensation de vide qui ne lui était devenue que trop familière. Elle regarda Colin qui dormait toujours profondément et ronflait avec la délicatesse d'une tronçonneuse. Son alarme de 7 heures lui vrillait les tympans et elle envisagea d'appuyer sur la touche « répéter ». Il lui était arrivé récemment d'imaginer mettre sa carrière entière en péril pour quelques minutes de plus au lit.

— Éteins le réveil, grogna Colin en se réveillant.

Il ne commençait le travail qu'à 9 h 30, ce qui lui permettait de traîner une demi-heure de plus au lit chaque jour. Elle aurait tué père et mère pour un tel luxe. Mais ça ne servait à rien de se plaindre. Que ça lui plaise ou non, la journée avait commencé. Elle se leva et prit une douche rapide, brûlante. Elle avait les cheveux sales mais pas le courage de les sécher, et opta donc pour son fidèle shampoing sec. Pourtant, elle se rendait compte que plus elle repoussait un vrai lavage, plus elle en utilisait. Ensuite, elle se brossa les dents, appliqua quelques touches invisibles de maquillage, et enfila un chemisier blanc et un tailleur gris.

Elle entra dans la cuisine pour se préparer un café, mais s'aperçut qu'il n'y avait pas de tasses dans le placard.

Il n'y avait plus jamais de tasses dans le placard.

La tâche de remplir le lave-vaisselle tous les soirs incombait à Tara. Colin était chargé de le vider chaque matin. Problème : cela faisait trois matins que Colin ne l'avait pas vidé. Et quand le lave-vaisselle était plein, elle ne pouvait pas le remplir. La vaisselle sale s'empilait alors dans l'évier. Elle savait qu'elle aurait très bien pu vider le lave-vaisselle elle-même, mais refusait de le faire, par principe. Voilà à quoi ressemblait désormais sa vie.

Avec un soupir, elle prit une tasse propre dans la machine pour se préparer un petit jus détox. Dieu sait qu'elle en avait besoin.

Les six derniers mois avaient été éprouvants. Elle avait à présent fait la paix avec l'idée de ne jamais être mère, mais Colin refusait de lâcher prise. Il avait essayé à plusieurs occasions de remettre le sujet sur la table, mais Tara savait qu'il n'y avait rien à discuter. Sa décision était prise, et elle attendait désespérément qu'il l'accepte afin que la situation redevienne comme avant. Elle voulait retrouver la vie qu'elle menait avant que la FIV échoue, déchirant leur couple et laissant une plaie lancinante. Il fallait que leur relation guérisse, mais Colin ne cessait de gratter la croûte.

Alors que les jours se transformaient en semaines puis en mois, l'abîme qui les séparait n'avait cessé de croître, jusqu'à donner l'impression qu'un océan les séparait dans le lit chaque soir. Elle comprenait sa souffrance mais lui en voulait d'essayer de la culpabiliser alors qu'elle n'y pouvait rien. Tara avait le cœur brisé de ne pouvoir porter d'enfant, mais à quoi bon persévérer s'il n'y avait que du malheur à la clef ? Elle voulait se concentrer sur ce qu'elle pouvait faire, pas sur l'unique chose qu'elle ne pouvait réussir. Mais Colin considérait sa décision comme une preuve d'égoïsme. Une femme ne pouvait-elle avoir pour destinée autre chose que porter un enfant ?

Colin descendit en robe de chambre, un vêtement qu'elle s'était lentement mise à détester. Sans un mot, il se mit à fouiller dans le congélateur.

— Tu cherches quoi ? demanda-t-elle.

— Il me semble qu'on avait deux faux-filets là-dedans. Je vais les décongeler pour le dîner.

— En haut à droite.

— Ah, dit Colin en attrapant la viande pour la poser sur le plan de travail. On a mangé trop de plats préparés ces derniers temps. Ça sera sympa de manger un vrai repas.

Tara savait qu'elle était visée. C'était vrai, elle s'était mise à beaucoup compter sur le micro-ondes, mais puisque Colin refusait de lever le petit doigt, pourquoi ferait-elle des efforts ?

— Tu as l'intention de vider le lave-vaisselle, aujourd'hui ?

— Bien sûr, je le ferai quand tu seras partie au travail.

— Tu ne peux pas le faire tout de suite ? Il est plein depuis vendredi.

— Tu as besoin d'une tasse ?

— Non, je m'en suis sorti une.

— Parfait, alors. Je le viderai avant de partir.

Tara grimaça. Elle savait qu'il n'en ferait rien. Mais elle ne voulait pas se disputer. Elle n'en avait pas la force.

— Super, dit-elle en prenant son sac pour sortir. À ce soir.

— À plus tard.

Tara se retrouva coincée, comme d'habitude, dans un embouteillage. L'été avait été pourri ; quand la météo annonçait du beau temps, il pleuvait des cordes. Mais le mois de septembre était étonnamment doux cette année, remarqua-t-elle. Comme si la chaleur de l'été arrivait en retard.

C'était pendant son trajet matinal que Tara se livrait à son rituel quotidien, penser à l'avenir. Elle avait toujours eu tendance à rêver, et bien qu'elle déteste ce trajet effectué à une allure d'escargot dans sa Nissan Micra bleue, elle maîtrisait à la perfection l'art d'oublier son environnement pour se perdre dans ses pensées.

Elle avait fêté son anniversaire en juin, et avait maintenant officiellement trente-sept ans, bien qu'elle n'ait rien fait pour marquer le coup. Alors que la quarantaine s'approchait à grand pas, elle commençait à penser que les anniversaires devaient être poussés dans les oubliettes plutôt que célébrés. Mais malgré le fait que l'échec de la FIV mette un terme tragique à l'ambition de toute une vie, Tara était déterminée à prouver que son existence ne faisait que commencer. Le problème était qu'elle n'avait toujours aucune idée de ce qu'elle était censée faire du reste de ses jours. Tant de chemins différents s'ouvraient à elle, et pourtant elle était là, coincée dans l'immobilité de l'heure de pointe. Si seulement elle savait quelle file la ferait accéder plus vite à sa destinée... Elle avait passé tant d'années à attendre une nouvelle synchronicité, un signe de l'univers lui indiquant qu'elle était sur la bonne voie...

Mais aucun signe ne venait.

Que n'aurait-elle pas donné pour revenir en arrière, avant que son mariage commence à prendre l'eau... Que Colin n'ait rien organisé pour ses trente-sept ans, Tara s'en moquait. Mais qu'il semble indifférent à leur septième anniversaire de mariage, ça, ça la tuait ! Chaque année, il lui offrait une carte, une bouteille de vin, des chocolats et un bouquet de fleurs. Cette année, cependant, il s'était contenté d'une carte. Et même pas une carte pleine d'attention, d'émotion. Une carte de dernière minute, trouvée à la station-service, avec quelques mots creux. Ça en disait long.

Comme s'il n'en avait juste plus rien à faire.

La mère de Tara lui avait toujours répété que, dans chaque relation, il y avait une fleur et un jardinier. Colin s'était toujours occupé d'elle, comblant ses besoins sans même qu'elle ait à demander. Mais depuis qu'elle avait pris la décision d'abandonner la FIV, la dynamique de leur couple avait changé. Colin avait toujours été un rayon de soleil, et elle était attirée par sa lumière. À présent, il semblait que la vie ait éteint son étincelle. Elle se retrouvait à dépérir dans l'ombre de son amour plutôt que de se baigner dans sa splendeur. Ce qui aurait dû être l'été de sa vie était devenu un âpre hiver d'indifférence. Alors qu'il prenait peu à peu conscience que sa fleur ne lui donnerait pas de fruit, elle sentait son désir de jardiner se faner au fil du temps.

Certes, elle était incapable de lui offrir un fruit, mais ne méritait-elle pas toujours de s'épanouir ?

Tara avait beau détester l'idée, elle avait besoin d'un homme pour se sentir complète. Elle n'était pas comme ces fleurs sauvages du désert qui survivent dans la solitude. Elle était une orchidée délicate qui avait besoin d'attention pour fleurir. Son mari lui manquait, ou du moins l'homme qu'il était autrefois. Par moments, elle aurait préféré qu'il la haïsse. C'était l'indifférence qui lui faisait mal. Leurs échanges enflammés d'antan avaient cédé la place à de froides remarques passives-agressives. Colin la laissait maintenant remporter la moindre dispute. « Très bien, tu as raison, j'ai tort », concluait-il d'un air soumis.

Mais Tara ne voulait pas avoir raison, elle ne voulait pas gagner. Elle voulait qu'il l'attrape dans ses bras et lui cloue le bec d'un baiser. Elle voulait qu'il l'emporte comme le vent, ainsi qu'il l'avait fait ce soir-là sur Nimmo's Pier.

Seigneur, que ça lui manquait.

Ils avaient toujours été opposés, et c'est ce qui les avait attirés autrefois. À présent, on aurait dit qu'une force avait inversé le magnétisme qui les rendait si proches auparavant. Ils avaient commencé à se repousser de plus en plus, au point d'oublier ce qui avait fait d'eux un couple si parfait au début. Ça n'était pas arrivé du jour au lendemain, bien sûr, mais par certains côtés c'était encore pire. C'était comme si elle regardait son couple se déliter au ralenti. Elle redoutait ce que six mois de plus allaient leur infliger.

Peut-être qu'elle n'attirait tout simplement plus Colin. Elle ne transpirait pas franchement le sex-appeal, elle en était bien consciente. Elle avait l'impression que la batterie de sa libido était à un pour cent depuis des années, mais Colin ne semblait pas du tout intéressé par l'idée de la recharger. Il ne faisait jamais aucun effort pour qu'elle se sente désirée, et son désir pour lui avait commencé à faner.

La sécheresse n'était pas seulement métaphorique, d'ailleurs, mais aussi physiologique. Par moments, elle se disait que le Sahara devait être plus humide qu'elle. On ne lui avait jamais dit que ça pouvait se produire. Elle avait rentré ses symptômes sur un site médical et s'était persuadée d'avoir une maladie en phase terminale. Tara avait toujours été hypocondriaque et pouvait transformer le moindre mal de tête en hémorragie cérébrale en trois clics. Son médecin lui avait dit que ce qu'elle ressentait n'était qu'une conséquence normale du vieillissement, surtout chez une femme qui n'était plus active sexuellement. Mais Tara le voulait, ardemment ! Elle n'avait que trente-sept ans, pour l'amour du ciel ! Elle n'avait vraiment pas souhaité cela. Sa vie était pleine de nuages.

Elle désirait toujours désirer.

Elle rêvait d'être emportée dans un tourbillon. *Certes,* se disait-elle, *la plupart des femmes aiment l'idée de la monogamie, mais personne n'aime celle de la monotonie.* La variété faisait le sel de la vie. Rien ne pouvait autant exciter Tara que de voir Colin prendre des initiatives. Autrefois, il était avide de nouvelles expériences. Comme la fois où, encore étudiants, il lui avait fait la surprise d'acheter des pass de train pour toute l'Europe. Ils avaient voyagé partout et fait l'amour dans une ville différente chaque soir. Ou bien quand il entendait parler d'un nouveau restaurant et leur réservait une table sans même qu'elle le lui demande.

Mais à présent, si Tara avait envie de faire quelque chose, il fallait qu'elle lui perfuse l'idée pendant des semaines. Où était passée sa spontanéité ? On ne pouvait pas dire qu'elle était une femme avec de gros besoins.

Un petit road trip aurait suffi à lui faire battre le cœur. Être assise sur le siège passager, ABBA dans l'autoradio, Colin une main sur le volant et l'autre posée avec douceur à l'intérieur de sa cuisse.

ABBA avait toujours été son groupe préféré, même si la plupart de leurs chansons commençaient à dater. Elle avait toujours aimé le rétro. Le passé paraissait tellement plus simple… Ado, elle n'avait pas tellement adhéré au grunge des années 1990. Le rythme des années 70 parlait à son âme.

Mais sa vie actuelle n'était pas à la hauteur d'une piste d'*ABBA Gold*. Sa musique intérieure n'était qu'une triste cacophonie de gammes mineures mélancoliques. Elle voulait que le tempo revienne dans sa vie. Le vide dans sa poitrine ne faisait que croître, comme un trou noir en train de développer son attraction gravitationnelle. Elle avait besoin d'un antidote contre la petite agonie qu'elle vivait.

Elle avait besoin de se sentir vivante.

Un coup de klaxon retentit derrière elle. Arrachée à sa rêverie, Tara revint à la réalité. Le feu était passé au vert; elle accéléra et rejoignit la file qui se traînait au pas.

Elle s'aperçut qu'elle était en retard et envisagea un instant d'emprunter la voie de bus pour dépasser l'embouteillage. Elle savait toutefois qu'elle n'en ferait rien. Tara aimait flirter avec l'interdit, mais elle n'avait pas le courage d'aller au bout. En définitive, elle restait toujours dans sa voie. Elle se détendit et se rappela qu'elle était en retard tous les matins: d'un certain côté, elle était donc encore dans les temps.

Il lui restait quarante minutes de trajet, et Tara se pencha pour allumer l'autoradio afin de détourner son esprit de son vagabondage. Elle passa d'une chaîne à une autre jusqu'à tomber sur une voix féminine accablée dans *La Ligne*, une émission matinale où les gens appelaient pour discuter de sujets d'actualité. L'auditrice était à la moitié d'une phrase lorsque Tara se mit à écouter.

— … ça me rend malade, Joe, pleurnicha-t-elle.

Tara était intriguée. Elle ignorait ce qui arrivait à cette femme, mais ça avait l'air dur.

— C'est affreux, Mary, renchérit Joe, le présentateur. Et pour tous ceux qui viennent de nous rejoindre lors de leur trajet matinal, nous sommes en train de parler de cette nouvelle appli d'adultère appelée Crush, où les gens mariés peuvent trouver des relations discrètes, en tout anonymat.

Sa curiosité piquée, Tara monta le son, impatiente d'entendre toute l'histoire.

— Joe, le simple fait que cette appli existe est une honte pour notre pays. La première fois que j'en ai entendu parler, j'ai failli me tuer en tombant de ma chaise. J'ai quasiment eu le coup du lapin, de choc, Joe. Et ensuite, découvrir que Jim, mon mari, me faisait cocue ? gémit Mary.

Tara ne put s'empêcher de rire du ton de Mary. Elle n'essayait pas d'être drôle, bien au contraire, mais sa détresse était telle qu'elle devenait comique.

— Mary, je vois que des milliers d'utilisateurs ont déjà téléchargé Crush depuis son lancement vendredi dernier. À votre avis, pourquoi y a-t-il une telle demande pour une appli comme celle-ci ? demanda Joe, sans jugement.

— Eh bien, ça montre juste que l'Irlande est complètement partie en cacahouète. À mon époque, on avait cette petite chose qui s'appelle la honte, mais il semblerait que de nos jours, les gens en soient totalement dépourvus ! Je pense que je vais m'agenouiller et faire une neuvaine pour l'âme de ce pays. Imaginer que mon Jim m'humilie de la sorte après trente ans de mariage…, répliqua Mary sans prendre le temps de respirer entre deux phrases.

— Nous avons un autre auditeur en ligne qui souhaite partager sa version de l'histoire, la coupa Joe. Jim, vous êtes bien sur *La Ligne*.

Tara monta de nouveau le son d'un cran pour ne rien manquer de cette situation explosive. Elle entendait même l'émission dans les autres voitures coincées près de la sienne. Elle n'était de toute évidence pas la seule à brûler de connaître la suite.

— Mary Muldoon, ici ton mari, Jim, raccroche le téléphone immédiatement !

— JIM ! hurla Mary en reconnaissant la voix de son époux. C'est toi qui devrais raccrocher. Tu trouves que tu ne m'as pas suffisamment humiliée ?

— C'est toi qui es en train de te donner en spectacle en lavant notre linge sale en direct ! La moitié du pays écoute cette émission ! aboya Jim.

Tara était sidérée. Elle avait toujours apprécié l'émission, mais là le niveau de divertissement crevait le plafond.

— Tu aurais dû y penser *avant* de télécharger Crush ! vociféra Mary.

— Ouais, mais tu ne m'avais pas prévenu que nos vœux de mariage étaient en même temps des vœux de chasteté ! Je pourrais aussi bien être curé ! Peut-être que si on couchait ensemble de temps en temps, je n'aurais pas eu envie de télécharger Crush ! tonna-t-il à son tour.

— Plutôt mourir que de toucher, une fois encore, un serpent comme toi, Jim Muldoon ! Eh bien, tu vas récolter ce que tu as semé, parce que je vais te foutre dehors pas plus tard que maintenant ! s'exclama Mary avant de raccrocher.

Du côté de Jim, Tara entendit un cri de douleur suivi d'un claquement de porte. Il semblait bien que Jim ait été mis dehors juste avant que la ligne soit coupée.

— Mary ? Jim ? Apparemment, nous avons perdu la connexion avec Mary et Jim Muldoon. Alors, de quel côté êtes-vous ? Est-ce parfois justifié de tromper ? Par quoi peut-on être poussé à l'adultère ? L'opinion publique est très divisée à propos de Crush, et nous sommes à présent en ligne avec l'entrepreneur qui a créé l'appli. Richard Mulligan, bienvenue dans l'émission.

— Merci pour votre invitation, Joe, répondit Richard.

Il avait une voix étonnamment grave et Tara se demanda à quoi il ressemblait en chair et en os.

— Alors, Richard, tout le monde parle de votre application, et je crois que le lancement a remporté un vif succès, c'est bien cela ?

— Tout à fait, Joe. Nous venons de dépasser les deux cent cinquante mille téléchargements, annonça Richard avec assurance.

— Deux cent cinquante mille personnes ? Ça fait un sacré paquet de gens mariés dans ce pays. Mais je suis certain que vous êtes bien conscient que l'opinion publique est très divisée sur la question, souffla Joe pour se faire l'avocat du diable.

— Oui, je viens d'entendre Mary et Jim. Je sais que vos auditeurs seront nombreux à prendre parti pour Mary, et tout aussi nombreux pour Jim, mais quand deux personnes sont malheureuses, l'infidélité est inévitable, déclara-t-il, apparemment très sûr de son fait.

— Mais que répondriez-vous à ceux qui prétendent que vous détruisez la sainteté du mariage en facilitant l'adultère, et que vous faites votre beurre sur la rupture des couples ?

— Eh bien, nous avons mené une enquête anonyme l'an dernier, et demandé aux gens mariés : si vous aviez les moyens d'entretenir une liaison sans vous faire prendre, le feriez-vous ? Quatre-vingt-douze pour cent des répondants ont dit qu'avoir une liaison était un de leurs fantasmes, et quatre-vingt-six qu'ils le feraient s'ils étaient sûrs de s'en tirer. C'est la bonne vieille loi de l'offre et de la demande, Joe. Et avec deux cent cinquante mille téléchargements, pas de doute, la demande est bel et bien là, affirma Jim, la voix empreinte d'une calme certitude masculine.

Tara était choquée par les chiffres, mais il lui était déjà arrivé de se demander ce que ça ferait de coucher avec quelqu'un d'autre que Colin. Les statistiques apaisaient un peu sa culpabilité. Comme si elle était normale.

— Quand les gens ont des besoins et des désirs qui ne sont pas comblés, on ne peut pas leur reprocher de vouloir plus, reprit Richard. Il y a tellement de personnes qui se sentent enfermées dans leur vie et veulent s'en échapper, ne serait-ce qu'un instant. À l'intérieur de chaque être humain, il y a une impulsion à mal agir. Juste pour voir si on peut s'en tirer sans être pris. Et ceux qui ne plient pas… finissent par casser.

Richard avait su capter l'attention de Tara. C'était exactement ce qu'elle ressentait. Elle avait l'impression qu'il parlait pour elle seule.

— Certains décrivent Crush comme le Tinder des gens mariés. Que vous inspire cette comparaison ? questionna Joe.

— Elle n'est pas totalement pertinente, car l'expérience utilisateur est très différente. Crush est complètement anonyme afin d'assurer le plus de discrétion possible. Pas de photos de visage, pas de vrai nom, pas d'adresse électronique personnelle, rien qui puisse permettre de découvrir votre identité. Notre algorithme vous trouve des matchs qui reposent sur ce que vous recherchez, et pas sur des critères physiques, expliqua Richard.

— Mais cela n'est-il pas dangereux de rencontrer quelqu'un en ligne sans même savoir de qui il s'agit réellement ? s'inquiéta Joe

— Très bonne question. L'une des règles d'or de Crush est de ne jamais rencontrer la personne en privé la première fois. Si les choses passent de l'appli à la vraie vie, c'est primordial de se voir d'abord dans un lieu public, par exemple un restaurant.

— Ainsi vous jouez l'entremetteur entre deux parfaits inconnus pour trouver la liaison parfaite ?

— Exactement.

— Vous êtes une sorte de Cupidon de nos envies, si on peut dire, plaisanta Joe.

— On peut le voir comme ça. Mais dans « envie », il y a « vie ». De nos jours, la plupart des gens se contentent de survivre. Crush s'adresse aux gens qui veulent se sentir vivants.

Tara sentait son cœur s'emballer. Richard Mulligan savait faire vibrer la corde sensible.

— Richard, je vais maintenant vous lire quelques réactions de nos auditeurs. Paul de Donegal écrit « Je suis #TeamJim. Si une personne est malheureuse, elle sera infidèle. Ce n'est pas la faute de l'appli. » Maureen de Meath écrit : « Le gouvernement devrait agir et interdire cette appli, ça rend l'adultère trop facile ! #TeamMary. » Enfin, Cathy nous écrit de Cork pour dire : « Ce Richard Mulligan mérite un bon pain dans la gueule. Qui se dévoue ? » Richard, une réaction ?

— Ça ne m'étonne pas que les gens me reprochent le fait qu'ils soient malheureux dans leur couple. Mais mettre une liaison sur le compte de l'appli, c'est un peu comme mettre l'attaque d'une banque sur le compte de la cagoule, décréta Richard d'un ton satisfait.

— Les retours négatifs que suscite votre appli vous inquiètent-ils ?

— Pas du tout. Toute publicité est bonne à prendre. Je n'ai pas encore dépensé un centime en publicité. Mais je peux vous garantir que les gens qui condamnent cette appli sont les premiers à l'utiliser. La société entière repose sur l'hypocrisie.

— Dites-moi, Richard, vous sentiriez-vous coupable si le lancement de votre appli débouchait sur une augmentation des divorces ?

— Le divorce a une seule cause, Joe.

— Qui est ?

— Le mariage.

— Richard, merci pour le temps que vous nous avez accordé.

— Le plaisir était pour moi, répondit Richard avant de raccrocher.

— Et vous, chers auditeurs, que pensez-vous de cette appli, Crush ? Est-ce que vous aimeriez avoir une liaison discrète, anonyme, si vous étiez certains de ne pas vous faire pincer ? Est-ce mal, ou bien la monogamie appartient-elle au passé ? Faites-nous part de votre opinion avec le #TeamMary ou le #TeamJim sur les réseaux sociaux !

Et Jim conclut l'émission sur ces mots.

Tara était intriguée parce qu'elle venait d'entendre. La pauvre Mary venait certes d'être tournée en ridicule, mais elle paraissait affreusement prude. Elle compatissait avec Jim qui venait d'être publiquement humilié à la radio, mais d'un autre côté il avait essayé de la tromper. Pour autant, Richard Mulligan avait dit sur le mariage beaucoup de choses qui résonnaient vraiment en elle. Et avec deux cent cinquante mille téléchargements, il traitait manifestement un problème profond. Pas forcément un désir de faire le mal, mais plutôt d'enfreindre les règles sans en payer le prix.

Tara passa la tête par la fenêtre de sa portière et découvrit des kilomètres de bouchon encore devant elle. À cet instant, elle fut dépassée par ses émotions, ou plutôt, c'est elle qui les dépassa. Elle regarda dans son rétroviseur latéral pour s'assurer qu'aucun bus n'arrivait. Elle mit le clignotant et se faufila dans la voie réservée. Puis elle appuya sur l'accélérateur et fila vers le centre-ville.

Chapitre 3

Pour la première fois depuis des années, Tara arriva à l'heure au travail. Elle avait les mains moites, le cœur battant, et lorsqu'enfin elle se gara dans le parking souterrain du bâtiment, elle se sentit submergée d'adrénaline. Elle s'en était tirée. Elle verrouilla sa voiture et prit l'ascenseur avec un sourire insolent, prête pour la semaine qui l'attendait.

Elle était consultante marketing dans une entreprise du nom d'Insight, sur le Grand Canal Dock de Dublin. C'était l'une de ces agences de pub ultramodernes où chaque phrase est ponctuée d'un « disruption » et « growth-hacking », avec des intitulés de postes comme « data ninja » et « brand rock star ». Tara trouvait parfois ce jargon idiot, mais la société avait la réputation d'être innovante et de créer des campagnes qui devenaient facilement virales.

Malgré tout ce modernisme affiché, Tara trouvait qu'Insight restait un repaire de mecs. Elle avait conquis de haute lutte son poste en haut de l'échelle, et bien que ses collègues masculins ne lui manquent jamais ouvertement de respect, elle savait qu'elle ne serait jamais vraiment l'une des leurs, malgré tous ses efforts. Il y avait un sexisme ordinaire rampant qui émanait du conseil d'administration, composé uniquement d'hommes. Le genre de sexisme invisible à l'œil nu tant il est évident.

Tara n'avait l'occasion de travailler qu'avec des clients qui visaient un public féminin. N'importe quel produit à connotation féminine était immédiatement étiqueté « Territoire de Tara ». Tout se résumait toujours au vieux cliché rose pour les filles, bleu pour les garçons. Elle aurait voulu pouvoir s'occuper de produits plus masculins, juste pour montrer qu'elle en était capable. Elle gagnait le même salaire de base que ses collègues hommes, mais c'étaient toujours eux qui décrochaient les contrats de sport ou d'alcool où les commissions avaient tendance à s'envoler.

Elle s'était appliquée à se déféminiser au bureau pour surmonter cet obstacle. Les robes, jupes crayon et chemisiers qu'elle aimait porter avaient été progressivement remplacés par des tailleurs-pantalons. L'ensemble gris qu'elle portait aujourd'hui lui donnait un air négligé. Cela ne la flattait absolument pas, mais elle espérait qu'une apparence androgyne lui permettrait de ne plus se voir assigner des clients et des produits sur la seule base de son genre. Jusqu'ici, cette stratégie n'avait guère donné de résultats.

Elle était devenue l'étoile montante de la boîte après que son travail pour True U Cosmetics était devenu viral. La campagne pour leur nouvelle palette de maquillage visait à mettre en valeur la beauté naturelle de chacune plutôt que de tenter de changer d'apparence. Les spots mettaient en scène des femmes de toutes morphologies et toutes couleurs de peau qui testaient la palette pour la première fois, livrant leurs réactions à la caméra en toute authenticité. Cela avait engendré un flux de nouvelles vidéos d'utilisatrices qui partageaient leur première impression sur les réseaux sociaux. Elle avait astucieusement unifié toute la campagne avec un slogan simple mais efficace, assorti d'un hashtag : #DeviensToiMême.

Bien que la campagne ait été largement saluée comme un sommet de féminisme intersectionnel, Tara avait un sentiment d'imposture. Elle avait promu l'idée d'exprimer la féminité alors qu'elle étouffait la sienne. Elle avait littéralement aidé des milliers de femmes à devenir elles-mêmes alors qu'elle manquait de la confiance nécessaire pour mettre en pratique ce qu'elle prêchait. Elle était incroyablement jalouse de ces femmes qu'elle avait aidées à gagner en assurance. Elle se disait que le monde était fait par et pour les hommes et qu'elle respectait simplement les règles pour gagner. Mais, après toutes ces années, pourquoi avait-elle l'impression de perdre à tous les coups ?

Tara sortit de l'ascenseur et traversa d'un pas nonchalant l'agitation d'un lundi matin à Insight. Certes, l'espace bureau était plutôt bien décoré, mais Tara n'avait jamais vraiment adhéré aux fauteuils poire, aux consoles de jeux et aux tables de ping-pong sur le lieu de travail. Tara était la plus âgée des consultants marketing ; or le marketing était un territoire de jeunes, et pour survivre à Insight, elle devait évaluer l'air du temps en permanence. Bien qu'elle n'ait que trente-sept ans, elle se sentait souvent beaucoup plus âgée. Sur le papier, c'était une milléniale, mais côté technologies et pop culture, elle était dépassée au point que c'en était gênant. En conséquence, elle avait développé un terrible syndrome de l'imposteur, terrifiée que quelqu'un s'aperçoive de son statut de dinosaure.

Elle n'avait pas de « patron » au sens traditionnel, mais lorsqu'elle présentait son bilan au conseil d'administration chaque trimestre, on lui faisait bien comprendre qu'il était grand temps qu'elle décroche un nouveau gros client. Elle brûlait d'avoir l'occasion de prouver qu'elle n'avait rien perdu de son mordant.

Arrivée à son bureau, Tara remarqua que sa stagiaire, Emily, n'était pas encore là. Tara elle-même étant systématiquement en retard, c'était la première fois qu'Emily n'était pas là pour l'accueillir avec un café. Elle s'assit à son poste de travail et alluma son ordinateur. La pièce était ultramoderne, peut-être de façon trop théâtrale. Elle n'arrivait jamais à comprendre comment on pouvait être minimaliste et flamboyant en même temps. C'était comme si tout ce beau design en verre et chrome criait « ADMIREZ MON IMMENSE DISCRÉTION ! », un oxymore étrange.

Tout de même, elle aimait la vue splendide sur la Liffey qui se jetait dans la mer. Elle enviait le fleuve ; jamais il ne s'arrêtait pour se demander où ni pourquoi il coulait. Il s'en remettait purement à l'instinct naturel, son cours fixé du début à la fin. Avant, Tara avait l'impression que sa vie obéissait aux mêmes lois. À présent, son existence était semblable à un océan : elle aurait pu nager dans n'importe quelle direction, mais ignorait par où se trouvait le rivage.

À 9 h 05 très précisément, Emily débarqua avec le café de Tara.

— Tu es en avance ! s'écria la stagiaire, surprise de la voir.

— Et toi, tu arrives en retard comme une fleur, rétorqua Tara en regardant sa montre avec un air de reproche qui n'était pas entièrement feint.

— Une fleur de vanille, oui, comme ton latte préféré, répondit Emily en lui tendant le breuvage. Comment j'aurais pu deviner que tu serais à l'heure, pour une fois ?

— Bonne remarque, rit Tara en prenant le gobelet.

À vingt-trois ans, Emily venait de décrocher une licence en psychologie au Trinity College. Elle avait les cheveux noirs, au carré, un piercing dans le nez, et ne portait que des vêtements vintage chinés dans des friperies alternatives. Les tenues qu'elle arborait chaque jour étaient plutôt provocantes dans le cadre du travail, mais Tara n'aurait jamais osé remettre en question son droit à l'expression de soi.

Diplômée du Trinity College elle aussi, Tara aimait l'idée de prendre Emily sous son aile. Même si, en toute honnêteté, ce désir n'était pas tout à fait réciproque. Si Tara ne pouvait devenir mère, du moins pouvait-elle laisser un héritage. Elle pouvait être une source d'inspiration pour des femmes, les encourager, les soutenir. Même simplement servir d'exemple : qu'une jeune fille puisse la voir s'épanouir et se dise « Je veux être elle quand je serai grande ». Ce serait suffisant. Suffisant pour savoir que, en tant que femme, elle avait fait la différence, laissé une trace.

Il ne lui avait pas fallu longtemps pour s'apercevoir qu'Emily ne ressentait que de l'apathie à l'idée de travailler, et qu'elle se contentait de sauter d'un stage à l'autre pour remplumer son CV. Mais Emily était balance, le signe le plus compatible avec les gémeaux, et Tara lui passait donc sa totale indifférence pour sa mission. En fait, elle lui passait tout.

Parce qu'elle était enfant unique, Tara avait toujours eu envie d'être entourée dans sa vie. Elle avait des amies, bien sûr, mais toutes étaient désormais mères et chaque fois qu'elle les appelait pour prendre des nouvelles, elles étaient débordées. Elle avait souvent l'impression de n'avoir personne à qui parler, se confier. De bien des façons, Emily lui semblait la petite sœur qu'elle n'avait jamais eue. Et elle admirait son engagement dans les problèmes de sa génération, en particulier le féminisme, domaine dans lequel Tara essayait toujours de progresser.

Bien qu'elle ait étudié le commerce au Trinity College, Tara avait choisi les études de genre pour élargir son cursus. Ce module avait fait changer sa vie. Elle voyait désormais la main du patriarcat partout. Les lunettes roses à travers lesquelles elle voyait le monde enfant avaient été remplacées par de sinistres verres bleus à double foyer. On ne pouvait faire marche arrière. Elle était prête à rejoindre le mouvement et devenir une icône féministe explosive, à faire voler en éclats le plafond de verre et anéantir le patriarcat. Elle avait passé des semaines à rédiger une dissertation intitulée « Girls Just Wanna Have Fundamental Rights : nouvelle Théorie du Féminisme intersectionnel ». Mais, à sa grande horreur, elle avait été très mal notée, 47/100 pour être exact. Elle avait été tellement affligée qu'après cette note, elle s'était retrouvée à surcompenser, cherchant à prouver qu'elle était, tout de même, une bonne féministe. Comment diable une option facultative censée encourager les femmes avait-elle réussi à lui donner un complexe d'infériorité ?

Tara but les merveilleuses premières gorgées de son triple latte vanille. Un pur bonheur.

— Ne le répète à personne, Emily, mais si je suis en avance aujourd'hui, c'est parce que j'ai pris la voie de bus, annonça Tara, pas encore redescendue de l'euphorie de cet acte rebelle.

— Je sais, c'est passé aux infos, répondit Emily, impassible.

— Quoi ?! paniqua Tara. Quelqu'un m'a filmée ? Oh, Seigneur, quelqu'un a porté plainte ?

— Ouais, les agents de sécurité m'ont demandé de porter un micro pour enregistrer tes aveux. Ils sont en train d'encercler l'immeuble, déclara Emily avec sarcasme.

Tara fut soulagée. Elle aurait dû se douter qu'Emily l'asticotait, comme tous les jours. Mais la stagiaire était capable d'afficher un visage de porte de prison, qu'elle avait mis des années à parfaire en réaction aux hommes qui lui ordonnaient de sourire davantage.

— OK, tu m'as eue.

Tara ne put s'empêcher de remarquer qu'Emily paraissait plus grande que d'habitude. En baissant les yeux, elle découvrit une paire de bottes hautes en cuir verni.

— Emily, ce sont des bottes de strip-teaseuse ? demanda Tara, les sourcils levés.

— Bah, tu me dis toujours qu'il faut s'habiller pour le job de ses rêves, pas pour celui qu'on a, répliqua Emily en les lui montrant avec ostentation.

— Ce n'est pas exactement ce que j'avais en tête…, bredouilla Tara, estomaquée. Bref, comment ça s'est passé, ton rencard ?

Tous les lundis matin, Emily lui faisait un débrief de ses derniers coups d'un soir, et Tara attendait avec impatience les détails croustillants. Sa propre vie sexuelle étant aussi éteinte que les dodos, elle se surprenait parfois à vivre par procuration la débauche juvénile d'Emily, même s'il lui arrivait de trouver ses histoires choquantes.

— Beurk, il était tellement gentil. C'était horrible. Pourquoi est-ce que je n'arrive pas à trouver un mec capable de foutre ma vie en l'air ?

— Oh, arrête, les mecs gentils ne sont pas toujours les derniers sur la ligne d'arrivée, répliqua Tara.

— Au moins, il a réussi à la franchir. Je te jure, chaque fois qu'un mec te promet de t'emmener au septième ciel grâce à son expertise en cunnilingus, tu finis par t'apercevoir qu'il parlait de météo et voulait dire « cumulonimbus », se plaignit Emily.

Tara faillit recracher son café. Emily était toujours très inventive dans ses descriptions.

— Vous m'étonnez toujours, vous, les jeunes milléniaux, rit-elle.

— Pff, je ne suis pas une milléniale. Moi, c'est la génération Z.

— Désolée, je confonds toujours.

— Le millénial, c'est celui qui ne peut pas se payer une baraque parce qu'il claque tout en toasts à l'avocat. La génération Z, c'est celle qui veut sauver la planète et angoisse à l'idée de tout rater.

— Ah, OK.

— D'ailleurs, j'envisage de quitter ce boulot pour me consacrer à mes échecs à temps plein.

— Emily, on n'est que lundi matin et tu parles déjà de démissionner. Tu n'apprécies pas l'expérience ? Tu n'as pas un poste de rêve vers lequel tu tends ? interrogea Tara, un peu alarmée.

— Pourquoi est-ce que je rêverais de bosser ? Dans ma génération, tout le monde veut faire le buzz, être une star des réseaux. À propos, tu as entendu cette cinglée, Mary, à la radio ? Elle est en tendance, digressa Emily, les yeux sur son téléphone.

— Oh, mon Dieu, oui, c'était hilarant !

— Ça m'a donné envie d'avoir un mari, juste pour pouvoir le tromper.

— Emily ! Ne dis pas des choses comme ça !

— Seigneur, tu es tellement Mary, pouffa Emily en levant les yeux au ciel.

Tara ne s'attendait pas à ça. Elle était même carrément vexée ! Elle ne ressemblait en rien à ces prudes coincées qui appelaient *La Ligne* pour geindre que l'Irlande devenait trop moderne !

— EMILY ! protesta-t-elle, vraiment secouée par la comparaison. Je ne suis pas une Mary. Je suis choquée que tu puisses le penser, et encore plus le dire !

— Tu es bien obligée de reconnaître qu'il y a des points communs.

— Donne-moi un exemple.

— Je ne sais pas comment t'expliquer... C'est juste que tu es tellement innocente... mais aussi pétrie de culpabilité. Je crois que c'est un truc de catho. J'ai l'impression que chaque fois que je parle de sexe, tu vas te signer. Et je suis persuadée que tu dis le rosaire dans ta tête chaque fois que tu vois mes tenues, rit Emily en montrant ses bottes de strip-teaseuse.

Tara détestait l'idée qu'Emily la voie ainsi. C'était sa plus grande peur qui se réalisait. Ses collègues la voyaient bel et bien comme un dinosaure.

— Emily, tu te trompes complètement à mon sujet ! Je suis une personne très drôle et très ouverte d'esprit, insista-t-elle.

— Quand est-ce que tu as couché pour la dernière fois ? demanda Emily, comme toujours peu encline à respecter l'étiquette professionnelle.

— EMILY ! s'offusqua Tara, écarlate.

— Wow... C'est si vieux que ça, alors ?

— Ça ne se fait pas, de poser ce genre de questions !

— Regarde-toi, toute mortifiée dès que je parle de ça. C'est très, très Mary, ça, souligna Emily, amusée.

— OK, ma libido n'est plus ce qu'elle était. Mais les derniers mois ont été tellement éprouvants... Avec mon mari, on dort à des kilomètres dans le lit, soupira Tara.

— Et c'est quoi qui vous a séparés ?

— Alors… je ne t'en ai jamais parlé, mais… je ne peux pas avoir d'enfants.

— Beurk, moi non plus. Ça fait rien d'autre que chialer. Et alors ?

— Non, je veux dire, physiquement, je ne peux pas avoir d'enfants.

— Ah, fit Emily, embarrassée. Attends, mais tu devrais en profiter pour coucher plus souvent, pas moins.

— Eh bien, crois-moi, essayer de faire un bébé te met les batteries sexuelles à plat. J'ai l'impression qu'il va falloir me redémarrer, avoua Tara en s'affalant dans son fauteuil.

— Alors la passion n'est juste… plus là ? Vous êtes ensemble depuis combien de temps ?

— Dix-huit ans au total, et mariés depuis sept ans.

— Wow, c'est long ! Limite j'étais pas née !

— Eh ben ça y est, je me sens vraiment vieille, soupira Tara. Je ne sais pas, peut-être qu'on aurait de toute façon fini par perdre la passion. Peut-être que c'est juste la fameuse démangeaison des sept ans.

— L'herpès ?

— Non, Emily, c'est quand les couples perdent leur étincelle après sept ans de mariage. Apparemment, c'est là que l'adultère se produit le plus souvent.

— Tu devrais télécharger Crush, alors.

— Oh, doux Jésus ! Moi ? Avoir une liaison ? Tu plaisantes ! protesta Tara, cramoisie à présent.

— Oh, arrête. Les hommes, c'est comme les escarpins. On a l'air bête quand on n'en a qu'un, insista Emily pour la pousser.

— C'est bien joli, tout ça, Emily, mais qu'est-ce que je fais si mon mari l'apprend ?

— C'est complètement anonyme, alors personne ne le saura. Tu peux être une sainte en société et une pécheresse en privé.

— Absolument pas. J'en mourrais de honte, déclara Tara, campée sur sa position.

— OK, Mary, rigola Emily en quittant la pièce.

— JE NE SUIS PAS UNE MARY ! lui cria Tara.

Chapitre 4

Colin arriva au travail à 9 h 27, comme souvent. Il commençait à 9 h 30 et avait le don de circuler parfaitement dans les rues de Dublin, ce qui lui permettait de ne jamais être en retard. Comme Tara, Colin passait son trajet à penser au monde et au rôle qu'il y jouait. À trente-huit ans passés, il tentait de redonner du sens à une existence qui en semblait dépourvue.

Pas l'ombre d'un doute.

Colin faisait une crise de la quarantaine.

Il avait été ces six derniers mois comme dans un purgatoire. Son couple volait en éclats et Tara ne semblait pas tellement décidée à le sauver. Elle paraissait tellement apathique, tellement engourdie devant tout ça. Ils n'étaient pas en conflit, mais n'étaient pas non plus en paix. Il était fatigué de vivre sa vie dans le brouillard. Colin aurait préféré qu'ils abordent le problème qui ne faisait que croître chaque jour. Autrefois, il adorait leurs disputes, leurs chamailleries d'amoureux qui menaient toujours aux meilleurs moments sous la couette. Mais cette animosité insidieuse était une torture. C'était comme d'être mis à mort par cent coups de couteau. Au moins, une bonne dispute remettrait les compteurs à zéro. Mais Tara refusait d'avoir la conversation cruciale qui restait suspendue au-dessus de leur couple.

Elle avait renoncé à l'idée de fonder une famille, et chaque fois qu'il essayait d'avoir une discussion raisonnable à ce sujet, elle quittait la pièce ou le repoussait, arguant que c'était son corps à elle, pas le sien. Elle se cherchait un nouveau rêve, disait-elle. Mais ce que Colin aimait dans son projet d'enfants, c'est qu'il aurait partagé cette aventure avec Tara. C'était le prochain chapitre de leur livre. À l'entendre parler de sa destinée, on aurait cru qu'il n'en faisait pas partie. Pourquoi était-elle si opposée à l'idée de demander à Celine d'appeler son ami spécialiste de la fertilité ? Ça ne pouvait qu'aller dans le bon sens…

Tout ce qu'il voulait, c'était être papa. Pas juste père. Un vrai papa aimant, qui nourrit, qui compatit, qui fout la honte aussi. Il voulait porter des claquettes-chaussettes. Il voulait dire « Non, on ne prendra pas de chien », puis finir par devenir le meilleur ami du chien. Il voulait traîner sa famille à l'aéroport avec des heures d'avance. Il avait même déjà un tas de blagues de daron prêtes pour quand le moment viendrait. Par-dessus tout, il voulait donner à un enfant ce sentiment d'appartenance qu'il n'avait jamais ressenti dans sa propre famille.

Enfant, Colin avait eu un père, mais jamais de papa. William O'Hara était un homme riche, mais distant, qui pensait qu'élever les enfants dans du coton les privait de caractère. Sa mère, Patricia, bien qu'un peu plus démonstrative, était sur la même longueur d'onde. C'était le genre de parents collet monté qui sortaient des phrases comme « À ton âge, je devais faire quinze kilomètres à pied pour aller à l'école sous une pluie battante tous les matins ». Colin avait du mal à croire à ce genre d'histoires. On aurait dit qu'ils souhaitaient le voir lutter constamment. Il s'était juré très tôt de fonder un jour une famille. Il prendrait l'exact contrepied de l'éducation qu'il avait reçue. Il avait économisé toutes ces années pour que ses enfants ne manquent de rien : ils auraient des cadeaux incroyables à Noël, des voyages à Disneyland et, bien sûr, l'amour inconditionnel qu'il n'avait jamais connu. Il était prêt à tout pour que son rêve de paternité se réalise.

Lorsqu'il tentait d'expliquer ça à Tara, elle l'ignorait totalement. C'était comme si ses sentiments n'avaient plus aucune valeur dans leur couple. Il avait l'impression de n'être jamais entendu. C'était déjà assez difficile en tant qu'homme de parler de ses émotions, et quand il trouvait le courage de le faire, on le faisait taire aussitôt. Elle était allée jusqu'à affirmer que son rêve de paternité n'était qu'un « idéal conservateur et dépassé ». Dépassé ? Était-ce si affreux de sa part de vouloir fonder la famille dont il rêvait depuis tout petit ? Et conservateur ? Au fond de lui, Colin était un anarchiste. Autrefois, c'était un rebelle, biberonné au punk rock. Une pierre qui roulait sans amasser de mousse. Un loup solitaire qui hurlait à la lune. Il avait même une moto Triumph Bonneville qu'il chevauchait à l'époque comme un acte de défi juvénile contre ses parents.

Le soir de sa rencontre avec Tara, il l'avait attendue juché sur cette même moto, une cigarette aux lèvres devant le *O'Malley's*. Elle avait juré ses grands dieux qu'elle ne monterait jamais dessus. Mais elle l'avait fait. Elle ne pouvait résister à l'appel de son côté sauvage. Pourtant, dès l'instant où ils s'étaient mariés, la moto avait dû être remisée dans l'abri de jardin. « Je refuse de devenir veuve », avait-elle décrété. Il en avait été de même pour la moindre cigarette, même occasionnelle. « Je ne vais pas te laisser payer des marchands de tabac pour te tuer. » Et le loup était devenu domestique, le rebelle silencieux et la pierre, recouverte de mousse.

À un moment, il avait adopté comme devise : « Avoir raison ou avoir la paix, il faut choisir. » Il y avait un million de petites choses sur lesquelles il n'était pas d'accord avec Tara, mais il savait que ça ne servirait à rien d'essayer de lui montrer qu'elle se trompait. Et quand bien même il gagnerait une dispute, la victoire serait de courte durée. Elle répondrait « D'accord », puis reprendrait l'argumentation plus tard avec sa phrase fétiche « Je trouve juste ça drôle comme tu… » Aussi Colin avait-il appris à garder sa langue dans sa poche, et dans le but d'avoir la paix, il la laissait avoir raison. Il s'était convaincu que la meilleure façon d'avoir le dernier mot dans une dispute était tout simplement de ne pas la laisser éclater.

Mais à présent, cette maxime le desservait. Laisser Tara avoir raison sur ce point précis le privait de son bonheur. Après des années à garder sa langue dans sa poche, il était à court d'idées. Et pourtant, il ne pouvait pas entièrement le reprocher à Tara. Il s'était autorisé à devenir trop malléable, à rentrer dans n'importe quelle case au prix de sa propre identité. Il avait laissé Tara raboter les angles qui faisaient de lui un homme. Désormais, il était un brave gars avide de faire plaisir, qui faisait passer le bonheur des autres avant le sien. Il s'était immolé par le feu pour que les autres aient bien chaud.

Cela aurait été supportable si seulement Tara lui avait manifesté un peu d'affection de temps en temps. Colin était un bel homme, et il voyait bien de quelle façon les autres femmes le regardaient. On le complimentait souvent sur ses yeux d'un bleu profond et son sourire espiègle. Il n'avait toujours pas le moindre cheveu blanc, et à en croire la génétique du côté maternel, n'était pas près de devenir chauve. Il n'était peut-être pas l'homme le mieux doté du monde, mais il avait tout de même trois centimètres de plus que la moyenne au bon endroit, un détail dont il était secrètement très fier. À la fac, nombreuses étaient les filles qui avaient clairement exprimé le désir de coucher avec lui. Mais il avait toujours été entièrement dévoué à Tara. C'était facile à l'époque, car c'était une bombe sexuelle. Ils passaient leur temps à ça.

Mais comment pouvait-on s'attendre à ce qu'il reste fidèle toute sa vie à la même personne si cette dernière n'éprouvait plus aucun intérêt pour le sexe ? Pendant des années, l'amour avait été réduit à sa fonction reproductive, mais depuis la décision de Tara, leur vie sexuelle était devenue une espèce disparue, conservée seulement dans l'ambre de la mémoire. Était-ce le cours naturel de tout mariage ? De passer d'amants passionnés à compagnons asexués ? Quelle ironie ! Moins d'un siècle plus tôt, les gens se mariaient afin de pouvoir avoir des relations sexuelles, mais désormais ils se mariaient pour pouvoir arrêter. Colin ne voulait pas d'une colocataire.

Il voulait retrouver sa femme.

Tara s'était transformée en une version d'elle-même que Colin avait du mal à reconnaître. Elle se teignait les cheveux en blond et cachait le roux naturel qui l'avait fait craquer. Et puis il y avait les tailleurs mal coupés qui dissimulaient sa silhouette magnifique. C'était comme si elle essayait perpétuellement d'annihiler tout ce qu'il trouvait beau en elle. Le double allongé chaque soir à ses côtés dans le lit n'était pas sa moitié.

C'était une inconnue.

Il avait épousé une femme passionnée, aventureuse, optimiste, exsudant la confiance en soi. Où donc avaient disparu ces qualités magnétiques ? Où était la *joie de vivre** qui illuminait autrefois chaque pièce où elle entrait ? La rousse volcanique dont il était tombé amoureux lui manquait. Il aurait voulu retrouver la Tara qui montait derrière lui sur sa moto. La Tara qui fondait entre ses bras.

Il se demandait s'il la retrouverait un jour.

Dans l'ascenseur qui l'amenait au deuxième étage, Colin consulta sa montre. 9 h 30. Pile à l'heure.

Il était actuaire chez McKenna & Co Experts Comptables, et aidait les autres sociétés à évaluer les risques et calculer les bénéfices potentiels. Ce n'était pas un travail harassant, mais cela ne le stimulait pas non plus chaque matin. Il avait parfois l'impression d'être un bonhomme en carton découpé, le stéréotype classe moyenne d'un comptable d'âge moyen. Même les locaux étaient banals au point d'en devenir déprimants. On aurait dit le résultat d'une recherche d'images avec comme mot-clé « bureau terne et ennuyeux ». Celui qu'il était à vingt ans aurait eu honte de se voir maintenant. Il était devenu l'exacte antithèse du punk. Il se réveillait chaque jour pour faire la même chose, comme un sempiternel jour de la marmotte, privé de toute excitation. Il avait autrefois espéré vivre cent ans. À présent, il avait l'impression d'être condamné à revivre la même année cent fois. Comme un hamster dans sa roue, tout ce qu'il avait à faire était de continuer à continuer.

Pourtant, il y avait quelques avantages qui lui rendaient la vie plus facile. Son patron n'était autre que son ami d'enfance Rory McKenna, qui avait une approche assez laxiste du management, pour employer un euphémisme. Lorsque Colin ouvrit la porte de son bureau, il vit aussitôt

---

*Les mots suivis d'un astérisque sont en français dans le texte original.

Rory étalé sur son canapé avec une énorme paire de lunettes de soleil. Il était évident, dès le premier coup d'œil, que le malheureux souffrait d'une monumentale gueule de bois.

— Colin, je décède, gémit Rory comme depuis son lit de mort.

— Wow, déjà bourré un lundi ? rit Colin.

Rory avait huit ans de moins que Colin, pourtant il se trouvait au-dessus de lui dans la hiérarchie, car le propriétaire de l'entreprise n'était autre que son père, Michael McKenna. On lui avait attribué le titre de « comptable exécutif », avec une mission pas très clairement définie, mais techniquement, il était le patron de Colin, du moins sur le papier.

Tous deux étaient voisins pendant l'enfance, et étaient toujours restés proches malgré leur différence d'âge. Rory était d'une beauté infernale, et irradiait d'un charme vénéneux. Il avait des cheveux d'un noir de jais impeccablement coiffés, une peau qui semblait bénie par le soleil et des muscles saillants qui donnaient l'impression que ses chemises étaient peintes sur lui. C'était un homme à femmes doublé d'un hédoniste, sans filtre. Provocateur qui ne vivait que pour choquer, véritable relique d'une ère dépassée. C'était exactement ce qui plaisait à Colin chez lui.

Si on ne le connaissait pas, Rory avait l'air d'un narcissique, de quelqu'un qui se croyait tout permis, une offense vivante à la modernité. Mais Colin savait que ce n'était qu'une façade. Rory forçait toujours le trait parce que ça l'amusait. Il se comportait comme une parodie de lui-même, l'équivalent en chair et en os d'un troll sur Internet. Il ne pensait pas la moitié de ce qu'il disait, et aimait seulement embêter le monde, voir les gens s'énerver. Il prenait la vie comme une blague, et était tout à fait d'accord pour endosser le rôle du bouffon. Jouer les idiots demande une profonde intelligence.

— Et pourquoi tu passes ta convalescence dans mon bureau, on peut savoir ? railla Colin en s'installant à son poste.

— Je ne veux pas que Karen, des RH, me voie dans cet état. Elle va m'infliger encore une de ses dissertations sur « L'Attitude au Travail ». Je vais devoir l'éviter toute la journée, expliqua Rory en s'asseyant avant d'enlever ses lunettes. Colin, mon gars, tu aurais dû venir. J'ai rencontré des filles d'Amsterdam complètement dingues hier soir en ville. Deux gymnastes. Si je te dis comment elles étaient souples, tu ne le croiras pas. Je les ai ramenées à la maison pour leur montrer ma ceinture noire de Kāma Sūtra.

Colin sourit. Il savait qu'il ne fallait pas croire tout ce que racontait Rory, et de loin.

— J'aurais voulu que tu sois là, mec, je t'en aurais passé une, reprit Rory. Dieu sait que tu n'es pas gâté de ce côté-là à la maison.

— Ça, tu peux le dire, répondit Colin.

Son ton avait aussitôt changé, comme si un nuage de dessin animé était accroché au-dessus de sa tête.

— À ce point, alors ? Ça fait combien de temps que vous n'avez pas baisé tous les deux ? demanda Rory, curieux.

— Deux cent dix jours, répondit Colin sans même prendre le temps de réfléchir. Mais on ne va pas compter, hein ?

— Seigneur, je ne pense même pas que je pourrais tenir deux cent dix heures sans sexe. Bon Dieu, c'est plus de la moitié d'une année. On aurait dû faire quelque chose pour tes six mois de chasteté, le taquina Rory.

— Une célibration ?

— Je ne suis normalement pas trop fan de tes blagues de daron, mais là, je valide, capitula Rory dans un éclat de rire. Au moins, laisse-moi t'offrir un strip-tease ou un truc dans le genre.

— Donc ta solution contre les couilles pleines, c'est d'ajouter de la frustration à la frustration ?

— Bonne remarque. C'est pour ça que j'ai toujours dit que le mariage était contre nature. J'ai chopé plein de saletés dans ma vie, Colin, mais par chance je n'ai jamais chopé la mono.

— Quoi, la mononucléose ?

— La monogamie.

— Il ne faut jamais dire jamais..., répondit Colin, amusé.

— Tout ce que je sais, c'est que quand les femmes parlent de se lier pour la vie, elles oublient de préciser qu'il s'agit d'un nœud de pendu. C'est ce que disait ce Richard Mulligan à propos de son appli d'adultère, à la radio. Quatre-vingt-six pour cent des gens seraient infidèles s'ils étaient certains de ne pas se faire prendre.

— Une appli d'adultère ?

— Oui, c'est une nouvelle appli qui s'appelle Crush. Les gens mariés trouvent le parfait inconnu en ligne pour avoir une liaison...

Colin était intrigué par l'idée. Il s'apprêtait à en demander plus, mais Rory n'avait pas fini de parler.

— ... j'ai bien envie de la télécharger.

— Mais tu viens de me dire que c'était pour les gens mariés, objecta Colin, perplexe.

— Ben oui, mais réfléchis. Toutes ces épouses en manque de sexe qui ne sont pas satisfaites par leur mari. Il paraît que deux cent cinquante mille personnes l'ont déjà téléchargée. Il suffirait que je prétende être marié et d'un coup ça double mes possibilités. Pense à toutes les MILF, Colin, s'enthousiasma Rory.

— Ça me rappelle quand tu avais treize ans et que tu m'as demandé si toutes ces pubs pour rencontrer des MILF près de chez soi étaient authentiques, rit Colin.

— Eh bien, peut-être que mon fantasme est en train de se réaliser ! En fait, attends, non… tout est anonyme sur l'appli. Alors tu ne sais pas si la fille est bonne ou pas. Ça pourrait bien être la recette du désastre, conclut Rory, soudain douché.

— Je suis d'accord, imagine que tu doives d'abord prendre le temps de faire connaissance avec une femme, lança Colin, sarcastique.

— Seigneur, tu imagines ? renchérit Rory, imperméable à l'ironie. Bref, je vais être à l'article de la mort toute la journée à cause de ma gueule de bois donc je ne vais pas abattre autant de travail que d'habitude.

— Moins que rien du tout, ça fait combien ? taquina Colin.

— À toi de me le dire, c'est toi le roi de la compta !

— Techniquement, le comptable, c'est toi. Moi, je suis actuaire.

— Tu es mortuaire ? blagua Rory, incapable comme toujours de résister à un calembour.

— Je crois qu'on peut considérer ça comme une lamentable blague de daron…, se moqua Colin.

Rory passa la tête par la porte pour vérifier si Karen était tapie dans les parages.

— OK, je crois que la voie est libre, dit-il en remettant ses lunettes de soleil. Tu penses que je devrais prendre une canne et faire semblant d'être aveugle, au cas où je croise Karen ?

— Tu aurais droit à au moins dix autres sermons sur l'attitude au travail. Fais plutôt profil bas.

— Pas bête, convint Rory.

Il s'élança à toutes jambes à travers le couloir.

Colin riait tout seul en regardant Rory s'éloigner. On ne s'ennuyait jamais avec lui. Ils avaient des personnalités si opposées qu'ils se complétaient à merveille.

Colin était la bonne conscience de Rory, et Rory était son petit diable.

Chapitre 5

À 11 heures, Tara était toujours obsédée par ce qu'avait dit Emily. La comparer à cette Mary était tout bonnement ridicule. Alors, certes, Tara n'avait pas fait l'amour depuis six mois, et peut-être bien que son dernier orgasme remontait à bien avant, mais de là à la comparer à Mary ? MARY ?

Tara n'était pas une sainte-nitouche pudibonde. C'était une femme moderne. Pas vrai ? Si ses désirs n'étaient pas comblés, on ne pouvait pas le lui reprocher. Certes, elle avait grandi dans l'Irlande catholique et avait été scolarisée dans un couvent. La seule séance d'éducation sexuelle qu'elle avait reçue était dispensée par une nonne qui avait réussi à faire toute la leçon sans jamais prononcer le mot « sexe ». Peut-être bien qu'elle était un peu coincée, mais elle n'était pas prude.

Elle aimait croire qu'elle ne souffrait pas de culpabilité catho, mais son père était un homme très pratiquant, et elle avait un rêve récurrent où il lui apparaissait sous forme de rouge-gorge pour lui demander : « Depuis combien de temps n'es-tu pas allée à la messe ? »

Elle essaya de se sortir cette comparaison avec Mary de la tête. Emily avait sans doute dit ça pour la taquiner. Ce ne serait pas la première fois.

Tara se dirigea vers la salle de pause pour se préparer un deuxième café. Elle était la seule à appeler l'endroit

« salle de pause ». Le nom officiel était « salle de jeux » : les diverses tables de billard, bornes d'arcade et écrans de télé étaient censés aider les employés à dépasser leurs « blocages créatifs ». En entrant, elle trouva les Gars – Tommy, Mark et Rob – en pleine partie de baby-foot. Tara n'avait rien contre eux, mais ils se comportaient toujours comme lors d'un enterrement de vie de garçon. Pris séparément, ils étaient intelligents, mais dès qu'ils étaient ensemble, leur QI semblait s'effondrer.

Tommy était sans doute le plus doué des trois pour le marketing. Il savait ce qui faisait vendre, et avait suffisamment de tchatche pour décrocher n'importe quel contrat grâce à des mots tendance dont personne ne connaissait réellement le sens. Sa phrase fétiche était : « Il est temps d'arrêter de compter les points… et de se mettre à relier les points. » Tara n'avait jamais compris ce qu'elle signifiait.

Mark n'était pas trop mauvais dans son boulot, mais ne s'exprimait que par métaphores sportives, et on aurait pu faire des frites avec ses cheveux tant ils étaient gras. Tara avait une fois commandé un *café au lait** en sa présence : il avait mal compris et s'était aussitôt mis à chanter : « OLÉ, OLÉ, OLÉ, OLÉ ! »

Rob était le plus jeune des trois, mais il avait les dents tellement en avant qu'il aurait pu manger une pomme à travers une raquette, et prenait son cordon porte-badge pour un accessoire ultra-chic. Aux yeux de Tara, il était l'incarnation humaine de la police Comic Sans.

Elle s'avança vers la table de baby-foot ; ils semblaient en plein milieu d'une blague grivoise.

— Coucou, les Gars, dit-elle par politesse.

Ils arrêtèrent aussitôt de jouer et tentèrent de se reprendre, comme des écoliers devant la maîtresse. Elle détestait ce comportement.

— Bonjour, Tara, répondit Tommy d'un ton désolé, comme pour échapper à une heure de colle.

— Qu'est-ce qui vous faisait rire ?

Elle avait un désir sincère de se mêler à la rigolade.

— Oh, ça ne va pas te plaire. C'était totalement PCAB, répondit Mark en réprimant un fou rire.

Tara était vexée. Ils étaient bien en train d'échanger cette blague sur leur lieu de travail, donc de doute évidence ils se fichaient qu'elle soit « Pas Correcte Au Bureau ». Ce qu'ils pensaient vraiment, c'est qu'elle n'était « Pas Compatible Avec Bobonne ». Elle décida de changer de sujet.

— Vous avez écouté *La Ligne* ce matin ? demanda-t-elle.

— Seigneur, c'était hilarant ! Cette Mary est sacrément allumée, rigola Rob.

— Richard Mulligan mérite le statut de légende ! renchérit Tommy. Tu es au courant qu'on a une réunion de projet avec lui demain ?

— Quoi ? s'étrangla Tara. Mais je n'ai rien préparé !

— Oh, ne t'en fais pas, ce projet va nous tomber directement dans la poche. Pas vraiment ton rayon, rétorqua Mark.

— Qu'est-ce que ça sous-entend ? cingla Tara, les sourcils froncés. Les femmes aussi peuvent être infidèles, tu es au courant ? La dernière fois que j'ai vérifié, il fallait être deux pour ça.

— Bien sûr, mais… tu n'es pas exactement la meilleure personne pour faire une proposition de campagne publicitaire pour ce projet, expliqua Tommy avec prudence.

— Vous imaginez ? s'écria Rob.

Il rit, avec un involontaire reniflement porcin.

— Et pourquoi pas ? Le produit n'est pas assez *rose* ? demanda-t-elle en mimant des guillemets.

— Non… c'est parce que tu es…

Tommy cherchait désespérément la bonne formulation.

— Vas-y, crache le morceau ! exigea Tara.

— Tu es un peu une Mary, finit-il par bredouiller.

Tara était folle de rage. Les gens se trompaient totalement sur elle. L'insinuation qu'elle n'était qu'une vieille bique coincée, incapable de comprendre une blague au bureau, était insultante. Comme expliquer que la perception qu'elle avait d'elle-même divergeait autant de celle des autres ? Est-ce que passé un certain âge, on était automatiquement considéré comme périmé ?

Dire qu'elle avait été bohème, un esprit libre, sauvage au fond d'elle-même. Le genre de fille qui s'embarquait à l'arrière de la moto d'un inconnu. Quand avait-elle perdu son étincelle ? Quand s'était-elle transformée en puritaine, du genre qui triture son chapelet et agite un doigt réprobateur, en MARY ? Elle aurait voulu se mettre à hurler, mais c'était justement un comportement trop Mary. Hors de question de leur donner raison.

Et même, elle allait leur donner tort à tous.

— À quelle heure vient Richard Mulligan ? demanda-t-elle avec calme.

— 11 heures. Mais franchement, Tara, on est sur le coup. Tu n'es pas la cible, c'est tout. Jamais de la vie tu ne téléchargerais Crush, dit Tommy.

— Ouais, et si tu ne connais pas les règles du jeu, peut-être que tu ne devrais pas être sur la présentation, compléta Mark.

— On verra ça, répondit Tara, impassible, en tournant les talons.

Tara retourna vers les bureaux d'un pas rageur et pointa le doigt vers Emily. Elle était sur le sentier de la guerre.

— Dans mon bureau ! Et que ça saute ! aboya-t-elle.

Emily la suivit sans tarder, consciente que l'affaire était sérieuse.

— Tara, tout va bien ? Tu sais que je te taquinais, tout à l'heure, avec cette histoire de Mary ? dit-elle, inquiète que sa blague ait pris des proportions exagérées.

— Non, Emily, tu avais raison. Je suis une putain de Mary. Les Gars viennent de me dire exactement la même chose. Mais je vais prouver à tout le monde que vous vous trompez, déclara Tara en tendant son téléphone à Emily. Télécharge Crush.

— Wow, tu es sûre ? demanda Emily en prenant l'appareil.

— Certaine. Richard Mulligan vient demain pour une présentation marketing avec les Gars. D'après eux, je suis trop prude pour apporter quoi que ce soit à la discussion, mais ils vont avoir une belle surprise, annonça Tara, bien décidée à leur arracher leur sourire satisfait.

Emily, aussitôt partante, se mit à chercher Crush dans l'App Store.

— Trouvée, dit-elle immédiatement. Elle est numéro un dans les classements. Tu ne dois pas être la seule chatte en chaleur, plaisanta-t-elle.

— Emily, je ne fais ça que pour étudier le marché en vue de la présentation, insista Tara.

— Détends-toi, c'était une blague. Et puis, qui suis-je pour juger ? Je suis une vraie nympho…

— Ah, ne dis pas ça ! Tu sais qu'il n'y a pas d'équivalent masculin au terme « nymphomane » ? Quand un homme couche à droite à gauche, c'est un don Juan. Tu es juste une femme hétéro qui assume ses désirs.

— Je préfère le terme « semi-bi ». C'est tellement banal, d'être hétéro.

— Bref, les Gars pensent qu'il faut être un gars pour vendre du cul, et on va leur montrer qu'ils n'ont rien compris à la vie, martela Tara qui commençait à s'échauffer.

— Voilà, c'est téléchargé. Ça demande si tu veux activer les notifications ?

— Certainement pas !

Tara craignait que Colin voie par erreur apparaître un message en pop-up et pense qu'elle avait une liaison.

— OK, c'est tout bon. Tu es prête ?

— Je suis prête.

Tara se mit à faire les cent pas autour du bureau, nerveuse. Emily ouvrit l'appli.

BIENVENUE SUR CRUSH

CLIQUEZ POUR CRÉER VOTRE COMPTE

L'appli avait une superbe interface bleu ciel, qui détonnait par son aspect esthétique si l'on songeait au caractère scabreux du service qu'elle offrait. Emily cliqua sur l'icône et atterrit sur une nouvelle page intitulée RÈGLES.

— OK, c'est parti. Bienvenue sur Crush, l'appli d'adultère ultra-discrète pour trouver une liaison anonyme en ligne. La discrétion est centrale dans l'expérience Crush : quelques règles viennent protéger votre vie privée, lut Emily.

Tara se sentait curieusement excitée. C'était comme si elle venait d'entrer dans une sorte de club secret. Elle voulut aussitôt en savoir davantage.

— Continue, dit-elle sans cesser de faire les cent pas.

— Règle numéro 1. N'utilisez pas votre nom. Prenez toujours un pseudonyme, lut Emily.

Tara commençait à se sentir comme un agent double. Elle trouvait exaltante l'idée d'être quelqu'un d'autre.

— Règle numéro deux. N'envoyez pas de photo de votre visage. Elle pourrait être utilisée pour vous faire chanter. Garder l'anonymat est essentiel.

Cet aspect inquiétait Tara. On pouvait parler à n'importe qui, littéralement. Et arranger un rendez-vous avec une personne sans avoir vu son visage était dangereux. Mais cela ne faisait qu'accroître la sensation d'excitation. Il y avait quelque chose de sexy dans un parfait inconnu.

— Règle numéro trois, poursuivit Emily. Rencontrez-vous toujours dans un lieu public pour déterminer si vous avez vraiment un Crush avec la personne. Ne retrouvez jamais votre match directement au domicile, à l'hôtel, etc.

— Je vois, commenta Tara, c'est un peu comme un blind date. Vas-y.

— Règle numéro quatre. Lors de la création de votre profil, soyez honnête sur ce que vous recherchez. Notre algorithme a besoin de données fiables pour vous proposer des matchs pertinents.

Emily leva les yeux du téléphone.

— OK, tu es sûre que tu veux le faire ?

Tara avait beau essayer de se convaincre que c'était uniquement pour étudier le marché, elle ressentait une bouffée d'adrénaline inattendue. Rouler sur la voie de bus n'était rien comparé à l'excitation qu'elle éprouvait. Elle en avait trop fait pour reculer maintenant.

— Quand le vin est tiré…, répondit-elle.

Emily cliqua sur CRÉER UN PROFIL, et une nouvelle fenêtre s'ouvrit, avec les mots PSEUDO et MOT DE PASSE.

— OK, comment tu veux t'appeler ?

— Humm, je ne sais pas. J'aime bien le prénom Blanche, suggéra Tara.

— Non, on va te prendre pour une résidente de maison de retraite, décréta Emily.

— D'accord, alors Margaret ?

— Là c'est carrément le fantôme qui hante la maison de retraite.

— D'ACCORD, D'ACCORD ! Et Claire ? J'adore ce prénom.

— Claire… ouais, ça sonne jeune… et féminin. J'aime bien, répondit Emily en le tapant dans la case. Et qu'est-ce que tu veux comme mot de passe ?

— On n'a qu'à dire AbbaGold, tout attaché. Avec des majuscules.

C'était le mot de passe qu'elle utilisait partout. C'était franchement un miracle qu'on n'ait jamais usurpé son identité.

Emily entra le code et déboucha sur une nouvelle page qui lui demandait d'autres informations.

— Alors, on dit que tu as quel âge ? demanda-t-elle d'un ton prudent.

— Disons… trente-trois ? répliqua Tara d'une voix aiguë.

Il y eut un silence gêné.

— OK, très bien, trente-quatre, reprit-elle sans conviction.

Emily lui lança un regard réprobateur.

— OH LÀ LÀ, TRÈS BIEN, J'AI TRENTE-SEPT ANS ! TU ES CONTENTE ?

— Disons trente-cinq, pour ne pas trop mentir, négocia Emily en remplissant la case.

Emily n'avait pas tort, même si ce n'était pas agréable à entendre. Trente-trois ans, ce n'était pas crédible. Par moments, elle avait l'impression de faire plus que ses trente-sept ans. Les dernières années l'avaient terriblement vieillie, comme si son corps avait abandonné sa jeunesse. Et Colin avait cessé de la voir comme un être sexué à cause de la tension, ou du manque de tension, dans leur couple. Mais elle ne pouvait quand même pas entièrement reporter la faute sur Colin. Tara avait renoncé même aux plus élémentaires soins de peau. Se laver les cheveux plus d'une fois par semaine lui semblait désormais un effort surhumain.

Emily était toujours en train de créer le profil.

— OK, alors pour la localisation, tu es à Dublin. Concernant la silhouette, disons que tu es mince. 1,70 m. Cheveux blonds. Ne t'inquiète pas, je ne mentionne pas les cheveux blancs.

— QUOI ?! se récria Tara, mortifiée.

Impossible qu'elle ait des cheveux blancs, elle avait refait sa couleur seulement deux semaines plus tôt. Tara était naturellement rousse, mais elle se teignait en blond cendré clair toutes les six semaines, sans faute. Elle aurait voulu un blond champagne, mais son coiffeur disait qu'elle devait partir sur un ton plus cendré pour éteindre le roux naturel et éviter un aspect trop cuivré. Sa décision de passer du roux au blond remontait à quelques années, quand Celine lui avait dit « Tu es tellement jolie… pour une rouquine ». Le compliment empoisonné s'était logé dans l'esprit de Tara et y avait semé les graines de la mésestime de soi. Elle était furieuse que Celine occupe une telle place dans sa tête, mais elle avait les cheveux blond cendré depuis lors.

Et à présent, voilà qu'Emily prétendait qu'elle avait des cheveux blancs ? Impossible ! Elle se précipita vers le miroir au mur de son bureau et vit ce dont parlait Emily.

C'était un amas de shampoing sec qu'elle n'avait pas bien massé dans ses cheveux.

— Ouf, soupira-t-elle en le frottant du bout des doigts. Ce ne sont pas des cheveux blancs, c'est de la poudre. Sans vouloir manquer de respect aux diamants, le shampoing sec est le meilleur ami des femmes.

— Si elle veut ressembler à une harpie, marmonna Emily.

— J'avais oublié que tu peux être franche au point de devenir blessante, commenta Tara en finissant d'enlever l'excès de shampoing.

— Tout le monde ne m'apprécie pas au premier abord. Si je ne te plais pas d'emblée… fais un effort ! sourit Emily. OK, on a fini cette section. Dans la suivante, tu dois te décrire avec cinq mots-clés.

— Humm… il y a une liste de choix ?

— Oui, mais je ne vais pas te les donner. Décris-toi, et je cocherai les mots s'ils sont dans la liste.

— Alors, voyons voir… Bien… je suis attentionnée. Ma carrière est importante pour moi, donc on peut dire que je suis ambitieuse. Euh… J'ai l'impression qu'avec moi, on n'a pas de mauvaises surprises… donc peut-être que je suis… authentique ? Ah, et passionnée ! Ça, il faut le mettre. Ah, Seigneur, je sèche sur le cinquième.

— J'ai attentionnée, ambitieuse, authentique, passionnée, et… disons aussi créative.

— Ah, merci, Emily, répondit Tara, touchée.

— Maintenant il me faut cinq mots-clés de ce qui t'attire chez un homme.

— Ah, ça devrait être facile. En premier, qu'il soit sûr de lui, pas de doute. Un bon sens de l'humour, très important. L'intelligence, c'est obligatoire. Et j'aime bien qu'un homme n'ait pas peur de s'affirmer, tu vois ce que je veux dire ? Et quoi d'autre… ah oui, loyal !

— Loyal n'est pas dans la liste.

— Comment ça se fait ?

— Je ne sais pas, Tara, peut-être parce que c'est une appli d'adultère ?

— Bonne remarque, rit Tara. OK, alors disons…

— Bien monté ?

— Non, Emily ! C'est la dernière chose à laquelle je pense. Mets sociable. J'aime quand un homme sait y faire avec les gens.

— Assuré, drôle, intelligent, affirmé et sociable. J'ai tout, conclut Emily en entrant les mots-clés. Alors maintenant, il ne nous manque plus que ta bio. Et ça dit que dans ta bio, tu dois expliquer ce que tu cherches.

Tara ne savait pas ce qu'elle cherchait. Elle s'était posé la même question ces derniers mois et n'avait toujours pas trouvé la réponse. Elle voulait retrouver les années qu'elle avait perdues. Elle voulait que son couple redevienne comme avant. Elle voulait retrouver son mari.

— Eh, petite tête ! Ne réfléchis pas trop ! réprimanda Emily en l'arrachant à ses pensées. Ne pense pas, parle. Allez !

— Je veux me sentir de nouveau moi-même. Celle que j'étais avant. Je veux qu'un homme m'embrasse sans que j'aie besoin de le lui demander. Je veux un homme qui sait ce qu'il fait et sait quand il doit prendre les choses en main. Je veux qu'il me serre fort et me fasse fondre entre ses bras. Et je suis fatiguée de me sentir coupable de désirer ça, sortit-elle d'une traite.

Tara n'avait encore jamais exprimé tout ça à voix haute. Mais de toute évidence, c'était ce qu'elle ressentait inconsciemment. Derrière sa solide carapace se trouvait une femme plus tendre, plus fragile, qui avait besoin d'être soutenue. Elle n'avait aucune idée de la direction que prenait sa vie, de ce qu'était sa véritable destinée à présent, et tout ce qu'elle voulait, c'était qu'un homme la prenne dans ses bras et lui promette que tout irait bien.

Après avoir été assaillie par ses désirs inconscients, Tara avait le visage d'une sainte qui vient d'être décanonisée. Elle se sentait coupable d'avoir avoué son fantasme tout fort, et craignait le jugement d'Emily.

— Qu'est-ce qui ne va pas ? demanda la stagiaire devant son expression alarmée.

— Je trouve mon fantasme gênant, maintenant que je l'ai dit clairement. Tu dois penser que je suis une mauvaise féministe, avoua Tara.

Emily rit.

— Tara, avoir un regard positif sur ta sexualité fait de toi une bonne féministe. Toute la journée, tu cherches à tout contrôler, donc bien sûr que laisser le contrôle à l'autre sous la couette est excitant. Tu sais ce qui ne l'est pas ? Avoir honte. Maintenant, il ne reste plus qu'à te rhabiller. Ce tailleur, ça ne va pas du tout.

— Qu'est-ce qu'il a, mon tailleur ? demanda Tara, soudain embarrassée.

— Non, il est joli. Mais ils font peut-être le même pour femme ? répondit Emily avec un rire.

— Tu sais, ce n'est pas que je raffole des tailleurs, Emily, mais quand une femme monte dans la hiérarchie, elle a besoin de se fondre dans le décor, expliqua Tara pour justifier ses choix vestimentaires.

— Mais en porter si tu n'aimes pas ça, ça ne fait que caresser le patriarcat dans le sens du poil en sous-entendant que les caractéristiques masculines sont supérieures, et qu'il faut éviter d'exprimer sa féminité pour réussir.

Toujours vouloir se comporter « comme un garçon », c'est souvent un signe de misogynie intégrée, récita Emily d'une traite. Je crois que les textes féministes que tu as lus sont un peu dépassés. Tu en es restée à la deuxième vague.

— On en est à quelle vague, maintenant ?

— Eh bien, je suis en avance sur mon temps, du coup je suis une féministe septième vague.

— C'est quoi ? s'enquit Tara, qui n'avait jamais entendu ce terme.

— C'est le moment où on persuade les hommes d'aller travailler toute la journée pour nous entretenir, pendant qu'on vit à leurs crochets.

Il était impossible de savoir si Emily plaisantait ou non.

— Je crois que les femmes sont revenues à la case départ, commenta Tara, sarcastique.

— Ce que je veux dire, c'est que le féminisme, aujourd'hui, ça ne consiste plus à vouloir que les femmes aient des couilles. Ça consiste à prendre conscience que les femmes n'ont pas besoin de couilles pour être puissantes.

Emily n'avait pas tort. Tara n'aimait pas ce qu'elle portait. Elle avait toujours l'impression d'être en uniforme, que cela faisait partie de sa carapace. Elle avait cette image du féminisme où elle devait ressembler à Rosie la Riveteuse criant « WE CAN DO IT ! » et montrant son biceps. Mais tout ce temps-là, elle avait caressé les Gars dans le sens du poil pour qu'ils considèrent qu'elle n'était pas comme « les autres femmes ». En y pensant, ce que venait de dire Emily était parfaitement sensé. Elle eut soudain honte d'avoir passé tant de temps à essayer de se fondre dans un groupe d'hommes qu'elle n'appréciait même pas.

Peut-être n'était-elle pas une mauvaise féministe, après tout : peut-être avait-elle simplement une vision du monde datée. Ce n'était pas forcément incompatible d'être une femme puissante et de fantasmer sur un homme puissant. D'être dominante dans la salle de réunion et d'aimer être dominée dans la chambre à coucher. De porter des pantalons durant la journée et de vouloir qu'un homme les lui arrache dans la soirée.

— Tu as raison, Emily, je suis une bonne féministe, déclara Tara bien que sa stagiaire n'ait pas dit ça.

— Tu sais ce qui ferait de toi une féministe encore meilleure ? M'accorder une augmentation. J'entends déjà le patriarcat trembler dans ses bottes !

— Bien essayé, rit Tara.

— OK, mais tu connais ma devise : salaire minimum, effort minimum. Bon, revenons à la recherche de ton amant rêvé.

— Ce qui est drôle, c'est que le sexe dont je rêve, c'est celui que j'ai connu avec Colin la première fois. Je ne l'avais jamais fait avant, et j'étais super excitée mais aussi terrifiée. Je ne savais pas ce que je faisais, et il était totalement aux manettes. C'était délicieux de mettre mon corps entre ses mains, tu vois ?

— Attends, ça veut dire que tu n'as jamais couché avec quelqu'un d'autre que ton mari ?

— Oui, je n'ai connu que Colin.

Emily était secouée.

— Eh ben, pas étonnant que tu sois tellement coincée. La vie, c'est un buffet à volonté… Et toi, tu as mangé en tout et pour tout une saucisse cocktail !

— Tu as le sens du verbe, pas de doute, pouffa Tara.

— Alors, ton profil est prêt, annonça Emily. Au revoir, Tara, bonjour CLAIRE, 35-DUBLIN ! Maintenant, on va te trouver des matchs.

Elle soumit le profil de Tara sur l'appli et une barre de progression apparut.

RECHERCHE 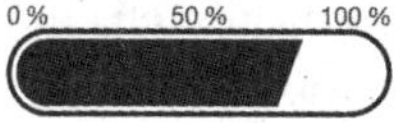 TERMINÉE

— Voilà, c'est le moment de vérité, dit Emily en ouvrant la liste de matchs. Tara se remit à faire les cent pas dans la pièce. Elle avait le cœur qui battait la chamade. Elle n'avait aucunement l'intention d'avoir une liaison, alors pourquoi était-elle si excitée à l'idée de voir ces profils compatibles ? D'où venait toute cette adrénaline ?

— Alors, en premier nous avons Cormac, avec soixante et onze pour cent de compatibilité. D'après son profil, il aime les longues promenades sur la plage et le bondage hard-core.

— Aaargh, pour l'amour du ciel ! Vite, le suivant, s'il te plaît.

— Bon, ensuite nous avons Eamon, avec soixante-cinq pour cent. Eamon aime les après-midi cocooning… et a toujours rêvé de tourner une sextape.

— SUIVANT !

— On a aussi Ray, avec un score de cinquante-trois pour cent. Oh my God, il vient de t'envoyer un message !

— Il dit quoi ? demanda Tara, un peu trop avide.

Emily tourna l'écran vers Tara pour lui montrer.

Ray : T'aurais des photos de pieds ?

Tara fit une grimace.

— C'est dégoûtant !

— Essaie d'être ouverte d'esprit. On parle bien de trouver chaussure à son pied, plaisanta Emily.

— C'est le haut du panier, ça ?

— Oui, tu as d'autres matchs mais ils sont tous en dessous des cinquante pour cent.

Tara en avait officiellement terminé avec Crush. Si les standards étaient si bas, elle n'avait pas envie de participer à la campagne marketing. Ce n'était qu'une appli minable de plus, créée par des hommes, pour des hommes.

Alors pourquoi se sentait-elle un peu déçue ?

Y avait-il quelque chose sur cette appli qu'elle espérait trouver ? Et pourquoi avait-elle ressenti une bouffée d'adrénaline en attendant que les matchs apparaissent ? Elle se sentit soudain submergée de culpabilité. Elle était mariée, pour l'amour du ciel ! Certes, son couple traversait une mauvaise passe, mais elle aimait toujours Colin. Elle se répéta une fois de plus qu'elle n'avait téléchargé l'appli que pour étudier le marché, et que cette expérience était désormais officiellement close.

— OK, ça suffit, dit-elle en attrapant son téléphone pour refermer l'appli.

— Oh, arrête, ils ne sont pas si terribles, protesta Emily pour repousser le moment de se remettre au travail.

— Désolée, Emily, mais il n'y en a pas un seul qui soit compatible avec moi.

— Tu cherches un amant, pas un donneur d'organe.

— En fait, je ne cherche ni l'un ni l'autre. Désolée de gâcher la fête, mais des pervers anonymes sur un écran n'ont rien à m'offrir. Les Gars peuvent bien prendre ce client, conclut Tara, plus du tout intéressée.

— Pourtant, si je ne te connaissais pas mieux que ça, j'aurais dit que tu étais déçue que je ne te trouve pas un bon match, insista Emily avec un sourire sagace.

— Oh, je t'en prie, c'était juste pour le travail. Rien de plus.

— Ça ne se voyait pas. J'aime cette Claire. On dirait qu'elle a tout un tas de désirs refoulés qui bouillonnent sous la surface.

— Eh bien, tu peux utiliser ta licence de psycho sur quelqu'un d'autre, parce que je ne suis pas à la recherche d'une liaison !

— Je n'en suis pas si sûre…, insinua Emily en sortant du bureau de Tara d'un pas nonchalant. Même un volcan endormi peut entrer en éruption.

Chapitre 6

Colin passa le reste de la matinée à rédiger des rapports, mais il était en pilotage automatique. Il faisait ce métier depuis si longtemps qu'il n'avait pas réellement besoin de se concentrer. Il avait souvent cette sensation qu'on éprouve lorsqu'on conduit depuis un moment et qu'on se souvient soudain qu'on est au volant.

Ses pensées ne cessaient de revenir à Crush. Il regrettait de ne pas avoir demandé davantage d'informations à Rory, mais ne voulait pas paraître trop intéressé. Il se demandait en quoi consistait tout ça. Rory exagérait-il lorsqu'il disait que deux cent cinquante mille personnes l'avaient téléchargée ? Était-ce bizarre de parler à des personnes sans savoir à quoi elles ressemblaient ? Il se sentait coupable de s'intéresser à une appli de rencontres adultères. Il était marié à l'amour de sa vie, après tout. Qu'aurait-il à faire sur une appli pareille ?

D'un autre côté, si tout le monde en parlait, il ne voulait pas être le seul hors du coup. Il n'y avait rien d'immoral à se renseigner. Pour finir, la curiosité l'emporta et il décida de faire une recherche en ligne pour comprendre le buzz. Il ouvrit son navigateur et tapa « CRUSH ».

Le premier résultat était une définition du dictionnaire qui disait « Nom commun. Attirance pour quelqu'un, souvent un désir passager » mais à peine avait-il ouvert l'onglet d'actualité qu'il vit exactement de quoi parlait Rory. Il était bombardé de résultats.

« CRUSH. L'APPLI D'ADULTÈRE QUI DÉFERLE SUR LE PAYS », disait un titre.

« OPINION : LES HOMMES PEUVENT RÉSISTER À TOUT… SAUF À LA TENTATION », prétendait un autre, détournant la citation d'Oscar Wilde en quête de clics.

« SONDAGE : ÊTES-VOUS TEAM MARY OU TEAM JIM ? »

Colin se sentait dépassé. La liste de résultats semblait infinie. Tout le monde parlait d'une dénommée Mary qui était apparemment devenue virale après avoir pété un câble dans *La Ligne*. Il continua à faire défiler jusqu'à trouver un titre plus clair.

« TOUT CE QUE VOUS VOULEZ SAVOIR SUR CRUSH MAIS QUE VOUS N'OSEZ PAS DEMANDER »

Bingo.

Colin ouvrit le lien et accéda enfin aux informations qu'il cherchait. Il découvrit que l'application était exclusivement dédiée aux personnes malheureuses en mariage, en quête de discrètes liaisons extraconjugales. Elle était entièrement anonyme et Colin était titillé par le risque réduit de se faire prendre. Pourtant, ce n'était pas une liaison qui arrangerait son couple à la dérive. C'était un palliatif, pas un remède. D'un autre côté, Tara avait renoncé à tenter de résoudre leurs problèmes. Ils voulaient tous deux des enfants et avaient toujours imaginé fonder une famille ensemble. C'était le projet. Ce projet que Tara avait tout simplement fait disparaître d'un claquement de doigts parce qu'elle croyait au destin, une superstition qui lui servait d'excuse.

Qu'était-il censé faire du reste de sa vie ? Il songea à la définition qui était apparue en haut de sa recherche du mot « Crush ». Un désir passager. Tout le monde n'y avait-il pas droit de temps en temps en temps ? Était-il censé renouveler ses deux cent dix jours sans sexe ? Il se sentait comme un lion qu'on aurait castré et domestiqué. Pouvait-on attendre de lui qu'il se contente d'accepter de ne plus jamais rugir ?

Il sortit son téléphone et chercha Crush dans l'App Store. C'était là. Numéro un du classement des téléchargements.

Il lui suffisait d'un clic.

Colin enleva son alliance et lut l'inscription à l'intérieur : « À jamais et pour toujours ». Celle de Tara disait « Pour toujours et à jamais ».

Son esprit se mit à vagabonder vers le soir où il lui avait demandé sa main. Bien avant eux, les rendez-vous amoureux au pied de l'horloge Clerys, au centre de Dublin, étaient en vogue. Tara avait toujours trouvé l'idée follement romantique et estimait bien dommage que la tradition ait disparu au fil du temps. Ils avaient donc décidé de raviver la coutume, mais avec un petit plus, bien à eux.

Au lieu de Clerys, ils s'étaient toujours retrouvés sous l'horloge Eason, juste de l'autre côté d'O'Connell Street. Tara aimait commencer leurs sorties par un passage à la librairie, bien qu'elle se retrouve souvent à acheter plus de livres qu'elle n'avait le temps d'en lire. Pour finir, après des rendez-vous innombrables et des souvenirs infinis, Colin avait eu l'idée de lui demander sa main là où tant de leurs aventures avaient commencé. Il l'avait conduite sous l'horloge Eason, s'était mis à genoux et lui avait demandé de commencer un nouveau chapitre avec lui. « Il était temps », avait-elle répondu en riant, des larmes de joie dans les yeux.

À l'époque, ils avaient tout le temps du monde. Tout était encore à faire. À présent, il craignait que ses meilleurs jours soient derrière lui. Que n'aurait-il pas donné pour pouvoir faire tourner les aiguilles de l'horloge Eason à l'envers et arracher sa jeunesse aux griffes du temps… Il aurait fait n'importe quoi pour échapper à la prison du présent, même pour un court moment. C'était terrifiant, de se sentir piégé dans son propre épilogue.

Alors que Colin était toujours plongé dans cette profonde pensée existentielle, Rory déboula dans le bureau sans frapper.

— Col, allons déjeuner. J'en ai besoin pour soigner ma gueule de bois.

Pris par surprise, Colin referma aussitôt les onglets qu'il avait ouverts pour se renseigner sur Crush.

— Col…, dit Rory d'un air soupçonneux. Pourquoi est-ce que tu as la tête d'un ado chopé en train de mater du porno ?

Il se précipita vers l'ordinateur avant que Colin ait pu tout refermer. En voyant les articles sur l'écran, Rory comprit tout.

— « Tout ce que vous voulez savoir sur Crush mais que vous n'osez pas demander ». Oh mon Dieu, Colin a enfin des couilles ! commenta Rory, impressionné.

— C'est pas ce que tu crois, bredouilla Colin.

— On ne me la fait pas, Collie boy, contra Rory avec un sourire sardonique. Allez, montre-moi tes matchs.

— Je n'ai même pas encore l'appli.

— Eh ben télécharge-la ! Allez, je veux voir ce qui crée un tel buzz. Et toi aussi, manifestement, s'écria-t-il, bouillonnant d'impatience.

L'excitation semblait avoir déchiré le brouillard de sa gueule de bois.

— Je ne peux pas faire ça à Tara…

— Ce n'est pas parce que tu regardes la carte que tu es obligé de commander un plat, insista Rory.

Pendant un instant, la logique de Rory sembla sensée à Colin. Ça n'arrivait pas souvent. Mais même une montre cassée donne l'heure exacte deux fois par jour. Pourtant, télécharger l'appli serait une trahison…

— Non, Rory, je ne vais pas tromper ma femme.

Rory poussa un soupir théâtral.

— Tu sais quoi, c'est sans doute mieux comme ça. Tu n'es pas exactement le genre d'homme avec lequel une femme voudrait une liaison, de toute façon.

— Je vois clair dans ton jeu. Tu voudrais que je te demande ce que tu sous-entends par là.

— Tu sais que c'est ma tactique favorite, Colin…

— Pfff, d'accord. Disons que j'ai mordu à l'hameçon. Pourquoi une femme ne voudrait pas me prendre comme amant, exactement ?

— En fait, tu es… Seigneur, je ne peux même pas prononcer le mot. Tu sais que je déteste le politiquement correct, mais il y a des mots qui sont juste trop horribles pour être proférés à haute voix, expliqua Rory en faisant semblant de vomir.

— C'est bon, je suis un grand garçon, protesta Colin en levant les yeux au ciel.

— Tu es devenu… tu es devenu…

— Allez, crache le morceau !

— GENTIL ! hurla Rory, révélant enfin le fond de sa pensée.

— Oh, pour l'amour du ciel, il y a pire pour un homme !

— Non, Col, il n'y a rien de pire. Va dans n'importe quelle librairie, rends-toi au rayon érotisme féminin, et essaie de trouver un bouquin intitulé *Séduite par le gentil monsieur*. Scoop, ça n'existe pas. Parce qu'il n'y a pas moins sexy qu'un homme gentil.

— Alors quoi, il faut que j'essaie d'être… méchant ? Arrête tes conneries…

— L'opposé de gentil, ce n'est pas méchant, c'est dangereux, corrigea Rory. Moi, je suis scorpion, alors les femmes sont naturellement attirées par mon côté ténébreux.

— Ah, ne me dis pas que tu crois à l'horoscope, toi aussi ?

— Bien sûr que non ! Mais les femmes, oui. Et on parle de ce que veulent les femmes. Col, je vais faire quelque chose que je n'avais jamais fait avant.

— Ton travail ?

— Ne sois pas ridicule. Je vais t'éduquer, mais à la dure. Quand j'avais onze ans et toi dix-neuf, je te considérais comme la personne la plus cool du monde. Tu avais une moto Triumph Bonneville, quoi ! On te prenait pour un dieu du sexe ! Maintenant, tu roules en Nissan Quashqai. En quelques années, tu es passé du statut de lion à celui de chaton. J'avais tellement envie de grandir, pour être exactement comme toi. Maintenant j'ai peur de grandir, au cas où je deviendrais comme toi. Ça me brise le cœur de te le dire, mais je pense que tu as besoin de l'entendre.

Rory avait la réputation d'être sans filtre, mais c'était la première fois que ses paroles avaient un effet sur Colin. Parce qu'il avait raison. Autrefois, Colin était un rebelle anticonformiste qui n'écoutait que lui-même. À présent, il travaillait à un poste chiant comme la pluie, de 9 heures à 17 heures, dans une boîte de compta, et rentrait le soir à la maison pour retrouver une vie de couple dénuée de joie et de désir. Colin savait exactement pourquoi la remarque de Rory l'atteignait : il n'y a que la vérité qui blesse.

— Vas-y, télécharge-la, dit-il en tendant son téléphone à son ami.

— Excellent ! s'écria celui-ci, plein de zèle.

Cinq secondes plus tard, il avait téléchargé et ouvert l'appli. De toute évidence, c'était un pro des rencontres en ligne. Colin regardait par-dessus son épaule alors qu'il commençait à explorer le logiciel.

BIENVENUE SUR CRUSH, disait la page d'accueil.

CLIQUEZ POUR VOUS ENREGISTRER.

Rory cliqua sur le bouton et lança le processus d'inscription à toute vitesse.

— Activer les notifications. Oui, bien sûr. Liste de règles, pfff, on s'en fout. Voyons, numéro un, n'utilisez pas votre vrai nom. Numéro deux, pas de photos de visage. Trois, on se rencontre d'abord dans un lieu public si on a envie de se lancer. Quatre, soyez honnête sur ce que vous voulez. OK, j'ai fini les infos chiantes.

Colin avait la nette impression que Rory avait passé les règles trop vite, mais il avait saisi l'essentiel.

— OK, commençons par le commencement. Choisis-toi un faux nom.

— Je ne sais pas, quelque chose qui fasse viril…

— Max !

— Non, je ne suis pas un labrador. Pourquoi pas Kyle ?

— Non, elles vont croire que tu fais du skate. Je veux dire, je t'aurais laissé prendre Rory, mais tu n'as pas le magnétisme animal brut qui va avec.

— Merci pour ton soutien inconditionnel. Je sais ! JACK ! C'est masculin, mais ça ne fait pas trop fake non plus, décréta Colin, content de son choix.

— OK, va pour Jack, répondit Rory en tapant le pseudo. Et comme mot de passe, je te propose RORY-EST-MONTÉ-COMME-UN-TAUREAU, tout en majuscules, avec des traits d'union.

Colin leva les yeux au ciel, mais ne protesta pas.

— OK… Ensuite on doit entrer quelques infos personnelles… Disons que tu as trente-six ans… 1,82… musclé…

— Mais je ne suis rien de tout ça, objecta Colin, anxieux.

— Détends-toi, on ne ment pas, on embellit juste un peu la réalité, répliqua Rory sans lui laisser le choix.

— Euh, d'accord.

— Alors… on va dire que tu habites à Dublin… Bon, maintenant ça te demande de choisir cinq adjectifs pour te décrire.

— Euh, OK. Alors… je dirais que j'ai un bon sens de l'humour… Je ne suis pas trop bête, si je puis me permettre… Je suis sociable… sûr de moi… et affirmé !

— Affirmé ? Vraiment ? s'étonna Rory, les sourcils levés.

— Ben, avant, je l'étais. Et je crois qu'il est temps que je le redevienne !

— Voilà, c'est bien, ça ! Alors, j'ai donc drôle, intelligent, assuré, sociable et affirmé, résuma Rory en cliquant pour enregistrer. Maintenant, cinq qualités que tu trouves attirantes chez une femme. Peut-être que je devrais remplir cette partie à ta place.

— Certainement pas ! rit Colin. Je ne veux même pas savoir quelles qualités tu mettrais !

— Moi, ce qui m'intéresse, c'est plutôt les quantités, si tu vois ce que je veux dire, convint Rory. Mais d'accord, fais comme tu veux. Vas-y.

— OK, voyons voir… Alors, j'aime qu'une femme soit authentique, tu vois. Une fille qui ne cherche pas à jouer. Elle est doit être attentionnée. Et je veux qu'elle ait de l'ambition, aussi. Peut-être du genre créatif. Une femme qui regarde vers l'avenir. Et le plus important, elle doit être passionnée.

— OK, alors j'ai passionnée, créative, ambitieuse, attentionnée, authentique, sans intérêt.

— N'écris pas « sans intérêt » !

— Non, je disais juste que tes goûts en matière de femmes sont sans intérêt.

— Et toi, c'est quoi, tes goûts ? Lobotomisées ?

— Bien sûr que non ! L'intelligence, c'est très sexy.

— Je suis bien content de te l'entendre dire, avoua Colin, bien qu'il ait l'impression qu'une réserve ne tarderait pas à suivre.

— Faut pas être trop bête, pour assurer en levrette, clarifia Rory, d'humeur poétique.

— Je me disais aussi…

— Bon, la partie suivante, c'est ta bio, reprit Rory. C'est là que tu expliques ce que tu recherches dans une liaison.

Colin ne s'attendait pas à cette question.

— Qu'est-ce que je recherche dans une liaison… ? Eh ben, je veux savoir que j'ai le pouvoir de prendre une femme comme il me plaît. Je veux une femme qui sait que c'est moi qui décide, et soit ça lui plaît, soit elle se casse. Quand elle est avec moi, c'est moi qui suis aux commandes. Si elle cherche un gars gentil, eh bien elle s'est trompée de porte. Je suis dangereux. Le lion est resté en cage trop longtemps. Je suis prêt à rugir, déclara Colin.

Il lui semblait qu'un sentiment primal venait de s'éveiller en lui.

—J'ai des remarques à formuler, commenta Rory, ce qui le fit redescendre un peu.

—M'en fous. C'est ma bio, et elle reste comme ça, rétorqua Colin avec fermeté.

—Wow, j'adore ce nouveau Colin, très affirmé. Ou devrais-je plutôt dire, JACK, 36-DUBLIN, ajouta-t-il avec un sourire.

Il cliqua sur le bouton pour soumettre le profil et la barre de progression commença à se remplir alors que l'algorithme cherchait des matchs potentiels.

Le suspense était insoutenable.

—Je ne vais sûrement avoir aucun match, soupira Colin pour se préparer au pire.

RECHERCHE 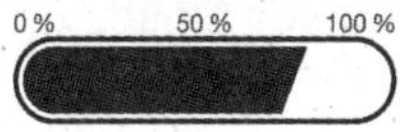

TERMINÉE

Le téléphone émit un petit jingle, et un pop-up s'ouvrit.

MATCH PARFAIT 100 %

—Une compatibilité à cent pour cent ? s'écria Colin. C'est possible ?

—Ça doit être ton jour de chance. Voyons voir qui c'est..., répondit Rory, cliquant sur le profil.

CLAIRE, 35-DUBLIN

—Alors, elle s'appelle Claire, annonça Rory. Elle a trente-cinq ans et vit à Dublin également. Jusqu'ici, nickel.

—Claire. C'est tellement sexy, comme prénom. Que dit sa bio ? demanda Colin, tout troublé.

Rory se racla la gorge.

—« Je veux me sentir de nouveau moi-même. Celle que j'étais avant. Je veux qu'un homme m'embrasse sans que j'aie besoin de le lui demander. Je veux un homme qui sait ce qu'il fait et sait quand il doit prendre les choses en main. Je veux qu'il me serre fort et me fasse fondre entre ses bras. Et je suis fatiguée de me sentir coupable de désirer ça. »

Colin éprouva un choc. Elle cherchait exactement la même chose que lui.

— Elle a l'air parfaite ! Et compatible à cent pour cent ! Tu sais ce que ça signifie ? La femme de mes rêves est en train de se balader quelque part à Dublin ! s'écria-t-il avec un geste vers la fenêtre.

— Hola, on se calme ! coupa Rory. Tu n'as pas téléchargé Crush pour trouver la femme de tes rêves. Tu es à la recherche d'une brave épouse pour un coup d'un soir. Une histoire sans lendemain. Sans attache…

— Tu as fini ? demanda Colin, agacé.

— Sans prise de tête. Sans attente. Sans lendemain. Attends, je dois en avoir encore un… Non, c'est bon, j'ai fini.

— Mais Rory, c'est une compatibilité à cent pour cent. On ne peut pas être plus compatible que ça ! haleta-t-il, incrédule.

— Et si on commençait par un message, avant de s'emballer ? Il ne faut pas oublier que tu ne sais même pas à quoi elle ressemble. Si ça se trouve, c'est cette vieille Karen toute moche des RH !

Rory n'avait pas tort, Colin mettait la charrue avant les bœufs. Pourtant, il se sentait boosté. Boosté comme il ne l'avait pas été depuis des années. Il s'autorisa donc à savourer la sensation.

— D'accord, tu as raison. Commençons par un message. Mais qu'est-ce que je dois dire ?

— Tu n'as qu'à prendre ma phrase d'accroche préférée. Chérie, si c'était moi qui avais composé l'alphabet, il s'arrêterait à ton Q.

— C'est sûr que ça change de l'habituel « Mademoiselle, ton père c'est un voleur, il a pris toutes les étoiles du ciel pour les mettre dans tes yeux », commenta Colin en riant. Mais je crois que je vais faire simple.

Il se mit à écrire.

Jack : Bonjour, chère inconnue 😉

Colin était content de son message. Il n'était pas trop direct, mais le petit émoji coquin laissait entendre qu'il était intéressé.

— Je suppose qu'il ne me reste qu'à attendre, soupira-t-il.

C'était un peu désarmant d'envoyer un message, et qu'il ne se passe rien immédiatement après.

— Et c'est le bon moment pour aller chercher de la bouffe bien grasse contre la gueule de bois, déclara Rory.

Colin était très tenté par un repas ultra-calorique, mais il voulait garder de la place pour les deux faux-filets qu'il avait sortis du congélateur le matin.

— Vas-y. J'ai mis des steaks à décongeler pour ce soir, alors je vais me contenter d'un wrap au poulet ce midi, déclina Colin.

— D'accord, mais je t'interdis de renvoyer un message à Claire en mon absence. Les femmes détestent qu'on ait l'air désespéré.

— Je ne le ferai pas, promis. Je te dirai si j'ai une réponse.

Il rangea le téléphone dans sa poche.

— Je suis fier de toi, mec. Tu as retrouvé ton côté sauvage, ta vraie nature, approuva Rory en sortant du bureau de Colin.

Aussitôt après, il repassa la tête par la porte comme s'il avait oublié quelque chose.

— Une histoire sans engagement. Je savais bien que j'en avais encore un !

Chapitre 7

Lorsque Tara arriva à la maison plus tard ce jour-là, elle fut accueillie par la même sensation familière de vide. Bien qu'elle ait vécu dans cette maison pendant des années, elle ne se l'était jamais vraiment appropriée. La raison n'en était pas mystérieuse. Colin et elle avaient acheté cette demeure pour y fonder une famille, mais dix ans plus tard, ils n'étaient toujours que tous les deux, comme hantés par les chambres vides. Elle était propriétaire de la maison de ses rêves, mais avait l'impression de vivre dans les ruines de sa vie.

Elle repensait avec nostalgie à leurs années d'études, dans le minuscule studio qu'ils partageaient. En y repensant, la vie était bien plus facile à l'époque. Ils avaient des disputes idiotes pour savoir laquelle des deux facs était la meilleure, Trinity ou UCD. Tara défendait son université bec et ongles, mais pour finir, elle se retrouvait toujours à porter le sweat à capuche UCD de Colin, même si cela représentait pour lui une victoire. Elle aimait quand il gagnait. Avec ce sweat, elle se sentait en sécurité. À l'époque, chaque jour était comme un dimanche matin, et ils imaginaient ensemble tout ce qu'ils feraient plus tard.

Mais à présent, on aurait dit que leur couple n'arriverait jamais à sortir de l'ornière. C'était bien plus qu'une ornière. Un gouffre. Autrefois, elle se sentait à l'aise, assise en silence avec lui, mais récemment, c'était comme si quelqu'un avait augmenté le volume du fond sonore, tous ces bruits tapis sous le paillasson de la vie. Elle entendait les bruits mécaniques qui sous-tendent toute chose, comme un moteur pas entretenu, qui hurle pour qu'on le répare. Les petites choses comme son ronflement incessant, ses éternuements supersoniques, et sa prononciation du mot « quinoa » comme si c'était « quinoi ». Tous ces petits éléments devenaient terriblement stridents, comme des ongles sur un tableau noir. Et puis il y avait l'insupportable conversation vide de sens. Leurs tentatives pour meubler le silence ne faisaient que l'amplifier. Le remède était pire que le mal. Plus longtemps la situation restait non dite, plus un élément gagnait en clarté.

Ce n'était plus qu'une question de temps avant que ce silence frémissant arrive à ébullition.

Affamée, Tara passa directement dans la cuisine pour commencer à préparer le dîner. Elle ouvrit le frigo pour voir ce qu'elle avait, puis se souvint des deux faux-filets que Colin avait laissés à décongeler. Elle savait qu'il les avait sortis pour qu'elle les cuisine. C'était elle qui préparait les repas, après tout. Mais le fait que Tara cuise ou non un steak pour son époux dépendait d'un point très important.

Elle ouvrit le lave-vaisselle.

Toujours pas vidé.

Pas une seule assiette ou tasse déplacée jusqu'au placard. Pourtant, il avait dit qu'il le ferait une fois qu'elle serait partie au travail. Et ce n'était pas un incident isolé. C'était désormais normal.

Ça n'était pas comme ça autrefois. Avant leur froid, ils avaient toujours fait chacun la moitié des tâches. Elle cuisinait, il mettait le couvert et ouvrait le vin. Elle passait l'aspirateur, il tondait la pelouse. Elle chargeait le lave-vaisselle le soir, et il le vidait le lendemain matin. Mais à présent, il ne semblait tout simplement plus s'en soucier.

Pouvait-on faire plus énervant qu'un homme qui s'en fout ?

Elle ne cuisinerait pas les steaks. Par principe, elle refusait de se mettre en quatre si en retour elle ne recevait que le strict minimum. La vie de couple était un sport d'équipe, non ? Et si son équipier avait décidé de la laisser tomber, ce n'était pas à elle de jouer aux deux postes.

Après tout, pourquoi aurait-elle dû faire des efforts ?

Tara farfouilla dans le frigo et dénicha un gratin de pâtes au poulet. C'était un plat pour deux, et il se périmait le lendemain. Parfait. Elle en mangerait une moitié, et Colin prendrait l'autre s'il voulait. Et si ça ne lui plaisait pas, il n'aurait qu'à se faire cuire son fichu steak lui-même.

Elle enfourna le plat dans le micro-ondes.

Les plats cuisinés n'étaient certes pas ce qu'elle préférait, mais elle n'arrivait plus à trouver l'énergie nécessaire pour se mettre aux fourneaux. En réalité, elle se surprenait à cuisiner de moins en moins depuis le début de la tension avec Colin. S'il avait simplement pu lui montrer par un geste qu'il tenait encore à elle, ça lui aurait suffi. Elle lui demandait tous les mois de l'aider à ranger leur abri de jardin, mais autant parler à un mur. Si Colin ne lui montrait pas qu'elle comptait à ses yeux, ils continueraient à manger des plats préparés jusqu'à ce qu'il fournisse la preuve du contraire.

Il existait toutefois un compromis qui lui aurait convenu. Un miracle s'était produit dans l'univers culinaire grâce à la hausse de popularité des friteuses sans huile. Autour de Tara, tout le monde en avait une et passait à son temps à se vanter des bons petits plats qu'on pouvait y préparer sans effort. Mais Colin, évidemment, avait décrété qu'une friteuse sans huile n'était rien d'autre qu'un cuiseur monté en épingle, et qu'ils n'en avaient pas besoin. Sa frugalité la rendait folle.

Tara estimait que la meilleure façon de supporter l'existence était de toujours avoir une réservation de vacances ou un colis en route. Mais Colin ne voulait plus partir à l'étranger, et elle avait un arrangement secret avec le facteur : il ne livrait jamais de paquet quand la voiture de Colin était dans l'allée. Il n'avait pas le pouvoir de l'empêcher d'acheter, bien sûr, mais il arrivait très bien à la priver du plaisir. Quant à son refus des vacances, il découlait du fait que la FIV était la seule chose qui vaille qu'on économise, apparemment. Mais que vaut la vie si l'on n'a rien d'agréable à en attendre ?

Pour le moment, en tout cas, Tara devait s'en remettre à son fidèle micro-ondes tant que la friteuse sans huile demeurait un fantasme. La vie est drôle, se disait-elle. Un jour, tu danses sur le comptoir après avoir bu trop de tequila, le lendemain tu fantasmes sur des friteuses sans huile.

Le temps que le repas chauffe, elle ouvrit une nouvelle bouteille de pinot gris et s'assit à la table. Elle se servit un verre et se rendit compte subitement qu'elle avait déjà vidé la moitié de la bouteille. Autrefois, elle servait toujours quatre verres avec une bouteille, mais sa définition d'un verre plein s'était graduellement modifiée. Elle n'avait pas le droit de boire pendant les cycles de FIV, et, les derniers temps, Colin s'était mis à lâcher des remarques passives-agressives sur le fait qu'elle rattrapait son retard.

Elle se demanda à quoi ressemblerait son verre dans quelques années. Serait-elle une de ces femmes qui achètent un verre gigantesque pour rire et s'exclament « Ne vous en faites pas, je ne prends qu'un verre » avant d'y déverser le contenu entier d'une bouteille ? Pour ne rien arranger, deux mois de bouteilles de vin vides s'entassaient dans le cellier, en attendant que Colin aille les déposer dans un conteneur à verre. « Je m'en occupe la semaine prochaine », disait-il chaque semaine. En les voyant, on penserait forcément que Tara avait un problème. Peut-être qu'il fallait qu'elle se calme un peu.

Le bip du micro-ondes vint l'arracher à ses pensées. Elle décida qu'elle ne pouvait pas renoncer au vin, parce que c'était bon pour le cœur après un certain âge. D'une certaine façon, boire du vin lui permettait de vieillir comme un bon cru. Elle avait le don d'arriver à se persuader de n'importe quoi. Elle prit une gorgée et commença à servir le gratin de pâtes dans une assiette.

Colin rentra peu après Tara. Pendant tout le reste de sa journée de travail, il n'avait pensé qu'à Claire. Bien qu'ils aient une compatibilité parfaite, elle n'avait pas encore répondu à son message. Il avait ouvert l'appli toutes les heures pour vérifier, et n'avait vu à aucun moment la petite lumière verte qui indiquait qu'elle était en ligne.

Bien que Claire ne lui ait pas encore écrit, Colin avait une nouvelle confiance en lui qui résultait de ce match à cent pour cent. Il roulait même un peu des mécaniques. Son ego avait pris un tel coup pendant des années qu'il avait oublié la sensation de se sentir plein d'assurance. Il en fallait très peu à Colin pour être content de lui, et il était bien décidé à profiter de cette bouffée de confiance aussi longtemps que possible. Il savait que c'était idiot, que cela montrait aussi qu'il avait besoin d'approbation, mais ça lui était égal. Il se sentait comme un roi, et bien décidé à festoyer en conséquence.

Il accrocha son manteau dans l'entrée et pénétra dans la cuisine au moment précis où Tara attaquait son repas.

— Ah, tu tombes bien, dit-elle en levant les yeux de son gratin de pâtes.

— Tu manges quoi ? demanda-t-il en observant l'assiette, les yeux plissés.

— Un gratin de pâtes au poulet. C'est très bon. Ta part est posée sur le comptoir, répondit Tara en se dépêchant de boire son vin pour empêcher Colin de voir quelle quantité elle s'était servie.

— J'avais mis des steaks à décongeler pour ce soir, rappela-t-il, visiblement déçu.

— Je sais, mais je n'étais pas d'humeur à cuisiner. J'ai eu une journée de folie au boulot.

Colin était plus que déçu, en réalité. Il avait pris soin de ne pas trop manger au déjeuner pour garder la place pour le dîner. Ce n'était pas tant le fait de ne pas avoir ce qu'il voulait qui l'irritait, mais plutôt que, comme d'habitude, elle ait pris la décision toute seule. Il n'avait même rien contre les plats surgelés, mais cela faisait des mois qu'ils ne mangeaient que ça. Il ne s'agissait plus de savourer un bon repas, mais d'aller au plus pratique. Sans compter que les plats étaient toujours mal réchauffés. Tièdes.

Colin poussa un soupir théâtral en prenant sa part de gratin.

— Colin, si tu as envie de steak, prépare-toi un steak. Ce n'est pas un problème.

— Pfff. Ouais. Il n'y a aucun problème, maugréa-t-il.

Colin déposa sa part de gratin dans une assiette, et jeta l'emballage recyclable dans la poubelle ménagère, sachant très bien que ça agacerait Tara.

— Colin, pour l'amour du ciel, tu sais qu'il faut les rincer et les mettre au recyclage, dit-elle pour la millionième fois.

— Vois-tu, peut-être que si on mangeait moins de plats tout prêts, on produirait moins de déchets, répliqua-t-il en fourrant son assiette dans le micro-ondes, dont il claqua la porte un peu trop fort.

— Je viens de le faire cuire, pourquoi tu le remets dedans ? s'étonna-t-elle.

— Tu ne l'as pas fait cuire, tu l'as passé au micro-ondes. Ce n'est pas pareil. Et ce n'est pas sain de tout mettre au micro-ondes, digressa-t-il.

— Eh bien, si tu détestes tellement le micro-ondes, je vais acheter une friteuse sans huile !

— Une friteuse sans huile, c'est juste un cuiseur ! On ne peut pas frire sans huile, c'est une arnaque !

— OK, juste pour qu'on soit clairs, tu es agacé que je ne consacre pas assez de temps à te cuisiner ton repas ? Tu veux vraiment qu'on joue à ça ? le piégea Tara.

— Je ne pense pas qu'un repas fait maison de temps en temps soit trop demander…

Tara reprit une gorgée de vin. La rage dansait dans ses yeux. Il vit l'interrupteur féministe s'enclencher. Elle avait sorti les griffes, et Colin savait que la bataille était perdue d'avance. Mais il n'avait pas l'intention de tomber sans combattre. Ne serait-ce que pour se prouver qu'il en était capable.

— Eh bien, je ne crois pas qu'avoir le lave-vaisselle vidé soit trop demander non plus ! lança Tara. Tu ne lèves pas le petit doigt. Ça fait des mois que je te demande de nettoyer l'abri de jardin, et ça n'est toujours pas fait. Et tenter de t'envoyer au conteneur de verre avec les bouteilles vide… autant pisser dans un violon !

— Ah, c'est œil pour œil ? Mais je fais plein d'autres choses dans la maison.

— Vraiment ? Tu ne t'occupes pas de la vaisselle, ni de la lessive, ni des sols, ni de la poussière…, lista-t-elle.

— Tu ne me demandes jamais de le faire !

— Je ne devrais pas avoir besoin de demander !

— Ah oui, c'est vrai, j'avais oublié que j'étais censé être extralucide ! Je dois deviner par magie ce que tu veux sans que tu me le dises ! s'écria Colin, en levant les mains en l'air.

— Ce que je veux, c'est que tu fasses les tâches ménagères de ton plein gré.

— TU VEUX QUE J'AIE *ENVIE* DE FAIRE LES TÂCHES MÉNAGÈRES ? hallucina Colin.

— Personne n'a *envie* de faire les tâches ménagères, Colin, mais tu pourrais au moins proposer !

— Non, parce que tu préfères te plaindre que personne ne t'aide, plutôt que de demander de l'aide. Syndrome du martyr, typique. C'est comme pour Celine qui pourrait nous mettre en contact avec ce spécialiste de la fertilité. Tu te punis toi-même !

— Ah ! rit-elle. Celine ! Et qu'est-ce qu'elle va faire ? Nous donner un code promo, vingt pour cent de réduction sur le prélèvement d'ovules ? Lâche-moi…, souffla-t-elle.

— Elle est influenceuse, Tara. On devrait profiter de son influence ! s'écria Colin pour tenter de la raisonner.

— Avoir dix mille personnes qui vous suivent, ça ne fait pas de vous une influenceuse…

— Jésus n'avait que douze personnes qui le suivaient, et on sait ce que ça a donné !

— Oh, ta foi s'est réveillée, railla Tara en levant les yeux au ciel.

— Il n'y a pas de mal à demander de l'aide. Ce n'est pas une défaite, pour un homme.

— Eh bien, pour une femme, si. Je ne veux pas d'aide de Celine, point final.

— Tu sais quoi, Tara ? La jalousie, c'est moche.

— Tu sous-entends que je suis JALOUSE DE CELINE ? C'est ça qui te contrarie ? Tu es frustré que je ne sois pas une Yummy Mummy qui te pond des bébés comme une lapine et qui a un bon petit repas tout prêt sur la table à l'instant où tu rentres du travail ? s'étrangla Tara, choquée.

— Beurk, c'est toujours la même histoire. Arrête de tout transformer en sermon féministe, s'il te plaît…

— Difficile de faire autrement quand le bébé qui me tient lieu d'époux fait un caprice parce qu'il n'a pas eu son manger préféré avant son dodo !

— Ça ne change rien au fait que tu sois un sac de nœuds bourré de contradictions.

— Tu me traites de sac ? rétorqua Tara, horrifiée. Tu sais quoi, puisque je gagne plus que toi, peut-être que je devrais rentrer et mettre les pieds sous la table. Maintenant que j'y pense, peut-être que c'est un homme au foyer qu'il me faut.

— Le salaire ne fait pas tout, Tara. J'ai des placements, toi non. Je travaille peut-être moins dur, mais je travaille plus intelligemment.

— Travailler intelligemment ? C'est comme ça que tu appelles t'amuser avec Rory toute la journée ? Tu sais, je crois qu'il déteint trop sur toi. Tu commences à puer la masculinité toxique.

— Peut-être que ton petit chien-chien a encore des dents pour mordre. Peut-être que j'ai enfin les couilles de parler de notre problème, au lieu d'ignorer l'éléphant dans la pièce.

— Alors d'abord je suis un sac, et maintenant un éléphant ? Merci, répondit Tara, à côté de la plaque.

— Ce n'est pas toi, l'éléphant ! J'ai juste dit qu'on était totalement empotés, à ne surtout pas parler du fait qu'on est manifestement malheureux ! J'ai sorti les deux steaks pour qu'on puisse passer un bon repas ensemble ! On dirait que tu as rendu les armes sur tout ! Le dîner, le sexe, l'avenir, tout. Tu as complètement laissé tomber notre relation.

— Je t'ai dit que j'étais à la croisée des chemins, côté spiritualité. J'essaie de me réaligner avec mon destin !

— Je ne vais pas continuer à te laisser t'en tirer avec ce genre d'excuses, Tara. Ça ne va pas se passer comme la fois où tu as embouti ma voiture en marche arrière dans l'allée, et que tu m'as raconté que c'était parce que tu es gémeaux !

— Pour la dernière fois, Colin, Mercure était rétrograde ! Ce n'est quand même pas ma faute !

— Plus question d'accepter ces conneries. Tu as peut-être la tête dans les étoiles, Tara, mais il est temps que quelqu'un te ramène sur terre !

Le micro-ondes sonna ; l'assiette de Colin était prête.

— Oh, regarde, mon dîner est prêt. Un merveilleux repas tiède, comme notre couple, persifla-t-il en le sortant de l'appareil.

— Tu sais, les mecs devraient faire attention avant de dire aux femmes de retourner à la cuisine. C'est là qu'on range les couteaux. Qui sait, peut-être que mon destin, c'est d'être l'héroïne d'un fait divers, avança Tara en prenant une gorgée de vin, persuadée d'avoir gagné.

— Je vais dîner dans le salon, pour que ma masculinité toxique ne risque pas de t'étouffer par accident, répliqua Colin, content de lui.

— Super. Et tant que tu y es, pourquoi tu ne dormirais pas sur le canapé ce soir, pour que mon oreiller ne risque pas de t'étouffer par accident ? cingla Tara.

Colin lui adressa un sourire passif-agressif en quittant la cuisine.

Chapitre 8

Tara et Colin passèrent le reste de la soirée à s'éviter de manière théâtrale. Lorsque l'un entrait dans une pièce, l'autre en sortait ostensiblement. Le ressentiment accumulé de part et d'autre avait fini par éclater. Colin n'avait pas prévu que la situation dérape de la sorte, mais il était soulagé que les problèmes tacites soient enfin remontés à la surface. Il n'aimait pas l'idée que des steaks les aient amenés à un point de rupture, mais ce n'était de toute façon pas vraiment les steaks eux-mêmes qui étaient en cause.

Ça ne le dérangeait pas de dormir sur le canapé, bien qu'il soit un peu poussiéreux. Il aurait bien entendu pu s'installer dans la chambre d'amis. Mais il redoutait cette solution trop durable à un problème temporaire. Il craignait, s'il prenait la chambre d'amis, de ne jamais réintégrer son lit avec Tara. Ce n'était pas ce qu'il voulait. Il l'aimait plus que tout au monde, après tout. Ils étaient juste dans une mauvaise passe, et le reconnaître était la première étape pour en sortir. Il prit une couverture dans le placard et s'installa sur le canapé.

Allongé là, il ne put s'empêcher de repasser la dispute dans sa tête. Colin se retrouvait toujours à inventer des reparties cinglantes après coup. Sur le moment, il était complètement nul. Tara avait le verbe plus acéré, c'était comme ça depuis le début. Quand ils étaient plus jeunes, si Colin savait qu'il était en train de perdre une dispute, il l'attrapait, pour la faire taire d'un baiser. C'était la seule façon de gagner contre elle. C'était sa botte secrète, la carte qu'il gardait dans sa manche.

Entre eux, toute tension avait toujours une naturelle sexuelle. Dans chaque dispute, il y avait une alchimie, un courant érotique qui se rechargeait. Ils savaient rediriger cette puissance en sexe passionné, et y trouver l'échappatoire dont ils avaient tous deux besoin. Mais Colin avait l'impression que Tara ne voulait plus être attrapée et embrassée. Il aurait voulu faire un pas, mais elle exprimait par son langage non verbal qu'elle n'en avait pas envie. À présent, ils étaient tous deux enfermés dans une prison qu'ils avaient créée, et aucune porte de sortie ne se dessinait.

Une fois de plus, son esprit vagabonda vers Claire. Il se demanda si elle aussi était malheureuse dans son couple. Sa présence sur Crush signifiait sans doute qu'elle se reconnaîtrait dans sa situation. Colin ouvrit Crush sur son téléphone et vit qu'il avait quatre-vingt-deux pour cent de compatibilité avec SANDRA, 35 – DUBLIN, et qu'elle lui avait envoyé un message.

> Sandra : Wow, 82 % de compatibilité ! On doit être faits l'un pour l'autre hahahahaha

> Coucou ????? Tu es là ??????

> Alors... on en est où ?

Colin se hâta de refuser le match. Un pot de colle, non merci. Il y avait un autre message, d'un profil intitulé

MAGGIE, 43 – DUBLIN, avec qui il avait soixante-deux pour cent de compatibilité.

> Maggie : Salut, Jack. J'ai toujours rêvé de faire l'amour dans un cimetière. Est-ce que ça pourrait te tenter ?

Colin était horrifié. Il n'était pas du genre à juger, mais faire l'amour dans un cimetière lui semblait complètement déviant. Il hésita à répondre avec une blague de daron par politesse, mais ne parvint pas à décider entre « Il paraît que c'est mortel » et « Visons déjà la cime, pour le tiers on verra après ». Il finit par choisir de ne pas se donner cette peine, et refusa le match. Après avoir décroché cent pour cent de compatibilité avec Claire, c'était difficile de s'intéresser à quelqu'un d'autre. Après tout, il travaillait dans les chiffres, et cent pour cent était un résultat m0agique en matière de probabilité, de communication de données, de tout. Mais pourquoi ne lui répondait-elle pas ? C'était comme de décrocher le jackpot puis d'être expulsé du casino. Claire n'était-elle pas au minimum curieuse de savoir ce qui les rendait compatibles à la perfection ? Son silence le rendait fou. Il soupira et regarda l'heure.

23 h 06.

C'était mort. Claire avait de toute évidence trouvé son message stupide, ou alors peut-être qu'elle ne prenait pas Crush très au sérieux. Dans un cas comme dans l'autre, Colin ne pouvait s'empêcher de sentir son ego un peu dégonflé par l'absence de réponse. Il se leva et mit son téléphone à charger dans un coin de la pièce. Il était temps d'oublier Crush et de dormir.

Dans la chambre, Tara se préparait à se coucher. Elle se demandait si la dispute de ce soir était exceptionnelle ou si c'était le premier clou du cercueil de leur couple. Sans Colin à ses côtés dans le lit, elle ressentait le vide plus que jamais. Être seule était une chose, mais se sentir seule au sein d'un couple produisait un isolement bien plus grand. Colin et elle étaient ensemble depuis dix-huit ans. La période dorée de leur couple était-elle en train de se terminer ? Était-ce normal que ce qui commençait comme un éveil sensuel évolue en une apathie sexuelle ? Ces questions la tourmentaient.

Après avoir mis de la crème antiseptique sur un bouton qu'elle sentait poindre sous sa peau, elle se glissa dans le lit. Étendue là, elle repensa aux choses qu'avait dites Richard Mulligan à la radio. Plus de deux cent cinquante mille personnes avaient téléchargé Crush. Peut-être que beaucoup d'autres gens ressentaient la même chose qu'elle. Peut-être n'était-elle pas seule.

Tara se souvint qu'elle n'avait pas supprimé l'appli de son téléphone. Pendant un moment, elle avait songé à la garder pour étudier le produit, puis elle s'était dit que ça n'avait pas d'intérêt. Les Gars avaient déjà raflé ce client de toute façon, et maintenant qu'elle connaissait le niveau des hommes inscrits là-dessus, elle ne voulait rien avoir à faire avec. Elle tendit le bras vers sa table de chevet et attrapa son téléphone, pressée d'effacer toute trace de Crush.

Pourtant, alors qu'elle avait le doigt prêt à appuyer sur la croix, elle s'arrêta un instant et repensa à certains propos blessants de Colin. Quel culot ! Quelle impudence ! Où trouvait-il l'outrecuidance de la traiter ainsi ? Elle regarda l'heure sur l'écran.

23 h 23.

Bien qu'il soit tard et qu'elle soit épuisée, elle décida, juste pour le narguer, de surfer une dernière fois, comme un acte de défi clandestin.

Mais lorsqu'elle ouvrit Crush, elle n'en crut pas ses yeux. Effarée, elle contempla l'animation qui affichait : Match parfait 100 %

JACK, 36 – DUBLIN

C'est alors que cela se produisit.

Quelque chose qui amenait Tara à se sentir plus vivante qu'elle ne l'avait été depuis des années. Quelque chose qu'elle n'avait éprouvé que deux fois auparavant. Quelque chose qu'elle n'avait pas vu venir.

Tara ressentit une synchronicité.

Elle avait des frissons, la chair de poule, et cette sensation de déjà-vu. C'était la sensation viscérale qui l'avait toujours convaincue d'être au bon endroit, au bon moment et avec la bonne personne. La boussole spirituelle qu'elle avait crue cassée.

Jusqu'à maintenant.

Elle avait le cœur qui palpitait lorsqu'elle cliqua sur son profil pour en savoir plus. Elle lut sa bio et se sentit aussitôt excitée. Il avait l'air de l'homme de ses rêves, le genre de mec qui la faisait fantasmer. Puis, elle vit que Jack lui avait écrit plus tôt dans la journée.

Jack : Bonjour, chère inconnue ☺

Tara, complètement affolée, avait le cœur qui battait à tout rompre. Que répondre ? Tara n'était pas juste rouillée, elle n'avait en réalité jamais pratiqué ce jeu. Colin était son premier en tout, et elle était terrifiée à l'idée de faire une boulette. Elle se creusa la cervelle et finit par décider de faire simple. Jack dormait sans doute, de toute façon.

Claire : Une inconnue, c'est juste une personne que tu n'as pas encore rencontrée.

Dans le salon, le téléphone de Colin émit un bip. Il se leva du canapé et se dirigea vers la prise où il était branché. Il constata avec un choc que la notification venait de Crush. Il ouvrit aussitôt l'appli. Il espérait plus que tout qu'il s'agissait de Claire. Il fallait que ce soit elle. Son visage s'éclaira lorsqu'il vit le message.

Non seulement Claire lui avait-elle répondu, mais elle se montrait joueuse. Il regarda une nouvelle fois son profil, qui montrait à présent la lumière verte qu'il avait tant guettée toute la journée. Elle avait envoyé le message moins d'une minute plus tôt, et il savait qu'il devait répondre immédiatement, avant qu'elle se déconnecte de nouveau.

Colin retourna sur le canapé et se mit à taper sa réponse, ou plutôt celle de son nouvel alter ego, Jack.

Jack : Exact 🙂 Je n'ai pas l'expérience de tout ça, mais j'imagine qu'une compatibilité à 100 %, c'est un bon début ?

Claire : Oui, 100 % de compatibilité avec le conjoint de quelqu'un d'autre, on se croirait dans un film...

Jack : Ça veut sûrement dire qu'on est doués pour être pas sages...

Claire : Alors, on est certainement au bon endroit ❤

Jack : On dirait bien. Moi, c'est Jack ☺

Claire : Claire ❤

Alors qu'est-ce qui t'amène sur Crush ?

Jack : en toute franchise, je me suis inscrit seulement aujourd'hui et je n'ai pas encore compris comment ça marche.

Claire : Pareil. Je voulais comprendre le buzz.

Tu en as entendu parler ce matin à la radio ?

Jack : Non, j'ai raté l'émission. Mais il paraît que cette Mary a fait une grosse colère ahah

Claire : Oui, je suis bien contente de ne pas être Mary ahah #TeamJim

Mais pour être honnête, j'allais supprimer Crush quand tu m'as écrit

Jack : Oh... j'espère que tu ne vas pas le supprimer...

Claire : Non, ne t'inquiète pas, je ne vais pas le faire. Je voulais juste dire que tu m'as matchée pile au bon moment.

Jack : Wow ! J'aurais vraiment été perdant

Claire : C'est vrai ?

Jack : Je vois déjà que tu es super

Claire : Eh bien, si tu es compatible avec moi à 100 %, j'imagine que tu es super aussi ❤

Jack : J'aime ta façon de penser ☺

Claire : Ahah, si seulement mon mari pensait comme toi

Jack : Il y a de l'eau dans le gaz ?

Claire : Ça prend l'eau de partout, oui... ☹

Jack : M'en parle pas. J'ai l'impression d'être tout seul dans mon couple.

Claire : Pareil ! Et plus tu en fais, plus l'autre s'attend à ce que tu en fasses.

Jack : EXACTEMENT !

Claire : Et on est censés se mettre en quatre pour eux alors qu'ils ne lèvent pas le petit doigt pour nous !

Jack : Mais ouais ! Ils ont oublié la notion de donnant-donnant. pfff !!

Et ensuite ils font comme si c'était toi le problème.

Claire : Oui ! Ou alors, ils essaient de te faire croire que tu es cinglé !

Jack : Beurk, ça c'est le pire !

Claire : Enfin quelqu'un qui comprend ça. Seigneur, par moments j'ai cru être la seule.

Désolée, tu dois penser que je passe mon temps à me plaindre !

Jack : Non, je comprends tout à fait. Ça fait du bien de parler à aussi malheureux que soi.

Mais je ne suis pas heureux que tu sois malheureuse !

Claire : Ahah, oui, ça me rend un peu moins triste de ne pas être la seule à être malheureuse.

Ça a un sens, ce que je raconte ?

Jack : Absolument ! Ça fait du bien de se sentir un peu moins seul.

Claire : Et à bien y penser, s'ils nous accordaient plus d'intérêt, nous n'aurions pas besoin de nous inscrire sur Crush, déjà !

Jack : Oui ! On veut bien être patients, mais bon...

Claire : On dirait qu'ils veulent qu'on les trompe...

Jack : On n'a pas le choix !

Claire : Ahah. C'est complètement fou.

On pourrait se croiser demain dans la rue, on ne le saurait même pas.

Jack : C'est dingue, hein ? Mais c'est sans doute mieux comme ça

Claire : Pourquoi ?

Jack : Parce que je risquerais de t'attraper en pleine rue pour t'embrasser ☺

Claire : Tu ne sais même pas à quoi je ressemble ahah ❤

Jack : Je sais que tu es belle

Je ne peux pas l'expliquer, c'est juste que tu m'envoies des bonnes ondes ☺

Claire : Je suis sûre que tu préférerais une femme beaucoup plus jeune…

Avec une bio pareille, tu dois avoir des tonnes de matchs

Jack : Ahah, j'ai reçu quelques messages mais ils étaient un peu bizarres

Claire : Ça disait quoi ?

Jack : Il y en a une qui voulait faire l'amour dans un cimetière !

Claire : C'EST PAS VRAI ?!

Jack : Si. Tu vas peut-être me trouver vieux jeu, mais je ne crois pas que je banderais comme un mort !

Claire : ARRÊTE HAHAHA Charmant et drôle, tu es un vrai cadeau ma parole ?

Jack : Tu es déjà en train de penser à mon paquet ? ☺

Claire : Ahah. Peut-être bien... ♥

Mon Dieu, je n'arrive pas à croire que j'ai écrit ça !

Jack : Je suis ravi que tu l'aies fait ☺

Cet algorithme est un vrai père Noël, il sait exactement ce que je veux ☺

Claire : Et tu veux quoi ?

Jack : Toi 😉

Claire : Attention, la flatterie est... une excellente stratégie ❤

Jack : C'est vrai ? Humm, imagine combien je pourrais te flatter dans l'intimité...

Claire : Il va falloir que tu me racontes...

Jack : Eh bien, pour commencer, je m'approche dans ton dos pour t'embrasser dans le cou...

Claire : Oui...

Jack : Ensuite je te prends dans mes bras et je t'embrasse comme on ne t'a jamais embrassée avant

Claire : Je suis sûre que je me sentirai toute petite entre tes bras virils

Jack : C'est sûr. Si petite que je pourrais te prendre et te jeter sur le lit

Et ensuite je commence à t'embrasser dans le cou et je descends lentement.

Claire : Continue...

Jack : Alors je me mets à t'embrasser partout, et je t'arrache tes vêtements au fur et à mesure.

Et tant pis si je les déchire

Claire : Oh oui

Jack : Je mets ma main autour de ton cou et je te chuchote à l'oreille que ton minable de mari n'est pas digne de ton corps. Ton corps ne lui appartient plus, il est à moi maintenant.

Claire : Vas-y, continue…

Jack : Ensuite je te mets une main sur le cou. Sans serrer fort… tout doucement.

J'appuie juste assez pour que tu saches qui gère la situation

Claire : Oui ! Et après ?

Jack : Après je te demande si tu es prête à savoir ce que ça fait d'avoir un vrai homme.

Claire : Et je te réponds « Montre-moi »

Jack : Et je réponds...

Claire : Oui, dis-moi ce que tu me réponds, Jack...

Jack : Patience ☺

Tara était haletante. Elle n'avait jamais encore fait l'expérience d'un tel tourbillon sensuel par messages. Elle avait lu des romans érotiques, bien sûr, mais ce n'était rien comparé au fait que Jack soit à l'autre bout, en train de vivre le moment avec elle. Elle se sentait totalement embarquée dans ce fantasme avec lui. Comme si elle venait de vivre tout ce qu'il avait décrit. Elle en avait les jambes qui tremblaient.

Jack : J'espère que je ne suis pas allé trop loin ? Je me suis laissé emporter.

Claire : Non, pas tu tout, j'étais juste en train de reprendre mon souffle.

Jack : J'adorerais voir à quoi tu ressembles en cet instant...

Claire : C'est contraire aux règles...

Jack : Exact... mais les règles interdisent seulement les photos du visage...

Tara se mit immédiatement à paniquer. Elle n'était pas complètement innocente, elle savait très bien ce que voulait dire Jack. Il lui demandait une photo de son corps. Mais elle ne se sentait pas très sexy avec sa culotte blanche de mémé, la tête tartinée de crème.

Claire : Eh bien, peut-être que je vais devoir prendre quelques photos demain pour te donner envie de revenir ♥

Jack : Je crois bien que je suis d'accord

Claire : Mais je veux voir des photos de ton corps aussi. Ça va dans les deux sens

Jack : Marché conclu. J'espère juste que tu ne seras pas déçue ☹

Claire : Après ce que tu viens de me décrire, je ne crois pas que tu puisses me décevoir

Jack : Dans ce cas, on se retrouve à la même heure demain ?

Claire : Parfait. 23 h 23 ♥

Jack : Je vais compter les minutes en attendant

Fais de beaux rêves, Claire ☺

Claire : Toi aussi, Jack ♥

Tara avait l'impression que quelque chose en elle avait repris vie. Imaginer Jack prendre le contrôle l'avait laissée le souffle court. Elle ne se souvenait pas de la dernière fois où elle avait été aussi excitée. Elle était carrément trempée. C'était la fin de sa période de sécheresse. Ses nuages avaient éclaté. Elle avait prié pour la pluie mais Jack avait déclenché un orage de sensualité, une tempête de tentation.

Il y avait quelque chose chez Jack qu'elle n'aurait su décrire. Leur connexion était presque primale. Et son instinct ne l'avait pas trompée, bien au contraire, lorsqu'elle avait éprouvé cette sensation viscérale à son sujet. Cela faisait des années qu'elle n'avait pas éprouvé de synchronicité, et elle avait presque oublié à quel point la sensation était puissante. Suffisamment pour conjurer son esprit et lui mettre l'âme en feu. Sa boussole spirituelle avait trouvé le nord magnétique et il l'attirait vers Jack. Tara avait passé les derniers mois à chercher désespérément sa destinée.

Mais c'était la destinée, semblait-il, qui l'avait trouvée.

Chapitre 9

Lorsqu'elle se réveilla le lendemain, Tara ne savait pas trop si sa rencontre en ligne avec Jack était réelle ou une sorte de rêve érotique. Quand elle prit conscience que cela s'était bel et bien produit, elle se surprit à sourire sans pouvoir s'arrêter. Elle avait toujours fait partie des gens qui redoutent le moment de se lever le matin. Pourtant, voilà qu'elle se réveillait naturellement une heure plus tôt que d'habitude et sortait du lit pratiquement d'un bond. Sa bande-son intérieure, constituée de notes tristes et déprimantes, avait été remplacée par l'ouverture de *Dancing Queen*, d'ABBA : un glissando au piano. Quel cadeau lui avait offert Jack ! La musique. Elle était passée d'un état de perpétuel engourdissement à un kaléidoscope d'émotions. C'était comme si des mois d'anesthésie se dissipaient enfin.

Elle se sentait éveillée.

Qu'avait donc Jack qui la faisait tant sourire ? Elle sentit un fou rire euphorique s'emparer de son corps. Elle n'avait pas fait l'expérience d'une telle chimie sexuelle depuis sa rencontre avec Colin. Mais ce qu'elle partageait avec Jack était différent. Cela semblait délicieusement obscène. Le destin alimentait un feu interdit. C'était une chimie mystique, de transformation.

C'était de l'alchimie.

Jack avait transformé son cœur lourd, son cœur de plomb, en or, comme un Midas virtuel. Elle se sentait rechargée en énergie érotique, sa libido de nouveau au maximum. Sa batterie était à cent pour cent, sa vitalité restaurée. On aurait dit que Jack avait comblé un vœu secret qu'elle ne se souvenait pas d'avoir formulé, du moins pas consciemment. Il avait baigné ses feuilles de lumière et saturé ses racines d'eau. Elle sentait son corps mûrir par la main de son nouveau jardinier, comme si elle avait gardé tous ses étés rien que pour lui. C'est alors que lui revint le nom tout simple de cette sensation qu'elle avait oubliée depuis si longtemps.

Vivante.

Avec le temps supplémentaire dont elle disposait avant de partir au travail, elle décida d'oublier le shampoing sec et de savourer une longue douche brûlante. Elle se lava les cheveux, les nourrit et fit un brushing qui leur donnait une élasticité qu'aucun shampoing sec n'aurait pu imiter. Ensuite, Tara explora les profondeurs de son placard et choisit une robe crayon rose poudré à manches courtes qu'elle n'avait pas portée depuis des années. Elle ouvrit une palette de maquillage True U que la marque lui avait offerte, et prit soin de n'en appliquer que le strict nécessaire pour rehausser ses traits. Elle enfila une paire d'escarpins or rose, et ajouta des boucles d'oreilles assorties.

Lorsqu'elle se regarda dans le miroir, elle se sentit d'abord comme une femme nouvelle. Mais en y pensant mieux, elle s'aperçut qu'elle se sentait en réalité davantage elle-même que jamais auparavant. Ces dernières années, elle n'avait été que l'ombre d'elle-même, une usurpatrice qu'elle ne reconnaissait même pas. Mais à présent, devant elle, dans la glace, se tenait la femme qu'elle avait été autrefois.

Lorsque Tara arriva à Insight, son nouveau look lui attira tous les regards. Elle vit des collègues qu'elle ne connaissait qu'à peine passer la tête au-dessus de la séparation de leur box, comme des suricates curieux. Certains la regardaient comme si elle était nouvelle dans la boîte. Était-elle méconnaissable à ce point ? Elle n'arrivait pas à croire qu'elle ait porté si longtemps des tailleurs-pantalons minables. Elle se sentait enfin à l'aise et confiante dans les vêtements qu'elle avait vraiment envie de porter. Bien qu'elle regrette l'absence de poches dans sa robe.

Tara trouva Emily qui l'attendait dans son bureau. La jeune femme recracha son café, les yeux écarquillés.

—Qui êtes-vous et qu'avez-vous fait à Tara ? s'écria-t-elle, bouche bée.

—Je lui ai donné sa journée. Aujourd'hui, c'est Claire qui est aux commandes, sourit Tara en prenant le latte que lui tendait Emily.

—Attends un peu… Est-ce qu'il s'est passé quelque chose sur Crush hier soir ?

—Qu'est-ce qui te fait penser ça ? répondit Tara avec coquetterie.

—Oh, arrête, tu as l'air totalement pompette ! Allez, crache le morceau !

—D'accord, tu as raison ! J'ai eu un match hier soir. Mais pas n'importe quel match. Une compatibilité à cent pour cent !

—Oh, mon Dieu ! C'est qui ? Comment il s'appelle ? la pressa une Emily avide de ragots.

—Il s'appelle Jack. Il a trente-six ans et habite ici, à Dublin ! révéla Tara, incapable de masquer son excitation.

—Et il est sexy ?

Emily s'attendait à voir une photo.

—Plus que sexy. Il est sensuel, compréhensif, et c'est tellement facile de parler avec lui ! C'est un bélier, aucun doute, j'en suis certaine.

— Cool, ça veut dire que tu vas te prendre des coups de boutoir.

— Emily, un peu de tenue !

— Allez, fais voir sa photo !

— Eh bien… je n'en ai pas… Je ne sais pas à quoi il ressemble, en fait, avoua Tara, un peu gênée.

— Mais tu as dit qu'il était sexy ! s'étrangla Emily, incrédule.

— Ben, je sentais sa chaleur irradier de mon téléphone.

Elle repensait à leur conversation brûlante.

— C'est tout l'un ou tout l'autre. Il est soit top model, soit c'est un gobelin. Ça dépend si tu es optimiste ou pessimiste.

— Impossible qu'il soit moche, avec des textos pareils. Enfin, des textos…

— Nan ! Vous avez sextoté ? Je suis tellement fière ! J'adore avoir une mauvaise influence sur toi. Montre-moi les messages !

— Il y a certaines choses qu'il vaut mieux laisser à l'imagination, tu ne crois pas ? Disons que je me suis sentie très… flattée. Mais il s'est passé quelque chose d'étrange lorsque nous avons matché. Emily, dans tes études de psycho, tu as entendu parler de ce qu'on appelle la synchronicité ?

— Vaguement, pourquoi ?

— Eh ben, juste quand j'ai matché avec Jack, j'ai eu une sensation viscérale, expliqua Tara, le visage illuminé.

— Arf, moi aussi j'ai le côlon irritable. J'ai des probiotiques dans mon sac, tu en veux ?

— Non, je parle de mon intuition. La même sensation que quand j'ai rencontré Colin. J'ai ressenti une synchronicité avec Jack, plus forte que tout ce j'avais éprouvé avant.

— Humm, si je me souviens bien, Carl Jung dit que la synchronicité est un principe de connexion et que toutes les coïncidences ont un sens. Mais c'est considéré comme une pseudo-science parce qu'on ne peut pas prouver techniquement que c'est vrai. Comment décrirais-tu cette sensation ?

Tara inspira et mit de l'ordre dans ses pensées. C'était une chose si spéciale à expliquer, et les gens la regardaient souvent comme une folle quand elle en parlait. Elle espérait qu'Emily garderait l'esprit ouvert.

— C'est comme une brusque évidence. C'est quoi le mot, déjà ? Une épiphanie ! Comme si l'univers me faisait un clin d'œil pour me dire que je suis au bon endroit au bon moment. C'est un mélange d'intuition féminine et de déjà-vu. Ça me donne la chair de poule, et des frissons. Et je ressens comme une vibration dans tout mon corps, et puis une sorte de décharge, expliqua Tara en cherchant ses mots.

Silence. Emily la toisait de la tête aux pieds.

— Tara… tu es sûre que tu n'as pas simplement eu un orgasme ? demanda-t-elle avec ironie.

— Oh, pour l'amour du ciel, tout ne tourne pas toujours autour du sexe, Emily !

Tara leva les yeux au ciel.

— Peut-être que j'ai lu trop de Freud et pas assez de Jung, rit la stagiaire. Bref, ça veut dire que cette compatibilité à cent pour cent avec Jack n'est peut-être pas un hasard. Il doit y avoir quelque chose.

Tara se sentit incroyablement soulagée. Colin se moquait toujours d'elle à cause de ses croyances. C'était agréable d'en parler à une personne plus réceptive.

— Mais on a un problème, Emily. Jack veut que je lui envoie une photo de mon corps ce soir. Et je ne sais pas quoi faire ! s'écria Tara en faisant les cent pas dans le bureau.

— Ne t'inquiète pas, je suis experte en nudes.

— En nudes ?! Je ne vais pas faire des photos nue !

— Rhô, du calme, tu ne seras pas entièrement nue. Tu as quoi comme lingerie, à la maison ? demanda Emily pour évaluer les possibilités.

— Rien du tout, juste des vieilles culottes blanches.

— Seigneur… pas des culottes de mémé, quand même ?

— C'est confortable !

— Doux Jésus. OK, j'ai un plan. Viens, suis-moi.

Emily se dirigea vers la porte.

— Où ça ?

— Chez Ann Summers.

— Mais c'est un sex-shop ! Je vais mourir de honte ! Et si on nous voit ?

— C'est drôle, et moi qui croyais que tu n'étais pas une Mary…

— Je ne suis pas une Mary ! Mais j'ai une réunion avec Richard Mulligan à 11 heures, et je n'ai rien préparé.

— Je croyais que tu voulais laisser ce client aux Gars ?

— C'était le cas… Mais j'ai un retour d'expérience à faire valoir depuis hier…

— Tu as raison. Donc techniquement, aller chez Ann Summers acheter de la lingerie coquine pour ton amant virtuel, c'est un approfondissement de ton étude de marché, assena Emily avec un sourire insolent.

Tara s'arrêta un moment pour réfléchir à la logique d'Emily.

— Je prends mon manteau, dit-elle.

Chapitre 10

Lorsque Colin arriva au travail le même matin, il avait un sourire que ses collègues ne lui avaient jamais vu. Sa confiance en lui crevait le plafond après cette envoûtante conversation avec Claire la veille au soir. Il n'arrivait toujours pas à croire ce qui s'était passé.

Colin avait retrouvé son aura.

En voyant l'expression insolente de Colin dans le couloir, Rory comprit aussitôt ce qui s'était passé.

— Je connais ce regard ! s'exclama-t-il, un peu trop fort.

— Chut, je te raconterai dans mon bureau, répondit Colin, tentant de maintenir un semblant de professionnalisme.

Ils entrèrent dans la pièce et Colin referma la porte derrière eux.

— Elle a répondu ! s'écria-t-il à la seconde où ils furent seuls.

— Incroyable ! Qu'est-ce qu'elle a dit ? Donne-moi tous les détails cochons !

Rory était aussi surexcité que Colin.

— Eh ben… elle a commencé à flirter… alors j'ai fait pareil. Et disons que c'est devenu assez chaud, raconta Colin d'un air coquet.

— Cool, alors vous avez baisé en visio ?

— Quoi ?! Non !

— Ben dans ce cas, comment ça pouvait être chaud ?

— Eh ben, on a discuté, et j'ai commencé à lui décrire tout ce qu'on allait faire au lit. Je lui ai dit que j'avais envie de l'embrasser dans le cou, de lui chuchoter à l'oreille, de la jeter sur le lit. C'est carrément hot, si je puis me permettre.

— Ça paraît plutôt soft, mais après tout, tu es en manque depuis des mois… C'est quoi le proverbe irlandais, déjà ? Il n'est pas de meilleur assaisonnement que la faim.

— C'était torride, je te dis ! se vanta Colin.

— Dans tous les cas, je suis content que tu laisses enfin Colin Junior partir à l'aventure ! Il est toujours vivant !

Rory s'accroupit et tenta de donner une tape à Colin, sur l'entrejambe. Colin essaya de parer l'attaque tout en rendant le coup à Rory pour jouer.

Alors qu'ils étaient tous deux lancés dans leurs pitreries de gamins, Karen des RH passa devant la fenêtre du bureau et les aperçut. Elle ouvrit aussitôt la porte, fulminante.

— Jeux de mains, jeux de vilains ! aboya-t-elle. C'est quoi la suite, une partie de saute-mouton ?

Karen était petite et trapue, avec un carré asymétrique, tondu sur l'arrière, une frange et des mèches blondes très contrastées.

— Les moutons, ce n'est pas notre genre, Karen. Quand il s'agit de sauter des gens, j'ai plutôt les attributs d'un âne, si tu veux savoir, répondit Rory juste pour se payer sa tête – son passe-temps favori.

— Alors vous, monsieur McKenna ! hurla-t-elle.

— Karen, je te présente des excuses au nom de Rory, intervint Colin avant que son ami continue à creuser. C'est un malentendu. Je le surveille.

— Lèche-cul, toussa Rory.

— TENEZ-VOUS ! tonna Karen.

Elle claqua la porte en sortant.

— Tu vois ce que je veux dire, Colin. Cette femme, c'est un flic. Elle veut nous confisquer nos jouets !

— Tu as bien de la chance que ton nom soit écrit sur la façade. Au moins, on ne peut pas te virer.

— Bref, revenons à ta maîtresse. À quoi elle ressemble ? Montre-moi des photos.

— On… on ne s'est pas encore vus…

— Argh, il faut que tu fasses attention à ne pas te faire avoir, mec. Si ça se trouve, c'est une vieille ermite hideuse !

— Eh, je ne te permets pas de dire qu'elle est hideuse !

— D'accord, elle pourrait être… esthétiquement défavorisée, alors. Et si elle te manipule pour que tu t'attaches à elle ? Même moi, ça m'est arrivé, mec. Une seule fois, une fille qui valait dix en ligne mais seulement six quand je l'ai rencontrée en chair et en os.

— Et imagine ce qu'elle a ressenti quand tu lui as dit seize centimètres en ligne, et que tu n'en faisais que six en chair et en os.

— Rigole si tu veux, Colin, mais j'essaie de protéger un ami…, déclara Rory, révélant un tempérament tendre insoupçonné.

— C'est gentil, mais tu te fais du mouron pour rien. On va s'envoyer des photos ce soir. Juste le corps, parce que le visage, c'est contre les règles. C'est là que j'ai besoin de ton aide. Je n'ai jamais pris de nudes, de toute ma vie. Qu'est-ce que je dois faire ?

Colin n'utilisait presque jamais son téléphone pour prendre des photos, et encore moins des autoportraits sexy.

— Tu tombes bien, Colin, je suis un véritable gourou en la matière. Alors voilà comment avoir un beau corps en photo. Un, tu avances la jambe droite…, commença Rory en joignant le geste à la parole.

Colin l'imita.

— … ensuite, tu pivotes vers la porte…

Colin s'exécuta, espérant mettre son corps en valeur par un certain cadrage.

— D'accord, et après ? s'enquit-il, impatient.

— … ensuite, tu vas à la salle, gros lard ! conclut Rory en s'écroulant de rire.

— Oh, pour l'amour du ciel, je suis sérieux, Rory. J'ai besoin d'aide ! s'énerva Colin.

— Si tu voyais ta tête ! répondit Rory sans s'arrêter de rire. Mais je suis sérieux, en fait. Prends ton manteau, on va à la salle, de l'autre côté de la rue.

— Je ne peux pas partir maintenant, je suis surchargé.

Colin se cherchait juste des excuses.

— Oui, c'est bien ça le problème, la surcharge, insista Rory, le doigt pointé vers le ventre de Colin.

— Très drôle. Je n'ai pas apporté de tenue de sport, de toute façon.

— J'en ai une de rechange, je te la prête. En plus, je suis ton chef et c'est un ordre.

— Mais je dois vraiment…

— Rappelle-moi comment tu t'appelles sur Crush, déjà ?

— Jack.

— Exactement. Alors mets ton manteau, on va aller faire des jumping jacks !

Chapitre 11

En arrivant devant Ann Summers, Tara remonta le col de son manteau et enfila des lunettes de soleil pour ne pas être reconnue.

— Bon sang, tu te caches de qui ? Des autres Mary ? persifla Emily.

— Emily, je ne peux quand même pas entrer dans un sex-shop en plein jour ! Ça ne me ressemble tellement pas ! chuchota Tara.

— POURQUOI TU CHUCHOTES ? cria Emily, attirant aussitôt l'attention sur elles.

— OK, très bien ! Entrons ! capitula Tara en se débarrassant de son camouflage.

— OK, direction le rayon lingerie, dit Emily en entrant.

En remontant l'allée centrale, Tara vit certains des sex-toys en soldes. Elle ne savait même pas à quoi servaient la moitié d'entre eux, mais pour les plus phalliques, elle imaginait très bien. Elle était morte de honte en voyant même les sex-toys les plus basiques, ce qui en disait long sur son innocence. Gênée, elle garda les yeux baissés. Emily, à l'inverse, paradait dans l'allée comme sur un podium.

— J'ai l'impression de faire la marche de la honte, avoua Tara, les joues en feu.

— Au contraire ! C'est la marche des fiertés !

En traversant le magasin, elles passèrent devant une pancarte « Jouets », et Emily s'arrêta un instant pour voir s'il y avait des nouveautés.

— Y a quelque chose qui te plaît ? taquina-t-elle.

Tara était au bout de sa vie.

— Rien du tout ! Je ne saurais même pas comment allumer un vibro.

— C'est le vibro qui doit t'allumer, pas le contraire, idiote, rigola Emily.

— On ferait mieux de partir, je suis écarlate ! supplia Tara en tournant les talons.

— Je croyais que tu voulais être une bonne féministe ? Si les mecs ne t'auraient pas brûlée pendant les procès de Salem, ça veut dire que tu ne profites pas pleinement de la vie. Qu'est-ce qui te rend si coincée, d'ailleurs ?

— J'ai grandi dans l'Irlande catholique, Emily. On n'a pas eu la même enfance, toi et moi, expliqua Tara.

— Mais même... Tu as trente-sept ans, pas soixante-dix. Il y a quelque chose qui ne colle pas.

— Je ne sais pas d'où ça vient. Peut-être des nonnes et de leur leçon d'éducation sexuelle. Et mon père était très catholique, aussi. Je crois que j'ai été programmée pour ne pas enfreindre les règles.

— Bon, prends-le comme ça : si tu ne pèches pas, Jésus est mort pour rien.

Elles arrivèrent au rayon lingerie et Emily se mit à passer les articles en revue. Une vendeuse arriva dans leur dos.

— Puis-je vous aider ? demanda-t-elle.

Tara, surprise, poussa un cri strident qui lui attira les regards des autres clientes.

— Oh, mon Dieu, vous m'avez fait peur ! haleta-t-elle.

— Désolée, madame. Je m'appelle Ava, si vous avez besoin de quoi que ce soit, appelez-moi, sourit-elle.

— Non, merci. On n'est pas en train de regarder, mentit Tara, gênée.

— Bien sûr que si, intervint Emily. Mon amie cherche un ensemble de lingerie dans un esprit « Baise-moi, et fais de moi ta chose ».

— EMILY ! glapit Tara.

— J'ai exactement ce qu'il vous faut, répondit Ava. Suivez-moi.

Ava les entraîna vers le fond de la boutique, où un mannequin portait un ensemble magnifique en dentelle cerise, composé d'un soutien-gorge décolleté, d'une culotte et d'un porte-jarretelles en velours avec des bas de soie rouge.

— On l'a surnommé le Vénus, pour la femme qui sait ce qu'elle veut.

Tara était pétrifiée d'admiration. C'était une œuvre d'art. La tenue exprimait à la fois la domination et la soumission, comme un cadeau exigeant qu'on le déballe.

— On le prend, déclara Emily à la place de Tara.

— EMILY ! gronda Tara, choquée. Je ne peux pas mettre ça. C'est pour une femme jeune. Je vais ressembler à un jambon farci...

— Arrête de te dévaloriser. Tu m'as dit que Jack attendait une photo ce soir. Tu crois vraiment qu'il continuera à te parler s'il te voit en culotte de mémé ?

— Eh bien, si vous cherchez à séduire un homme avec des photos érotiques, avec le Vénus vous êtes sûre de capter son attention, ajouta Ava.

Tara savait que si elle ne l'achetait pas ce jour-là, elle ne le ferait jamais.

— OK. Je le prends ! dit-elle comme pour se mettre au défi.

Ava passa les articles à la caisse, et Tara frôla la crise cardiaque en entendant le prix.

— Cent vingt-six euros ?!

De toute sa vie, elle n'avait jamais dépensé plus de dix euros pour un sous-vêtement.

— C'est une occasion spéciale, Tara, tempéra Emily pour le justifier à ses yeux.

Malgré le choc, Tara savait très bien qu'elle n'aurait pas pu se présenter à Jack dans ses sous-vêtements habituels. De toute façon, cela faisait des années qu'elle ne se sentait plus sexy, et sa culpabilité catholique pouvait bien lui donner une journée de congé. Elle inséra sa carte dans la machine et tapa le code.

— Parfait. Voici votre reçu, conclut Ava en le lui tendant avec le sac de lingerie.

— On va passer par les cabines d'essayage avant de partir. Cette dame a des selfies à faire.

— Bien sûr, c'est tout au fond du magasin. Et j'espère que votre ami sera content des photos.

Emily s'éloigna vers les cabines, Tara à ses trousses, le sac à la main.

— Attends, on fait les photos ici ? On est censées être au travail ! Je suis censée être ta tutrice !

— Aujourd'hui, c'est moi la tutrice et toi l'étudiante, alors entre là-dedans et fais-toi belle ! répondit Emily en lui montrant une cabine vide.

Tara cessa de résister : au fond, elle était impatiente de se voir avec son nouvel ensemble. Elle entra et commença à se changer. Il lui fallut quelques minutes pour comprendre où allait quoi, puis elle écarta le rideau pour révéler son corps qui aurait inspiré un sculpteur.

— Oh, mon Dieu ! Je meurs ! hurla Emily à travers le magasin.

— Chuuut, répondit Tara, gênée d'attirer l'attention.

Elle sortit de la cabine pour se regarder dans le miroir. Elle n'était pas moins choquée qu'Emily. C'était comme regarder par une fenêtre vers le passé. Elle était belle. Et elle se sentait bien.

— Jack, tu ne sais pas ce qui t'attend, souffla-t-elle en contemplant son reflet.

— Je commence à préférer Claire à Tara, avoua Emily. Ce Jack t'a transformée en une femme nouvelle.

— Il a quelque chose, Emily. On dirait qu'il me voit. Qu'il voit la vraie moi.

— Eh ben, il va en effet te voir, avec ces photos, convint Emily.

— OK… alors qu'est-ce que je fais, maintenant ?

— Les nudes, c'est surtout une affaire d'angle. Tout le monde est mieux vu par au-dessus, en plongée. Alors tiens ton téléphone en hauteur, et prends ton selfie en le tournant vers le bas. Mais fais gaffe de ne pas mettre ton visage dans le cadre. N'envoie jamais de nude où on voit ta tête, quelqu'un les diffuserait. Tu ne dois faire confiance à personne, expliqua Emily.

Elle avait l'air de savoir ce qu'elle disait.

— Oh, mon Dieu, ça t'est arrivé ? demanda Tara, inquiète.

— Ah non, c'est moi qui les ai fait fuiter. Même à moi, je ne peux pas me faire confiance, rit-elle.

Tara suivit les instructions d'Emily et tint son téléphone à bout de bras pour prendre le selfie, son visage hors du champ, la caméra rivée sur sa poitrine. Qui était sublime, dans ce push-up en dentelle rouge, s'avoua-t-elle en toute modestie.

Elle débordait à présent de confiance en elle, et prit une dizaine d'autres photos sous différents angles, afin de montrer la lingerie dans toute sa splendeur. Après quelques minutes et de nombreuses indications d'Emily, elle était certaine d'avoir la photo parfaite pour Jack.

— Ça y est, j'ai l'image idéale ! déclara la stagiaire en regardant le dernier cliché. Je vais l'intituler *Renaissance de Vénus* et l'accrocher au Louvre.

— Oui, bon, c'est peut-être un peu exagéré, Emily, mais merci, répondit Tara, flattée. Même si je n'arrive toujours pas à croire que j'ai eu le cran d'entrer dans un sex-shop et d'arrêter de me soucier du regard des autres.

— Tara, je peux te confier un petit secret ?

— Je t'en prie.

— La confiance, ce n'est pas juste quand tu cesses de te soucier de ce que pensent les gens. C'est quand tu cesses de croire que les gens en ont quelque chose à carrer. En général, quand tu crois que les gens te jugent, c'est juste dans ta tête. Tu viens de faire des photos érotiques dans un sex-shop, et personne n'a tiqué.

— Tu as raison…, s'étonna Tara en regardant autour d'elles. Je n'ai aucune raison d'avoir honte.

— Dans ce cas, ma mission est accomplie. L'élève a dépassé le maître. Ou devrais-je dire… la maîtresse, conclut Emily avec fierté.

— Merci de tout cœur pour ton aide, Emily. J'espère que ça reste une expérience intéressante pour ton CV, répondit Tara, coupable.

— La création de contenu, c'est une compétence très importante de nos jours, sourit la jeune femme.

— OK, laisse-moi juste le temps d'enlever tout ça, et on y va, dit Tara en tirant le rideau.

— Non, rétorqua Emily en le rouvrant. Elle attrapa la culotte de mémé qui traînait par terre. Ça, ça part à la poubelle.

Chapitre 12

En enfilant la tenue de sport de Rory dans le vestiaire de la salle, Colin se trouva un peu serré au niveau de la taille.

— Les vêtements de sport, ce n'est pas censé être confortable ? demanda-t-il, agacé.

— Erreur de débutant. La salle, c'est l'endroit où je chope le plus de femmes. Ça vibre d'instinct sexuel à l'état pur. On est dans la jungle, ici. C'est la sélection naturelle, façon Darwin…

— Je ne crois pas que les femmes accordent tant d'importance que ça aux muscles.

— Elles prétendent que non, ce qui montre que si. Ce n'est pas moi qui ai inventé la loi de la jungle, Colin. Je me contente d'obéir. Et si ma tenue de sport est trop serrée, ne te décourage pas. Relève la tête. C'est bon pour ton double menton.

— Je ne suis pas gros !

— Oh, arrête de prendre les choses tellement à cœur. Je te taquine. Tu es plutôt en forme, en réalité. Mais il faut qu'on te congestionne les muscles pour ces photos.

Rory conduisit Colin dans la salle de gym. Elle n'était pas bondée, mais Colin était tout de même intimidé devant tant de dos musclés et d'abdominaux saillants. Il avait fait de la musculation à la fac, et pris de la masse cette année-là. Mais à l'époque, son niveau de testostérone devait être beaucoup plus élevé, et il allait sans doute devoir repartir de zéro.

— OK, pour commencer, il faut qu'on discute de tes zones problématiques, déclara Rory en arrivant devant les poids libres.

Colin se regarda dans le miroir pendant que Rory tournait autour de lui en observant son corps à la recherche d'imperfections.

— OK, donc le problème général, c'est que tu es rond comme un daron, conclut Rory.

— N'importe quoi ! En plus, je ne suis même pas un daron ! s'offusqua Colin, blessé par le choix du mot.

— Ça ne t'empêche pas d'avoir un humour de daron, pas vrai ? Écoute, tu n'es pas gros, mais tu n'es pas franchement tonique non plus, reprit Rory sans cesser de l'examiner. Mais ne t'en fais pas, ça me donne du grain à moudre. Je vois beaucoup de potentiel.

— J'ai l'impression d'être dans *Queer Eye*, l'émission que regarde Tara. Sauf que tu es un hétéro flamboyant.

— La bonne nouvelle, c'est que tu as une excellente base pour te tonifier. Tout ce qu'on a à faire, c'est se concentrer pour brûler des graisses. Pense à ton gras comme à une sculpture de marbre, on doit juste en enlever pour révéler les muscles cachés dessous.

— Ça me paraît logique.

— Alors, personnellement, le seul cardio que je pratique, c'est le sexe, clama Rory en élevant la voix pour être entendu d'une jolie femme en legging. Mais ce n'est malheureusement pas possible dans ton cas. À la place, je te propose de te concentrer sur le lever de fonte, à l'ancienne.

La perspective était intimidante pour Colin, qui n'avait pas pratiqué depuis bien longtemps. Mais comme Rory avait un superbe physique, et il était motivé à suivre ses conseils. Après tout, un coach personnel coûtait cher, et Colin n'allait pas en refuser un gratuit. À vingt-cinq ans, Rory avait même lancé une affaire de coaching sportif dont il prétendait qu'elle allait « révolutionner le fitness ». Il avait acheté une camionnette, l'avait remplie d'équipements sportifs et s'était mis à se déplacer, apportant la salle à domicile. Sur le papier, c'était une bonne idée de remédier à la paresse des sportifs les moins convaincus, mais en y repensant, le slogan « la flemme olympique » n'était pas l'idée du siècle.

— OK, délivre-moi encore ton enseignement, ô, gourou, répondit Colin pour flatter son ego.

— On va commencer par les bases de tout bodybuilding. La presse, annonça Rory en déposant une serviette sur un banc pour marquer son territoire. Maintenant, il y a des gars qui te diront que les squats et les soulevés de terre sont plus importants, mais crois-moi, les femmes sont plus intéressées par les torses musclés que par les grosses cuisses. C'est la loi de la jungle. Et je suis expert en loi de la jungle. Le mâle alpha, c'est moi.

— Je ne pense pas que les mâles alpha disent qu'ils sont les mâles alpha, assena Colin pour tenter de le ramener sur terre.

Une tâche impossible.

Rory commença à fixer des poids sur une barre au-dessus du banc.

— Observe bien mes mouvements, dit-il en s'installant pour agripper la barre. Cambre le dos. Les bras écartés de la largeur des épaules. Les mains bien serrées sur la barre. Tu la descends lentement vers ton torse. Ensuite tu la pousses lentement vers le haut.

Rory raccrocha la barre à sa place et quitta le banc.

— À ton tour.

Colin s'allongea sur le banc et agrippa la barre. Il avait les bases depuis la fac, mais voulait s'assurer de faire correctement.

— OK, cambre le dos… serre bien les mains, descends la barre lentement. Et remonte. C'est bien. Maintenant, tu me fais ça huit fois.

Colin exécuta les huit mouvements. Ça ne lui parut pas difficile.

— OK, super. Je t'avais mis trente kilos, on va essayer avec quarante, déclara Rory en ajoutant deux petits disques.

— Ça m'a semblé léger, cela dit, on pourrait doubler ? demanda Colin.

— Wow, d'accord, champion, on passe à soixante alors.

Colin fit les huit mouvements à soixante kilos avec une facilité déconcertante. Il sentit un peu de résistance lors du dernier mouvement, mais rien d'intense. En tout cas, il éprouvait bien la congestion mentionnée par Rory. Il sentait le sang s'activer dans son torse, et voyait dans le miroir qu'il avait gagné un volume significatif.

— OK, maintenant que tu es bien congestionné, c'est le moment de faire des photos. Sors ton téléphone et approche-toi de la glace. Plus près, pour bien remplir l'image.

Colin s'avança vers le miroir, rentra le ventre, retint son souffle et prit la photo. Rory se pencha pour la voir.

— Redresse-toi, on dirait que tu vas à l'abattoir ! commenta-t-il non sans exagération.

Colin redressa le dos, écarta les épaules.

— C'est mieux, convint Rory en le scrutant intensément. Mais cadre d'un peu plus loin. Il faut que le haut du corps apparaisse plus large que la taille. Sors tes dorsaux.

— C'est lesquels, déjà ?

— Les muscles sur le côté du dos, tu les gonfles pour élargir le dos.

Colin élargit le dos et remarqua aussitôt une différence dans son apparence. Il lui suffisait de ce mouvement pour paraître beaucoup plus viril. Cela couplé avec la congestion des muscles, il était très séduisant sur l'écran du téléphone. Il prit quelques photos dans cette posture, ravi du résultat. Il espérait que Claire le serait aussi.

Rory lui prit l'appareil pour examiner les photos.

— Pas mal, il n'y a plus qu'à ajouter un filtre.

— Pour quoi faire ?

— Parce que ton teint d'Irlandais te fait ressembler à un navet. Il faut donner l'impression que tu as vu le soleil au moins une fois dans ta vie.

Rory exécuta quelques mystérieuses opérations sur le téléphone, et Colin se retrouva soudain doté d'un bronzage doré.

— Tu vois, comme ça Claire va penser que tu rentres tout juste de deux semaines à Bali, expliqua Rory, fier de son travail.

Colin n'avait pas la moindre idée de la façon dont Rory avait procédé, mais il n'allait pas poser de questions. Il n'était de toute façon pas présent sur les réseaux sociaux, et ne s'interrogeait donc jamais sur son image. D'autant plus que c'était la première fois qu'il utilisait une appli de rencontres, et l'idée d'être séduisant en photo était toute nouvelle pour lui. Mais à présent qu'il voyait son apparence sublimée sur l'écran, cela lui plaisait. C'était comme un miroir qui montrerait les choses non pas comme elles sont, mais comme elles pourraient être.

— Elles sont très belles, dit-il. J'espère que Claire les aimera.

— Aucun doute. Et ça te donnera l'occasion parfaite de lui proposer de vous rencontrer ce week-end.

— Ce week-end ? Ce n'est pas un peu rapide ?

— Avec les femmes, il faut battre le fer tant qu'il est chaud.

— OK, mais je l'invite où ? Et si elle dit non ? paniqua Colin.

— Si tu veux l'impressionner, il faut que tu vises haut, sinon ce n'est pas la peine. Invite-la au *Vine*, dans Dawson Street. Aucune femme ne peut y résister. Elle sera attirée comme un papillon de nuit par une ampoule.

— Je n'arriverai jamais à avoir une table pour ce week-end. Ils sont complets des semaines à l'avance, soupira Colin, découragé.

— Oui, mais ton serviteur se trouve être un de leurs excellents clients. Ne t'inquiète pas, j'obtiendrai une table pour deux au nom de Jack, rétorqua Rory, confiant. Et maintenant, on s'attaque aux biceps !

— Je peux essayer un poids plus lourd sur le banc, d'abord ? Soixante kilos, ça ne pesait pas tellement, dit Colin, soucieux de faire ses preuves.

— Très bien, Mister Univers, on va te donner quatre-vingts kilos, ça va te calmer, le taquina Rory en ajoutant les disques.

— C'est parti.

Colin abaissa la barre vers son torse avant de la soulever. En effet, la résistance était nettement accrue avec ce poids, mais ça restait faisable. Il finit ses huit mouvements sans transpirer tellement.

— Tu dois être mort, après ça ? demanda Rory avec espoir.

— Pas vraiment, je ne sens toujours pas grand-chose, répondit Colin, pas rassasié.

— Tu es sérieux ? Quatre-vingts kilos, c'est énorme. C'est l'équivalent de deux cent vingt livres !

— N'importe quoi, répliqua Colin en calculant dans sa tête. Mets-moi cent kilos.

— Tu es cinglé ? Mon max, avec un seul mouvement, c'est quatre-vingt-dix !

— Tu as peur que je t'humilie en pulvérisant ton record personnel ?

— Non, j'ai peur que tu te fasses mal. Même avec un seul mouvement, cent kilos c'est trop.

— Tu veux parier ?

— Avec plaisir ! On mise quoi ? demanda Rory sans se départir de son assurance.

Colin réfléchit à ce qu'il voulait de Rory. C'était déjà le plus laxiste des patrons, et tout ce que Colin pouvait souhaiter au bureau était donc très facile à obtenir. Il se souvint soudain que Rory s'était vanté de sa nouvelle carte de membre de l'Imperial Dublin Golf Club. Colin aurait voulu devenir membre, mais tout son argent avait été consacré à la FIV.

— OK, si j'arrive à faire un mouvement à cent kilos, tu me laisses jouer dans ton nouveau club de golf pour snobs.

— Ma carte ne donne accès qu'à un joueur et un caddy…

— Je sais. Je vais donc jouer, et tu seras mon caddy. Et c'est moi qui choisis quand, sans tenir compte de ton emploi du temps, expliqua Colin juste pour l'embêter.

— Pfff, d'accord ! Mais si je gagne, tu devras dire à Karen des RH que son bandeau dans les cheveux te fait bander dans ton caleçon, rétorqua Rory avec un sourire satisfait.

Il fallut une seconde à Colin pour intégrer ce qu'il venait d'entendre. Une fois qu'il eut percuté, l'idée de sortir ça à Karen lui parut horrible. En temps normal, Colin n'aurait jamais pris le pari, mais sa toute nouvelle confiance en lui le persuadait qu'il réussirait à soulever ce poids.

— Ça marche, dit-il en s'allongeant sur le banc.

Rory se tenait à ses côtés, prêt à saisir la barre en cas de besoin.

Colin souleva la barre et se rendit compte aussitôt que le poids était trop lourd pour lui. Mais la barre était désormais décrochée, et il n'avait besoin d'effectuer le mouvement qu'une fois pour remporter la mise. Il abaissa la barre vers son torse et la maintint là une seconde. Il ignorait s'il était capable de la remonter, mais alors il imagina Claire en train de le regarder. Combien elle serait excitée s'il la soulevait de la même façon pour la jeter sur le lit comme une plume. La pression sur ses bras était de plus en plus pénible. S'il ne soulevait pas la barre tout de suite, ses bras allaient lâcher. Il décida de tout donner. Pour Claire.

À la surprise de Rory, Colin poussa un grognement puissant qui lui attira les regards des autres sportifs, et commença à soulever la barre. Il poussa jusqu'à avoir les bras parfaitement tendus, et la barre fut de retour à sa place. La congestion qu'il avait ressentie plus tôt n'était rien par rapport à maintenant. Il avait l'impression que son corps entier était en érection.

— Mais comment c'est possible ? s'étonna Rory, furieux. Tu n'as même pas de bons pectoraux ! Tu ne vas jamais à la salle ! C'est la chance du débutant. Tu as dû avoir une bouffée d'adrénaline, et ton corps est passé en mode survie. C'est la seule explication, sinon jamais tu ne pourrais soulever plus que moi.

Rory était si contrarié qu'il en avait le souffle coupé.

— Bon, je ne suis pas expert en loi de la jungle…, répondit Colin. Mais je crois que du coup, le mâle alpha, c'est moi.

Chapitre 13

Tara reprit le chemin du bureau avec la démarche confiante qu'elle avait autrefois crue réservée aux femmes dans la vingtaine. Elle aimait la sensation de la lingerie en dentelle sous sa robe moulante. Ils étaient loin, les tailleurs avachis et les culottes de mémé. Lorsqu'elles arrivèrent à Insight, Emily souhaita bonne chance à Tara, qui entra dans la salle de réunion, convaincue à raison d'être magnifique.

— Ça ne vous dérange pas que je prenne place parmi vous ? demanda-t-elle.

Elle émettait une aura charismatique que les Gars ne lui avaient encore jamais vue.

Tommy, Mark et Rob la regardèrent, en état de choc. Leur visage suffit à lui faire comprendre qu'elle avait réussi à faire passer son message : non, elle n'était pas une Mary.

— Tara… la réunion est déjà commencée. Tu es un peu en retard, annonça Tommy pour tenter de l'exclure.

— Ah bon ? C'est peut-être vous qui êtes… un peu précoces, les mecs ?

Tara entendit Richard Mulligan rire discrètement au fond de la salle. Il ne ressemblait pas à l'image qu'elle s'en était faite. Il était plus âgé que ce que laissait imaginer sa voix, quarante-cinq ans peut-être. Il présentait très bien, mais avait l'une des pires calvities que Tara ait jamais vues, et qui mettait à mal son potentiel de séduction. Avec une tête pareille, il valait clairement mieux passer à la radio.

Tara s'assit à la table, face aux Gars.

Elle avait parfaitement le droit d'être là, et Tommy n'en était qu'à la première diapo de sa présentation.

— Je t'en prie, dit-elle en lui faisant signe de continuer.

Tommy commença par une présentation de la stratégie marketing qu'ils proposaient. Comme d'habitude, Tara n'avait été consultée sur aucun aspect de leur travail, et n'avait donc aucune idée de ce qui allait suivre.

— Donc, Tara, nous étions juste en train de féliciter monsieur Mulligan pour son impressionnant lancement. Je ne pense pas qu'il existe une seule personne dans tout le pays qui n'ait pas entendu parler de Crush.

— Merci, répondit Richard sans montrer la moindre trace d'émotion.

— Cependant, un petit retour, monsieur Mulligan, si je puis me permettre, intervint Rob sans tambour ni trompette. Je me suis inscrit sur Crush pour… pour analyser l'expérience client… mais j'ai découvert un dysfonctionnement dans l'appli.

— Mon équipe technique a éradiqué tous les dysfonctionnements lors du test de la version bêta, infirma Richard avec assurance.

— Eh bien ils ont dû en louper un, car lorsque je me suis inscrit, je n'ai pas eu de match. Pas un seul, révéla Rob avec un rire gêné.

— Je pense que le problème vient de vous, pas de nous, rétorqua Richard pour lui couper le sifflet.

Tara réprima un rire et s'aperçut que sa réaction arrachait une mimique amusée à Richard.

— Comme je le disais, reprit Tommy avec un regard malveillant à Rob, vous avez sans nul doute connu un démarrage éclair… mais nous pensons que ce n'est que le début. C'est pourquoi nous avons mis sur pied une stratégie marketing et une campagne de pub qui vont propulser votre appli encore plus haut.

Tommy fit apparaître la diapositive suivante pour révéler l'image d'une femme court vêtue sur fond noir. Elle avait un doigt devant ses lèvres rouges comme pour enjoindre à l'observateur de garder un secret. Tara leva les yeux au ciel devant un tel manque d'originalité.

— Cette campagne qui va tout changer ciblera uniquement des gens mariés, afin de s'assurer que vous en ayez pour votre argent. Les images sexuellement suggestives que nous utiliserons susciteront une réaction physique très claire pour notre cible, et feront passer une idée de tentation. Nous savons tous que le sexe fait vendre, et c'est comme ça que nous inciterons les gens à cliquer et télécharger l'appli. Ça ne sert à rien de sortir des sentiers battus, il faut sortir des sentiers balisés aussi.

Tara fit une grimace. Encore une de ces phrases fétiches de Tommy qui n'avaient aucun sens. Et utiliser le sexe pour vendre auprès des hommes, ce n'était pas balisé, c'était préhistorique. Tommy continua à faire défiler son diaporama pendant ce qui sembla une éternité. La campagne n'était qu'une tentative, dégoulinante de mauvais goût et de vulgarité, d'exciter suffisamment les hommes pour leur donner envie de commettre un adultère. Tommy conclut enfin avec sa proposition de slogan. « Vous avez l'épouse… il ne vous manque plus que la maîtresse », lança-t-il, sincèrement fier de son travail.

Rob et Mark se mirent à applaudir Tommy quand il eut fini. Tara n'était pas surprise. C'était le genre de personnes qui applaudissent quand l'avion atterrit : toutes les excuses sont bonnes pour faire du bruit. Mais lorsqu'ils s'arrêtèrent, un soudain silence tomba sur la pièce. Tout le monde regarda Richard Mulligan, adossé dans son fauteuil.

— Non, dit-il avec nonchalance.

— Pardon ? fit Tommy, persuadé d'avoir mal entendu.

— Je déteste, précisa Richard qui ne semblait pas désolé.

— Monsieur Mulligan, nous pouvons ajuster tout ce qui ne vous plaît pas, réagit Tommy, dont le front était en train de se couvrir de sueur.

— Non, je ferais mieux d'y aller. À moins… que vous ayez quelque chose de mieux à ajouter ? demanda Richard en se tournant vers Tara.

Tous les yeux étaient soudain rivés sur elle. Ils étaient collègues et elle ne voulait pas descendre en flèche leur proposition. Mais on lui avait posé une question et elle devait répondre. Elle imagina en dire le moins possible pour clore la réunion rapidement, mais quelque chose l'incita à exprimer ce qu'elle pensait. Elle s'était tue un peu trop longtemps. Tara avait téléchargé Crush et décroché une compatibilité à cent pour cent. Si quelqu'un savait comment vendre l'appli, c'était elle. En plus, les Gars avaient manifestement laissé échapper le marché : elle n'avait rien à perdre, et tout à gagner. Dans des circonstances normales, Tara ne se serait jamais sentie assez confiante pour présenter une idée sans aucune préparation. Mais elle se souvint qu'elle avait donné une journée de congé à Tara.

Le moment de gloire était arrivé pour Claire.

— Il se trouve que oui, répondit-elle en se levant.

Tommy faillit s'étrangler avec la gorgée d'eau qu'il venait de prendre. Richard se renfonça une nouvelle fois dans son fauteuil. Elle était sous les projecteurs.

Il était temps de ferrer un gros poisson et de prouver qu'elle n'avait rien perdu de son talent.

— Voyez-vous, même si je comprends ce qu'ont voulu faire mes collègues, dit-elle en se mettant à marcher autour de la pièce à pas lents, ils ont raté la cible. Au sens propre. Monsieur Mulligan, je suis prête à parier qu'en examinant vos données utilisateurs, on s'aperçoit que vous avez beaucoup plus d'hommes sur l'appli que de femmes. La proposition de campagne que vous venez de voir ne ferait que multiplier le problème par dix. Le défi pour vous, ce n'est pas d'attirer davantage d'hommes, mais de faire en sorte qu'il y ait un match parfait pour tout le monde. Et pour ça, vous avez besoin de femmes. La campagne qu'on vous a montrée caresse la libido masculine dans le sens du poil, et franchement, ça donne à Crush des allures de service d'escort. Les femmes qui s'inscrivent sur Crush ne sont pas le genre de mannequins qu'on voit sur ces photos tirées de banques d'images. Ce sont des femmes ordinaires, qui se sentent enfermées dans leur vie. Des femmes qui ont l'impression que plus elles en font, moins on les regarde. Des femmes qui se sentent complètement seules dans leur couple. Cette femme, elle ne veut pas quitter son mari, mais peut-être que son match sur Crush va éveiller quelque chose en elle. Peut-être qu'il la fera se sentir comme la femme qu'elle était autrefois. Peut-être qu'il la fera se sentir vivante. Elle a déjà trouvé l'homme de sa vie, mais peut-être qu'elle veut maintenant trouver l'homme de ses nuits. Ou d'une seule nuit. Monsieur Mulligan, ce qu'il vous faut, ce n'est pas une grosse campagne qui va susciter la polémique. Tout le monde parle déjà de Crush. Votre stratégie ne doit pas être d'outrager les Mary de ce monde. Au contraire, il faut leur montrer qu'elles ont le droit d'être quelqu'un d'autre pendant une journée. D'échapper à leur vie. D'avoir une journée de congé dans leur existence malheureuse. Je n'ai hélas pas de jolie présentation à vous proposer en cet instant, monsieur Mulligan, mais si vous m'en donnez l'occasion, c'est par ça que je commencerais. Les femmes sont des fleurs. Et votre cible marketing, c'est celles qui sont en train de faner.

Le silence qui s'installa dans la pièce quand Tara eut fini son discours improvisé s'éternisa pendant d'angoissantes secondes. Ne sachant quelles réactions elle allait déclencher, elle retint son souffle. Richard la regardait avec intensité, comme un lion contemple une gazelle.

—Oui, dit-il après ce long moment. Enfin quelqu'un qui a compris.

Tara était sur les fesses. Elle exhala le souffle qu'elle retenait dans ses poumons. Elle avait réussi.

—Je suis ravi de donner le contrat à Insight, conclut-il en se levant.

—J'ai hâte de travailler avec vous, monsieur Mulligan ! s'écria Tommy en lui tendant la main, pour sous-entendre que c'était lui qui avait remporté la commande.

Richard contempla d'abord la main tendue de Tommy sans réagir, puis le regarda bien en face.

—À une seule condition, ajouta-t-il en se tournant vers Tara. Je veux que vous dirigiez le projet.

Les Gars bouillonnaient d'une colère palpable. Richard sourit et serra la main de Tara. Elle était en état de choc après son triomphe. En se joignant à la réunion, elle n'imaginait pas cela. Était-ce sa robe ? Son maquillage ? La lingerie ? Non, c'était quelque chose de plus profond, comme une confiance intérieure qui venait d'être déverrouillée. La tenue et le maquillage étaient peut-être la clé, mais le pouvoir avait toujours été en elle, à attendre qu'on le libère.

Elle avait passé tellement de temps à essayer de faire partie des Gars qu'elle s'était dépouillée du moindre aspect de sa féminité dans l'espoir qu'on lui accorde une place à la table. Elle avait toujours pensé qu'avoir du pouvoir, c'était être un homme, mais on venait de lui prouver le contraire. Elle venait de décrocher un marché en robe crayon, avec un ensemble complet de lingerie en dentelle en dessous. C'était sa cotte de mailles secrète qui lui donnait la confiance de charger dans la bataille. Après quatre longues années, elle venait de prouver qu'elle en était capable.

— Tara, prenons rendez-vous pour une présentation complète dans deux semaines. Je veux voir les détails du ciblage, les visuels, la stratégie publicitaire, tout. Et demandez à votre assistante de nous réserver le déjeuner dans un endroit agréable, comme ça vous m'expliquerez tout le déroulé. Mais, Tara, vous avez placé la barre très haut, alors j'attends une présentation éblouissante. Ce qui ne devrait pas être difficile pour vous…, conclut-il d'un air charmeur.

— Je vous promets que je vais vous couper le souffle, monsieur Mulligan, s'enthousiasma Tara.

— Je vous en prie, répondit-il avec un sourire carnassier, appelez-moi Dick.

Chapitre 14

Pour fêter le contrat qu'elle venait de décrocher, Tara décida de faire un peu de shopping en sortant du travail. Elle acheta une pancarte « Live, Laugh, Love », juste pour embêter Colin. Elle en prit aussi une « Don't Worry, Be Happy », pour lui rappeler pas très subtilement qu'il avait pleurniché au sujet des repas.

Mais la chose la plus délicieusement agressive qu'acheta Tara fut une friteuse à air haut de gamme, rien que pour elle. Elle choisit la plus volumineuse qu'elle put trouver, afin d'être certaine qu'on ne puisse pas la rater. Ce n'était pas donné, mais c'était le prix à payer pour avoir le dernier mot, et ça ne lui semblait pas trop. Colin n'avait toujours pas vidé le lave-vaisselle, et elle avait donc l'intention de cuisiner seulement pour elle tant que ce serait le cas. Elle s'était acheté une semaine de provisions compatibles avec la friteuse, principalement son plat préféré : le pain à l'ail gratiné. Habituellement, Tara évitait ce plaisir coupable, mais après un tel succès, elle méritait bien de se faire plaisir.

Lorsque Tara et Colin s'assirent à la table de la cuisine pour manger chacun leur plat, ils étaient tous deux bien décidés à montrer à l'autre qu'ils avaient passé une journée fantastique et se fichaient pas mal de leur dispute de la veille.

Colin attaqua son assiette, qui contenait les deux faux-filets, des frites de patate douce et des beignets d'oignon. Il ouvrit une canette de bière en prenant soin de faire assez de bruit pour être entendu dans toute la maison.

—Aaah, dit-il en buvant bruyamment dans la canette. Un festin de roi.

Ce son disgracieux avait mis les nerfs de Tara en pelote, mais elle aurait préféré mourir que de montrer à Colin qu'il avait réussi son coup. Elle se servit son habituel généreux verre de vin, mais cette fois sans une once de culpabilité, en chantonnant. Elle s'était réchauffé du poulet sauce cajun à la friteuse, ainsi qu'un lit de petits légumes et trois tranches de pain à l'ail, le tout en moins de dix minutes. Le moment de vérité était arrivé. Elle prit sa première bouchée de pain et poussa un soupir de volupté.

—Oh, mon Dieu, gémit-elle d'un ton orgasmique.

—J'ignorais que le pain à l'ail était aphrodisiaque, s'étonna Colin.

—Le pain à l'ail tout simple, peut-être pas. Mais c'est du pain à l'ail réchauffé dans une friteuse à air.

—À croire que l'air a bon goût.

—Humm… c'est meilleur que le sexe, répondit Tara avec un sourire suffisant. Et c'est une cuisson tellement saine!

—Je ne suis pas certain que l'air absorbe les calories du plat. Mais c'est toi qui sais, ma chérie. C'est toi qui gagnes le pain, à l'ail, de ce foyer, après tout, ironisa Colin.

—Je peux bien manger ce que je veux, vu que je suis un sac, de toute façon.

—Je ne suis pas certain d'avoir dit ça.

—Ah si, je m'en souviens parfaitement. J'ai une mémoire d'*éléphant*, cingla Tara avec un sourire de mépris.

Colin savait très bien ce qu'elle était en train de faire. Il ne l'avait jamais traitée de sac ni d'éléphant. Elle détournait exprès ses propos pour jouer les victimes. Il n'allait pas se laisser avoir. Il tourna la tête à gauche pour contempler le nouveau panonceau de Tara. Les quatre mots, en pleins et déliés tarabiscotés, étaient presque illisibles.

— Don't Be Happy… Worry ? lut-il, les sourcils froncés.

— C'est Don't Worry, Be Happy ! s'écria Tara, laissant cette fois paraître son agacement plus qu'elle ne l'aurait voulu.

Elle inspira un grand coup pour se reprendre.

— J'ai eu envie de rendre la cuisine un peu plus cosy. Tu sais, vu que c'est là ma place.

— Je devrais vraiment accrocher mes plaques de bière vintage dans mon antre de mâle, répondit Colin sans réagir à la pique.

Tara faillit s'étrangler.

— Pardon, dans ton… quoi ?!

— Mon antre de mâle. Puisque ma place à moi est sur le canapé, la pièce a changé de nom.

— C'est un titre provisoire ? Parce que la dernière fois que j'ai vérifié, on appelait ça le salon, ou la pièce à vivre, rétorqua Tara en levant les yeux au ciel.

— Je crois que mes enseignes de pub sont dans l'abri de jardin… Il faut que j'aille les chercher, poursuivit Colin, sachant très bien que Tara détestait sa collection.

Lorsqu'ils s'étaient installés dans la maison, Tara les lui avait interdits, de même qu'il avait banni toute citation gnangnan. Sur le moment, ils avaient trouvé un compromis et s'étaient mis d'accord pour ne décorer la cuisine qu'avec des images, pas de slogans. Mais Tara venait de rompre l'armistice, et Colin était prêt à rendre coup pour coup.

— Super, tu pourrais en profiter pour nettoyer l'abri de jardin, tant que tu y seras ?

— Je crois que je vais d'abord redécorer la pièce à vivre, rétorqua Colin d'un air satisfait.

— Eh bien, j'espère que tu ne vas pas mourir d'une overdose de mauvais goût, là-dedans…

— Ce serait ironique !

— Ah bon ?

— Mourir dans la pièce à vivre… Je dois dire que le canapé est incroyablement confortable. Ça faisait des années que je n'avais pas aussi bien dormi.

— C'est marrant, j'allais le dire ! Je me suis réveillée totalement rechargée. J'avais oublié ce que ça fait de dormir sans quelqu'un qui vous ronfle en permanence dans l'oreille.

Pour bien enfoncer le clou, Tara eut un rire forcé.

— C'est agréable de se lever du bon pied pour une fois, non ?

— Enfin un point sur lequel nous tombons d'accord. D'un autre côté, tu connais le dicton. Si un homme est d'accord avec toi, c'est sans doute que tu viens de dire une connerie.

— Je suis totalement d'accord… bébé.

Tara était facilement agacée, mais ce qui l'énervait le plus était qu'on l'appelle « bébé ». Colin le savait, et elle savait qu'il le savait. Elle lutta pour ne pas hurler. Elle refusait de lui faire ce plaisir. Par chance, Colin lui aussi avait un petit nom qu'il détestait.

— Ravie de l'entendre… chouchou, siffla Tara en le regardant dans les yeux avec intensité.

Colin dut faire appel à tout son flegme pour ne pas grimacer. Il rendit son regard à Tara. C'était comme un western spaghetti, l'attente interminable du duel à l'aube, avec sa propre épouse.

Tara savait que ce jeu du Talion n'avait pas de fin. Elle sortit son téléphone pour signifier son manque d'intérêt. Elle ouvrit Crush pour voir si Jack était connecté. La lumière verte n'était pas allumée, mais elle décida de lui envoyer tout de même un message pour faire monter l'excitation, un peu comme des préliminaires avant le plat de résistance de la soirée.

Claire : Hâte de t'envoyer les photos ce soir ♥

Contente d'elle-même, Tara reposa son téléphone et but une bonne rasade de vin. Elle était ravie que Colin soit là, à ne se douter de rien, alors qu'elle avait fait des photos érotiques pour un autre homme et qu'elle était à présent en train de lui écrire, devant lui.

Colin sentit son téléphone vibrer en silence dans sa poche. Il le sortit et lut le message de Claire. Il sentit son cœur accélérer. Il aimait le danger qu'échanger avec Claire alors que sa femme était dans la pièce représentait. Il menait une double vie sous son nez ; l'adrénaline l'enivrait. Il se mit à taper une réponse, le téléphone sous la table, juste hors de vue de Tara.

Jack : Je n'ai pensé à rien d'autre de toute la journée. J'en ai aussi fait pour toi ☺

Tara baissa les yeux vers son téléphone et vit le message de Jack. Elle se mit à glousser de rire, assez fort pour irriter

Colin. Il fallait lui faire bien comprendre qu'en ce qui la concernait, la conversation du dîner était terminée. Elle commença à répondre à Jack.

Claire : J'ai trop hâte de te montrer ♥

Mon mari me rend folle !

Jack : Je compatis ! Mais ma double vie avec toi me donne du courage ☺

Claire : On se retrouve à la même heure ce soir ? ♥

Jack : 23 h 23. Je serai là ☺

Claire : À tout à l'heure ♥

Tara ferma l'application et fit entendre une nouvelle fois un rire théâtral pour énerver Colin. D'un côté, elle n'arrivait pas à croire ce qu'elle était en train de faire. Sextoter avec son amant virtuel tout en dînant avec son époux qui ne se doutait de rien, c'était une telle transgression, une telle audace ! Mais elle savait exactement ce que voulait dire Jack. Elle aussi, ça l'excitait. Une telle prise de risque était irrésistible. 23 h 23 lui semblait encore beaucoup trop loin.

Son repas fini, Tara se leva et déposa ses couverts dans l'évier. La vaisselle continuait de s'empiler. Elle attrapa son vin et se dirigea vers la porte.

— Passe une bonne nuit, chouchou, dit-elle pour bien communiquer le message que sa nuit à elle n'incluait pas Colin.

— Toi aussi, bébé, répondit l'intéressé pour lui faire sentir qu'il s'en fichait pas mal.

Chapitre 15

En attendant 23 h 23, Colin décida de tenir parole et d'accrocher ses plaques émaillées dans son antre. Il sortit dans le jardin et ouvrit la porte de l'abri. Aussitôt accueilli par un nuage de poussière, il nota mentalement de prendre un antihistaminique plus tard. Comme il n'arrivait pas à se souvenir quel carton contenait les plaques, il dut en ouvrir plusieurs. C'était la principale raison pour laquelle Tara l'avait harcelé pour qu'il range cet endroit depuis si longtemps. Tous les cartons de sa femme étaient bien étiquetés, mais Colin n'avait pas le même talent pour le rangement.

Il aperçut alors une grande bâche étendue sur un objet volumineux. Il la retira pour révéler sa moto Triumph Bonneville de 1988. Il avait presque oublié combien elle était belle. Et posée sur le siège se trouvait une caisse, remplie de ses plaques de pub vintage.

Bingo !

Colin repoussa quelques cartons à coups de pied, et sortit la moto de l'abri de jardin, dans la lumière. C'était une beauté, vieillissante malheureusement. Il avait surnommé cette Bonneville vintage Bonnie. Il était son Clyde, bien sûr. Bien qu'il l'ait gardée à l'abri, elle avait des traces de rouille ici et là, et il était évident qu'elle aurait besoin de nombreuses réparations. Comme lui, elle n'avait pas échappé au passage cruel du temps. Colin se mit à songer combien il avait dérivé loin de sa nature rebelle. La moto qui lui avait autrefois donné l'impression d'être un électron libre, absolument sauvage, avait passé dix ans dans un abri de jardin en banlieue. Ça paraissait aberrant.

Peut-être en avait-elle encore sous les pneus. Elle n'était pas à l'état d'épave, et Colin voyait bien en l'examinant qu'elle pouvait être ressuscitée avec quelques pièces neuves. Vu son millésime, il ne serait pas facile de se procurer les pièces en question, mais Colin était prêt à relever le défi.

Il tua une heure à faire briller la moto et noter de quelles pièces il aurait besoin. Ensuite, il décida de la laisser dans le jardin pour qu'elle s'aère. Elle était restée enfermée bien trop longtemps. Et il avait bien envie que Tara la voie hors de l'abri.

Il prit la caisse de plaques émaillées et la rapporta dans son antre. Après les avoir toutes accrochées avec de l'adhésif double face, il se plaça au milieu de la pièce pour admirer l'atmosphère de pub rustique qui s'en dégageait désormais. C'était désormais un endroit bien viril. « Guinness is good for you », vantait l'une des publicités. « This Bud's for you », proposait une autre. Il y en avait une vingtaine en tout, chacune véritable objet de collection. En admirant la pièce nouvellement décorée, il ressentit une bouffée de fierté. Non qu'il ait accompli là un énorme travail, mais il avait fait quelque chose qu'il n'était pas censé faire. On avait certainement vu plus fracassant, comme acte de rébellion, mais c'en était un tout de même.

Une fois que cette soirée de révolution eut cédé la place à la nuit, Colin s'allongea sur le canapé, prêt pour sa conversation avec Claire. Tara était à présent au lit ; il avait le champ libre.

À 23 h 23 précises, la lumière verte de Claire s'alluma, et le visage de Colin s'éclaira d'impatience. Une petite ellipse en mouvement indiquait qu'elle était en train d'écrire. Après une journée entière passée à compter les minutes, leur rendez-vous nocturne allait enfin commencer.

Claire : Bonjour, cher inconnu ❤

Jack : Coucou ma belle, tu as passé une bonne journée ? 🙂

Claire : J'ai passé une merveilleuse journée grâce à toi ❤

Jack : Oh, c'est vrai ?

Claire : Oui, je me suis réveillée en pensant que j'avais rêvé notre conversation d'hier soir

Puis je me suis rendu compte que ce n'était pas un rêve ❤

Jack : Eh ben, ça fait plaisir à entendre parce que je n'ai pas arrêté de penser à toi toute la journée

Claire : Oh, c'est vrai ? Et tu penses me faire quoi ? ❤

Jack : Des tas de choses très sales ☺

J'ai pensé à toi tout particulièrement en soulevant de la fonte à la salle

Claire : Ah, tu aimes le bodybuilding ?

Jack : Oui, c'est une de mes passions

Claire : Plus je te découvre, plus je t'apprécie. J'imagine que tu es très musclé ♥

Jack : Je n'aime pas me vanter, mais j'ai soulevé 100 kg aujourd'hui. Grâce à toi

Claire : Grâce à moi ?

Jack : Je n'avais encore jamais soulevé autant.

Mais au moment de me lancer, je me suis imaginé que tu étais assise sur moi et alors j'y suis arrivé ☺

Claire : Tu ne sais même pas à quoi je ressemble ahah

Jack : Ah oui ahah

Il faut y remédier...

Claire : Eh ben, j'espère vraiment que les photos que j'ai faites seront à la hauteur de l'image que tu t'es faite

Jack : Oh, ne t'inquiète pas, je n'ai aucun doute là-dessus...

Claire : Je peux te demander une faveur ?

Jack : Bien sûr

Claire : Tu peux m'envoyer tes photos en premier ? Je suis un peu intimidée.

Je n'ai jamais fait ça avant, c'est encore un peu nouveau pour moi ❤

Jack : Je comprends. Et juste pour dire, c'est aussi nouveau pour moi donc ne sois pas intimidée.

J'ai pris ces photos à la salle aujourd'hui. J'espère qu'elles te plairont...

Claire : Je n'ai aucun doute ❤

Jack : Image

Image

Image

C'était l'instant de vérité et chaque seconde passée à attendre sa réponse lui sembla une éternité. Il pensait qu'il avait fière allure, mais si ça se trouve, Claire avait des standards très élevés en matière d'hommes. Il regrettait d'avoir prétendu être passionné de bodybuilding. Il n'y était allé qu'une seule fois ! Et Rory avait dit qu'il était gaulé comme un daron ! Au bout de soixante secondes, elle n'avait toujours pas répondu et Colin se persuada qu'elle n'était plus intéressée.

Jack : Si je ne suis pas ton style, je peux comprendre…

Claire : Tu es sérieux ? J'étais encore une fois en train d'essayer de reprendre haleine.

Tu as le chic pour me couper le souffle ♥

Jack : Ouf, j'ai cru que tu allais me bloquer ou un truc comme ça ahah

Claire : Bloquer un gars avec un corps comme CELUI-LÀ ? Je ne crois pas, non !

Tu es tellement viril. Avec un dos si large…

Pfffiou, et ce bronzage. On voit bien que tu aimes le soleil ♥

Jack : Tu as tout compris, j'adore les voyages ☺

Claire : Aaah, pareil ♥

Jack : Imagine qu'on s'échappe dans une île tropicale tous les deux…

Le sable blanc, les cocktails ☺

Claire : Comment tu fais pour toujours trouver le mot juste ?

Jack : Ahah je crois qu'on a juste tous les deux envie des mêmes choses

Alors… je crois que c'est ton tour d'envoyer une photo…

Après avoir vu celles de Jack, Tara se sentait encore plus nerveuse à l'idée d'envoyer les siennes. Elle ne s'attendait pas aux images du corps de Jack à la salle. Il était exactement comme dans ses fantasmes. Elle aurait voulu voir le visage qui allait avec ce corps, mais savait que c'était contraire aux règles.

À présent, c'était son tour. Elle priait pour qu'il apprécie ses photos. C'étaient des photos honnêtes, bien qu'il s'agisse d'une interprétation artistique de son corps. Mais Jack lui donnait l'impression d'être la meilleure version d'elle-même, et c'était la version qu'elle voulait lui montrer. Cela n'avait-il pas été le but des nus depuis des siècles ? Une façon d'exprimer la beauté du corps humain ? Ce qui se faisait autrefois avec un pinceau se faisait désormais avec un smartphone, mais le principe restait le même. Tara cliqua pour envoyer ses audacieuses photos.

Claire : Image

Image

Image

Jack : C'EST VRAIMENT TOI ?

Claire : Bien sûr, je les ai prises aujourd'hui ♥

Jack : Je n'ai pas les mots...

Claire : Positivement ?

Jack : OUI POSITIVEMENT ! TU ES PARFAITE !

Claire : Je t'ai prévenu, la flatterie est une excellente stratégie ♥

Jack : Tu es encore plus belle que dans mon imagination. Cette lingerie est trop excitante ☺

Claire : Je l'ai achetée aujourd'hui, rien que pour toi ♥

Jack : C'est vrai ? ☺

Claire : Oui. En temps normal, je ne suis pas trop du genre « sexy », mais j'avais envie de l'être… pour toi ♥

Jack : Je prends beaucoup de plaisir à la regarder, mais j'en aurais encore plus à te l'arracher ☺

Claire : C'est un cadeau pour toi, donc c'est normal que tu choisisses la façon de le déballer ♥

Jack : Le vrai cadeau, c'est ce qui est dans l'emballage

Ton mari ne mérite pas un corps pareil

Claire : Il ne le remarque même pas ♥

Jack : Je ne comprends pas comment il fait pour ne pas voir ce qu'il a sous les yeux

Mais tant mieux pour moi ☺

Claire : Il est à toi ♥ Il ne serait jamais capable de soulever 100 kg

Jack : J'aimerais pouvoir entrer chez toi par effraction tout de suite et te prendre.

Je ne m'arrêterais même pas s'il nous surprenait.

Je le regarderais droit dans les yeux et je continuerais ☺

Claire : Pourquoi ça m'excite autant ? ♥ Je donnerais n'importe quoi pour que tu sois avec moi, là maintenant.

Je n'arrête pas de regarder tes photos à la salle

Ta femme a beaucoup de chance

Jack : Elle ne s'intéresse plus du tout à moi. Je pourrais être debout tout nu devant elle, elle ne remarquerait pas

Claire : Je sais ce que ça fait de se sentir invisible ☹

Même quand on se dispute, mon mari et moi, tout ce que je veux c'est qu'il m'attrape et qu'il m'embrasse

Mais il n'a aucune idée de ce dont j'ai vraiment envie

Jack : Moi je t'attraperais pour t'embrasser, Claire ☺

Claire : Je le sais, Jack. Et je n'aurais même pas besoin de te le demander

Tu saurais combien j'ai envie que tu me prennes ♥

Je brûle de désir pour toi ♥

Jack : Je ressens exactement la même chose.

J'ai l'impression de te connaître depuis toujours ☺

Claire : Franchement, je me suis inscrite sur Crush juste pour me prouver quelque chose

Je ne m'attendais pas du tout à trouver quelqu'un comme toi

Et encore moins à avoir envie de te rencontrer ♥

Jack : Ben, je veux dire, c'est à ça que ça sert. Une fois qu'on s'apprécie, l'étape suivante c'est de se rencontrer et voir si on ressent la même connexion dans la vraie vie ☺

Claire : Tu as raison ♥

Mon Dieu, est-ce qu'on est fous ? ♥

Jack : Je suis fou de toi, c'est tout ce que je sais ☺

Claire : Ça paraît tellement risqué, de se rencontrer dans un lieu public

Mais j'en ai tellement envie ♥

Jack : Que dirais-tu de samedi ? Au Vine. 20 h.

Claire : Wow, au Vine ? Tu sais comment impressionner une femme ♥

Mais tu vas réussir à avoir une table à la dernière minute comme ça ?

Jack : Laisse-moi m'occuper de tout ☺

Claire : Pfffiou, tu as toujours les bons mots ♥

Mon mari ne m'emmènerait pas au Vine pour tout l'or du monde

Jack : Eh bien, pendant qu'il te traite comme une vieille chaussette, je te traite comme une archiduchesse ☺

Alors, qu'en penses-tu ?

Claire : Mon cerveau me dit que c'est complètement fou et que je devrais me faire interner

Mais mon corps me dit qu'il faut que je te rencontre

Ne serait-ce que pour voir si notre connexion est réelle ♥

Jack : Exactement. On a besoin de savoir

Claire : OK. Oui ♥

Jack : Je règle les détails

Claire : Tu sais vraiment me mettre des étoiles dans les yeux ♥

Jack : Fais-moi confiance. Tout ce que tu as à faire, c'est d'être là ☺

Claire : On est seulement mardi. La semaine va être très très longue ahah

Jack : Eh ben, on va devoir continuer nos rendez-vous nocturnes jusque-là

Claire : 23 h 23 chaque soir, ça te va ? ♥

Jack : Je ne raterais ça pour rien au monde ☺

Chapitre 16

Dès la seconde où elle se réveilla le samedi matin, Tara commença à se préparer pour son rendez-vous avec Jack le soir même. Elle repensa à ses nombreux rendez-vous nocturnes de la semaine, et ils se mirent à défiler dans sa tête comme un montage. Elle aimait apprendre à connaître Jack plus en profondeur, tant sur le plan émotionnel que sexuel, soir après soir. Bien qu'ils ne soient que deux inconnus sans visage sur Internet, leur connexion semblait de plus en plus réelle à chaque interaction. Leurs conversations de 23 h 23 lui semblaient un autre monde, une échappée dans une rêverie partagée.

Avec Colin, la situation n'avait pas évolué pendant la semaine. Ils continuaient de s'éviter autant qu'il était physiquement possible en vivant sous le même toit. Ils avaient continué le jeu qui consistait à feindre que tout était merveilleux et qu'ils étaient bien plus heureux en ne passant pas de temps ensemble. Mais d'une certaine façon, Tara n'avait pas l'impression de faire semblant. Tout semblait en effet merveilleux à présent que Jack était dans sa vie. Il lui avait rendu sa vitalité spirituelle et sexuelle. Elle savait que ce n'était peut-être qu'une forme d'échappatoire en ligne, mais ses émotions étaient bien réelles. À présent, le samedi était enfin arrivé et l'imaginaire allait se heurter à la réalité. Elle savait que ce serait soit une félicité cosmique, soit une catastrophe.

Ils avaient convenu de ne pas enfreindre les règles de Crush et de ne pas échanger de portraits avant de se rencontrer. Elle devait retrouver Jack au Vine à 20 heures, pour un verre, en toute décontraction. Elle se sentait évidemment coupable d'avoir rendez-vous avec un autre homme, mais ne cessait de se répéter qu'il s'agissait seulement d'un verre. Elle n'avait pas l'impression de chercher activement à tromper Colin : elle voulait simplement trouver le sens de cette synchronicité. Elle se sentait attirée spirituellement par Jack, et avait besoin de comprendre pourquoi. C'était un besoin irrépressible.

Tara ne devait renoncer à aucun effort pour faire une bonne première impression. Après avoir fini de se raser sous la douche, elle enfila une robe moulante bleu roi et une paire d'escarpins Dolce & Gabbana argentés. Elle avait toujours caché cette paire à Colin. S'il avait su combien elle les avait payés, il aurait fait une attaque. Mais elle aimait l'idée de les porter pour Jack, de s'échapper vers ce rendez-vous clandestin en pantoufles de vair. Elle déposa les dernières touches de rouge sombre sur ses lèvres, et quelques gouttes de *Bloom* de Gucci dans son cou, et soudain tous les éléments de son look s'harmonisèrent. Mais si éblouissante fût-elle, Tara trouvait toujours une façon de se focaliser sur ses failles lorsqu'elle se regardait dans le miroir.

Elle n'aimait pas son cou. Il la faisait paraître plus âgée qu'elle n'était en réalité. Pourquoi n'avait-elle pas passé sa vie jusqu'ici à aimer son cou ? Maintenant, c'était trop tard. Elle s'était auto-diagnostiquée un syndrome du CDDP, ou Cou De Dindon Précoce, une maladie qu'elle avait inventée dans sa tête après s'être aperçue qu'elle n'était pas recensée sur Google. Elle avait essayé toutes les crèmes du monde pour soigner son CDDP, en vain.

Elle avait même envisagé le Botox, mais avait appris que ce n'était qu'une solution temporaire qui nécessitait des retouches plusieurs fois par an. Elle avait peur, si elle se l'offrait une fois, d'en payer les conséquences toute sa vie.

Et puis, il y avait le bourrelet. Cet amas de graisse rétif qui refusait de se laisser déloger de son abdomen. Dans son désespoir, Tara avait même acheté plusieurs accessoires de sport présentés dans des émissions de téléachat. Mais à sa grande surprise, l'AbdoBéton ne lui avait pas donné d'abdos en béton, et le TabletteÉclair ne lui avait pas conféré de tablette de chocolat en un éclair. La mode actuelle lui permettait facilement de camoufler le bourrelet, mais elle vivait dans la crainte constante du retour en grâce des jeans taille basse. Malheureusement, dans la robe moulante qu'elle portait, impossible de cacher le bourrelet maudit. Pour ne rien arranger, elle était toute gonflée. Qu'est-ce qui lui avait pris de manger du pain à l'ail gratiné comme ça toute la semaine ? Elle avait enflé comme une baudruche. Peut-être aurait-elle mieux fait de se rabattre sur une robe noire, ç'aurait été beaucoup plus flatteur.

— Non, dit Tara à voix haute dans un effort pour s'arracher à son propre regard critique.

Elle avait passé la décennie de ses vingt ans à ne pas se trouver assez jolie, puis la plus grande partie de la suivante à regretter de ne plus être aussi jolie qu'à vingt ans. Si elle ne cassait pas maintenant ce cycle d'autodépréciation, elle ne le ferait jamais. Emily lui avait dit pendant la semaine qu'en se regardant, les femmes se concentrent sur ce qui leur plaît le moins. Mais quand un homme regarde une femme, il se concentre sur ce qui lui plaît le plus. Si vraiment Jack était tel que Tara le percevait, il ne se soucierait ni de son cou, ni de son bourrelet. Leur connexion était plus profonde que ça.

Tara regarda sa montre. 19 heures.

Le rendez-vous n'était encore que dans une heure, mais elle savait que si elle restait à attendre, elle allait devenir folle. En outre, Colin était parti une heure plus tôt se faire couper les cheveux, et n'était pas encore rentré. C'était sans doute la première fois que Colin allait chez le coiffeur sans que Tara ait besoin de le supplier. Si elle partait maintenant, elle n'aurait peut-être pas besoin d'inventer des salades pour justifier d'être si pomponnée.

Elle commanda un taxi via une appli et vit qu'il serait là deux minutes plus tard. Parfait.

Elle descendit l'escalier à la hâte et se regarda une dernière fois dans le miroir du couloir. Mais en se mettant une mèche de cheveux derrière l'oreille, elle se sentit soudain très consciente de l'alliance sur son doigt. Ça lui faisait bizarre de porter le symbole de son lien éternel avec Colin tout en retrouvant un autre homme dans son dos. Elle enleva l'anneau et contempla l'inscription gravée à l'intérieur.

« Pour toujours et à jamais. »

Elle sentit une boule dans sa gorge en se rendant compte qu'elle agissait de manière très impulsive. Elle était en train de mettre son mariage en danger pour un rendez-vous avec un inconnu rencontré sur Internet. Mais même confrontée à la témérité de ses actes, elle se sentait toujours prête à tout risquer. Qu'avait donc Jack de si enivrant ? Comme s'était-elle retrouvée aussi égarée, en plein lâcher-prise ?

Mais ce sentiment ne lui était pas non plus totalement étranger. C'était exactement la même sensation qu'elle avait éprouvée en s'installant à l'arrière de la moto de Colin bien longtemps auparavant. Elle savait qu'elle jouait avec le feu, mais il fallait qu'elle fasse confiance à son intuition. Cette sensation viscérale ne l'avait jamais trompée jusque-là, et il fallait qu'elle comprenne pourquoi elle ressentait tout cela. Il devait y avoir une explication rationnelle à son comportement, qui ne l'était pas, lui. Elle glissa son alliance dans son sac à main.

Elle ouvrit la porte d'entrée et eut un choc en tombant nez à nez avec Colin, ses clés dans la main. Dire qu'elle était passée à un cheveu de l'éviter.

— Colin ! s'écria-t-elle, prise de court.

— Wow, quel look ! répondit-il, semblant pour une fois remarquer son apparence. Tu vas où ?

— Oh… Je vais juste voir… Emily, du boulot… pour une soirée filles. Il se peut que je ne rentre pas de la nuit, Emily est un peu déjantée, improvisa Tara.

— Ah ben ça tombe bien, j'ai justement rendez-vous avec Rory pour une soirée entre mecs, et je dormirai peut-être chez lui, moi aussi. Vous allez dans quels bars ?

— Ah, euh… on se disait…

Le taxi de Tara arriva et klaxonna.

— C'est pour moi ! Je file !

Et elle s'élança aussi vite que ses talons le lui permettaient.

À l'instant où le taxi de Tara démarra, Colin monta l'escalier en courant. Il était très en retard, ce qui ne lui arrivait jamais. Il avait décidé de faire rafraîchir sa coupe en quelques coups de ciseaux pour impressionner Claire, mais la file d'attente chez le coiffeur sortait quasiment de la boutique, et il lui avait fallu quatre-vingt-dix minutes avant d'obtenir cette coupe qui n'en avait pris que neuf. Tout ça pour ça. C'était beaucoup trop court, et ça donnait à Colin un charme de gamin, alors qu'il aurait voulu dégager une beauté farouche. Mais évidemment, quand le coiffeur lui avait demandé s'il était satisfait, il avait répondu « Oh oui, c'est parfait, merci ».

Il sauta dans la douche, se rasa, se lava les dents et enfila un chino bleu marine et une chemise bleu pétant. Tout ça lui prit environ quinze minutes. Le trafic était saturé quand il était rentré du salon de coiffure, et il se dit que la meilleure façon d'arriver à l'heure au rendez-vous serait de prendre le Luas, surtout qu'il s'arrêtait dans Dawson Street, juste en face du *Vine*. Il gagna l'arrêt à toutes jambes et, par miracle, réussit à sauter dans le tram juste quand il allait redémarrer. Pour une fois, la loi de Murphy lui avait foutu la paix.

Pendant le trajet vers le centre-ville, Colin se demanda comment allait se dérouler la soirée. Les possibilités étaient infinies. Claire lui avait dit qu'elle ne voulait pas se précipiter dans une liaison sexuelle, et que ce soir, ils allaient surtout faire connaissance en personne. Il respectait sa décision et espérait que la rencontre se déroule assez bien pour lui garantir un deuxième rendez-vous en chair et en os.

Pourtant, si leur alchimie textuelle devenait sexuelle, il se demandait s'il était prêt à franchir cette limite. Il avait apprécié l'ambiguïté morale d'une infidélité digitale, mais les choses avançaient à grands pas. Il se sentait coupable, mais était inexplicablement vampé par la mystérieuse Claire, son attraction sensuelle. Elle était comme une sirène, appelant son navire vers les récifs. Il savait que son chant pourrait le conduire au naufrage, mais il n'avait aucun contrôle sur le gouvernail. C'était juste un verre, se rappelait-il pour apaiser sa conscience. Deux personnes qui se retrouvent pour boire un verre, techniquement ce n'est pas un adultère.

Mais quoi qu'il arrive, Colin brûlait de voir la femme qu'il avait découverte tout au long de la semaine. Il espérait seulement qu'elle ne s'attendait pas à la perfection. Il s'était présenté comme un bodybuilder alors qu'il était allé à la salle en tout et pour tout une fois. Il se redressa et élargit le dos en regardant son reflet dans la vitre du Luas. Il ne restait plus longtemps maintenant avant que le voile soit enfin levé.

Chapitre 17

Tara arriva au Vine à 19 h 50. En sortant du taxi, elle vit quelques hommes qui traînaient dans la rue et se demanda si l'un d'eux était Jack. Elle tenta de croiser le regard de chacun mais ne reçut que des mimiques perplexes en réponse. Elle aurait préféré ne pas arriver la première. D'habitude, elle était toujours un peu en retard, ce qui contribuait à son glamour, et à présent elle passait pour la plus en demande des deux. Elle alternait entre une incroyable excitation et une anxiété paralysante. Une minute, agir dans le dos de Colin lui semblait une libération, l'instant d'après elle était écrasée de culpabilité. Elle était comme un pendule oscillant entre honte et fierté. Elle croisait les doigts pour être du bon côté lorsque sonneraient 20 heures.

Elle regarda la librairie Hodges Figgis, de l'autre côté de Dawson Place. Elle y avait passé bien des journées lors de ses années d'études, à la recherche de cette odeur insaisissable des livres neufs. Une fragrance qui était l'équivalent de son herbe à chat. Elle se demanda si c'était ce qu'elle recherchait avec ce rendez-vous. Le parfum satisfaisant du début d'une nouvelle histoire, d'une échappée dans un autre monde.

— Puis-je vous aider ? demanda la serveuse en voyant Tara rêvasser devant les portes du *Vine*.

— Oh, bonsoir. J'ai rendez-vous ici pour un verre, mais je crois que je suis arrivée la première.

— Savez-vous à quel nom la réservation a été faite ?

— Je pense que c'est Jack. C'est une sorte de blind date donc je n'ai pas le nom de famille, avoua Tara, un peu gênée.

— Pas de problème, il n'y a qu'un seul Jack sur ma liste. Pour deux personnes. Votre table est là, sur la terrasse, si vous voulez bien me suivre, répondit l'employée avec un sourire.

Tara se demanda si elle aurait dû attendre Jack à l'extérieur, mais il faisait très froid. Elle n'avait pas mis de manteau, dans l'espoir que Jack ait l'occasion de la contempler de la tête aux pieds dans sa robe. Emily lui avait affirmé qu'il fallait moins de trois secondes pour savoir si on était attiré par quelqu'un. Un manteau informe aurait mis en péril son potentiel coup de foudre avec Jack. Mais elle était gelée et la terrasse couverte semblait merveilleusement cosy avec ses nombreux braseros.

— Et voilà, dit la serveuse devant la table. Est-ce que je vous sers quelque chose en attendant ?

— Ah… oui. Je vais prendre un verre de Malbec, s'il vous plaît.

— Parfait.

Tara s'assit et se détendit. La terrasse était follement romantique, avec des bougies partout et une atmosphère à la fois chaleureuse et galvanisante. C'était le genre d'endroit où Colin ne l'aurait jamais amenée. « Une terrasse couverte en Irlande ? N'importe quoi… », aurait-il probablement déclaré. Il y avait une dizaine d'autres couples autour d'elle, et elle se sentait un peu bizarre toute seule. Mais Jack serait là d'une minute à l'autre et tout serait différent. Le suspense était insoutenable. Elle ignorait si elle allait rencontrer un mannequin ou un nain de jardin difforme. Elle était incroyablement anxieuse et excitée à la fois. Le battement de son cœur était insupportable. Elle attendait son verre de vin avec fébrilité.

C'est alors que Tara vit quelque chose qui lui fit l'effet d'un coup de poing.

Dans le Luas qui passait, Tara aperçut Colin à travers la vitre, approchant de l'arrêt de Dawson Street ! Le tram stationnait à un feu rouge, juste devant elle.

Elle devait rêver !

Colin commença à tourner la tête vers le *Vine*, et elle se hâta de se cacher derrière son menu. Si Colin la voyait, il saurait qu'elle avait menti. Ce n'était pas une soirée entre filles. Elle était dans un restaurant romantique, avec des bougies, c'était forcément un rendez-vous galant ! Elle avait jeté son bonnet par-dessus les moulins, mais le vent était en train de le lui ramener en pleine face. Elle risqua un coup d'œil par-dessus la carte et vit le feu passer au vert et le tram rouler lentement devant le restaurant. Colin n'allait peut-être pas descendre à cet arrêt, après tout ? D'un autre côté, c'était là que se trouvaient les meilleurs bars de la ville, et Rory avait des goûts de luxe.

Une seule personne saurait la tirer de ce mauvais pas. Tara sortit son téléphone de son sac à la vitesse de l'éclair, et ouvrit ses contacts.

— Tara, tout va bien ? demanda Emily. Tu sais que les coups de fil, c'est mauvais pour mes problèmes d'anxiété.

— Tes problèmes d'anxiété ? Qu'est-ce que ce serait si tu étais à ma place ? Je suis au *Vine*, j'attends Jack, et je viens de voir mon mari passer dans le Luas, chuchota-t-elle assez fort dans le téléphone.

— Oh, mon Dieu, qu'est-ce que tu vas faire ?

— C'est pour ça que je t'appelle ! Tu te retrouves toujours dans des situations complètement dingues. Tu ferais quoi, toi ?

— OK, est-ce qu'il est descendu du Luas à Dawson ? Peut-être qu'il était simplement en chemin vers un autre quartier.

— Attends, je regarde, répondit Tara en observant de nouveau par-dessus son menu.

Le Luas était à présent stationné à son arrêt, et Colin n'était plus dedans.

Il remontait la rue en direction du *Vine*. Et il était presque arrivé !

Tara avait le cœur qui battait la chamade.

— Seigneur, il marche vers moi ! s'écria-t-elle, complètement affolée.

— Mission annulée. Je répète, MISSION ANNULÉE ! cria Emily dans le téléphone.

Tara se leva d'un bond et entendit un hurlement dans son dos. La serveuse venait de lui apporter son verre de Malbec, et dans son mouvement soudain, Tara avait fait tomber son plateau. Le vin rouge éclaboussa sa robe avant qu'on entende un désagréable fracas de verre brisé. Tout allait si vite que Tara n'eut pas le temps de prendre conscience que sa robe était fichue. Il fallait qu'elle quitte le *Vine* le plus vite possible. Bien qu'elle soit en Irlande, elle devait filer à l'anglaise.

— Madame, je suis absolument désolée, s'exclama l'employée.

— Je dois partir d'ici. Y a-t-il une porte de service ? demanda Tara, en mode gestion de crise.

— Euh… oui… mais je vous en prie, laissez-moi…

— On n'a pas le temps. Je dois partir tout de suite.

— Suivez-moi, répondit la serveuse en l'entraînant à l'intérieur juste à temps pour échapper à la vue de Colin.

Elle lui fit traverser la cuisine jusqu'à l'issue de secours.

— Madame, je suis vraiment, vraiment navrée. Je vous en prie, ne mettez pas de commentaire négatif. Je serais renvoyée, supplia la jeune femme.

— Je ne vais pas le faire, mais j'ai besoin que vous me rendiez un service.

— Tout ce que vous voudrez.

— Si le monsieur me demande, dites que je ne suis jamais venue. C'était une énorme erreur, expliqua Tara en poussant la barre antipanique.

Tara avait l'impression d'avoir réchappé d'un cheveu à un accident de voiture. Son cœur battait toujours à toute allure. Sa vie réelle et sa vie rêvée avaient bien failli se rencontrer dans une collision frontale qui se serait avérée fatale pour son mariage. Cette seule pensée suffisait à la rendre malade. Elle savait qu'elle ne pourrait jamais rencontrer Jack, désormais. Pas seulement parce qu'elle dégoulinait de vin rouge, mais parce qu'elle venait de prendre conscience qu'elle jouait à un jeu bien trop dangereux. Dublin était une petite ville, on ne pouvait pas se permettre d'avoir une liaison en pleine terrasse et espérer passer entre les gouttes. Où avait-elle eu la tête ? Elle héla un taxi qui passait dans la rue transversale où elle se trouvait. Sur la banquette arrière, son premier geste fut d'ouvrir son sac à main. Elle en sortit son alliance et la remit sur son doigt, à sa juste place.

— Vous allez où ? demanda le chauffeur alors qu'elle ajustait la bague confortablement sur son annulaire.

— À la maison, répondit-elle en regardant par la fenêtre, comme dans un film américain. Je rentre à la maison.

— Bah, je ne sais pas où vous habitez, moi…, s'esclaffa le chauffeur, ce qui la ramena sur terre.

— Ah, pardon. Hillcrest Grove, s'il vous plaît.

Tara savait que Jack allait lui envoyer un message d'une minute à l'autre pour lui demander ce qu'elle faisait. Elle ne supportait pas l'idée de le lire. Elle sortit son téléphone, et sans ouvrir l'application, désinstalla Crush.

Elle poussa un soupir de soulagement. Comment avait-elle pu mettre son mariage en péril pour un complet inconnu ? L'idée lui semblait soudain absurde. Elle s'était laissé enivrer par sa liaison fantasmée, mais elle venait de se dégriser d'un coup. Même si Jack avait mis fin à sa grande sécheresse, cette tempête avait failli tout détruire dans sa vie. Elle l'avait échappé belle.

Colin était devant le *Vine*, guettant une femme qui puisse être Claire. Il croisa le regard de quelques passantes, mais elles se contentèrent d'un sourire gêné et continuèrent leur chemin. Il demanda à la serveuse si quelqu'un s'était présenté pour la table au nom de Jack. Elle répondit « Non, je regrette, monsieur ».

Colin regardait son téléphone toutes les trente secondes, au cas où la lumière verte de Claire apparaîtrait.

Elle ne s'alluma pas.

Il resta planté là comme un imbécile, à chercher avec désespoir quelqu'un qui n'était tout simplement pas venu.

Jack : Bonsoir, chère inconnue. Je suis devant.

Jack : Envoie-moi un message quand tu arrives.

Jack : Tout va bien ? Il est 20 h 30, tu es en chemin ?

Jack : Je commence à m'inquiéter, tu as décidé de ne pas venir ?

Jack : OK, il est bientôt 21 h, est-ce que je perds mon temps à t'attendre ?

Au bout de l'heure la plus longue de sa vie, Colin comprit le message. Il envisagea d'entrer au *Vine* pour profiter de la réservation, mais l'heure était vraiment dépassée, et l'idée d'être tout seul sur la terrasse pleine de couples lui sembla trop déchirante.

Il aurait dû se douter que c'était trop beau pour être vrai. Claire n'était qu'un mirage, créé par une soif terrible. Il savait que la seule façon d'étancher n'importe quelle soif était désormais une pinte de Guinness. Il avait toujours pensé qu'il ne fallait surtout pas boire pour étouffer un problème, seulement pour se sentir *encore* mieux quand tout allait bien. Mais ce soir, Colin voulait juste noyer son chagrin.

— Une pinte, dit-il en s'installant au bar du premier pub venu. Et une autre après.

Il réfléchit aux événements de la semaine et en vint à conclure que Claire était probablement une arnaqueuse, comme l'avait dit Rory. Si ça se trouve, Claire était une horrible vieille femme qui s'était servie de photos de lingerie volées pour le manipuler. Il se sentait idiot. La loi de Murphy avait une fois de plus prévalu. Il aurait dû s'y attendre.

Après avoir descendu un nombre déraisonnable de pintes, Colin sauta dans un taxi en direction de Hillcrest.

En arrivant à la maison, il vit que la plupart des lumières étaient encore allumées. Il ouvrit la porte d'entrée et se prépara à recevoir un sermon de Tara sur la quantité d'alcool ingérée. Dans la cuisine, il la trouva assise à table devant un verre de vin, déjà en pyjama.

— Ça va, pas trop mal à la tête ? demanda-t-elle d'un ton étonnamment aimable.

— Je ne suis pas aussi penses que tu le soûl, répondit-il.

Une de ses blagues de daron préférées.

— C'était sympa, ta soirée avec Rory ?

— Eh bien… franchement, je suis content d'être à la maison. Et toi, tu t'es bien amusée avec Emily ?

— Moi aussi, je suis contente d'être à la maison, sourit-elle.

— Tu m'attendais ?

— De fait, oui… Je n'arrivais pas à ouvrir le bocal de cornichons. Tu peux m'aider ?

Elle fit glisser le pot vers lui. Colin n'était pas dupe. Il savait qu'elle n'avait pas attendu aussi tard juste pour un cornichon. C'était une façon détournée de lui dire qu'elle avait besoin de lui.

— Bien sûr, répondit-il en dévissant le couvercle sans effort. Mais je ne comprends toujours pas comment tu peux manger ça.

— Tu sais, dans chaque couple il y a une personne qui adore les cornichons et une personne qui les déteste, plaisanta-t-elle en croquant. Alors, tu t'es nourri de Guinness ce soir ?

— Oui… ça m'a rappelé notre rencontre.

— Personne ne sert la bière mieux que moi.

— Cette époque me manque, avoua Colin avec un sourire.

— Moi aussi, répondit-elle en lui rendant son regard.

Un silence s'installa dans la pièce, mais ce n'était pas inconfortable. C'était le genre de silence chaleureux qu'ils avaient si longtemps partagé.

— Colin, je ne sais pas comment on en est arrivés là, mais ce qui est cassé entre nous, je veux le réparer. Je sais que ça nous fait mal de ne pas pouvoir avoir d'enfants, mais on ne peut pas se perdre l'un l'autre à cause de ça. On doit se battre pour sauver notre couple.

— Tu as raison.

Il se rendit compte qu'il ne disait pas cela seulement pour lui faire plaisir. Il le pensait.

— Je nous ai trouvé une thérapeute de couple. J'ai pris rendez-vous en ligne pour lundi soir.

Colin était un peu hésitant, mais il savait que Tara ne plierait pas. Après avoir mis son couple en péril pour aller retrouver une parfaite inconnue, il savait qu'il avait déjà bien de la chance qu'il reste quelque chose à sauver.

— D'accord, Tara. On fera tout ce qui est nécessaire.

— Merci, Colin. À demain, dit Tara en se levant pour monter se coucher.

Colin savait que son mariage était loin d'être réparé. Il dormait encore sur le canapé, après tout. Mais il y avait de l'espoir. Et partant de là, tout était possible. Il ferait tout ce qu'il faudrait pour que ça marche.

Chapitre 18

Le lundi soir suivant, Colin était assis à côté de son épouse dans le cabinet du docteur Mildred Burke, la thérapeute que Tara avait dénichée par Internet. Il avait bien du mal à s'installer confortablement sur le canapé ultramoderne qui détonnait dans la pièce chaleureuse, meublée d'acajou. Il n'aimait pas l'idée de la thérapie. Chez lui, enfant, on ne parlait tout simplement pas de ses problèmes. Il voulait arranger son couple lui-même, pas avec une thérapeute qui ne comprenait rien aux nuances de leur relation.

Mais il s'était promis de faire au moins l'effort d'essayer de rester ouvert d'esprit. Tara était censée avoir trouvé « la meilleure thérapeute du monde », même si ça restait à prouver. Si vraiment elle était si parfaite, comment avaient-ils pu obtenir un rendez-vous si vite ? Colin avait informé Tara qu'un prix exorbitant n'est pas nécessairement gage de qualité. Cela avait inévitablement entraîné des chamailleries sur le fait de ne pas être capable de mettre le prix pour sauver leur couple, et il avait préféré abandonner. Mais trois cents euros de l'heure ? Franchement ? Il suffirait de quelques séances par mois pour qu'un un réel impact sur leurs finances se fasse ressentir. Il avait l'impression de payer une psy *pour* qu'elle lui provoque de l'anxiété.

Colin avait passé le dimanche à réparer sa moto, et, après une bonne journée de travail, Bonnie avait officiellement retrouvé sa gloire d'antan. Il l'avait préparée, avait fait rugir le moteur, et l'avait sortie pour son premier tour depuis des années. Mais même alors qu'il sentait la brise de la liberté en roulant, cela ne lui avait pas apporté la sensation de plénitude qu'il attendait. Bonnie la Triumph ne lui avait pas offert de triomphe.

Claire continuait de l'obséder.

Il était allé jusqu'à acheter un paquet de cigarettes et en allumer une, pour avoir l'impression de toujours contrôler un pan de sa vie. Mais en prenant sa première bouffée depuis des années, il s'était aussitôt senti nauséeux. Peut-être que l'idée de fumer était plus plaisante que l'acte lui-même. Il avait essayé de se convaincre que la même logique s'appliquait à Claire. Si elle pouvait au moins lui donner une explication, alors peut-être qu'il arriverait à tourner la page.

Au bureau, avant de venir chez la thérapeute, il s'était retrouvé à consulter Crush toutes les minutes comme un toxicomane en manque. Même Rory trouvait qu'il avait un problème ; ce n'était pas peu dire, vu ses propres addictions diverses et variées. Mais Colin ne pouvait s'en empêcher. Il cherchait jusqu'à l'obsession la lumière verte de Claire qui viendrait déchirer l'obscurité.

La lumière n'apparut pas.

Le docteur Burke s'assit dans son fauteuil en face d'eux, prête à entamer la séance.

— Tara, Colin, je vous souhaite la bienvenue à tous les deux. Je suis le docteur Mildred Burke, et vous…

— Oh, pas besoin de vous présenter, docteur Burke, interrompit Tara. Hier j'ai passé la journée à lire votre livre, *Manifester son mariage*, et si je puis me permettre… Wow !

Colin se sentit aussitôt irrité.

— On est où, là, à une séance de dédicaces ? *Manifester le mariage*, ça fait très prêchi-prêcha d'illuminé, déclara-t-il, sceptique.

— Colin, merci de ne pas te couvrir de ridicule. J'essayais juste de nous faire gagner du temps, protesta Tara, mortifiée.

— Non, tu faisais bien tes devoirs pour être la chouchoute de la maîtresse, rétorqua-t-il, les bras croisés.

— On va respirer un grand coup, tempéra le docteur Burke. Comme je le disais, je suis le docteur Mildred Burke et mon domaine d'expertise consiste à réparer les connexions rompues, afin que le compromis et la catharsis puissent se mettre en place pour toutes les personnes concernées.

— Eh ben, à trois cents euros de l'heure, vous pourriez au moins avoir un fauteuil massant ou un truc dans le genre, bouda Colin, toujours aussi mal installé.

— D'après mon expérience, le divan est toujours le meilleur choix pour les couples. Ainsi, ils ont la place d'aller l'un vers l'autre.

— Oh mon Dieu, j'adore ! s'écria Tara, enthousiaste. Vous êtes balance, pas vrai ?

— Ah non, pas du tout.

— Désolée, je voulais dire vierge ! Évidemment !

— Non plus.

— Verseau ?

— Non.

— Capricorne ?

— Euh… Oui, techniquement…

— JE LE SAVAIS ! hurla Tara.

— Voilà, ça c'est ma vie, docteur Burke, gémit Colin. Elle essaie de se servir de l'astrologie pour expliquer chaque parcelle de son existence.

— Si le zodiaque ne marche pas, pourquoi tous les mecs taureau refusent d'y croire ? Comment tu expliques ça !

— C'est ce qu'on appelle une prophétie autoréalisatrice. Quand tu étais ado, tu as dû lire dans *Vogue* que les gémeaux étaient toujours en retard, et ô surprise, depuis ce jour tu es toujours en retard pour tout.

— Je n'ai pas basé toute ma personnalité sur un magazine, Colin, réagit Tara.

— Vraiment ? Dans ce cas, pourquoi tu as un nouveau problème tous les mois ?

— Au moins, je ne suis pas une athée qui ne croit en rien, répondit-elle en croisant les bras à son tour.

— Mais si, je crois à des choses. Je crois à la science. Le monde est constitué de protons, d'électrons, et de neurones en interconnexion.

— Et de gros cons, apparemment, maugréa Tara. Tu feras quoi, à ton enterrement, quand tu seras tout bien habillé, dans ton beau cercueil, sans ticket pour le paradis ?

— Pour le moment, j'essaie de me concentrer sur ma vie, pas sur ma mort.

— Ah, vraiment ? Dans ce cas, pourquoi je t'ai entendu faire rugir ta moto hier ?

— Je l'ai juste sortie pour un petit tour.

— Je le savais ! Seigneur Dieu, pourquoi est-ce que les hommes ont besoin de frôler la mort pour se sentir vivants ? Et je sais aussi que tu as fumé, au fait, conclut Tara en le foudroyant d'un regard malveillant.

— Non, je n'ai pas fumé, mentit Colin.

— Tu as les narines qui se dilatent quand tu mens, révéla Tara sans quitter son nez des yeux. Alors tu t'es remis à fumer et faire de la moto. C'est exactement pour ça que les femmes vivent plus longtemps que les hommes.

— Ou peut-être que c'est parce que les femmes transforment nos vies en enfer. Et je crois me souvenir que tu es montée sur ma moto le soir où on s'est rencontrés.

— Nous étions différents, à l'époque…, soupira Tara.

— Si je puis me permettre…, tenta le docteur Burke.

Colin avait totalement oublié qu'elle était là.

— Désolée, docteur Burke. Je vous en prie, continuez, répondit Tara, gênée.

— Comme j'allais le dire… J'aime commencer chaque séance par un petit exercice. Je vais vous donner un stylo et un papier à chacun. J'aimerais que vous écriviez les raisons pour lesquelles vous avez épousé votre partenaire.

Le docteur Burke leur tendit deux calepins et des stylos, et se rassit dans son fauteuil.

— Surtout, ne réfléchissez pas trop, ce que je veux ce sont les premières réponses qui vous viennent à l'esprit. Je ne vous donne donc que soixante secondes.

Colin essaya d'écrire dans son calepin, mais s'aperçut que son stylo ne fonctionnait pas.

— Mon stylo ne marche pas, s'agaça-t-il. Est-ce que c'est un genre de test psychologique ? Laissez-moi deviner, le stylo est censé représenter un phallus ?

— Non, Colin, parfois un stylo n'est rien d'autre qu'un stylo. En voilà un autre, répondit-elle en lui tendant un stylo de rechange.

Colin se mit à noter les raisons pour lesquelles il avait épousé Tara, mais son esprit commença aussitôt à s'égarer. Claire ne cessait de se glisser dans tous les interstices de son cerveau. Bien qu'il ignore tout d'elle, il ne parvenait pas à purger ses pensées de sa présence. Pourquoi l'avait-elle planté ainsi sans remords, sans même se donner la peine de lui donner une explication ? Leurs conversations nocturnes avaient-elles si peu de valeur à ses yeux ?

Pendant un moment, il se demanda s'il lui était arrivé un malheur. Était-elle en danger ? Quelqu'un l'avait-il enlevée lors de son trajet vers leur rendez-vous ? Avait-elle besoin d'aide ?

Non, décida-t-il. La vie n'était pas un scénario où une demoiselle en détresse attendait qu'il la sauve. C'était juste la solution que son cerveau avait trouvée pour réussir à croire qu'il était toujours le héros de sa propre vie. Claire n'était pas une princesse enfermée dans une tour. C'était juste une femme qui ne voulait pas de lui. Quelque dure que soit la vérité, il devait l'accepter. Il devait chasser de son esprit tout souvenir de Claire, et se concentrer sur la tâche qu'on venait de lui fixer.

— OK, ça fait à peu près soixante secondes, annonça le docteur Burke. Tara, auriez-vous la gentillesse de nous lire ce que vous avez écrit ?

— Oui. Les raisons pour lesquelles j'ai épousé Colin. Un, on est tombés amoureux à la seconde où on s'est rencontrés. Deux, on avait une très bonne compatibilité sexuelle. Trois, on était tous les deux très investis dans nos carrières. Quatre, il me faisait rire non-stop. Et cinq, avec lui j'avais l'impression d'être vue et entendue.

— Tu rigoles ? C'est juste une liste de piques à peine camouflées, protesta Colin, agacé.

— Colin, pouvez-vous nous lire ce que vous avez écrit, s'il vous plaît ?

— Je n'ai pas fait une longue liste. J'ai juste écrit que j'avais épousé Tara pour qu'on puisse fonder une famille ensemble, déclara Colin en levant son calepin quasi vierge.

— Ah oui, alors les gens se marient uniquement pour fonder, une famille, donc ? demanda Tara.

— Vois-tu, le mariage, techniquement, c'est deux personnes qui s'unissent pour former une famille, donc oui.

— Ce n'est pas ce que le mariage signifie pour moi, cingla Tara en se détournant de lui.

— Oui, tu l'as bien fait comprendre quand tu as refusé de prendre mon nom.

— Parce que je n'avais pas envie de m'appeler Tara O'Hara ! On croirait un personnage de comptine irlandaise !

— Tara, j'aimerais qu'on se concentre sur ce que vous avez écrit, intervint le docteur Burk. La plupart des éléments de votre liste sont écrits au passé. Pourquoi, à votre avis ?

— En fait… parfois j'ai l'impression que nos meilleures années sont derrière nous. On ne va jamais nulle part. On ne fait jamais rien. On est devenus des étrangers.

— Pourquoi est-ce que les femmes ont toujours envie de faire des choses ?

— Parce que je veux qu'on crée de nouveaux souvenirs. Je veux qu'on emplisse nos vies de joie.

— Tara, vous avez raison. Le couple est comme un piano. Pour rester accordé, il a besoin qu'on en joue. Et il faut que vous soyez deux à vouloir entendre la musique.

— Ça fait longtemps que nous sommes désaccordés, alors, commenta Colin. Vous pensez que c'est vraiment possible qu'on recommence à s'aimer comme avant ?

— C'est une question vieille comme le monde. Deux personnes peuvent-elles retrouver la flamme après l'avoir perdue ? D'après mon expérience, la réponse est oui. Mais il faut que vous cessiez de vous regarder comme des forces opposées. Lorsque deux personnes veulent des choses différentes, cela peut causer des conflits. Mais lorsque deux personnes veulent la même chose et n'en sont pas conscientes, cela peut causer une guerre. La plupart de mes clients sont en guerre lorsqu'ils viennent me voir. Je les aide à se souvenir que le but de la guerre n'est pas la victoire. C'est la paix.

— J'aime cette idée, docteur Burke, minauda Tara avec des airs d'enfant de Marie.

— Pfff, encore en train de faire sa première de la classe, maugréa Colin, les yeux au ciel.

— Colin, c'est vers vous que je me tourne. Dites-moi quelle a été la dernière dispute dans votre couple.

Colin n'aimait pas être au centre de l'attention, mais il était content qu'on le laisse donner sa version de l'histoire avant que Tara vienne tout compliquer.

— Alors, notre dernière dispute est l'exemple parfait du fonctionnement de notre couple. Je voulais manger des steaks, elle voulait manger des pâtes, alors on a fait un compromis : on a mangé des pâtes.

— Oh, c'est tellement simpliste de présenter les choses comme ça !

— OK, Tara, c'est à vous. À votre avis, quel est le problème ?

— Eh bien... Je pense que vous avez déjà été témoin du problème, docteur Burke. J'ai l'impression qu'on parle, mais qu'on ne communique pas, répondit Tara comme si elle récitait un texte.

— Tara, c'est une citation mot pour mot de mon livre. Je veux entendre votre opinion, pas la mienne.

— Vous voyez ? s'écria Colin en levant les mains. Elle veut gagner la thérapie ! Incroyable !

— OK, très bien, reprit Tara, gênée d'être prise la main dans le sac. Notre couple a changé depuis qu'on a appris que… nous avons appris que nous ne pouvions pas avoir d'enfants…

— Ce n'est pas ce qui s'est passé, coupa Colin. Nous avons eu trois échecs de FIV, mais beaucoup de couples passent par là. Il n'y a aucune raison médicale pour que nous ne puissions pas avoir d'enfants. Tu as juste abandonné.

— Je n'ai pas abandonné, j'ai accepté la réalité. C'est une chose d'essayer, et une autre de s'imposer sans raison de vivre un enfer. Tu sais à quel point j'ai été dévastée après chaque échec. Combien de fois tu veux me faire subir ça ?

— Mais tu ne veux même pas envisager d'autres solutions. Tu as tourné le dos à l'idée d'être mère alors que je sais que c'est ce que tu veux vraiment, au fond.

— Seigneur, est-ce que la société pourrait enfin accepter qu'une femme veuille plus que juste un mari et un bébé ? demanda Tara avec un soupir théâtral.

— Ah non, tu ne vas pas transformer cette séance en sermon féministe ! protesta Colin, voyant que ça en prenait le chemin.

— Au cas où vous n'auriez pas compris, docteur Burke, mon mari n'est pas féministe, et c'est une grande partie du problème.

— Pour la millionième fois, je suis égalitariste. Je crois que les hommes et les femmes sont égaux, expliqua Colin.

— C'est exactement la définition du féminisme.

— Pas du tout. Le féminisme, c'est haïr les hommes.

— Tu as vraiment l'intention de me faire du mansplaining, là ? l'accula Tara.

— Non, j'essaie juste de te faire comprendre les choses du point de vue d'un homme.

— Super, maintenant tu me fais du mansplaining sur le mansplaining, contra Tara, effarée. Franchement, les hommes devraient déjà être bien contents que les femmes veuillent seulement l'égalité, et qu'elles ne veuillent pas se venger !

— Tu passes ton temps à te plaindre des hommes alors que je suis littéralement le mari le plus parfait qu'on puisse souhaiter !

— Et modeste, avec ça, souffla Tara en levant les yeux au ciel.

— Pourquoi tu lèves les yeux au ciel ? Je suis littéralement la personne la plus modeste au monde !

— Ouais… c'est clair…

— Dans toutes les disputes, tu joues les victimes parce que tu es incapable d'accepter la moindre critique personnelle, conclut Colin.

— BIEN SÛR QUE SI J'ACCEPTE LES CRITIQUES, PUTAIN ! hurla Tara.

— Ouais… c'est clair… Je ne me souviens pas de t'avoir entendue une seule fois admettre que tu avais tort.

— Eh bien, je n'ai pas toujours raison, mais je n'ai jamais tort, déclara Tara.

— Vous voyez, docteur Burke ? Je perds à tous les coups, expliqua Colin avec un haussement d'épaules. Elle m'émascule parce qu'elle a raté son épreuve de féminisme à la fac, et qu'elle a quelque chose à prouver.

— Je n'ai pas raté, j'ai eu 49/100 et j'ai été mal notée !

— Oh, c'est vraiment trop injuste, piaula Colin avec la voix de Calimero.

— Donne-moi un seul exemple de moment où je t'émascule !

— C'est tous les petits détails. Comme vouloir que je pisse assis, entre autres !

— C'est juste une façon de garder les toilettes propres, tout le monde est gagnant.

— Et il y a évidemment la fois où tu m'as envoyé me faire couper le prépuce.

— Vu la longueur de la bête, ce n'était pas un prépuce, c'était carrément une écharpe. Et il est tellement plus joli circoncis !

— Mais tu as dit qu'on aurait plus de rapports si je me faisais circoncire, et c'était un énorme mensonge !

— Cela m'amène à la question suivante, coupa le docteur Burke. Comment ça se passe, sexuellement ?

— Pas bien du tout, docteur, répondit Tara précipitamment.

— Enfin un point sur lequel nous sommes d'accord, renchérit Colin avec un grand geste. J'ai épousé une nonne !

— Oh, c'est tellement injuste ! J'ai un gros appétit sexuel !

— Dans ce cas, pourquoi on n'a pas fait l'amour depuis deux cent dix-sept jours ?

— Seigneur, ne me dis pas que tu as un tableur Excel pour compter nos jours sans sexe ? rétorqua Tara, choquée.

— Bah tu ne viens pas de dire que tu *Excel* en érotisme ? La vérité, c'est que tu restes juste allongée comme une planche. Docteur Burke, une fois elle m'a dit : « Essaie de ne pas me réveiller. » Vous y croyez ?

— C'est parce que tu avais envie de galipettes au réveil. Tu sais que je tiens à mes grasses matinées du week-end, se justifia Tara.

— Mais ce n'est pas seulement le matin. Chaque fois que j'ai envie, tu ne veux pas ! Et je suis censé lire dans tes pensées, s'agaça Colin.

— Tu n'es pas censé lire dans mes pensées. Tu es censé lire dans mon corps. Je suis comme un livre ouvert.

— Autant essayer de capter quelque chose à *Ulysse* de Joyce ! Les femmes n'ont aucune bonne raison d'être aussi complexes.

— Il n'y a pas de grand mystère, Colin. Nous avons besoin de nous sentir désirées et appréciées. Et un peu de spontanéité ne fait pas de mal.

— Dans ce cas, tu n'as qu'à me dire ce que tu veux, comme ça je prévoirai quelque chose de très spontané bien en avance.

— Ça fout tout par terre ! Il faut que ça vienne de toi. Même des choses toutes simples, comme m'offrir des fleurs.

— Je suis allergique au pollen !

— Et moi, je suis allergique aux excuses ! Avant, tu m'offrais des fleurs pour notre anniversaire. Un bouquet par an, ça ne va pas te tuer. Maintenant, tu es tellement près de tes sous que tu ne fais même plus attention à moi. Et ensuite tu viens pleurnicher que ton père était radin alors que tu es exactement pareil ! Explique-moi un peu, que je comprenne !

— Ne me compare pas à mon père, demanda Colin, sévère. Tu sais, Tara, tu ne te rends vraiment pas compte de ta chance. Il y a plein de mecs qui claquent tout dans les bars, ou qui jouent, ou qui se mettent de la poudre plein les narines. Moi, j'économise pour que nos enfants ne soient jamais privés le matin de Noël. Un peu de reconnaissance ne ferait pas de mal. Sans oublier que c'est moi qui ai payé les FIV.

— Je suis reconnaissante, Colin. J'ai juste besoin de sentir que tu tiens à moi. N'importe quel geste pour me sentir désirée. Tu dois bien avouer que tu as cessé de me voir comme une partenaire sexuelle dès l'instant où on a commencé à essayer de concevoir un enfant.

— Non, c'est faux.

— Vraiment ? À la seconde où on a décidé d'essayer, on aurait cru que tu faisais la course pour franchir la ligne d'arrivée le plus vite possible. Tu as complètement oublié qu'on était deux à faire l'amour ! J'aurais eu plus de plaisir avec une pipette de sperme…

— Je suis désolé si je n'étais pas très excité par toutes tes conversations sur l'ovulation, les hormones et les cycles menstruels…

— Oh, un peu d'empathie, s'il te plaît, Colin ! Tu sais, j'aimerais bien que les mecs hétéros puissent avoir leurs règles ne serait-ce qu'une fois dans leur vie. Avoue. Quand tu as commencé à me voir comme la mère de nos enfants, tu as cessé de chercher à me donner du plaisir, dit Tara, factuelle.

— C'est un phénomène très classique, intervint le docteur Burke. Freud appelle ça le complexe de la mère et de la putain. Ça se produit quand un homme voit les femmes soit comme des vierges destinées à procréer, soit comme des femmes impures dédiées au plaisir. C'est une vision datée de la sexualité féminine, mais beaucoup d'hommes considèrent toujours les femmes par cette dichotomie. Ils sont même nombreux à citer cette vision comme raison à leur infidélité. Ils veulent l'Épouse et la Maîtresse.

Colin savait que le docteur Burke avait raison. Peut-être était-il atteint du complexe qu'elle décrivait. C'était peut-être pour ça qu'il s'était inscrit sur Crush. Il avait l'impression que Tara n'avait pas envie d'être prise comme lui aurait voulu la prendre. Avec Claire, il sentait en permanence son désir irradier à travers le téléphone. Elle était aussi excitée par leurs rendez-vous que lui. Ils éprouvaient une attirance sexuelle réciproque, liés par un péché partagé. Peut-être était-ce parce que c'était tellement mal que ça semblait si bien. Peut-être que la culpabilité rendait le sexe un peu plus attirant. Peut-être qu'il était bon catholique, finalement.

— OK, j'entends ce que vous me dites. Mais Tara, tu as toujours dit que j'étais le genre d'homme qu'on épouse, pas celui qu'on prend pour un coup d'un soir. Je crois que les femmes divisent les hommes comme ça aussi. Pourquoi il n'y a pas de complexe pour les femmes ?

— Je croyais que tu trouvais les femmes déjà trop complexes ? cingla Tara, sourcils levés.

— Je comprends votre remarque, Colin. Mais si vous vous considérez mutuellement de cette manière désexualisée, cela soulève une question : l'un d'entre vous a-t-il été infidèle…

Le silence tomba aussitôt sur la pièce.

Colin sentit son pouls s'affoler. Il n'était pas allé au bout de la liaison, donc techniquement, il n'avait rien à cacher. Mais il devait choisir ses mots avec soin. S'il commençait à avoir les narines dilatées, Tara aurait des soupçons.

— Je n'ai jamais couché avec une autre personne que ma femme, finit-il par dire.

— Et je n'ai eu de rapports qu'avec mon mari, ajouta Tara.

— C'est super. Mais je devine qu'il y a eu des tentations des deux côtés ? s'enquit le docteur Burke.

— Eh bien, fantasmer sur quelqu'un d'autre, ce n'est pas tromper…, rappela Colin.

— Non, mais ça pourrait conduire à désirer que ce fantasme devienne réalité. L'amour, c'est ce qu'on a, et le désir, c'est ce qu'on veut. C'est pour cela que la vie de couple demande des efforts. C'est difficile de désirer ce qu'on a déjà. Le désir est alimenté par l'interdit.

— Mais dans ce cas, comment retrouver l'alchimie que nous avions au début ? demanda Tara.

— Vous savez, quand on parle d'alchimie entre deux personnes, on parle en réalité de substances chimiques libérées dans le cerveau, expliqua le docteur Burke. Lorsque nous ressentons de l'attirance sexuelle, notre corps produit des hormones : de la testostérone ou des œstrogènes. Cela alimente nos circuits sexuels, c'est ce qu'on appelle communément le désir. Et lorsque cette attirance est comblée, le cerveau relâche une nouvelle hormone, la dopamine. Ce que nous considérons comme l'amour romantique n'est rien d'autre qu'une dose de dopamine que l'on reçoit de quelqu'un. Mais bien sûr, cette dose n'est pas infinie, et lorsque la phase dite de lune de miel prend fin, le niveau de dopamine commence à baisser pour être remplacé par l'ocytocine. C'est la substance responsable du lien entre deux personnes, du sentiment de proximité, d'appartenance. L'ocytocine est merveilleuse, mais rien ne dépasse l'euphorie de la dopamine. La question est de savoir si deux personnes peuvent retrouver la phase de lune de miel, et faire de nouveau l'expérience de cette première bouffée d'amour. J'ai développé une stratégie en ce sens. Tout est expliqué dans mon livre *Retrouver le romantisme*.

Colin leva encore une fois les yeux au ciel. Pas besoin d'être grand clerc pour deviner que Tara achèterait ce livre également. Ils avaient besoin de conseils, pas d'une bibliographie.

— Ne vous gênez pas pour nous raconter la fin, dit-il, sarcastique.

— Être romantique, c'est percevoir la vie comme elle devrait être, pas comme elle est. Voir la vie avec des lunettes roses. Lorsque vous êtes entrés dans mon bureau, vous étiez tous deux très soucieux de souligner les défauts de l'autre, pas ses qualités. Ce que je veux dire, c'est que vous avez tous les deux la possibilité de choisir la façon dont vous vous regardez. Est-ce que vous vous focalisez sur ses petites imperfections, ou est-ce que vous célébrez les choses qui vous ont fait tomber amoureux ? Parfois, on a besoin de voyager dans le passé pour réévaluer le présent et retrouver foi en l'avenir. C'est cela, retrouver le romantisme.

— Je pense qu'on peut le faire, tous les deux, avança Tara avec un sourire à Colin.

— Je vais vous donner une tâche pour la semaine prochaine.

— D'abord une bibliographie, et maintenant des devoirs ? soupira Colin.

— Ne sois pas si immature, Colin ! le rabroua Tara avec une tape sur le bras.

— Ne vous inquiétez pas, c'est une tâche très simple. Vous devez passer une soirée romantique. Colin, imaginez que vous avez perdu quelque chose dans le passé, et que vous construisez une machine à remonter le temps. Il ne s'agit pas de vivre dans le passé. Il s'agit de ramener la magie du passé dans le présent.

Colin n'était pas ravi que le docteur Burke lui explique les choses comme à un gamin, mais il devait reconnaître que la métaphore lui communiquait une certaine excitation.

— D'accord, céda-t-il. Mais comment on fait, pour ramener le passé dans le présent ?

— Vous allez regarder un film très important.

— Si vous dites *Mamma Mia*, je m'immole par le feu.

— Le film dont je parle est votre vidéo de mariage. Plein de gens font une vidéo ce jour-là puis la laissent prendre la poussière jusqu'à la fin de leur relation. Les gens ne savent pas à quel point la nostalgie est un aphrodisiaque puissant. Je veux que vous voyiez sur l'écran les gens que vous étiez. Le couple que vous étiez.

— OK, c'est faisable, répondit Colin.

— Après avoir regardé votre film, je veux que vous fassiez l'amour. Pas pour concevoir un enfant, comme vous en avez l'habitude, mais pour exprimer l'amour que vous ressentez l'un pour l'autre. Même si vous n'êtes pas tellement d'humeur, soyez ouverts à la séduction. Le sexe, c'est parfois comme un saut en parachute. Vous n'avez peut-être pas très envie de sauter, mais quand vous atterrissez, vous êtes content d'avoir franchi le pas.

— D'accord, c'est logique, convint Tara, ouverte d'esprit.

— Et pour finir, je vous demande de ne pas lancer de dispute entre maintenant et notre prochaine séance. Si à un moment vous sentez le conflit arriver, comptez jusqu'à dix et lâchez prise. Je vous questionnerai là-dessus lors de notre prochain rendez-vous. Pensez-vous pouvoir faire ça ?

Tara et Colin se regardèrent avec un sourire plein d'espoir.

— Oui, répondirent-ils à l'unisson.

Chapitre 19

En se préparant pour sa soirée romantique avec Colin, Tara se trouva troublée par un propos qu'avait tenu le docteur Burke. Elle se disait qu'elle ne pouvait pas partager son fantasme avec Colin, puisqu'il ne portait pas sur lui. Il portait sur Jack et leur romance interdite à distance. Elle espérait que la stratégie conseillée par le docteur Burke rallume l'étincelle, mais existait-il réellement une façon de retrouver le tourbillon physique de l'amour naissant ? À l'époque, Colin était un mauvais garçon qui l'avait attirée sur sa moto, mais à présent l'irrésistible fruit défendu n'était autre que Jack. Peut-être Colin avait-il raison d'affirmer que les femmes divisaient les hommes en deux catégories. Comme elle l'avait dit dans sa bio sur l'appli, elle avait trouvé l'homme de sa vie, mais elle se consumait de désir pour celui de ses nuits.

Mais Tara avait planté Jack sans lui donner l'ombre d'une explication. Elle savait qu'elle aurait dû se sentir coupable d'être passée à un cheveu de tromper son mari, mais elle se retrouvait au contraire pétrie de remords d'avoir laissé tomber Jack. Elle ne cessait de penser à lui, debout dans le froid, à l'attendre. L'image la torturait. Avait-il déjà tourné la page, ou ses pensées s'attardaient-elles toujours sur elle, comme les siennes sur lui ?

Elle essayait de se dire que leurs chemins n'avaient fait que se croiser brièvement, pourtant elle ressentait un besoin viscéral de prendre la barre pour voguer après lui, même en eaux troubles. La synchronicité qu'elle avait éprouvée lorsqu'ils avaient matché avait forcément une signification. Ça ne pouvait pas être une simple coïncidence. Son cerveau et son instinct étaient en conflit, chacun essayant de l'entraîner dans une direction opposée.

Pourtant elle savait bien qu'elle ne pouvait en même temps sauver son couple et avoir une liaison adultère, et elle n'allait pas choisir un homme qu'elle n'avait jamais rencontré plutôt que son partenaire depuis dix-huit ans. Ce serait complètement farfelu, même pour une gémeaux. Pour le moment, en tout cas, elle devait étouffer des ardentes pulsions envers Jack et canaliser toute son énergie pour rallumer la flamme avec Colin. Et pour ce faire, elle devait se vouer corps et âme à cette soirée à deux.

Tout était prêt. Ils avaient commandé un repas chez leur traiteur chinois préféré, acheté une bouteille de Malbec haut de gamme, et déniché le DVD de leur mariage dans le grenier. Colin déballait les plats pendant que Tara ouvrait le vin. Ils étaient tous deux déterminés à ce que tout se passe à la perfection. Après tout, leur couple en dépendait.

—OH, POUR L'AMOUR DU CIEL ! hurla tout à coup Colin.

—QUOI ? répondit Tara sur le même ton.

—Ils ont oublié les chips de crevettes, gémit-il.

—Seigneur ! Tu m'as filé la peur de ma vie !

—C'est pareil à chaque fois ! Tu sais quoi, je vais rattraper le livreur, annonça Colin en attrapant son manteau.

—Colin, il est sûrement déjà loin, il était en scooter…

—Dans ce cas… Je les appelle, répliqua-t-il en sortant son téléphone.

— Colin, pour l'amour du ciel, c'est juste un sachet de chips de crevettes. Tu dis toujours que je suis trop difficile quand je demande qu'on me mette la sauce salade à part au restaurant. Laisse tomber.

— Ils devraient au moins me rembourser, insista Colin, toujours aussi têtu.

— C'est un euro, les chips de crevettes, Colin. Je te donnerai un euro, si ça te met sur la paille. Le docteur Burke a dit que tu devais arrêter d'être radin comme ça, tu te souviens ?

— Elle n'a jamais dit ça !

— Elle n'avait pas besoin de le dire, Colin. Ça allait de soi.

— Pourtant… tu es en train de le dire, maugréa-t-il.

— Est-ce qu'on peut juste continuer notre soirée agréablement, s'il te plaît ? On n'a pas le droit de se disputer, tu te souviens ? rappela Tara pour faire retomber la pression.

Elle extirpa le bouchon du goulot et remplit les verres.

— OK, tu as raison, répondit Colin, un peu calmé.

Il inspira un grand coup et continua à déballer le repas. Il tendit à Tara sa barquette de poulet au curry, et entendit aussitôt un hurlement.

— OH, POUR L'AMOUR DU CIEL !

— Qu'est-ce qui se passe ? s'écria-t-il, affolé.

— J'avais demandé sans oignon, expliqua-t-elle, effondrée.

— Seigneur, tu as failli me flanquer une crise cardiaque, Tara.

— C'est scandaleux ! Appelle-les !

— Tu viens de me dire de ne pas les appeler !

— Oui, mais… là, c'est pas pareil, décréta Tara, pourtant consciente que si.

Colin écarquilla les yeux, incrédule.

— Ah, juste parce que ça te concerne ? Tu n'as qu'à laisser les oignons, ça ne te gâchera pas le repas. Le docteur Burke a dit que tu devais être moins rigide, tu te souviens ?

Il en profitait pour lui rendre la monnaie de sa pièce.

— Elle n'a jamais dit ça !

— Elle n'avait pas besoin de le dire, Tara. Ça allait de soi, persifla Colin.

Ils se regardèrent et éclatèrent de rire. C'était leur loi du talion poussée à son plus grand raffinement, et en cet instant ils choisirent d'apprécier le comique de la situation plutôt que de surenchérir jusqu'à une vraie dispute.

— Je crois que je plains cette pauvre docteur Burke de devoir nous supporter, rit Tara.

— Eh ben, à trois cents euros de l'heure, j'aime autant qu'elle bosse pour les mériter, plaisanta Colin.

— Le vin est délicieux, au fait, bravo pour le choix.

— Merci, mais j'ai l'impression qu'il manque un élément à ce repas, répondit Colin en faisant mine de se gratter la tête avec perplexité.

— Si tu dis « des chips de crevettes », je crie, prévint Tara.

— Non… mais j'adorerais goûter ton fameux pain à l'ail réchauffé à la friteuse.

Tara savait que c'était une façon de s'excuser.

— Tout de suite, répondit-elle.

Après le dîner, Tara débarrassa et Colin essaya de trouver comment connecter le lecteur DVD au téléviseur, afin qu'ils puissent regarder la vidéo de leur mariage. Quand Tara entra dans le salon pour le rejoindre, elle prit conscience que c'était la première fois qu'elle pénétrait dans la tanière de Colin.

— Oh, Seigneur, ça sent l'homme là-dedans, dit-elle après avoir perçu la nouvelle odeur de la pièce.

— Ça ne sent rien, un homme, protesta Colin sans cesser de triturer le lecteur DVD.

— Ah, crois-moi, si.

Colin avait clairement du mal à régler l'appareil. Elle savait que c'était le moment idéal pour donner à la pièce une touche féminine, en toute discrétion, pendant qu'il avait le dos tourné. Elle prit quelques bougies parfumées dans la cuisine et les disposa un peu partout. Une fois qu'elles furent allumées, la pièce acquit soudain l'atmosphère romantique parfaite pour une soirée en amoureux. Mais l'odeur virile demeurait. Colin était toujours en train de fouiller derrière la télé ; elle en profita pour sortir un nouveau set d'encens du tiroir de la table basse. Elle le gardait en vue d'une occasion, et le moment semblait tout indiqué. Colin ne le remarquerait sans doute même pas. Elle installa le set sur la petite console en bois et alluma un bâtonnet. Elle adorait la fragrance. Elle avait envie de se sentir sensuelle, d'avoir les cinq sens stimulés au maximum pendant leur soirée romantique.

— Tu ne sens pas de la fumée ? demanda Colin, inquiet.

Zut. Elle essaya de minimiser.

— Ce n'est pas de la fumée… c'est juste de l'encens.

— Oh, pour l'amour du ciel, Tara. Tu sais très bien que l'encens m'irrite le nez, soupira-t-il.

— J'ai lu quelque part qu'en fait, l'encens est très bon pour les sinus, inventa Tara. Je ne vois pas le problème d'avoir une odeur agréable dans la pièce.

— On se croirait à l'église.

— On s'apprête à regarder notre mariage, alors ça rendra l'expérience plus immersive. Ce sera comme si on y était.

— Ça m'évoque plus un enterrement qu'un mariage. Éteins ça, conclut Colin d'un ton définitif.

— Très bien.

Tara souffla sur le bâtonnet et rangea l'ensemble. Elle était déçue, bien sûr, mais elle avait tenté le diable. Et maintenant que Colin avait gagné la partie sur l'encens, il ne remarquait même pas les bougies qu'elle avait secrètement allumées. *Savoure les petites victoires*, se dit-elle en buvant son vin.

Elle contempla les plaques vintage de bière qui défiguraient désormais les murs de son salon.

« Guinness is good for you », disait la plus proche. Elle s'efforça de ne pas s'en offusquer. *Pas un mot, pas un mot, pas un mot*, se répétait-elle.

— Je vois que les pubs de bière sont toujours là, ne put-elle s'empêcher de dire.

— Bien sûr. C'est un problème ?

— Non, ça va, mentit-elle.

Ne dis rien, ne dis rien, ne dis rien.

— Je trouve juste ça drôle que…

— Non ! Ne commence pas avec tes conneries de « Je trouve juste ça drôle ». On passe une bonne soirée, tu te souviens ? Et dans tous les cas, tu dis toujours que tu crois aux enseignes du destin, attaqua Colin.

— Aux *enseignements* du destin. Pas aux *enseignes* de pub, expliqua-t-elle, les yeux au ciel.

— On ne sait pas, les enseignes ont peut-être un sens profond.

— Tu te souviens de cette vieille pub Guinness qui disait qu'une femme avait autant besoin d'un homme qu'un poisson d'une bicyclette ? demanda-t-elle, taquine.

— Les femmes ont besoin des hommes pour brancher le lecteur DVD à la télé, pas vrai ? plaisanta-t-il.

— OK, je te l'accorde. Mais j'aimerais que tu te bouges un peu le cul.

— Ça devrait être sur HDMI 1, je ne comprends pas pourquoi ça ne s'affiche pas…

— Ça marcherait certainement si tu payais la redevance, au lieu de te cacher derrière le canapé chaque fois que le contrôleur passe. Ce n'est même pas si cher.

— Ce n'est pas une question de prix, c'est une question de principe ! On paye déjà une vignette auto, ils veulent nous taxer sur tout ce qu'on possède ? De toute façon, ça n'a rien à voir avec la redevance. Il faut juste trouver la bonne prise.

— Moi je te le dis, Colin, il t'a vu te cacher derrière le canapé, et il a déconnecté notre HDMI, décréta Tara, très sûre de son fait.

— Cette idée est totalement ridicule.

Tara se saisit de la télécommande et appuya sur le bouton « Source ». L'appareil passa à HDMI 2 et le menu de leur DVD de mariage apparut soudain à l'écran. Colin faisait une tête de six pieds de long.

— C'est la chance du débutant, affirma-t-il.

— Ou peut-être que l'appareil avait juste besoin d'une touche féminine. Comme cette pièce, pouffa-t-elle.

— Ah oui, je t'ai vue allumer les bougies en catimini, sourit-il.

— Tu ne trouves pas ça beaucoup plus romantique ?

— Ça se marie très bien avec mes plaques émaillées. C'est comme si on avait notre petit tripot clandestin à nous, s'extasia Colin en s'asseyant près d'elle.

— Ce serait encore plus fantastique si ça ne se trouvait pas dans mon salon, tempéra Tara en finissant son verre. Deuxième round ! Installe-toi confortablement, je vais nous chercher la bouteille.

Colin s'enfonça à son aise dans les coussins. Tara rapporta la bouteille de Malbec et les resservit tous les deux. L'espace d'une fraction de seconde, l'image de la serveuse renversant le Malbec sur sa robe lui traversa l'esprit. Que se serait-il produit si elle était restée au *Vine* au lieu de s'enfuir par la porte de service ? Et si son destin était de rencontrer Jack, et qu'elle avait tout gâché en décampant de la sorte ?

Non, elle ne pouvait se laisser envahir par de telles pensées. Elle devait se consacrer à faire de cette soirée avec Colin une réussite.

— Ce vin est incroyable, je ne m'en remets pas, dit-elle en approchant le verre de son nez pour en humer les arômes. Je perçois des notes de cerise et de chêne. Et toi, tu sens quoi ?

— Je sens la gueule de bois qui va me tomber dessus demain matin, rit-il en faisant tournoyer le vin dans son verre.

— Ah, on est bien, là, non ? Ça fait une éternité qu'on n'a pas regardé un film ensemble.

— Oui, parce qu'on n'arrive jamais à se mettre d'accord sur le programme. Tu me dis toujours « Choisis », mais ensuite tu me dis « Non, pas ça », à chaque titre que je propose.

— Mais tu finis toujours par faire le bon choix.

Elle sourit.

— Et ensuite tu t'endors au bout de cinq minutes et je me retrouve tout seul devant une comédie romantique ! se plaignit Colin.

— Oh, arrête de pleurnicher. Ce n'est pas tellement marrant de regarder des films avec toi non plus.

— Hein, pourquoi ? s'écria Colin, pas très loin de se vexer.

— Chaque fois que tu vois un acteur qui te dit quelque chose, j'ai droit à « Il a joué dans quoi, lui ? Le type avec la tête, là… ». Ensuite tu passes dix minutes sur Wikipédia à lire la filmographie complète d'un acteur de série B au lieu de regarder le film !

— Par chance, on regarde notre vidéo de mariage, donc je devrais savoir exactement qui est qui.

Colin enlaça Tara, prit la télécommande et appuya sur « Play ». Un carton apparut : « Cette vidéo célèbre l'union par les liens sacrés du mariage de Colin O'Hara et Tara Fitzsimons. » Après un fondu, le plan d'ouverture montra l'extérieur d'une splendide cathédrale où entraient des gens dans leurs plus beaux vêtements. Puis des micros-trottoirs, toujours devant l'édifice, avec des messages pour Tara et Colin.

Rory apparut soudain, plein d'énergie. Il avait à peine plus de vingt ans, et une poudre blanche pas très mystérieuse sur le bout du nez.

— Doux Jésus, Rory était défoncé à notre mariage ? demanda Tara, choquée.

— Ça t'étonne ? rétorqua Colin dans un éclat de rire.

— C'est vrai, il est né avec une cuillère d'argent dans les narines.

Rory s'adressa à la caméra.

— Eh, le caméraman ! Comment on appelle un enterrement pour deux personnes ?

Le vidéaste ne répondit pas.

— Un mariage ! reprit Rory avec un fou rire.

— Il n'y en a pas deux comme lui, s'amusa Colin.

— J'espère bien !

— Je continue à penser qu'il y a une femme pour lui quelque part…, ajouta Colin en buvant du vin.

— Je la plains. Avance jusqu'à nous !

Colin avança jusqu'au moment où Tara arrivait dans une voiture ancienne blanche, puis s'avançait vers les portes de la cathédrale.

— Oh, mon Dieu, j'étais tellement MINCE ! hurla Tara, incrédule.

— Tu es toujours mince !

— Arrête, j'ai l'air d'une baleine échouée maintenant, en comparaison. Je n'avais même pas de bourrelet ! C'est bon, je commence le régime kéto.

— C'est bien celui sans glucides ? Tu vas renoncer au pain à l'ail gratiné ?

— Je n'ai qu'à cuisiner du concombre dans la friteuse à air jusqu'à ce que le bourrelet soit parti.

Cut. Plan sur le visage de Colin, les yeux rivés sur Tara qui remonte la nef.

— Oh, mon Dieu, tu étais tellement beau !

— Pardon… J'*étais* beau ?

— Ah, tu sais très bien ce que je veux dire.

— Imagine que je te dise « Tu *étais* tellement jolie » ! Ce serait la troisième guerre mondiale.

Tara savait que Colin avait raison. Elle avait dit ça sans réfléchir, mais si les rôles avaient été inversés, Colin en aurait entendu parler. Elle était consciente que Colin était toujours un bel homme. Elle voyait les autres femmes le regarder, même celles du genre de Celine. Le stress des FIV n'avait pas abîmé son corps comme il avait abîmé le sien. Parfois, elle aurait préféré qu'il soit un peu moins séduisant. Il lui arrivait d'être jalouse de l'intérêt qu'il suscitait, même si elle était trop orgueilleuse pour le reconnaître.

— OK, tu as raison. Tu avais un charme juvénile à l'époque, et maintenant tu as un charme plus viril. C'est mieux ?

— Ça me va. Mais je tiens à dire que les hommes aussi ont besoin d'un petit compliment de temps en temps. Une fois par an, ça suffit.

L'ancien patron de Tara, Tom O'Malley, apparut à son tour.

— Oooh, c'est Tom…

— Écoute-moi bien, Tara, dit-il en regardant la caméra. Je sais que maintenant tu bosses à Dublin dans ton boulot tout en haut de l'échelle, mais c'est quand que tu reviens au *O'Malley's* ?

— Oh, qu'il est chou… Je me sens trop mal, ça fait des années que je ne suis pas allée le voir !

Retour sur Tara remontant l'allée au bras de son père, qui la conduisait à l'autel. Tara éprouva un violent pincement au cœur en le voyant vivant à l'écran.

— Ça va ? demanda Colin, percevant sa tristesse.

— Oui, ça fait juste bizarre de le voir. Il est parti beaucoup trop tôt…

— Au moins, il a pu accompagner sa fille unique à l'autel. Je suis sûr que c'était très important pour lui, souligna Colin en la serrant plus fort.

Sur l'écran, tout le monde s'était tourné pour admirer Tara. Tout le monde sauf Patricia, la mère de Colin. La tristesse de Tara fut balayée par l'effarement.

— Regarde ! Ta mère ne s'est même pas retournée. Je te l'ai bien dit, qu'elle me déteste !

— Elle ne te déteste pas, elle était juste concentrée sur ma réaction, prétendit Colin sans conviction.

— La mère irlandaise typique, obsédée par son fils adoré.

— Avançons jusqu'aux vœux, proposa Colin pour éviter le sujet.

Il fit défiler la vidéo jusqu'à ce qu'on voie Tara plus jeune en train de lire son texte.

« *Colin. Quand tu es entré pour la première fois au O'Malley's, ce n'est pas un inconnu que j'ai vu. J'ai vu quelqu'un que je connaissais depuis toujours, sans l'avoir jamais rencontré. Tu sais que j'ai toujours été superstitieuse, mais la sensation viscérale que j'ai éprouvée en te voyant, c'était un coup de foudre. De tous les pubs, de toutes les villes de toute l'Irlande, il fallait que tu entres dans le mien. Et quand tu l'as fait, je savais que rien ne se produit sans raison. C'était comme si on avait été ensemble dans une autre vie, et qu'on se retrouvait. Et je sais que même si on finit par se perdre l'un l'autre dans cette vie, on se retrouvera. On reconnaîtra toujours le chemin qui mène vers l'autre, Colin, quoi qu'il arrive. Parce que notre flamme brûle depuis la nuit des temps. Le destin parviendra toujours à nous ramener l'un vers l'autre, et à garder notre flamme éternelle vivante. Je t'aime, Colin. Pour toujours et à jamais.* »

Tara regarda Colin sur le canapé près d'elle, et vit qu'il avait les larmes aux yeux.

— Oh, mon Dieu, tu pleures ?!

— Non, je transpire des yeux. Sûrement à cause de cette connerie d'encens !

— Je croyais que ça t'irritait le nez, pas les yeux…

Sur l'écran, Colin était sur le point de parler.

« *Tara, le soir où on s'est rencontrés, j'ai su que je ne ressentirais la même chose pour aucune autre femme. Toi, tu crois au coup de foudre, mais moi, je crois au coup de gueule. Dès qu'on a commencé à se taper sur les nerfs, j'ai su qu'on était fous amoureux. Je ne sais pas pourquoi tu es montée sur ma moto cette nuit-là, mais je sais que si tu ne l'avais pas fait, ma vie n'aurait pas été la même. En cet instant, je ne voudrais être nulle part ailleurs qu'ici, face à toi, devant nos familles et nos amis, sur le point de commencer un nouveau chapitre de notre histoire. Merci d'avoir fait de moi l'homme le plus chanceux du monde. Je t'aime, Tara. À jamais et pour toujours.* »

— J'avais oublié à quel point j'adorais tes vœux, avoua Tara, les yeux pleins de larmes.

Elle se blottit plus près de lui sur le canapé.

— OK, maintenant je veux voir notre première danse, reprit-elle.

Colin avança. Leur chanson, *Eternal Flame* des Bangles, retentit alors qu'ils se rejoignaient au milieu de la piste. C'était la chanson qui passait, par hasard, dans le restaurant lors de leur troisième rendez-vous, quand Colin avait officiellement demandé à Tara d'être sa petite amie.

— Oh, mon Dieu ! Notre chanson ! s'écria-t-elle.

Colin se leva et lui tendit la main. Tara la saisit et quitta le canapé. Il la prit contre lui et ils commencèrent un slow, comme à l'écran. Il l'embrassa tout en douceur, mais avec détermination. Le docteur Burke avait raison. La nostalgie était un puissant aphrodisiaque.

— Je crois qu'il est temps que tu cesses de dormir sur le canapé, souffla Tara, la tête sur sa poitrine.

Alors, sans avoir besoin de lui demander, Colin souleva son épouse et la porta à l'étage.

Alors qu'il embrassait sa femme partout, Colin appréciait la douceur de son corps, sa mollesse. Malheureusement, pourtant, la mollesse le caractérisait aussi à un certain endroit. Une fois conscient de son état, il fut pris de son habituel trac érectile, qui n'arrangeait rien.

— Je reviens ! dit-il en se précipitant dans la salle de bains.

Il ouvrit l'armoire à pharmacie et sortit sa provision secrète de Viagra, dont Tara ignorait toujours l'existence. Il détestait y recourir, mais la pression de leurs rapports ces dernières années avait engendré une sorte de blocage psychologique.

Alors qu'il contemplait la pilule bleue dans sa main, Colin décida de tenter une petite expérience. Il ouvrit Crush sur son téléphone et cliqua sur le profil de Claire. Comme il s'y attendait, elle était toujours hors ligne.

Colin remonta le fil de leurs conversations, jusqu'au moment où ils avaient échangé des photos. Il ouvrit les images de Claire dans sa lingerie rouge. Il s'imagina en train d'arracher les dessous du corps lisse de Claire, et de la prendre dans toutes les positions qui le tentaient. Baissant les yeux, il constata que son trac avait disparu, et remit la petite pilule bleue dans sa boîte.

En attendant Colin dans la chambre, Tara essayait de trouver une pose séduisante. Elle se demandait pourquoi il était parti dans la salle de bains, et espérait que c'était pour mettre son eau de Cologne qu'elle aimait bien. Une année à Noël, elle lui avait offert *Eau Sauvage* de Dior, mais il lui piquait le nez, et il ne le portait pas. Elle aurait voulu qu'il le porte juste cette fois-là. Ce parfum avait quelque chose qui excitait vraiment Tara.

Colin, pour sa part, était très visuel. Il fallait qu'il en voie le plus possible. Tara avait tenté d'explorer différentes zones érogènes sur son corps des années plus tôt, mais après une recherche approfondie, elle s'était aperçue qu'il n'en avait qu'une seule. Colin revint soudain précipitamment, comme un acteur qui aurait raté son entrée.

—Alors, on en était où ? demanda-t-il en reprenant ce qu'il était en train de faire.

Il se mit à l'embrasser dans le cou, et entendit que ça lui plaisait.

— Oui, tu aimes ça ? demanda-t-il.

En matière d'orgasmes, Tara avait adopté le mantra « L'appétit vient en mangeant ». Il fallait d'abord qu'elle simule pour que ça se produise ensuite pour de vrai. Mais sa dernière performance d'actrice remontait à des temps immémoriaux. Elle allait devoir se donner à fond.

— *Oh oui, comme ça...*, gémit-elle, à moitié sincère.

Colin lui arracha ses vêtements avec une surprenante agressivité. Cela lui plut. S'il lui avait demandé la permission de déchirer ses habits, elle aurait sans doute dit non, mais elle aimait le fait que Colin prenne pour une fois les choses en main. Il se mit à la caresser et lui embrasser l'intérieur de la cuisse, une de ses zones les plus érogènes. Elle appréciait qu'il prenne l'initiative, qu'il explore des terres inconnues.

Pendant un instant, Tara regretta de ne pas porter la lingerie rouge, afin d'offrir une surprise à Colin. Mais elle avait acheté ces dessous pour Jack, et cela ne lui semblait pas correct de la mettre pour Colin. Comme si ces sous-vêtements étaient souillés par son comportement illicite, et n'avaient rien à faire dans le lit marital.

Soudain, chacun enlaçait le corps nu de l'autre, et Colin se mit à l'embrasser dans le cou alors qu'il la pénétrait. Tara aimait la sensation, mais ne pouvait s'empêcher d'imaginer que c'étaient les lèvres de Jack sur son cou. Elle imagina que c'était lui en elle, qui la prenait dans toutes les positions dont il avait envie. Elle aurait voulu que Colin la tienne par les cheveux ou lui donne une petite fessée, mais devoir demander gâchait le fantasme. Avec Jack, pas besoin de demander. Jack aurait fait ce qu'il voulait. Elle imagina sa main sur son cou, juste assez appuyée pour qu'elle sache que c'était lui qui contrôlait la situation. Alors, Tara sentit soudain qu'elle approchait du sommet.

— OH OUI, CONTINUE ! cria-t-elle.

Colin continuait à aller et venir, l'esprit partagé entre l'image très érotique de la lingerie rouge de Claire et l'image de sa lumière verte définitivement éteinte, qui le réfrigérait. Il se concentra sur la première pour garder son érection. Les gémissements de Tara le rendaient fou également, et il savait qu'elle y était presque.

Dans la position du missionnaire qui était actuellement la leur, il ne pouvait lui titiller que le cou et les lèvres, mais il pensa soudain à ses oreilles. Il se mit à respirer très fort juste à côté, grognant presque alors qu'il la suivait sur le chemin de l'orgasme, espérant ne pas y arriver avant elle.

— *Oh oui, j'y suis presque*, gémit-elle, enivrée par la stimulation auditive.

Elle enfonça les ongles dans le dos de Colin comme si sa vie en dépendait. Il poussa une dernière fois et ils gémirent tous deux à l'unisson, d'une façon sismique comparée aux rapports sexuels glaciaux des six dernières années.

Cela faisait longtemps que Tara n'avait pas été comblée, et plus encore qu'ils n'avaient pas joui ensemble.

Leur plaisir, toutefois, était doux-amer.

Leur moment d'amour était recouvert d'une couche invisible de tromperie. Si leurs corps s'étaient connectés, leurs esprits coupables les avaient trahis.

Tara avait l'impression que Jack venait de lui donner un orgasme, et Colin, que le sien appartenait à Claire. Ce n'était plus la flamme éternelle de Tara qui illuminait sa vie. C'était la lumière verte de Claire. Il était plus excité par une simple photo sans tête de sa maîtresse virtuelle que par sa femme entièrement nue à ses côtés. Peut-être le docteur Burke avait-elle eu raison au sujet de ce complexe.

Bien que Colin l'ait amenée jusqu'au bout physiquement, Tara savait que c'était Jack qui l'avait fait, mentalement, émotionnellement et spirituellement. Le fantasme du parfait inconnu qui l'aurait enlevée, voilà ce qui l'avait fait jouir. Pourquoi fallait-il que son esprit divise cruellement l'amour et le désir en deux forces opposées ? Allait-elle passer le reste de son existence à aimer Colin et désirer Jack ? Se morfondre pour l'homme qu'elle n'avait jamais rencontré ? Cela semblait une destinée cruelle, tordue.

Elle aurait voulu qu'il existe un moyen d'avoir le beurre et l'argent du beurre.

Chapitre 20

Le mardi matin, Tara était dans son bureau, en train de réfléchir à la campagne de publicité pour Crush. Mais elle avait beau se concentrer, elle n'arrivait pas à mettre son fluide créatif en mouvement. Évidemment, ce n'était pas difficile de savoir d'où venait son blocage. Pendant sa présentation, elle avait parlé, du fond du cœur, des raisons pour lesquelles elle fantasmait une infidélité. À ce moment-là, c'était facile, puisque Crush était l'échappatoire parfaite à la morosité de sa vie. Jack l'avait sauvée du donjon de son existence malheureuse. Mais à présent qu'il n'était plus là, elle se sentait plus que jamais prise au piège. Le creux qu'elle ressentait dans la poitrine était revenu, pire qu'avant, un vide qui appelait Jack.

Ce matin, elle avait fouillé et était tombée sur la réserve secrète de Viagra de Colin, qui expliquait pourquoi il avait couru jusqu'à la salle de bains au milieu de leur scène d'amour. Depuis, elle se sentait étrangement vulnérable, comme si son corps n'était pas désirable sans une forme d'assistance médicale. Elle savait que Jack n'aurait pas besoin de Viagra. Un regard sur son corps et il serait prêt à l'action. L'excitation de l'avoir dans sa vie lui manquait, même si c'était dangereux. Alors que son cerveau la suppliait d'entendre raison, son corps implorait à l'inverse son contact charnel.

Emily brûlait d'impatience d'entendre les potins sur le rendez-vous de Tara avec Jack. Mais Tara ne voulait pas en parler. Elle préférait faire comme si ça ne s'était jamais produit. Et pour être honnête, il n'y avait rien à raconter. Elle n'avait même pas rencontré Jack, et désormais, après avoir supprimé Crush, elle avait coupé tout lien avec lui. Elle savait qu'elle devait totalement chasser Jack de son esprit, mais c'était quasi impossible. Elle aurait voulu n'avoir jamais entendu parler de cette appli. La boîte de Pandore était ouverte, et elle savait combien il serait difficile de remettre le couvercle en place. Elle avait déjà croqué la pomme et découvert qu'elle était nue. Le problème était que ça lui avait plu. La pomme avait un goût de revenez-y. Elle se sentait insatiable.

Créer une campagne pour Crush semblait soudain une tâche insurmontable. Jack était le courant électrique qui l'avait rechargée en confiance en elle. À présent, sa batterie était de nouveau à un pour cent. Était-elle destinée à passer le reste de sa vie comme un cœur solitaire, condamnée à se demander éternellement « Et si… ? » ?

Elle se surprenait à surfer machinalement sur les réseaux sociaux pour tenter de se changer les idées. Celine avait posté une story : « Alors, vous êtes nombreuses à m'avoir demandé quelle est ma routine de soins de la peau… » Tara leva les yeux au ciel. Personne ne lui avait demandé sa routine de soins. Cela dit, c'était moins lamentable que la fois où elle avait publié une photo super maquillée avec le hashtag #NoMakeUpSelfie. Celine avait récemment accouché d'un troisième petit garçon, et partageait beaucoup trop d'infos à ce sujet. Par politesse, Tara s'était hâtée de commenter « Félicidations », à quoi Celine avait répondu « Tu a fait une faute à Félicitations, ahah ». Tara avait éprouvé un plaisir extrême en répondant

« Tu as fait une faute à Tu as fait une faute, ahah ». C'était peut-être leur échange le plus mesquin, et Tara s'était juré de ne plus jamais commenter à l'avenir. Elle rêvait du jour où elle pourrait se désabonner de Celine, mais savait qu'elle devrait attendre de ne plus être sa voisine, faute de quoi elle s'exposerait à une avalanche de piques passives-agressives.

Pour ne rien arranger à son humeur, Tara suivait le régime kéto dans l'espoir de retrouver la silhouette de son mariage. Elle avait lu en ligne que les lipides étaient autorisés, mais pas les glucides. Il n'était pas encore midi et Tara se sentait complètement molle, sans énergie. Elle était irritable. C'était de la torture. Comment toutes ces femmes faisaient-elles pour suivre le régime kéto et le faire paraître si facile ? Au bout de seulement cinq heures sans glucides, Tara aurait tué pour un morceau de pain blanc.

Il fallait qu'elle trouve un moyen de se concentrer sur la campagne. Elle avait promis à Dick Mulligan une présentation complète, et devait la lui montrer dans moins d'une semaine. Elle se souvint d'avoir chargé Emily de réserver une table pour le déjeuner entre Dick et elle. Mais il arrivait à Emily de ne pas obéir même aux consignes les plus claires.

— Emily, tu peux venir ? demanda-t-elle en l'appelant par sa ligne directe.

Emily entra, prudente.

— J'ai fait une boulette ?

— Bien sûr que non. Pourquoi ?

— Je ne sais pas, j'ai juste l'impression que tu es redevenue la vieille Tara. Hier tu n'as rien voulu me dire sur son rendez-vous avez Jack.

— Il n'y a rien à dire, répondit Tara avec un haussement d'épaules. Mon mari a failli me prendre la main dans le sac, je t'ai appelée en panique, j'ai renversé du vin plein ma robe et je me suis enfuie par la porte de service. C'est tout ce qu'il y a à raconter.

— OK. Mais tu ne m'as toujours pas demandé le compte rendu de mes coucheries du week-end. Pourtant, c'est notre tradition !

— Navrée, Emily, rit Tara. Alors, comment ça s'est passé ?

— Encore un naufrage. Il avait un drapeau de l'URSS au-dessus de son lit. J'ai vu rouge.

— Beurk, compatit Tara avec une grimace.

— Ceci étant, la plupart des mecs ne prennent même plus la peine de décorer leur chambre, de nos jours. Faut voir le verre à moitié plein, pas vrai ? Bref, tu voulais me voir pour quoi ?

— Ah oui, je me demandais juste si tu avais bien réservé une table au *Al Fresco* pour ma présentation avec Dick Mulligan ?

— Non, tu ne m'as jamais demandé ça, répondit Emily, perplexe.

— Je t'ai envoyé deux e-mails à ce sujet.

— Ah… Tous mes mails professionnels arrivent dans mes SPAM.

— Pourquoi ?

— Parce que je les signale comme SPAM, expliqua Emily, impassible.

— Emily, un peu de sérieux, s'il te plaît !

— Wow, calme-toi ! Le stress, c'est mauvais pour le bébé ! s'écria Emily, choquée.

— QUEL BÉBÉ ?!

— MOI ! JE SUIS LE BÉBÉ ! hurla la stagiaire.

Tara rit de soulagement.

— Désolée, Emily, je ne suis pas dans mon état normal aujourd'hui. Je voudrais vraiment que la présentation se passe bien, mais je fais un blocage à cause de la pression.

— C'est la pression qui forme les diamants, Tara. C'est toi qui me l'as appris. On sait toutes les deux ce qui te contrarie...

— Comment ça ? Je suis stressée à cause de la présentation, c'est tout, je t'assure, mentit Tara.

— Jure-le sur ABBA.

Tara ne pouvait s'y résoudre.

— OK, OK ! Jack me manque ! Contente ?

— J'aurais dû te prévenir. Les hommes avec un prénom en J, ils te font vivre des montagnes russes.

— Mais c'est ça le problème... Les montagnes russes me manquent. Je veux retrouver ça. Je sens mon creux dans la poitrine qui revient. Avec Jack, j'étais tellement vivante ! J'essaie de me le sortir de la tête, mais hier soir, quand j'ai... tu sais quoi... avec Colin... j'ai fantasmé sur Jack tout du long ! Je n'arrive pas à m'arrêter de penser à lui. C'est comme d'avoir une chanson dans la tête...

— D'après mon expérience, la seule façon de se sortir une chanson de la tête, c'est de la chanter du début à la fin. Il faut que tu lui envoies un texto.

— J'aimerais bien, mais c'est trop tard. Je lui ai posé un lapin, et j'ai supprimé l'appli dans l'agitation du moment. Mon profil a disparu..., soupira Tara, le visage dans les mains.

— Pas du tout. Il suffit que tu te reconnectes après avoir réinstallé l'appli. Allez, donne-moi ton téléphone...

— Oh, mon Dieu, c'est vrai, ça ? demanda Tara en donnant l'appareil à Emily, qui attendait la main tendue.

— Toutes les applis marchent comme ça. Franchement, tu es une nouille en technologie.

Il ne fallut que quelques secondes à Emily pour télécharger Crush une nouvelle fois.

— Alors, voyons… Pseudo, Claire… Mot de passe, AbbaGold, et… voilà, on est connectées ! dit la jeune femme en lui rendant le téléphone.

Tara était en état de choc. Elle avait cru tout bêtement qu'en supprimant l'appli, elle avait perdu Jack à jamais. Encore un exemple de son retard abyssal en technologie. À présent, elle voyait dans son téléphone que Jack était toujours là, dans sa messagerie. Elle ouvrit la conversation et découvrit les messages déchirants que Jack lui avait adressés en l'attendant devant le *Vine*.

— Oh, mon Dieu, il a attendu devant le *Vine* pendant plus d'une heure…

— Qu'est-ce que tu attends ? Dépêche-toi de lui écrire !

— Mais avec Colin, on fait une thérapie pour tenter de sauver notre couple. Et ça ne va jamais marcher si j'ai une liaison en ligne en même temps. Seigneur, quand je pense qu'avant, j'étais une personne bien…

— Les gens bien sont juste des mauvaises personnes qu'on n'a jamais prises la main dans le sac. Dépêche-toi de lui envoyer ce message avant que je télécharge Crush pour te le piquer.

— OK, advienne que pourra…, dit Tara en tapant quelques mots.

Claire : Bonjour, cher inconnu ♥

Je suis vraiment désolée d'avoir disparu comme ça

On peut discuter ce soir à 23 h 23 ? ♥

Tara ne savait pas si Jack accepterait de lui pardonner de l'avoir planté, mais même si elle n'avait plus jamais de ses nouvelles, au moins, elle aurait essayé. Pourtant, l'idée qu'il ne réponde pas la terrifiait. La simple possibilité qu'il la rejette était dévastatrice.

— Mon Dieu, qu'est-ce que je vais faire s'il ne répond pas ? Et si c'était notre destin d'être ensemble, et que j'avais tout gâché ? paniqua-t-elle.

— Tara, je suis vraiment pour que tu rencontres Jack, mais tu ne trouves pas que tu t'engages trop sentimentalement ? Tu n'es pas censée créer une vraie relation, rappela Emily, inquiète.

— J'entends bien, Emily, mais Jack a un petit quelque chose… On a une connexion étrange, répondit Tara, les yeux dans le vague.

— Ouais, ça s'appelle le Wifi. C'est quand même un inconnu que tu as rencontré en ligne, tu te souviens ? Attends de savoir à quoi il ressemble réellement pour juger.

— Ce n'est pas une question de physique… On ne sait ni l'un ni l'autre quelle tête on a, mais on se *voit* vraiment, tu vois ce que je veux dire ?

— Il faut que tu arrêtes de fantasmer sur les mecs d'Internet. J'ai fait la même erreur une fois sur un site de vieux qui cherchent des jeunes.

— Que s'est-il passé ?

— Il m'a emmenée manger du homard, on a fini au plumard. C'était pas un champion, et il m'a filé des morpions.

— Beurk. Mais Jack n'est pas comme ça, Emily, je le sens au plus profond de mon être.

— Tout ce que je te dis, c'est que tu mets la barre trop haut. Il vaut mieux avoir une bonne surprise qu'être déçue.

— Oh, mon Dieu ! hurla soudain Tara. Je viens de me rendre compte que j'ai un nouveau problème. Colin ne dort plus sur le canapé. Et je ne peux pas parler à Jack avec Colin allongé à côté de moi dans le lit ! Qu'est-ce que je vais faire ?

— Facile, tu n'as qu'à te disputer avec lui.

— J'ai promis à la psy de ne pas créer de disputes. Et si je désobéis, Colin me le fera payer en thérapie. Et je ne veux pas lui donner de munitions…

— Alors arrange-toi pour que ce soit lui qui crée l'engueulade, répondit Emily, perverse.

— Je suis tout ouïe…

— Il faut employer la technique du casse-noix.

— Qu'est-ce que c'est que ça ?

— La technique du casse-noix, c'est quelque chose que j'ai inventé si je veux qu'un mec me lâche. Je prends tout ce qui peut lui casser les noix, et je le fais en même temps. Par exemple, si je suis avec un gars qui ne me plaît pas, je ne vais pas le larguer frontalement. Au lieu de ça, je vais lui demander l'heure exacte de sa naissance, afin d'établir son horoscope complet. Tu vois l'idée ?

— Ah oui, c'est malin, ça, convint Tara, intriguée. Qu'est-ce que je dois faire d'autre ?

— Essaie d'envahir son espace au maximum. Il faut qu'il ait l'impression qu'il n'y a plus que dans le canapé qu'il peut avoir la paix cinq minutes.

— Compris. Quoi d'autre ?

— Ah, ce que je préfère, c'est faire semblant de devenir végan.

— Oh, excellent !

Tara se promit d'essayer.

— Mais la meilleure façon d'énerver un gars, c'est de lui poser un certain dilemme…

— Lequel ?

— Demande-lui s'il t'aimerait même si tu étais un ver de terre, révéla Emily avec un sourire machiavélique. Crois-moi, il va péter un câble.

CHAPITRE 21

Le mardi, Colin était assis à son bureau, incapable d'effectuer les tâches les plus basiques dans un tableur, celles qu'il accomplissait normalement en pilote automatique. Son esprit dérivait sur une mer d'incertitude. Il avait ouvert Crush pas moins de trente-quatre fois dans la matinée pour voir si Claire apparaissait en ligne. La quête de sa lumière verte frisait l'obsession. Il avait même temporairement désactivé les notifications de son téléphone, car au moindre son, il le consultait compulsivement dans l'espoir que ce soit Claire. Jusque-là, pourtant, le sevrage ne fonctionnait pas. Son béguin pour elle était comme une plaie qu'on a constamment envie de tripoter. Mais il fallait qu'il laisse la blessure cicatriser.

Colin savait qu'il devait concentrer toute son énergie sur le sauvetage de son couple avec Tara. Le seul problème était qu'il ne parvenait pas à imaginer un avenir avec elle qui n'implique pas des enfants. Dans leur jeunesse, ils avaient passé bien des soirées à bavarder sur l'oreiller de la famille qu'ils fonderaient dans le futur. Eh bien, le futur était arrivé et il était temps de passer à l'action. Il leur restait encore tellement de possibilités ! Gestation pour autrui, adoption, enfants placés ; pourquoi Tara refusait-elle seulement d'y penser ? Et la FIV avait encore d'excellentes chances de marcher, surtout si Tara ravalait sa fierté et demandait à Celine de les recommander à son ami spécialiste de la fertilité.

Peut-être était-ce la prochaine étape. Tara était trop orgueilleuse pour demander à Celine. Mais si elle n'avait pas besoin de le faire ? Peut-être que l'initiative revenait à Colin. Être trop fière pour demander de l'aide avait toujours été le plus tragique défaut de Tara. Il l'avait vue à plusieurs reprises en plein burn-out parce qu'elle pensait que demander de l'aide était une preuve de faiblesse. Peut-être était-ce son devoir d'époux de reconnaître son incapacité à demander de l'aide, et de le faire pour elle. Peut-être ne fallait-il pas tenir compte de ce que voulait Tara, mais de ce dont elle avait besoin.

Colin décida de s'adresser lui-même à Celine. Il trouva son numéro dans ses contacts et inspira profondément en appuyant sur « Appeler ».

— Allô ?

— Bonjour Celine, c'est Colin, le voisin d'en face, dit-il, embarrassé car c'était la première fois qu'il lui téléphonait.

— Oh, Colin, pour une surprise ! Ne me dis pas que mes chiens sont encore une fois venus sur ta pelouse !

— Non, non, rien de tel. Je t'appelais à propos de quelque chose que tu nous as dit il y a quelque mois. Tu as mentionné un ami docteur qui s'occupe de FIV…

— Ah oui, le docteur Guillermo Ferreira-Hernandez. C'est le plus grand spécialiste de la fertilité de tout le pays.

— Comment ça s'écrit ? s'enquit Colin en cherchant un stylo.

Il voulait se renseigner.

— Oh, Seigneur, je ne connais pas l'orthographe par cœur ! La plupart des gens l'appellent « le Brésilien », parce qu'avec lui, on a l'impression d'avoir des parties intimes de jeunette. Je connais une femme qui avait quarante-neuf ans quand elle est allée le consulter, et elle s'est retrouvée enceinte à la première tentative. Incroyable mais vrai.

—Bon… je me demandais si tu pourrais lui glisser un mot à propos de Tara et moi ?

—Avec plaisir, Colin. Je suis surprise que vous ne m'ayez pas demandé plus tôt ! Maintenant, il n'a généralement pas de disponibilités avant des mois, mais je vais vous faire inscrire sur sa liste d'attente directement.

—Ce serait fantastique.

—Mais Colin, j'ai une question. Pourquoi n'est-ce pas Tara qui m'appelle ? interrogea Celine, frétillante de curiosité.

—Eh bien… Tara a perdu tout espoir en la FIV. Mais je pense que ça vaut le coup d'essayer une dernière fois. Elle n'est pas au courant que je t'ai appelée, alors si tu peux garder ça pour toi quelque temps, je te serais très reconnaissant.

—Je serai muette comme une tombe. Et tu as bien fait de m'appeler. Je t'envoie un texto dès que j'ai une réponse.

—Merci beaucoup, Celine. À bientôt.

—Au revoir, dit-elle en raccrochant.

En reposant le téléphone, Colin éprouvait des sentiments ambigus. Certes, il était passé à l'action, mais il restait tellement de choses qui échappaient à son contrôle ! Il n'avait aucune garantie que Tara s'ouvre au projet, et même si elle finissait par entendre raison, ils avaient seulement décroché une place sur une liste d'attente, alors même que le temps jouait contre eux. Il essaya de se sentir surexcité, mais n'en trouva pas l'énergie. Il avait espéré que ce coup de fil à Celine serait le pansement dont sa blessure avait besoin, mais il avait toujours mal. De désespoir, il se cogna la tête sur la table.

Ouvrant la porte du bureau, Rory découvrit la scène d'auto-apitoiement qui se déployait devant lui.

— Ah, ne me dis pas que tu es encore en train de chialer sur Chiara, soupira-t-il en voyant le visage de Colin écrasé sur la table.

— Elle s'appelle Claire !

— Wow, tu te rappelles carrément son prénom ? Tu dois être complètement obsédé ! s'écria Rory avec une claque sur le bureau. Je ne t'ai jamais vu dans un état pareil.

— Je n'y peux rien. Je n'ai plus aucun contrôle sur ma vie. Je ne sais pas quoi faire…

— Est-ce que tu as essayé de pleurnicher encore plus ? Il paraît que ça marche à tous les coups, se moqua Rory.

— C'est ta faute, tu sais ? C'est toi qui m'as conseillé de créer un compte Crush, rétorqua Rory en se redressant.

— Oui, pour te trouver un *crush* ! Pas pour te faire briser le cœur par une femme que tu n'as même pas rencontrée. Il est temps de te remettre en selle.

— Eh ben, je suis désolé, il ne suffit pas d'appuyer sur un bouton dans ma tête pour l'oublier. Avec Tara, on a fait l'amour hier soir, mais la seule façon pour moi de redresser la barre a été de regarder les photos de Claire en lingerie. Et je suis quasi certain que Tara est allée fouiller et qu'elle a découvert que j'ai besoin de Viagra pour coucher avec elle.

— Ah, elle doit trouver ça dur, ricana Rory.

— Oh, arrête, le rebuffa Colin en réprimant un rire à son tour. Mais il m'a suffi d'un coup d'œil aux photos coquines de Claire pour me retrouver comme un ado, avec une trique de taureau. Et maintenant, elle n'est plus là…

— Col, la seule façon d'oublier quelqu'un, c'est de tomber sur quelqu'un d'autre. On doit faire monter ton tableau de chasse à deux.

— Mon tableau de chasse ? s'offusqua Colin.

— Le sexe, c'est juste une affaire de chiffres, Colin. Mon but est de coucher avec cent femmes avant de mourir. Je ne trouverai pas le repos tant que je ne serai pas centurion.

— Tu en es à combien, là ?

— Je n'ai pas le chiffre exact en tête, Colin. Tu me prends pour quoi ? Une calculatrice sur pattes ?

— Tu es comptable, je te rappelle.

— Eh bien, de toute évidence, j'ai perdu le compte de mes conquêtes. On me surnomme l'Étalon.

— Disons que tu aimes bien t'étaler, oui…

— Ah, ah, très drôle. Mais rira bien qui rira le dernier ! Je préfère attraper la syphilis que d'attraper des sentiments comme toi. Il doit y avoir tellement de ménagères désœuvrées sur Crush, qui meurent d'envie d'un projet dick.

— C'est comme ça que disent les jeunes, de nos jours ? Dick comme dans « dick pic » ? s'esclaffa Colin.

— Figure-toi que oui. Maintenant, arrête de te comporter comme un vieillard, et va tremper ta nouille. Ouvre-moi cette appli tout de suite, qu'on voie si tu as d'autres matchs.

— Très bien, capitula Colin. Mais je le fais juste pour te prouver que personne d'autre ne m'intéresse.

Il ouvrit Crush et découvrit que la lumière verte de Claire était allumée. Et qui plus est, elle lui avait écrit.

Claire : Bonjour, cher inconnu ♥

Je suis vraiment désolée d'avoir disparu comme ça

On peut discuter ce soir à 23 h 23 ? ♥

Sous l'effet du choc, Colin faillit lâcher son téléphone.

— Mon Dieu, Claire a répondu ! Elle dit qu'elle est désolée, et qu'elle voudrait qu'on se parle ce soir. Qu'est-ce que je réponds ? Qu'elle m'a terriblement manqué ?

Colin avait la tête d'un toutou dont le maître vient de rentrer à la maison.

— Bon sang, mec. Je suis gêné rien qu'à t'écouter. Elle t'a posé un lapin, il est grand temps que tu poses tes limites. Comporte-toi comme un homme !

— D'accord, tu as raison.

Colin bomba le torse et se mit à taper.

Jack : Je ne suis pas le genre d'homme qui tolère qu'on lui pose un lapin

À peine avait-il envoyé le message qu'il se mit à paniquer.

— Oh, mon Dieu, j'y suis peut-être allé trop fort !

— Détends-toi. Ce qu'elle veut, c'est que tu marques tes limites, assura Rory avec confiance.

Colin était toujours affolé :
—Tu es sûr ?
—Si tu n'es pas capable de t'affirmer *face* à une femme, tu ne seras pas capable de t'affirmer *pour* elle. Et quand une femme sait qu'elle peut marcher sur tes plates-bandes, elle a envie de voir si l'herbe est plus verte ailleurs, expliqua Rory en filant la métaphore horticole.
—J'espère que tu as raison…
Colin se rongeait les ongles. Son téléphone émit une notification.

Claire : Je n'ai que ce que je mérite, Jack…

Mais je te supplie de me laisser une chance de me rattraper ♥

Peut-être que j'ai besoin d'une correction…

Colin était abasourdi. Le conseil de Rory était bon. Non seulement Claire était désolée, mais elle le suppliait de la laisser se racheter.
—Tu vois ? Elle te veut encore plus, parce que tu as lui a tenu tête. Parce qu'elle sait que tu n'es pas gentil. Les femmes sont toujours attirées par l'idée de domestiquer un homme sauvage. Mais une fois qu'elles y sont parvenues, l'attirance s'évanouit.
—Alors, je vais montrer à Claire l'étendue de ma sauvagerie ce soir…, sourit Colin en commençant à taper une réponse séductrice.

Jack : Je pense que ça va pouvoir s'arranger à 23 h 23 ce soir.

Ne me fais pas attendre…

Une fois le message envoyé, Colin prit soudain conscience d'un obstacle non négligeable. Tara lui avait pardonné leur dispute, et ils dormaient de nouveau ensemble dans leur lit. Mais dans le lit aux côtés de Tara, il ne pouvait écrire à Claire.

— Nouveau problème. Avec Tara, on s'est réconciliés, et du coup on dort de nouveau ensemble. Mais si je ne dors pas sur le canapé, je ne peux pas discuter avec Claire !

— Tu n'as qu'à provoquer une dispute, Tara te renverra sur le canapé.

— La thérapeute a dit qu'on n'avait pas le droit de se disputer…

— Alors arrange-toi pour que ce soit Tara qui commence.

— Humm… Je vois ce que tu veux dire… mais comment ?

— Tu ne vas pas me dire qu'après dix-huit ans avec Tara, tu ne sais pas comment l'énerver ?!

— Tu as raison. Je sais exactement quelles attitudes peuvent lui faire péter les plombs.

— Parfait. Alors il te suffit d'avoir ces attitudes… toutes en même temps ! expliqua Rory avec un sourire diabolique.

Chapitre 22

Colin passa tout le trajet vers la maison à noter mentalement ce qui agaçait Tara. La liste était longue, mais il devait se concentrer sur ce qui la mettait vraiment hors d'elle. Il se sentait un peu coupable pour ce qu'il s'apprêtait à faire, mais ne pouvait rater son rendez-vous avec Claire. Et dialoguer avec elle dans le lit à côté de Tara était hors de question. Il savait qu'il devait se consacrer à sa mission : être exilé sur le canapé.

En arrivant, toutefois, il sentit une odeur de brûlé. Cherchant la source de ce parfum, il ouvrit la porte du salon et se trouva aveuglé par la vision qui s'offrait à lui. Tara méditait, en position du lotus, au beau milieu de son antre de mâle. Elle était entourée de bâtonnets d'encens, alors qu'elle savait très bien qu'il avait horreur de ça. Elle avait déplacé tous les meubles : la pièce était méconnaissable.

— Mais qu'est-ce qui se passe, ici ?! s'exclama Colin.

— Je fais du yoga, répondit Tara sans ouvrir les yeux.

— Ouais, ben le yoga, c'est juste des étirements et du blabla.

— Chuuut…, je médite.

— Je vois ça. Mais tu as besoin de le faire dans mon antre ?

— En fait, j'ai réfléchi à certains propos du docteur Burke. Elle dit qu'il ne doit y avoir aucune barrière entre nous…

— Je crois que tu déformes.

— … et ça m'a fait réfléchir, poursuivit-elle en se levant de son tapis de yoga. C'est *notre* salon, et l'expression « antre de mâle » est tellement datée. Sexiste, même ! Du coup, j'ai déplacé les meubles pour que ce soit plus feng shui, et j'ai décidé de l'appeler le cocon zen.

Tara joignit les mains et s'inclina comme un moine bouddhiste.

— Je suis tellement contente qu'on apprenne à faire des compromis ! s'enthousiasma-t-elle.

Colin avait envie de se taper la tête contre le mur. Mais s'il s'énervait maintenant, ce serait lui le méchant, et Tara jouerait les victimes lors de leur prochaine séance de thérapie. Il fallait que ce soit elle qui s'emporte la première, pas lui. Il devait prendre sur lui, s'en tenir à son plan.

— Pas de problème… bébé, répondit-il en insistant sur cette appellation qu'elle détestait.

Il se dirigea vers la cuisine, à la recherche du moindre élément qui pourrait l'irriter. La poubelle de recyclage débordait, mais la poubelle classique n'était qu'à moitié pleine.

Bingo.

Il s'empara du bac de recyclage et en déversa une partie dans les ordures ménagères. Les emballages vides faisaient du raffut, et il savait qu'il allait attirer l'attention de Tara.

— Qu'est-ce que tu fous ? s'écria-t-elle en débarquant comme une furie.

— Oh, le recyclage était trop plein, alors je fais de la place.

— Tu te moques de moi ? On ne peut pas mélanger !

— Mais je suis tellement content que les ordures ménagères et le recyclage apprennent à faire des compromis ! déclara Colin, content de lui.

Tara était dans tous ses états.

— Ça ne marche pas comme ça, Colin. Si on se contente de tout jeter comme ça, ça va finir dans l'océan et tuer les tortues !

— Certes, mais je me disais… c'est quand la dernière fois que les tortues ont fait quelque chose pour moi, tu vois ? rétorqua Colin, prenant grand plaisir à l'agacer.

Tara sentait son sang bouillir, mais elle n'allait pas laisser Colin lui fait perdre son calme.

Elle rassembla tout son courage pour parvenir à sourire avant de répondre :

— Comme tu veux, chouchou.

Colin s'approcha du frigo. En ouvrant la porte, il fut accueilli par une véritable jungle de fruits et légumes. Il n'y avait pas le moindre espace sur les clayettes qui ne contienne un aliment de couleur verte.

— Pourquoi est-ce que notre frigo ressemble à un étal de maraîcher ? demanda-t-il, effaré.

— Parce que, chouchou… on devient VÉGANS ! s'écria-t-elle en frappant dans ses mains comme un singe mécanique avec des cymbales.

— Pardon ?! rétorqua Colin, en état de choc.

— Oui, c'est officiel. On ne mange plus d'animaux morts, ni de produits d'origine animale.

— Si les humains ne sont pas censés manger les animaux, pourquoi les animaux sont comestibles ?

— Chouchou, je crois que la faim te rend grognon. Tu veux que je passe des choux de Bruxelles à la friteuse à air, pour le dîner ?

— Non, merci, bébé. Ça m'a coupé l'appétit.

— Ne t'en fais pas, je ne vais pas devenir une de ces végans qui parlent de véganisme non-stop.

— Tu veux dire, comme tu es en train de le faire ? cingla-t-il.

Colin savait qu'il devait faire monter la pression. Il se creusa la cervelle à la recherche de quelque chose qui avait rendu Tara marteau par le passé.

Soudain, ça fit tilt.

— J'adorerais vraiment devenir végan, bébé, mais ce n'est pas le bon moment. J'ai besoin de vitamines et de minéraux pour me faire pousser la barbe.

— La… barbe ? bredouilla-t-elle. Colin, tu t'es déjà fait pousser la barbe une fois, tu te souviens ?

— Oui, mais je n'étais pas assez motivé. J'aurais dû m'y tenir plus longtemps.

Tara était pétrifiée à l'idée qu'il soit sérieux.

— Tu t'y es tenu six mois, et c'étaient juste des touffes de poils noirs, gris et roux, qui poussaient n'importe comment ! Tu avais l'air d'être fiché comme délinquant sexuel !

— Mais cette fois, je vais me donner à fond. Il faut que je me laisse une année complète. Mes efforts seront récompensés à la fin. Maintenant, bébé, si tu veux bien m'excuser, je vais aller regarder le match dans mon antre de mâle.

— JE CROIS QUE TU VEUX DIRE « DANS NOTRE COCON ZEN » ! hurla-t-elle.

Tara s'aperçut qu'elle n'allait nulle part. Colin avait l'air de jouer un jeu bien à lui. Ou peut-être jouait-il à son jeu à elle, c'était impossible à dire.

Dans un cas comme dans l'autre, il était temps de faire monter les enchères.

— Mets-toi à l'aise, je te prépare une bonne tasse de thé, cria-t-elle en direction du salon avant de mettre la bouilloire à chauffer.

Colin avait une idée très précise de ce que devait être le thé. Le sachet devait infuser au minimum soixante secondes, avec seulement une larme de lait entier. Il ne détestait rien autant qu'un thé trop clair et noyé dans le lait. Tara choisit le mug que Colin aimait le moins, trempa le sachet à peine cinq secondes et le retira aussitôt. Ensuite elle remplit le mug à ras bord du lait d'amande qu'elle venait d'acheter. Le thé était d'un blanc éclatant.

Après avoir remis les meubles en place, Colin était déjà installé devant Manchester-Liverpool. Il entendit d'une oreille Tara se glisser dans la pièce, silencieuse comme un sbire. Il savait qu'elle mijotait quelque chose, mais ne parvenait à deviner quoi. Il avait une seule certitude.

C'était à qui serait le plus malin.

— C'EST L'HEURE DU THÉ ! hurla-t-elle.

Il sursauta sur le canapé.

— SEIGNEUR ! On ne s'ennuie pas avec toi, bébé, répondit-il en prenant son mug.

À l'instant où ses lèvres rencontrèrent le liquide chaud, il sut que quelque chose n'allait pas.

— C'est bon, chouchou ? demanda-t-elle avec un sourire digne d'une femme au foyer des années 1950.

Colin aurait voulu recracher le répugnant breuvage sur le beau tapis du salon, mais il était bien décidé à ne pas perdre contenance.

— Parfait, bébé, se força-t-il à répondre.

Il posa son mug sur la table basse, juste à côté d'un sous-verre, dans l'espoir de faire exploser Tara. Mais celle-ci parvint à réprimer la grimace qu'elle voulait faire, tourna sa langue sept fois, et lui adressa un sourire forcé.

— J'espère que ça ne te dérange pas, mais j'ai appelé ta mère tout à l'heure pour savoir à quelle heure tu es né.

— Ah bon ? Pour quoi faire ?

— Pour avoir ton thème astrologique complet, idiot ! couina-t-elle en sortant son téléphone.

— Laisse-moi deviner ? Mercure est encore dans le rétroviseur ?

— En rétrograde, chouchou, répondit-elle en ouvrant une application de voyance sur son téléphone. Alors, on sait que tu as le soleil en taureau, mais savais-tu que tu avais la lune en lion ? Ça ne m'étonne pas du tout, maintenant que j'y pense. Et écoute ça. Tu as Uranus en cancer !

— J'espère que ça se soigne. Je vais devoir faire une coloscopie ?

— En fait, c'est une Colin-scopie. Ça explique pourquoi tu es qui tu es.

— Eh bien, je préfère avoir Uranus en cancer qu'un cancer de l'anus, ricana Colin. Tu sais, c'est vraiment dommage que tu n'aies pas épousé le tueur du Zodiaque, bébé. Il aurait adoré tous ces trucs. Je suis sûr qu'il était gémeaux.

Colin posa les pieds sur la table basse. Il était sûr que ça ferait hurler Tara.

Mais non. Tara refusait de se laisser avoir. Elle avait absolument besoin que ce soit lui qui pète un câble.

— Tu ne t'ennuies pas, à regarder la baballe faire des allers-retours ? demanda-t-elle en observant le match à la télé.

— Ce n'est pas ça, le foot. C'est une affaire de stratégie. Il faut être plus malin que l'équipe adverse.

— Je pense que Liverpool va gagner.

— TU PLAISANTES ?! beugla Colin.

Il soutenait Manchester à la vie, à la mort, depuis l'âge de cinq ans.

Tara savait que poser des questions idiotes pendant un match était la meilleure façon de rendre Colin fou de rage, et elle avait enfin réussi à lui arracher une réaction plus vive. Elle tenait le bon bout. Heureusement, Emily lui avait soufflé la question magique pour lui faire perdre son sang-froid.

— Colin, chuchota-t-elle en se rapprochant de lui. Il faut que je te demande quelque chose.

— Quoi ? s'enquit-il sans quitter les joueurs des yeux.

— C'est très important, Colin ! insista-t-elle pour avoir son entière attention.

— OK, OK, de quoi s'agit-il ?

Il se tourna vers elle.

— Tu m'aimerais encore si j'étais un ver de terre ? demanda Tara avec un sérieux absolu.

Elle avait envie de rire, mais ce n'était pas le moment de se trahir. Elle devait se donner à fond.

— Pardon ?

— Si je me transformais en ver de terre, tu m'aimerais encore ?

— Mais c'est complètement débile, comme question…

— Ce n'est pas débile, comme question. C'est très important.

— Comment ça peut être important ?

— Parce que si un jour je me transforme en ver de terre, je veux savoir si tu vas me quitter ! s'écria Tara, jouant les hystériques.

— Pourquoi tu te transformerais en ver de terre ?

Colin était visiblement de plus en plus agacé qu'on lui gâche le match.

— Réponds à ma question, c'est tout ! insista-t-elle, de plus en plus théâtrale.

— Seigneur Jésus, si tu étais un ver de terre, je ne saurais pas que c'est toi… Je te marcherais probablement dessus sans faire exprès.

— Non, tu saurais que c'est moi, protesta Tara comme si c'était une évidence.

— Comment je pourrais le savoir ?

— Parce que je pourrais encore parler.

— Dans ce cas… non, répondit Colin, à présent d'un calme olympien.

— Non, quoi ?

— Non, je ne t'aimerais plus si tu étais un ver de terre. Parce que si tu pouvais parler, tu passerais tout ton temps à me poser des questions stupides pendant que j'essaie de regarder le match, expliqua Colin, impassible.

— Wow… et dire que je pensais que tu étais fidèle, répliqua-t-elle avec une tristesse feinte. Alors tu me jetterais à la poubelle, hein ?

— Bien sûr que non, bébé.

— C'est vrai ?

— Je te recyclerais.

— Les vers de terre, ça ne se recycle pas !

— Et moi ? Tu m'aimerais encore, si j'étais un ver ?

— Tu en es déjà un !

— Super, alors on pourra être des vers ensemble, conclut-il en reprenant une gorgée de thé.

Il avait oublié qu'il avait un goût horrible.

Colin se sentait presque à ébullition, mais il réussit à faire redescendre sa température interne en se concentrant sur son objectif. Il avait encore une carte dans sa manche. Rien n'était aussi précieux pour Tara que de bien dormir, car elle détestait avoir les yeux cernés. Si Colin perturbait son sommeil, elle l'enverrait sans hésiter sur le canapé.

— Ah, j'ai oublié de te dire, je lis un nouveau livre de développement personnel, il paraît que pour réussir dans la vie, il faut se lever à 5 heures tous les matins sans faute. Ça ne te dérange pas que je règle mon réveil à 5 heures, hein, bébé ?

Il savait que la victoire n'était plus très loin.

— Cinq heures du matin ? s'écria Tara avec un éclat de rire. Non, tu ne vas pas me réveiller à 5 heures du matin !

— Tu dis toujours que je devrais lire plus de livres pour m'améliorer. J'essaie de te rendre heureuse, c'est tout…

— Se lever à 5 heures, c'est de la folie furieuse !

— Bah, il paraît que la folie et le génie, c'est presque la même chose. Je pense que c'est pour ça qu'il y a tellement de PDG qui se lèvent à 5 heures. Le monde appartient à ceux qui se lèvent tôt ! C'est l'oiseau matinal qui attrape le ver. Ah, tu peux être mon ver, si tu veux, bébé ! gazouilla Colin d'un ton énervant.

Il voyait une veine gonfler sur la tempe de Tara comme une rivière de rage.

Elle avait clairement le sang qui bouillait.

Gagné.

— EH BIEN, SI TU AS L'INTENTION DE TE RÉVEILLER À 5 HEURES DU MATIN, TU PEUX RETOURNER DORMIR SUR CE PUTAIN DE CANAPÉ ! hurla-t-elle avant de quitter la pièce comme une furie, défaite.

Manchester marqua et, de joie, Colin se leva d'un bond. Il avait triomphé de Tara dans ce jeu du plus malin, et était maintenant libre de discuter avec Claire tous les soirs à 23 h 23.

Chapitre 23

Mardi, 23 h 23

Jack : Bonjour, chère inconnue 🙂

Claire : Jack, je te dois de plates excuses

Je suis tellement désolée de t'avoir posé un lapin

Je t'en prie, ne me déteste pas ❤

Jack : Je ne pourrai jamais te détester. Mais ça m'a fait mal quand tu n'es pas venue.

Que s'est-il passé ?

Claire : Ce serait long à expliquer, j'ai eu l'impression que j'allais me faire prendre en flagrant délit.

J'ai complètement paniqué.
J'ai supprimé l'appli.

Je pense qu'on est peut-être allés trop vite.

Pourras-tu me pardonner? ♥

Jack: Je te pardonne, Claire, mais tu as besoin d'une correction ☺

Claire: Punis-moi, Jack, fais-moi payer pour ce que j'ai fait ♥

Jack: On va s'en occuper…

C'est pour te punir que je te fais attendre ☺

Claire: Je n'ai pas arrêté de penser à toi ☺

Même quand je suis avec mon mari, c'est toi qui m'emmènes au septième ciel ♥

Jack: Il n'y a qu'un homme, un vrai, comme moi, qui puisse t'emmener au septième ciel ☺

Quand je suis avec ma femme, je ne pense à rien d'autre que toi dans cette lingerie rouge…

Claire: Mon mari n'est même pas au courant que j'ai ça

C'est pour toi, et rien que pour toi ♥

Jack : N'empêche, ton mari a bien de la chance d'avoir accès au corps que j'ai aperçu sous la lingerie

Claire : Dommage qu'il ne l'apprécie pas à sa juste valeur ☹

Jack : Si c'était moi, je ferais en sorte que ton corps soit apprécié chaque soir…

Pas juste apprécié… vénéré ☺

Claire : Aah, encore une fois, tu trouves exactement les bons mots ♥

Je voudrais que tu puisses entrer par effraction pour me sauver ♥

Jack : Je donnerais n'importe quoi…

Claire : Ça t'arrive de te sentir pris au piège dans ta vie ?

Jack : Tout le temps. Parfois j'ai l'impression de ne pas vivre vraiment… de juste exister…

Claire : Oui ! J'ai eu comme un vide horrible dans la poitrine pendant tellement longtemps

Et il ne part que quand tu es dans ma vie

Je suppose que c'est pour ça que tu m'as manqué ♥

Jack : Franchement, j'ai cru que je t'avais perdue pour de bon.

Je regardais tous les jours pour voir si ta petite lumière verte allait apparaître

Claire : Quand j'avais supprimé l'appli, j'ai cru que mon profil avait disparu pour toujours

Dès que j'ai su que je pouvais me reconnecter, je suis revenue ♥

Jack : Je suis tellement content que tu l'aies fait

La vie paraissait tellement vide sans toi ☹

Claire : Peut-être qu'on a été amants dans une autre vie ♥

Jack : Peut-être que j'étais un vieux roi irlandais et que tu étais ma reine

Claire : Ou peut-être que tu étais un sculpteur grec et que j'étais ta muse ♥

Jack : Non, j'aurais été trop radin...

J'aurais gardé toutes les sculptures de toi pour ne pas partager ce corps parfait 🙂

Claire : C'est toi qui as un corps incroyable !

Parfois je croise un homme en tenue de sport dans la rue et je me demande si c'est toi

Jack : Je me demande tout le temps si on s'est déjà croisés ou rencontrés dans la vraie vie

Claire : C'est sûr que non

Jack : Pourquoi tu en es si sûre ?

Claire : Parce que si on s'était rencontrés, on aurait eu une liaison depuis longtemps ♥

Jack : Tu as raison ahah

L'alchimie entre nous serait entrée en éruption 😊

Claire : C'est déjà le cas dans mes fantasmes

Jack : Oh, tu as fantasmé sur moi, alors ? 😊

Claire : Difficile de faire autrement. Je ne pense qu'à toi ❤

Je peux te dire un secret ? ❤

Jack : Bien sûr 😊

Claire : J'aime l'idée que tu me prennes de toutes les façons qui te passent par la tête

Que tu arrives derrière moi pour m'attraper dans tes bras puissants

Que tu m'embrasses comme si j'étais ta chose

Que tu contrôles tout de A à Z

Jack : Au début, tu lutterais contre tes sentiments

Mais je te chuchoterais « Lâche prise » à l'oreille

Et tu t'abandonnerais au plaisir

Claire : C'est si bon de pouvoir parler comme ça

Je me sens toujours honteuse d'avoir ce genre de fantasmes ♥

Jack : Tu ne devrais jamais avoir honte de ton plaisir

Et une femme comme toi mérite tout le plaisir du monde ☺

Claire : Je sais que tu me donnerais ce que je mérite ♥

Jack : Toute la nuit ☺

Eh bien, il se trouve que mon planning est libre tous les soirs à 23 h 23 ☺

Claire : Quelle coïncidence… le mien aussi ♥

Maintenant… dis-moi comment tu vas me punir d'avoir manqué notre rendez-vous…

Mercredi, 23 h 23

Jack : Bonjour, chère inconnue ☺

Tu as passé une bonne journée ?

Claire : J'ai été très vilaine aujourd'hui…

Jack : Oh, c'est vrai ? ☺

Claire : Je me suis une nouvelle fois absentée du travail pour acheter de la lingerie…

Rien que pour toi ♥

Jack : Je crois qu'aucun homme sur terre n'est plus chanceux que moi ☺

Est-ce que j'ai droit à un petit aperçu ?

Claire : Ce serait de l'argent jeté par les fenêtres si je ne te montrais pas…

Mais c'est encore juste le corps, pas de photos du visage ♥

Jack : Ne t'inquiète pas, je connais les règles ☺

Claire : Image envoyée

Image envoyée

Image envoyée

Jack : OH MON DIEU !

La bleue est encore plus sexy que la rouge !

Comment tu fais pour être de plus en plus sexy ? ☺

Claire : Je crois que c'est toi qui me mets en feu ♥

Jack : C'est dommage que je n'aie pas fait de photo à la salle pour toi

Mais je n'y suis pas allé aujourd'hui

Claire : Ne t'inquiète pas, j'adore faire la belle pour toi

Si mes collègues savaient que je prends des photos coquines pendant la pause déjeuner ahah

Jack : Imagine, si ça se trouve on travaille ensemble ?

Claire : Oh, Seigneur, si tu étais un des mecs avec lesquels je bosse, je partirais en courant ahah

Jack : Ils sont si horribles que ça ?

Claire : Non, ça va, mais parfois j'ai l'impression qu'ils ne me prennent pas au sérieux

Qu'ils se font une image de moi qui ne correspond pas à la réalité

Jack : Je vais venir à ton travail et leur casser la gueule ☺

Donne-moi l'adresse et je m'occupe d'eux

Claire : Ahah c'est contraire aux règles

Mais l'idée m'excite, je ne vais pas te mentir

Jack : N'importe quel homme qui t'emmerde aura affaire à moi

Claire : Mon garde du corps personnel. Là tu m'excites vraiment ♥

Jack : Je me demande ce que j'ai fait pour avoir la chance de rencontrer…

Tu es mon fantasme incarné, littéralement ☺

Claire : Même chose pour toi, Jack. Je me sens tellement attirée par toi

Pas seulement d'un point de vue sexuel… spirituel aussi

Jack : Je suis tellement content que tu fasses de nouveau partie de ma vie

Tu n'imagines pas comme je devenais fou sans toi

Claire : Ta femme est si terrible que ça ?

Ahah

Jack : Ce n'est plus la personne que j'ai rencontrée

J'ai l'impression de ne plus la reconnaître ☹

Désolé, je ne veux pas casser l'ambiance

Claire : Non, ça me plaît qu'on puisse parler de ce genre de choses

Je comprends très bien ce que tu veux dire

Mon mari ne me fait plus ressentir les mêmes choses qu'avant

Les choses que tu me fais sentir, toi ♥

Jack : Je ne veux pas paraître égoïste, mais je suis content qu'il ne te prête plus attention

Ça me permet de te vénérer comme tu le mérites ☺

Claire : J'aime ton égoïsme. Tu prends ce que tu veux et tu ne t'excuses pas ♥

Jack : Je suis l'homme, le vrai, que tu mérites 🙂

Claire : Mais je ne peux pas tout mettre sur le dos de mon mari non plus

Parfois, je n'aime pas la personne que je suis devenue ☹

Désolée, tu ne dois rien comprendre à ce que je raconte

Jack : Non ! Je comprends très bien ! Comme si tu étais devenue une inconnue à tes propres yeux ?

Claire : Oui ! C'est exactement ça !

Jack : Parfois je me dis que celui que j'étais plus jeune aurait honte s'il me voyait maintenant

Claire : C'est fou comme on se laisse aller à s'éloigner de notre vrai moi

Jack : Mais il y a quelque chose d'encore plus fou. Je me sens vraiment moi-même quand je te parle sur cette appli

Comme si j'étais redevenu moi

Claire: Je vois ce que tu veux dire! J'étais devenue une version de moi-même qui ne me plaisait même pas

Je te jure que tu as ramené l'ancienne moi à la vie ❤

Jack: Je regrette que tu ne m'aies pas vu comme j'étais à l'époque. J'étais un vrai rebelle

Et je sais que tu aimes les mauvais garçons 🙂

Claire: Tu es toujours ce rebelle, Jack

Je veux dire, toute notre relation est un acte de rébellion, si tu y réfléchis

Jack: C'est vrai ahah parfois j'oublie à quel point le seul fait de se parler est déjà scandaleux

Claire: Ça demande du courage de refuser d'être malheureux

J'étais tellement engourdie avant qu'on matche

Tu m'as sauvée de la noyade juste à temps ❤

Jack : Voilà qui me donne des idées de scénarios très coquins

Claire : Raconte-moi tout… mon beau maître-nageur

Jeudi, 23 h 23

Claire : Coucou, cher inconnu ❤

Jack : Coucou ma belle, j'ai une surprise pour toi…

Claire : Ah oui ? ❤

Jack : Image envoyée

Image envoyée

Image envoyée

Claire : Mon Dieu, tu t'es entraîné dur, on dirait

Jack : Ahah, ça te plaît ?

Claire : Oh oui. Tu es tellement sexy dans ta tenue de sport

Je suis jalouse des poids que tu soulèves ♥

Jack : Eh bien… Il y a un muscle dans mon corps que tu es la seule à savoir faire travailler ☺

Claire : Ça, ce serait un entraînement plein de vigueur ♥

Jack : Claire, j'ai envie de te demander quelque chose

Mais j'espère qu'il n'est pas trop tôt

Claire : Tu peux tout me demander, Jack ♥

Jack : Toute la semaine, mes sentiments pour toi se sont renforcés

Et je me demandais…

Que dirais-tu d'essayer de prévoir un nouveau rendez-vous ?

Je sais que tu as dit qu'on était allés trop vite la dernière fois, mais si tu es prête, moi aussi ☺

Claire : Ne te méprends pas, j'en ai très envie ♥

Mais il y a une crainte qui me freine…

Jack : Tu peux me dire…

Claire : Ce dont j'ai peur, c'est qu'on se rencontre, mais qu'ensuite…

Je n'entende plus jamais parler de toi ☹

Jack : Claire, je ne ferais jamais une chose pareille. Je te le jure.

Claire : Je sais, je sais, c'est juste une crainte irrationnelle que je n'arrive pas à contrôler.

C'est juste que la plupart des hommes n'ont qu'une seule chose en tête ☹

Jack : Mais je ne suis pas la plupart des hommes, Claire

Je ne te ferais de mal pour rien au monde

Ce que nous vivons est bien trop important

Claire : Ça me fait du bien de l'entendre ♥

Jack : Alors, qu'en dis-tu ?

Est-ce qu'on essaie de nouveau de se rencontrer ?

Claire : Ça paraît tellement risqué, mais je ne peux plus lutter contre mes sentiments…

Allons-y ! On n'a qu'à se donner rendez-vous pour un verre ♥

Jack : Super ! Où aimerais-tu aller ?

Ne me dis pas au Vine, ils ne me donneront jamais une autre réservation ahah

Claire : Ahah ! Que penses-tu de L'Élixir ? C'est un bar à cocktails dans Harcourt Street ♥

Jack : Parfait. Est-ce que demain, ça t'irait ?

Claire : Oui ! On dit 20 heures ?

Jack : Parfait. L'Élixir, dans Harcourt Street, demain à 20 heures.

Tu n'imagines pas comme je suis impatient !!!

Claire : Moi aussi ! J'ai le cœur qui bat tellement fort qu'on dirait qu'il va se décrocher !

Jack : Par contre, ne me laisse pas tomber une deuxième fois ahah

Claire : Non, c'est promis, Jack.

Je serai là ❤

Chapitre 24

Lorsque le vendredi arriva, Colin se surprit à être incapable de cesser de sourire pendant les dernières heures qui précédaient son rendez-vous avec Claire. Le matin, il était trop excité pour se concentrer, et avait décidé de ramasser la mise de son pari avec Rory, qui était bien obligé d'accepter. Une luxueuse partie de golf représentait la cerise idéale sur le gâteau d'une semaine parfaite. Colin inspira une bonne bouffée d'air frais et se sentit plus vivant que jamais.

—Tu connais la seule chose meilleure qu'une partie de golf? demanda-t-il à Rory en visant.

—Je t'en prie, ne le dis pas.

—Une partie de golf gratuite, répondit Colin en envoyant d'un swing puissant sa balle s'envoler jusqu'à la moitié du fairway.

—C'est ridicule. Tu n'as même pas besoin d'un caddy, geignit Rory qui trimballait les clubs de Colin sur son dos.

—Non, mais ma victoire n'en est que plus douce.

Colin se mit en marche sur le fairway en direction de l'endroit où avait atterri sa balle, Rory péniblement à sa suite. Pendant qu'il déambulait sur l'herbe, son imagination bouillonnait. Il était plus envoûté que jamais. Il savait que rien ne garantissait qu'elle le trouve attirant, ni même la réciproque d'ailleurs, mais ils avaient partagé tant de moments intimes sur Crush chaque soir que l'hypothèse de ne rien éprouver lors de cette rencontre dans la vraie vie semblait presque impossible. Ce qu'ils vivaient était bien trop tangible.

Sur l'appli, ils n'étaient que deux êtres désincarnés, pourtant jamais Colin ne s'était senti aussi connecté à son moi profond. C'était presque comme si Colin n'était qu'un masque, et Jack celui qui vivait vraiment derrière. Peut-être que lorsqu'il se réveillait le matin, il enfilait ce costume pour jouer le rôle qu'il croyait devoir assumer. Mais chaque soir avec Claire, il avait l'impression de pouvoir se défaire de son déguisement et montrer son être profond, primal. Le domaine virtuel qu'ils avaient créé ensemble était imperméable à la honte. C'était un espace érotique libre de tout jugement, sans inhibitions. À présent, il était temps de lever le voile.

Bien qu'il ne se soit d'abord agi que d'une menace en l'air pour agacer Tara, Colin avait commencé à se laisser pousser la barbe. Tara avait raison lorsqu'elle affirmait que ses précédentes tentatives avaient été une erreur. Il avait toujours cru manquer du potentiel génétique. Mais à présent, après seulement trois jours sans se raser, il était assez fier de sa pilosité naissante. Elle lui donnait un air brut, et il avait même surpris quelques inconnues dans la rue à le reluquer à la dérobée. Jamais sa confiance en lui n'avait atteint de tels sommets.

— Alors, c'est quoi ta tactique pour ce soir avec Claire ? demanda Rory une fois devant la balle.

— Pas de tactique. Juste deux personnes qui se rencontrent autour d'un verre.

Colin examina le green pour déterminer le club idéal.

— Bois n° 3, s'il te plaît, conclut-il.

Rory lui tendit l'accessoire avec un grognement.

— Tu l'as invitée où, alors ?

— Elle m'a proposé *L'Élixir*. On se retrouve là-bas à 20 heures.

— Pas mal. Et tu as réservé quoi, comme hôtel ?

— Hein ? Je n'ai pas réservé d'hôtel…

— Attends, tu n'as pas de chambre où l'emmener après ? s'étrangla Rory.

— Bien sûr que non, elle a seulement dit qu'elle voulait qu'on prenne un verre à *L'Élixir*. Elle n'a pas mentionné d'hôtel…

— C'est ça, Col, elle a choisi *L'Élixir* parce qu'il se trouve dans Harcourt Street. Et il y a quoi d'autre, dans Harcourt Street ? Des tas d'hôtels… Est-ce qu'il faut vraiment qu'elle te l'écrive noir sur blanc ? Elle a choisi *L'Élixir* parce qu'elle espère bien de faire goûter le sien…

— Il n'y a qu'un esprit tordu comme toi pour penser une chose pareille, rit Colin, pas convaincu.

Il se prépara à tirer et envoya sa balle directement sur le green.

— De toute façon, je ne sais même pas si elle est d'accord pour coucher au premier rendez-vous, conclut-il.

— Combien de fois je vais devoir te le répéter ? Ce n'est pas un premier rendez-vous, c'est une liaison adultère. Les règles habituelles ne s'appliquent pas. Personne n'a une liaison dans le but d'être chaste. Il y a déjà le mariage pour ça !

— Alors… C'est vrai que nos conversations sont toujours très coquines… mais elle n'a jamais dit clairement qu'elle voulait coucher avec moi ce soir…

— Bien entendu, qu'elle ne l'a pas dit clairement. C'est ton rôle ! Il faut que tu apprennes à faire un *Geste Audacieux* ! s'écria Rory en soulignant l'expression.

— Et c'est quoi, ça, exactement ?

— Quand tu séduis quelqu'un, tu dois faire le grand saut pour passer à l'étape supérieure. Aucune femme ne veut devoir demander un baiser. Elle veut qu'on le lui donne, point. Elle veut que tu fasses un geste audacieux. Mais vous êtes tous les deux mariés, donc tu ne peux pas lui rouler une pelle comme ça, en public. Dublin, ça reste une petite ville. Quelqu'un pourrait te reconnaître. Donc ton geste audacieux, c'est de trouver le bon moment pour lui chuchoter à l'oreille que tu as une bouteille de champagne dans un seau à glaçons qui vous attend dans une chambre d'hôtel pas trop loin…

— Et si elle dit non ?

— Tant pis pour elle. Mais si elle dit oui et que tu n'as pas de chambre où l'emmener ? Imagine sa frustration !

Colin réfléchit un moment. Il n'était pas certain de la logique de Rory, mais sa relation avec Claire était déjà très sexuelle. Après tout, ils avaient consacré bien des soirées à parler de leurs désirs les plus profonds. Si elle souhaitait passer à l'étape suivante, Colin voulait que ce soit possible. Pourtant, ça semblait un peu présomptueux de prendre une chambre à l'avance. Économe jusqu'à la radinerie, Colin n'aimait pas non plus l'idée de payer pour une chambre dont il n'aurait peut-être pas l'usage.

— Je ne peux pas réserver la chambre après la rencontre ? demanda-t-il pour préserver son compte en banque sans se fermer de portes pour autant.

— À la dernière minute, un vendredi soir, dans Harcourt Street ? Bonne chance ! s'esclaffa Rory.

— Très bien, très bien ! Je vais réserver une chambre…, capitula Colin en sortant son téléphone.

Il se mit à chercher un tarif avantageux dans Harcourt Street mais eut vite fait de constater que les hôtels les moins chers affichaient déjà complet.

— Le moins cher disponible, c'est une suite au *Gibson Court Hotel*, et elle est à deux cent soixante euros ! s'écria-t-il avec une grimace.

— Écoute, c'est toi qui vois, mais si Claire te dit qu'elle a envie d'une partie de jambes en l'air, qu'est-ce que tu vas lui répondre ? Suis-moi, bébé, je connais un charmant petit caniveau au coin de la rue ?

Colin était horrifié par l'image qui se formait dans son esprit.

Bien que Rory exagère comme toujours, ce qu'il disait n'était pas absurde. Il valait mieux réserver une chambre pour rien que se trouver le bec dans l'eau. Elle n'avait cessé de lui répéter sur Crush combien elle aimait ses attitudes dominantes, le contrôle qu'il exerçait sur la situation. Peut-être qu'elle désirait ce « geste audacieux ».

Colin préférait ne pas se fermer de possibilités.

— Bon… C'est moins cher qu'une séance de thérapie, dit-il en cliquant sur « RÉSERVER ».

Quelques clics plus tard, la chambre était officiellement bookée, et il n'aurait plus qu'à payer le soir même. Il sentit une bouffée d'adrénaline lui monter au cerveau. Il était déjà surexcité à l'idée de rencontrer Claire, mais à présent il devenait possible que leurs fantasmes virtuels se réalisent.

En arrivant au green, Colin se souvint qu'il avait toujours une épouse, et que rentrer tard après son rendez-vous ferait sans aucun doute sonner des signaux d'alarme.

— Il faut que je trouve une excuse pour Tara. Quelque chose de crédible…

— Reste vague. Sinon, tu vas te prendre les pieds dans le tapis.

Colin envoya un texto :

Je vais travailler tard, je ne sais pas à quelle heure je rentre.

Ce n'était pas le plus original de tous les mensonges, mais c'était simple et efficace. Juste après, Colin vit qu'il avait un message non lu de Celine, arrivé dans la matinée. Il l'ouvrit.

Tu vas être content, c'est arrangé pour le Brésilien.
Et ne t'inquiète pas, je ne dirai rien à Tara. ☺

Colin avait presque oublié qu'il avait demandé à Celine de le faire inscrire sur la liste d'attente du spécialiste de la fertilité. C'était une faveur qu'il avait sollicitée dans un moment de désespoir. Il ne pouvait songer, à présent, aux enfants qu'il voulait avoir avec Tara, c'était trop culpabilisant.

— Qu'est-ce qui se passe ? s'enquit Rory devant sa mine défaite.

— Rien. Juste un message de Celine, la copine de Tara. Je lui ai demandé il y a quelques jours de nous aider à avoir un rendez-vous avec un médecin de la haute…

— Je croyais que Tara refusait de continuer la FIV ?

— C'est le cas. J'ai fait ça dans son dos en pensant qu'elle finirait par changer d'avis.

— Bah en voilà, une bonne idée ! ironisa Rory.

— J'ai fait ça sans réfléchir. C'est difficile de renoncer à devenir père. Et toi, tu aimerais avoir des enfants un jour ?

— Oh nan, moi je suis plus du genre daddy que daron.

— Caddy, tu veux dire.

— Très drôle. Dans tous les cas, il faut que tu cesses de penser à l'avenir et que tu te concentres sur le présent, avec Claire.

— Ouais, mais ce qui est curieux, c'est que quand je pense à l'avenir, je le vois avec Claire… C'est horrible, non ?

— Horriblement débile. Tu ne sais même pas à quoi elle ressemble !

— Je sais qu'elle a le corps le plus sexy de la terre !

— D'accord, mais si elle est défavorisée de la face ?

— Si elle est *quoi* ?

— Défavorisée de la face. Un corps de rêve, une face de pet.

— Oh, tu es mesquin. Même si ce n'est pas un canon, je la traiterai avec respect et dignité. Deux mots dont tu dois ignorer le sens, taquina Colin.

— Je ne comprends toujours pas pourquoi tu es tellement obsédé par cette femme.

— Je ne suis pas obsédé. C'est juste que j'ai l'impression qu'avec elle, je peux vraiment être moi-même. Pas besoin de jouer un rôle.

— Tu l'as connue sur une appli de rencontres anonymes. Tout le but, c'est précisément d'être quelqu'un d'autre !

— Alors, peut-être que je préfère être Jack que Colin…

— Le moment est mal choisi pour une crise existentielle. On parle de sexe, là, pas d'é-Jack-ulation précoce.

— Un jour, tu comprendras ce que je ressens, Rory.

— Il n'y a là rien qui ne puisse se soigner avec une bonne dose de lucidité post-noix.

— C'est quoi, ça ?

— C'est quand tes sentiments pour une femme disparaissent par magie après avoir couché avec elle. Tu vas voir, c'est ce qui va t'arriver quand tu auras eu Claire ce soir.

— Pas si c'est incroyable au lit, objecta Colin en arrivant devant sa balle sur le green. Putter.

Rory sortit le putter du sac de Colin avec un soupir.

— Tu peux la prendre dans toutes les positions que tu veux, tu perdras quand même tes sentiments pour elle quand tu te seras vidé les noix. Et si ce n'est pas le cas, alors c'est vraiment de l'amour.

— C'est l'avenir qui nous le dira. Je crois que pour le moment, je ne peux rien faire d'autre que savourer ma partie de golf bien méritée en attendant la soirée.

Colin s'empara de son putter, frappa la balle et la regarda rouler jusqu'au trou.

— Ça tombe bien qu'on ait encore dix-sept trous, conclut-il.

— Je croyais qu'on avait dit neuf trous ! fulmina Rory.

— C'est toi qui prétends toujours que tous les trous doivent être remplis…

— JE NE PARLAIS PAS DE GOLF !

Chapitre 25

Ce vendredi-là, Tara consacra sa pause déjeuner à la seule chose capable de donner à une Irlandaise le courage de soulever des montagnes.

Une mise en plis.

C'était un plaisir qu'elle ne s'offrait pas souvent, mais elle était décidée à faire la meilleure impression possible à Jack. En revenant au bureau, elle avait les cheveux qui rebondissaient, pleins de volume.

Pendant toute la semaine, après chaque rendez-vous de fin de soirée, Tara s'était sentie encore plus proche de Jack. Il lui racontait que sa femme ne le laissait pas montrer l'homme qu'il était vraiment, mais qu'avec elle, il se sentait autorisé à être fidèle à son moi profond, viril. Et avec lui, elle se sentait tellement à l'aise dans sa féminité ! Elle avait l'impression d'accéder à un niveau supérieur de l'existence, d'incarner le féminin sacré. C'était comme une puissance sensuelle.

Elle n'avait pas encore vraiment décidé si elle coucherait ou non avec Jack, mais l'idée lui trottait clairement dans la tête. La seule chose qui la retenait était de n'avoir pas encore vu son visage. L'anonymat était excitant tant qu'on restait dans le fantasme, mais il serait impossible de le conserver lors de la rencontre réelle. Il faudrait bien enlever le bandeau qui leur couvrait les yeux. Pourtant, son instinct lui disait que ses sentiments pour Jack étaient réels. Elle se sentait complètement alignée avec sa destinée, prête à faire le grand saut pour découvrir son sort.

Mais avant ça, Tara avait encore du travail. La présentation pour Dick Mulligan était prévue le lundi matin, et elle avait demandé à Emily de l'aider à apporter la touche finale à ses diapos. Tout était plus ou moins prêt, mais elle n'avait toujours pas trouvé le slogan percutant qui donnerait de l'unité à toute la campagne. Il lui manquait toujours un point d'accroche.

— Que penses-tu de… « Quand on a la bague au doigt… et le feu au cul » ?

— Bof. On n'est pas obligées de partir sur des jeux de mots.

— D'accord, alors « Vous voulez le beurre, et l'argent du beurre ? »

— Nan, ça me donne envie d'une tartine, répondit Emily avec un haussement d'épaules.

— Pff, moi aussi. Et je n'ai pas mangé de glucides une seule fois de la semaine, soupira Tara, soudain affamée.

— Je t'ai vue grignoter un biscuit ce matin !

— Ne me dis pas que les biscuits, c'est des glucides ? Je pensais que c'était juste gras !

— Je crois que tu ne t'es pas assez renseignée sur ce régime, pouffa Emily.

— OK, bon, on n'a qu'à dire que c'est ma journée de liberté aujourd'hui. Attends, ça ne pourrait pas faire un bon slogan ? « On a tous droit à une journée de liberté ? »

— Ça donne l'impression qu'il n'y a qu'une journée dans l'année pour être libre. Remarque, ça ne serait pas si mal… Un jour par an où tu es autorisée à commettre un adultère sans aucune conséquence. Une espèce de jour férié…

— Je doute que nous ayons le pouvoir d'instaurer un jour férié, malheureusement, tempéra Tara avec regret. Seigneur, pourquoi c'est si difficile de trouver ce slogan ?

— Arrête de penser au résultat, et concentre-toi sur l'expérience client. Tu es sur le point de passer de l'appli à la réalité. Comment tu te sens ?

— Nerveuse. Excitée. Libre. Téméraire. Puissante. Folle. Un million d'émotions différentes. Je veux dire, je ne cherche pas à tromper Colin. Mais je suis restée anesthésiée si longtemps que je ne vis plus que pour l'adrénaline. Et j'ai besoin de comprendre pourquoi Jack m'inspire ces sentiments, pourquoi j'ai éprouvé cette synchronicité. Colin a dormi sur le canapé toute la semaine, du coup, Jack et moi avons eu plein de rendez-vous le soir. On s'est fait des scénarios vraiment torrides. Du style, il est sauveteur et j'ai besoin d'un bouche-à-bouche, révéla Tara avec insolence.

— Oh, Tara, tu es tellement mignonne ! Les fanfictions que j'écrivais à treize ans m'ont l'air plus torrides que ça, rit Emily. Je suis contente que tu apprennes enfin à te servir de ton plus gros organe sexuel.

— Emily, voyons ! s'écria Tara, espiègle.

— Quoi ? Je parle de ton cerveau.

— Ah. Au fait, je ferais mieux d'envoyer un message à Colin pour le prévenir que je vais rentrer tard. Je ne voudrais pas qu'il se doute de quelque chose.

Tara sortit son téléphone, le déverrouilla et vit le texto de Colin :

Je vais travailler tard, je ne sais pas à quelle heure je rentre.

Parfait.

— Pfiou, Colin travaille tard donc je n'ai pas besoin de trouver d'excuse. Un souci en moins.

Tara sentit ses épaules se détendre.

— Alors, tu vas laisser Jack t'entraîner dans son baisodrome ?

— EMILY !

— Tara, est-ce qu'on en est encore au stade où quand je sors une petite phrase provoc, tu es choquée ?

— OK, j'avoue. Mais les sentiments que nous avons l'un pour l'autre, Jack et moi, ce n'est pas seulement du désir. Il ne pense pas uniquement au sexe.

— C'est un homme, Tara…

— Eh oui, personne n'est parfait. Disons simplement que je suis ouverte aux possibilités que la soirée offrira.

— Ne fais rien que je n'approuverais pas, plaisanta Emily, bien consciente d'être beaucoup plus délurée que son aînée.

— Je crois que ça me laisse de la marge, rit Tara.

— Et quand il sera allongé sur toi, pense à lui demander des idées de slogans.

— Je vais peut-être devoir en arriver là. Je suis bloquée. Je vais emporter ma tablette à la maison ce week-end au cas où une idée me viendrait. Ç'a été, pour avoir la réservation au *Al Fresco* ?

— Quelle réservation ? demanda Emily, nonchalante.

— EMILY ! LA RÉSERVATION POUR MON RENDEZ-VOUS AVEC DICK ! hurla Tara.

— Calmez-vous, madame. Je te taquine. Je vous ai pris une table en terrasse, et j'ai même noté la date et l'heure dans ton agenda professionnel.

— Wow, Emily, tu as fait ton boulot pour une fois ? Ça me touche beaucoup. Comment te remercier ?

— De l'argent, ça m'ira très bien.

Sur ces mots, la porte du bureau de Tara s'ouvrit. Tommy, Mark et Rob entrèrent. Ils avaient tous trois une étrange assurance qui ne plaisait pas du tout à Tara.

— On peut vous aider, les Gars ? s'enquit-elle, les bras croisés.

— On passait juste voir comment avance la présentation, déclara Tommy.

— Tout va à merveille. On a presque fini, Emily et moi. Maintenant, si vous voulez bien nous excuser…

— On a réfléchi, tous les trois, coupa Tommy.

— Il y a une première à tout, sourit Tara.

— On s'est dit qu'on devrait venir à la présentation, annonça Mark.

— Et pourquoi est-ce que j'accepterais ?

— Eh bien… vu l'image publique de Dick Mulligan, on n'est pas certains que ce soit une bonne idée que tu restes seule avec lui, avança Rob.

— On pense que ce qui l'intéresse, ce n'est pas tant tes idées que… ta personne, compléta Mark.

— Wow. C'est si difficile que ça, d'accepter que ma présentation était meilleure ? s'étrangla Tara, abasourdie.

— Si on t'accompagne, c'est pour ton bien, rétorqua Tommy.

Tara était furieuse. C'était une menace.

— Pour mon bien ? Vous êtes venus m'intimider, c'est ça ?

— Pas du tout, on essaie de te protéger. Tu sais bien que tu fais partie de la bande, tu es l'un des Gars, hasarda Tommy.

— Oh, par pitié, ça fait des années que vous m'excluez de tous les gros contrats parce que je ne suis pas un homme.

Alors, devinez quoi ? Je n'ai pas envie d'être l'un des Gars. Cette campagne, c'est un boulot de femme, campa Tara.

— Nan mais « les Gars », c'est neutre, comme expression, protesta Rob.

— Ah, vraiment ? Tu as couché avec combien de gars, toi ? demanda Tara.

Rob resta coi.

— On essaie juste de faire attention à toi, insista Mark.

— Non, on dirait plutôt que vous vous ramenez après la bataille pour tirer profit de tout le travail que j'ai effectué. Tu ne crois pas ?

— Tu sais quoi, on a dit ce qu'on avait dire, conclut Tommy.

— Eh bien merci pour votre visite, mais ce n'est pas mon rôle de distribuer des lots de consolation pour les idées qui n'ont pas été retenues. Pourquoi vous ne reprenez pas plutôt votre partie de baby-foot ? Il y a des gens qui ont du boulot, ici.

Tommy tourna les talons et quitta le bureau de Tara, Mark et Rob à sa suite.

Emily dévisageait Tara, éperdue d'admiration.

— Wow, mon Dieu ! Je veux être toi quand je serai grande.

C'était exactement ce que Tara avait toujours rêvé d'entendre. Des paroles qui lui montraient qu'elle, une femme, avait changé la donne.

— Il ne faut jamais sous-estimer le pouvoir d'une mise en plis, déclara-t-elle en repoussant ses cheveux derrière les épaules d'un geste triomphant.

Chapitre 26

Assise sur la banquette arrière du taxi en route vers *L'Élixir*, Tara avait les nerfs en pelote, et en même temps, elle était folle d'impatience, comme une personne qui s'apprête à monter sur scène. Elle brûlait de jouer le rôle de Claire, mais angoissait à l'idée de ne pas plaire à Jack.

Elle se rappela qu'elle n'avait pas été aussi jolie depuis des années. Après le travail, elle avait enfilé une robe en satin noir audacieusement fendue jusqu'à la cuisse. Emily avait essayé de déclencher l'alarme incendie en découvrant cette transformation torride. Tara était fabuleuse et elle le savait. Mais ce n'était pas dans son apparence qu'elle puisait sa confiance en elle. Elle irradiait d'une énergie érotique venue de l'intérieur, comme une batterie chargée à bloc. Elle était fière de constater qu'il n'avait fallu qu'un peu d'effort pour que son reflet dans le miroir s'aligne davantage avec la façon dont elle se percevait de l'intérieur. Elle avait toujours été bien trop sévère avec elle-même, et si elle avait réussi à s'impressionner, alors n'importe qui le serait en la voyant.

L'esprit plus détendu, Tara décrispa ses épaules et s'enjoignit de profiter de l'instant. L'excitation, l'émerveillement, tous ces sentiments étaient rares dans sa vie, et elle voulait les savourer. C'était comme si elle avait redécouvert ses disques préférés dans un grenier poussiéreux et qu'elle laissait enfin l'aiguille d'un tourne-disque faire jaillir les mélodies longtemps emprisonnées. La musique venait de faire son retour dans sa vie.

Tout à coup, le chauffeur écrasa la pédale de frein et Tara fut brutalement ramenée à la réalité.

— Seigneur, ces abrutis qui traversent n'importe comment ! C'est mon cauchemar ! hurla-t-il en s'arrêtant pour laisser passer un homme sur la chaussée. Quand Tara se redressa pour regarder par le pare-brise, elle eut une vision totalement inattendue.

C'était Colin.

Il traversait la rue devant son taxi pour emprunter Harcourt Street. Pire, il était sur son trente-et-un et avait une mine impeccablement soignée. Au grand agacement de Tara, cette barbe naissante qu'elle aurait voulu détester lui allait à ravir. Il était canon ! Pourtant, il lui avait envoyé un texto pour la prévenir qu'il allait travailler tard. Après avoir traversé la chaussée, Colin s'engagea dans Harcourt Street. Que faisait-il si loin du bureau ?

Il fallait qu'elle sache.

— Excusez-moi, je sais que c'est une demande bizarre, mais vous pourriez suivre cet homme ?

— Qui ? Le gars qui s'est jeté sous mes roues ? Vous le connaissez ?

— C'est mon mari. Et il est censé rester tard au travail...

— Humm. J'ai toujours dit qu'on ne pouvait pas faire confiance aux gens qui traversent sans regarder. Je le suis.

Le taxi prit Colin en filature alors qu'il descendait Harcourt Street et dépassait *L'Élixir*. Au moins, il ne se rendait pas dans le bar où elle devait retrouver Jack. Il continua pendant environ cent mètres avant d'entrer dans un bâtiment. Tara regarda l'enseigne : *Gibson Court Hotel.*

— Mais que diable fait Colin dans un hôtel... ? se demanda Tara à voix haute.

— Vous voulez que je vous fasse un dessin ? soupira le taxi.

— Non, je suis certaine qu'il y a une bonne explication au fait que mon mari me mente et se rende dans une chambre d'hôtel.

À peine Tara eut-elle prononcé ces mots qu'elle se rendit compte de leur absurdité.

— Bon, bref, ça fera vingt-cinq euros, conclut le chauffeur.

Tara fouilla dans son sac et lui tendit l'appoint.

— Et il y a un supplément de vingt pour cent parce que j'ai suivi votre bonhomme.

— Vous êtes sérieux ? Vous n'avez fait que quelques mètres de plus !

— Détendez-vous, je plaisante. Vous avez déjà assez de soucis. Bonne chance.

— Merci, répondit Tara en sortant du véhicule.

Elle resta plantée devant l'hôtel sans savoir quoi faire. Elle tentait désespérément de trouver une raison expliquant pourquoi Colin serait entré. Peut-être qu'il assistait à un événement pour le travail, et que c'était pour ça qu'il avait affirmé travailler tard. Peut-être que l'hôtel accueillait un séminaire de comptabilité. Ça existait ? Ou peut-être que c'était le pot de départ d'un collègue, et qu'ils faisaient une fête dans l'un des salons de réception. Elle voulait accorder à Colin le bénéfice du doute, mais elle savait aussi que si elle ne résolvait pas ce mystère, son rendez-vous en serait gâché. Elle ne pourrait pas se concentrer sur Jack si son esprit ne cessait de vagabonder vers ce que Colin était en train de faire (ou de ne pas faire) dans un hôtel. Elle regarda la rue à gauche, vers *L'Élixir*. Puis elle consulta sa montre.

Dix-neuf heures cinquante. Elle était en avance. Elle avait le temps.

Le temps d'obtenir des réponses.

Elle entra dans le *Gibson Court Hotel* d'un pas lent et regarda le comptoir de la réception, à gauche. Colin était en train de parler à l'employé. Elle se cacha derrière un pilier et tendit le cou pour observer la scène.

Elle n'entendait pas ce qu'ils se disaient, mais Colin sortit sa carte bleue pour payer. Était-il en train de prendre une chambre ? Tara tenta de se convaincre qu'elle se faisait des idées, mais alors le réceptionniste tendit une clé à Colin, et elle sut qu'elle ne pouvait se voiler la face plus longtemps. Colin se retourna et Tara se hâta de se cacher de nouveau derrière le pilier, évitant de justesse d'être vue. Elle resta collée à la surface de pierre alors que Colin passait près d'elle pour emprunter l'escalier.

Elle le suivit à une faible distance et l'aperçut en train de tourner à gauche dans le couloir du premier étage. Plaquée au mur, elle jeta un coup d'œil dans cette direction. Colin glissa la clé dans la serrure d'une des portes, vers le milieu du couloir, et referma derrière lui.

Tara était ébahie. Son cerveau n'arrivait pas à traiter les images que ses yeux lui envoyaient. Jamais de la vie elle n'aurait imaginé que Colin puisse la tromper. Pourtant, c'était bien l'impression que cela donnait. Peut-être avait-il pris une chambre avec Rory pour faire la tournée des bars dans Harcourt Street ? Non, Rory habitait dans le centre. S'ils sortaient, ils dormiraient chez lui.

Malgré le vertige qui l'avait saisie, Tara avança furtivement dans le couloir vers la chambre dans laquelle Colin venait d'entrer. Elle colla l'oreille contre la porte 117 et tenta d'identifier des bruits suspects. Elle n'entendit qu'un peu de mouvement. Colin semblait seul. S'il avait une liaison, où donc était cette femme ? Appartenait-il à cette catégorie d'hommes qui paient en échange de sexe ? Une prostituée était-elle en chemin pour le retrouver ?

Alors qu'elle écoutait à la porte, Tara entendit l'ascenseur s'ouvrir au bout du couloir, puis le cliquètement de roues branlantes qui approchaient. C'était un porteur avec un chariot de room service. Elle reprit contenance et se mit à marcher vers lui de son air le plus naturel. Elle ne voulait pas être surprise à espionner l'un des clients. En croisant le jeune homme dans le couloir, elle remarqua le contenu du plateau. Une bouteille de champagne dans un seau à glace et deux flûtes, chacune agrémentée d'une tranche de fraise. Tara atteignit l'extrémité du couloir et se cacha une fois de plus derrière le mur qui menait à l'escalier. Lorsqu'elle passa la tête, ses pires craintes furent confirmées. Le serveur toquait à la chambre 117. La porte s'ouvrit et il poussa le chariot à l'intérieur.

Tara ressentit une douleur aiguë dans la poitrine, comme si on venait de lui planter une lame dans le dos. Colin ne méritait plus le bénéfice du doute. C'était clair comme de l'eau de roche.

Il la trompait.

Elle sentit une bouffée de rage monter en elle. Elle se demanda depuis combien de temps tout ça se tramait sous son nez ; combien de temps on s'était moqué d'elle.

Le porteur quitta la chambre avec son chariot vide, et reprit l'ascenseur. Bien qu'elle sache que ça la détruirait, Tara décida d'appeler Colin et de lui demander où il était. Elle voulait l'entendre mentir. Elle voulait voir jusqu'où il s'abaisserait.

— Tara, ce n'est pas trop le moment.

— Ah, tu es toujours au travail ? Je viens de voir ton texto.

— Oui. Rory a foiré un audit pour un client et j'essaie de recoller les pots cassés.

— Ah, tu es au bureau, là ? lui tendit-elle la perche.

— Oui, oui, et j'en ai pour un moment. Peut-être même toute la nuit, dit-il de façon pas très convaincante.

— Je suis justement en ville. Je vais passer à ton bureau, t'apporter un petit café.

— NON ! Non, franchement, je viens juste d'en prendre un, donc pas la peine. Mais merci pour la proposition ! bredouilla Colin d'une voix tremblante.

Il y eut un long silence.

— On se voit à la maison, conclut Colin, pressé de raccrocher.

— Ah oui, ça, sans l'ombre d'un doute, répondit-elle en mettant fin à l'appel.

Tara n'était pas loin de cracher du feu. Elle lui avait donné une chance de s'expliquer, mais à présent tout était clair. Les mensonges, la chambre d'hôtel, les deux flûtes à champagne, aucun malentendu n'était possible.

Son mari la trompait avec une autre femme.

Certes, elle était elle-même sur le point de commettre un adultère, mais ses actions semblaient plus innocentes en comparaison. Elle avait simplement rendez-vous avec un homme pour un verre, alors que de son côté, Colin attendait une femme dans une chambre d'hôtel, forcément pour un rapport sexuel. Qui était cette femme ? Était-ce une travailleuse du sexe, prise au hasard ? Ou pire, s'agissait-il d'une femme que Tara connaissait ? Avait-il l'intention de s'enfuir avec elle ?

Tara était prise de vertige devant toutes les questions qui se bousculaient dans sa tête. Elle tenta de se calmer et consulta sa montre. Dix-neuf heures cinquante-cinq. Elle avait été tellement absorbée par cet événement fortuit qu'elle avait oublié son rendez-vous. Mais elle savait qu'elle ne pouvait rencontrer Jack dans l'immédiat. Elle en avait toujours envie, rien que par vengeance, mais sa confiance en elle avait volé en éclats. Quelques minutes plus tôt, pourtant, elle avait encore l'impression que rien ne pouvait l'arrêter…

À présent, elle était au fond du trou.

Son mari ne voulait plus d'elle, semblait-il, et elle se sentait rejetée en tant qu'épouse, qu'amante et que femme. Le coup de poignard qu'elle avait reçu dans le dos l'atteignait profondément, jusqu'au cœur de son être. Et à cause de ce rejet, elle devait rejeter Jack, au moins provisoirement. Même si elle ne désirait rien tant qu'il la serre dans ses bras, qu'il la prenne, qu'il la vénère, elle savait que ce n'était pas à lui de panser sa blessure.

Elle quitta l'hôtel et héla un taxi. Elle décida d'écrire à Jack depuis le véhicule pour lui expliquer qu'elle ne pouvait venir. Elle priait pour qu'il comprenne. Tara n'était capable de se concentrer que sur une chose à présent. Quand Colin rentrerait à la maison, elle serait prête.

Prête au combat.

Chapitre 27

Colin contempla la pièce qu'il venait de préparer. Le champagne était au frais, les lumières étaient tamisées et le thermostat réglé juste comme il faut. Il avait même éparpillé des pétales de rose sur le lit comme touche finale. Il était conscient d'en faire des tonnes, mais ne pouvait s'en empêcher. Il voulait que tout soit parfait, juste au cas où Claire voudrait passer à l'étape supérieure.

Il n'était pas très à l'aise au sujet du ton de Tara lorsqu'elle l'avait appelé. Il avait décelé un arrière-fond de suspicion. Pourtant, il était certain d'avoir bien préservé son alibi.

Colin regarda l'heure sur son téléphone. Il était 19 h 58. Il se leva et s'examina dans le miroir. Il était prêt. Juste quand il tendait la main vers la poignée de porte, il entendit une notification sur son téléphone. Il le sortit de sa poche et constata qu'elle émanait de Crush. Il ouvrit l'appli et découvrit un message de Claire.

Claire : Jack. Je suis tellement navrée. Je viens de recevoir des nouvelles dévastatrices.

Je ne peux pas te rencontrer ce soir.

Je t'en prie, ne me déteste pas ❤

Colin fixa le message, et le relut des dizaines de fois, dans l'espoir que les mots se recomposent par magie pour dire autre chose. Il ne la croyait pas. Il savait qu'elle n'avait reçu aucune nouvelle dévastatrice. Si c'était le cas, pourquoi l'aurait-elle prévenu seulement une minute avant le rendez-vous ? Elle lui posait tout simplement un nouveau lapin, le rejetait froidement. Il n'aurait jamais dû lui donner cette seconde chance. À présent, il s'était fait berner de nouveau. Mais cela ne se reproduirait plus. Il ne voulait pas entendre ses excuses imaginaires. Il ne voulait plus entendre parler d'elle du tout.

Colin ferma Crush et supprima l'application de son téléphone. Il ouvrit la bouteille de champagne et balaya tous les pétales de roses avant de s'asseoir sur le lit. Il se sentait soudain très bête d'avoir pris la peine de les mettre. Pourquoi s'était-il laissé convaincre par Rory qu'il avait besoin d'une chambre d'hôtel ? C'était exactement ce qu'il avait redouté. Deux cent soixante-huit euros jetés par la fenêtre. Il aurait dû penser à la loi de Murphy. Évidemment, que tout était allé de travers. C'était toujours comme ça.

Il songea à Tara qui l'avait appelé pour lui proposer de lui apporter un café pendant qu'il travaillait tard. Et il était là, sur le point de mettre en péril tout ce qu'il avait construit avec elle. Il avait été tellement enivré par Claire et son chant de sirène qu'il avait failli abîmer son navire sur ses récifs. Et tout du long, elle l'avait fait marcher, par amusement tordu. Même si Claire venait de le blesser une deuxième fois, il ne pouvait s'en prendre qu'à lui-même.

Il se souvint soudain combien il aimait sa femme. Il était submergé du désir de se noyer dans ses yeux émeraude. C'était elle qu'il avait choisie dès le premier jour, et bien que les courants de la vie les aient éloignés l'un de l'autre, il avait besoin de nager vers son rivage. Tara était son roc. Son foyer. Et c'était précisément l'endroit où il voulait se trouver. Il prit une dernière gorgée de champagne et dit adieu à sa double vie.

En arrivant chez lui à Hillcrest, Colin sortit de sa voiture et contempla sa maison. Penser qu'il avait risqué cette vie qu'il avait construite pour une histoire sans lendemain… « *Is glas iad na cnoic i bhfad uainn* », disait la plaque au-dessus de sa porte, et ce n'était que maintenant que Colin en comprenait pleinement le sens. Les collines verdoyantes de Claire lui avaient certes semblé plus vertes, mais aucun lieu au monde ne valait son propre foyer. Il remercia les étoiles que Tara ne se doute pas de son infidélité virtuelle. Il sortit ses clubs de golf de la voiture, et ouvrit la porte d'entrée.

— Tara, tu es là ?

Sa voix résonna dans la maison. Pas de réponse.

Il ouvrit la porte du salon : la pièce était plongée dans l'obscurité.

— Tara ? appela-t-il à nouveau.

Dans un coin de la pièce, une lampe s'alluma soudain, révélant Tara assise dans un fauteuil, un verre de vin à la main.

— Bonsoir, chouchou, dit-elle en prenant une gorgée.

Colin eut un mauvais pressentiment. On aurait dit une femme fatale tout droit sortie d'un vieux film noir. Le genre de femme dont la beauté suffit à vous tuer. Il ne manquait que la cigarette. En plus, elle l'avait appelé « chouchou ». Il était clair que quelque chose l'avait contrariée. Mais quoi ? Il avait un alibi imparable…

— Tout va bien ? demanda-t-il en posant son sac de golf contre le mur. Il alluma la lampe principale pour chasser l'atmosphère angoissante de la pièce.

— Colin, je vais te donner une chance, une chance seulement, de me dire où tu étais, annonça Tara avec un sérieux glaçant.

Colin fut pris de peur. Comment pouvait-elle savoir qu'il n'était pas resté au bureau tard ? Avait-elle appelé Rory ? Non, Rory l'aurait couvert. Avait-elle appelé le standard de son travail ? Non, il n'y avait plus personne passé 17 heures, donc ça n'aurait pas décroché.

Elle bluffait forcément.

— Je te l'ai déjà dit, j'ai travaillé tard, répondit-il avec calme.

Tara le regarda droit dans les yeux pendant dix bonnes secondes. Leur duel façon western spaghetti venait de commencer encore une fois.

— Intéressant…

Tara s'approcha du mur du fond. Elle contempla la collection de pubs de bière de Colin, toujours accrochées là. Elle les passa en revue, comme si elle était en train d'en choisir une. Colin n'avait pas la moindre idée de ce qui se passait dans sa tête.

Puis, avec une force terrible, elle arracha une plaque Guinness du mur.

— MAUVAISE RÉPONSE ! rugit-elle en la lançant en plein dans la tête de Colin.

Il parvint à la bloquer de l'avant-bras juste avant qu'elle le cogne à la tempe. Fort heureusement, les plaques étaient en aluminium et non en acier, et il ne se fit pas trop mal.

— QU'EST-CE QUI SE PASSE, BORDEL ? hurla Colin, incroyablement choqué.

— À toi de me le dire, Colin, répondit Tara en écarquillant les yeux. Je vais te reposer la question. Où étais-tu ?

— J'étais au travail, persista-t-il.

— TU AS LES NARINES DILATÉES, CHOUCHOU ! cria Tara.

Elle arracha une plaque Heineken et visa la tête de Colin.

— ESPÈCE DE SALE MENTEUR !

— Tara, ARRÊTE ! supplia-t-il, en vain.

Il se baissa juste à temps alors que l'objet passait au-dessus de sa tête.

— Tu es folle, ou quoi ?

— Je t'interdis de me traiter de folle. ATTENDS UN PEU, ET TU VAS ME VOIR DEVENIR FOLLE !

Colin savait que la messe était dite. Il s'était fait prendre. Mais il ne l'avait pas trompée, techniquement. Comment allait-il réussir à lui faire comprendre la complexité de la situation ?

— Tara, il faut qu'on discute, OK ? Laisse-moi t'expliquer…

Elle arracha une nouvelle plaque du mur.

— C'est qui ? Comment elle s'appelle, cette SALOPE ? demanda-t-elle, la plaque bien en main, prête à la lancer.

— Personne, Tara. Je te jure qu'il ne s'est rien passé.

— Il ne s'est rien passé ? Alors tu as réservé une chambre d'hôtel avec une femme pour faire quoi, au juste ? Jouer au Scrabble ? rétorqua Tara, sarcastique.

— Je te jure que je ne t'ai pas trompée, Tara, affirma Colin sans mentir. Je suis abasourdi que tu puisses penser une chose pareille !

— On emploie le mot « abasourdi » quand ON MENT ! cria Tara en lui jetant la plaque sur l'épaule.

— Est-ce qu'on peut essayer de parler de ça en adultes ? implora Colin en se baissant une fois de plus pour éviter le projectile.

— Oh, monsieur est soudain prêt à grandir... Je veux connaître le nom de cette traînée ! Oh mon Dieu, c'est une prostituée ? Oh, doux Jésus, tu m'as sûrement refilé tout un tas de MST ! s'affola Tara.

— Pour l'amour du ciel, Tara, je n'ai pas de MST !

— Ah bon ? Quand on dort avec les chiens, on se réveille avec des puces ! Oh, mon Dieu, est-ce que je la connais ? Oh Seigneur, je t'en prie, ne me dis pas que je connais cette pute briseuse de foyers !

— Tara, pour l'amour de Dieu, je ne t'ai pas trompée !

— Prouve-le-moi. Donne-moi ton téléphone. Si tu ne me trompes pas, alors donne-moi ton téléphone ! exigea Tara en lui tendant la main.

Colin était réticent à confier l'appareil à Tara, jusqu'à ce qu'il se souvienne qu'il avait supprimé Crush. L'application qui contenait toutes les preuves de son infidélité n'était plus là. Quelle chance qu'il ait décidé de se débarrasser de toute trace de Claire ! Il allait peut-être survivre à cette dispute, finalement.

— OK, très bien, répondit-il en sortant son téléphone. Tu ne trouveras pas de preuves que je t'ai trompée, parce que je ne t'ai pas trompée. Je n'ai rien à cacher.

Tara lui arracha l'objet des mains. Elle passa en revue toutes ses applis. Colin retenait son souffle, mais il se pensait à l'abri. Il n'avait pas fait de captures d'écran des photos érotiques de Claire, ni d'aucune de leurs conversations coquines.

Il était clean.

— OH MON DIEU ! hurla Tara.

C'était un hurlement terrifiant. Il avait l'impression d'entendre une goule prophétiser sa mort.

— Qu'est-ce qui ne va pas ? demanda-t-il, ignorant ce qu'elle avait bien pu trouver.

Tara tourna l'écran vers lui. C'est alors qu'il découvrit ce qu'elle avait vu.

Le plus énorme de tous les malentendus. Le dernier clou à son cercueil.

Tu vas être content, c'est arrangé pour le Brésilien.
Et ne t'inquiète pas, je ne dirai rien à Tara. ☺

Colin aurait voulu mourir tout de suite. Il n'avait aucun espoir de parvenir à expliquer ça.

— CELINE ? fulmina Tara. TU ME FAIS COCUE AVEC CELINE ?

— Tara, s'il te plaît. Ce n'est pas ce que tu crois ! bredouilla Colin, suppliant.

— Eh bien, ce que je crois c'est que Celine a envoyé un texto à mon mari pour lui dire qu'elle avait rendez-vous pour s'épiler le maillot à la brésilienne, juste quelques heures avant qu'il réserve une chambre d'hôtel en me racontant qu'il allait travailler tard ! déclara Tara d'une traite.

— Je comprends bien de quoi ça a l'air ! Mais tu te trompes, tenta Colin, désespéré.

Il savait que c'était peine perdue. Elle était déjà ivre de rage.

— Tu me prends pour un lapin de six semaines ? De toutes les femmes avec lesquelles tu pouvais me tromper ! CELINE ?

Elle était littéralement folle de rage.

— Tara, je ne couche pas avec Celine ! Tu es complètement folle !

— N'ESSAIE PAS DE ME FAIRE CROIRE QUE JE PERDS LA BOULE ! Je ne me laisserai pas humilier comme ça ! C'est une trahison de proportions bibliques !

— Ah, ne sois pas si mélodramatique, Tara ! cingla Colin.

Il sut aussitôt qu'il avait commis une erreur fatale.

— Mélodramatique ? Attends un peu, pour voir ce que ça fait quand je suis mélodramatique !

Tara passa devant Colin pour quitter la pièce. Elle attrapa son fer 9 dans son sac de golf et sortit comme une furie par la porte du jardin.

— TARA, ARRÊTE ! hurla Colin en lui courant après.

Une fois dehors, il vit Tara, le club brandi vers le ciel au-dessus de la moto qu'il avait enfin réparée.

Elle ressemblait à une déesse guerrière de l'Antiquité.

— Tara, pas la Triumph ! implora-t-il, la main tendue.

Tara abattit le club de golf sur le moteur.

— Tara, arrête tes folies tout de suite !

— Oh, je suis navrée, est-ce que mon dos a abîmé ton poignard ?

Un nouveau geste puissant fit voler en éclat le phare avant.

— Tara, s'il te plaît, écoute ! Celine ne parlait pas d'épilation ! Le Brésilien, c'est le spécialiste de la FIV qu'elle connaît. Le docteur Guillermo QuelqueChose. Tu peux faire une recherche, je te jure que je ne mens pas. J'ai demandé à Celine de nous aider à intégrer sa liste d'attente. J'ai pensé que tu étais peut-être trop fière pour demander de l'aide, alors je l'ai fait pour toi, expliqua Colin, désespéré.

Tara tenait toujours le club au-dessus de sa tête. Elle tentait de comprendre ce que Colin venait de dire. Elle descendit le fer 9 un moment, le temps de réfléchir. Puis l'expression de ses yeux changea : elle savait enfin ce qu'elle ressentait.

— C'EST PIRE QUE DE ME TROMPER ! vociféra-t-elle en frappant la roue avant.

La moto tomba.

— Comment ça, c'est pire que de te tromper ?!

— Tu as agi derrière mon dos, tu as fait l'unique chose que je t'avais demandé de ne pas faire. J'avais dit clairement que je ne retenterais pas de FIV et que je ne voulais pas de l'aide de Celine. C'était quoi, ton plan, Colin ? De récolter mes ovules pendant que j'avais le dos tourné ?

— Je pensais que tu serais peut-être plus ouverte dans quelque temps. Je voulais juste qu'on soit déjà sur la liste d'attente, si tu changeais d'avis, avoua Colin en toute honnêteté.

Tara commençait enfin à se calmer.

— Ça n'explique toujours pas pourquoi tu as pris une chambre d'hôtel, ni ce que faisaient ces deux flûtes sur le chariot du porteur !

— Quel porteur ? Attends, comment tu sais tout ça ? Tu m'as suivi ?

— Évidemment, que je t'ai suivi ! répliqua-t-elle sans honte aucune.

— On est censés se faire confiance, Tara !

— Oh, je t'en prie ! Je n'ai aucune confiance en toi. Dis-moi que j'ai eu tort ? Je me doutais de quelque chose, et je n'ai pas été déçue !

— Tara, je me suis comporté comme un imbécile et je suis désolé…

Il était sincère.

— Oh, s'il te plaît ! Les hommes ne sont désolés que lorsqu'ils se font prendre. Tu ne serais pas en train de t'excuser si je ne t'avais pas vu entrer dans cette chambre.

— Tu sais, peut-être que je ne serais pas entré dans cette chambre si tu n'étais pas sortie de notre couple ! se défendit Colin.

— Je ne te permets pas de me faire porter le chapeau ! Ce n'est pas moi qui t'ai poussé dans les bras de cette salope. En tout cas, quand j'aurai découvert qui est cette pétasse, que Dieu lui vienne en aide..., souffla Tara, bouillonnante de rage.

Elle laissa tomber le club de golf et rentra dans la maison.

— Où tu vas ?

— Me trouver un vrai mec et avoir une liaison, moi aussi !

Et elle claqua la porte.

En réalité, elle n'avait pas quitté les lieux pour faire ce qu'elle avait annoncé. Elle essayait juste de blesser Colin, dans le feu de l'action. Même si elle aurait adoré, elle ne pouvait pas simplement courir dans les bras de Jack. Elle ignorait son identité. Et elle venait de lui faire faux bond pour la deuxième fois. Elle avait eu une seconde chance qu'elle ne méritait pas, et elle l'avait gâchée. Impossible que Jack lui accorde une troisième chance. Mais ça ne faisait rien. Parce que ce dont avait besoin Tara pour aller mieux, ce n'était pas des baisers d'un homme. Tara avait besoin de la seule personne toujours capable de la guérir de sa douleur.

Tara avait besoin de sa mère.

Chapitre 28

Tara conduisit près de trois heures en direction de Galway, en chantant les hits les plus tristes d'ABBA à pleins poumons. Lorsqu'elle fut enfin arrivée à la maison, dans le cottage de son enfance, il faisait trop sombre pour voir les magnifiques prairies verdoyantes qui l'environnaient. Mais quand la lumière par la fenêtre de la cuisine vint lui éclairer le visage, elle sut qu'elle avait pris la bonne décision en rentrant chez elle.

— TARA ! cria Shannon en ouvrant la porte et en découvrant sa fille.

Shannon Fitzsimons était guérisseuse extralucide de profession, et bien qu'elle ait à présent soixante-quinze ans, elle était toujours réputée pour ses conseils spirituels. N'importe quel médecin du pays considérerait ses « traitements » comme des remèdes de bonne femme, mais cela n'empêchait pas les gens de venir des quatre coins de l'Irlande pour bénéficier de ses lumières. À présent, pour la première fois de sa vie, Tara allait demander de l'aide. Et s'il y avait une personne capable de l'assister, c'était sans nul doute sa maman.

— Coucou maman ! dit-elle en se penchant pour la serrer dans ses bras.

— Ça pour une surprise ! s'étonna Shannon. Entre, entre.

Tara pénétra dans le petit cottage.

— Que fais-tu ici à cette heure ? demanda Shannon en l'entraînant dans la cuisine. Oh, mon Dieu, ne dis rien. TU ES ENCEINTE !

Peut-être que son don de voyance n'était plus ce qu'il avait été.

— Non, maman. Ce ne sont pas des bonnes nouvelles, malheureusement…, avoua Tara, les larmes aux yeux.

— Oh, mon chaton, tout va bien ?

— Je ne trouve même pas les mots pour le dire, soupira Tara, honteuse d'avoir été trahie par Colin.

— Assieds-toi, proposa Shannon en tirant une chaise de cuisine. Je vais mettre la bouilloire à chauffer. Tout est plus facile avec une tasse de thé bien chaude dans les mains.

Une fois assise, Tara regarda le bric-à-brac et les bibelots qui emplissaient la pièce. L'impression de chaos la faisait se sentir vraiment chez elle. C'était cacophonique. Vivant.

— Je sais que la maison aurait besoin d'un peu de ménage, s'excusa Shannon en voyant Tara bouche bée devant la pièce.

— Non, maman, c'est parfait.

— Ton vieil ami Tom O'Malley n'arrête pas de te réclamer, au fait, dit Shannon en attendant que l'eau bouille.

— Oh, il va bien ?

— Oh mon Dieu, oui. Il s'est juste fait une foulure à l'aine. J'ai trempé une ficelle dans du beurre et je l'ai nouée en rond pour qu'il la porte. Et voilà que la foulure avait disparu en quelques minutes, sourit Shannon.

Tara lui rendit son sourire. C'était exactement le genre de traitement dont Colin se serait moqué, alors même que Shannon l'avait un jour guéri d'une verrue au genou en lui donnant un penny. L'eau arriva enfin à ébullition et Shannon prépara une théière pour elles deux. Elle la laissa infuser puis remplit le mug préféré de Tara.

— Ma petite tasse, soupira Tara en se souvenant combien elle l'aimait autrefois.

Elle prit une gorgée de thé qui lui fit l'effet d'un tonique. Le thé d'une maman avait toujours quelque chose de spécial.

— Oh mon Dieu, j'en avais bien besoin, maman. À Dublin, je ne bois presque que du café.

— Pourtant, tu étais complètement accro au thé quand tu vivais ici. Tu descendais de ta chambre tous les soirs avec six ou sept mugs à laver, plaisanta Shannon.

— La marche de la honte à l'irlandaise, tu appelais ça, répondit Tara en riant.

Son rire ne dura toutefois pas.

— Allez, mon chaton, dis-moi tout, encouragea Shannon en lui touchant la main.

Tara prit une grande inspiration. Pourquoi se sentait-elle honteuse d'avoir été trompée ? Pourquoi était-ce si difficile de prononcer ces mots ? Mais inconsciemment, elle connaissait la réponse. C'était parce que d'une certaine façon, elle ne pouvait pas juger Colin. Elle n'avait aucunement le droit de lui jeter la pierre. Elle aussi avait planifié un adultère. Peut-être la trahison de Colin la forçait-elle à se regarder dans le miroir.

D'un autre côté, Tara s'était apprêtée à rencontrer un homme pour boire un verre. Colin, quant à lui, était allé à l'hôtel, pour coucher. Oui, ils avaient tous deux fauté en esprit, mais lui était passé à l'acte. Les faits et gestes de Tara, aussi scandaleux soient-ils, étaient moins graves que ceux de Colin. Elle était blessée par ce qu'il avait fait. Et elle avait besoin que sa mère la soigne.

—Colin m'a trompée, dit-elle finalement.

—QUOI ?! Tu plaisantes. C'est impossible.

—Je l'ai vu, maman. Il m'a menti, il a dit qu'il travaillait tard mais je l'ai vu entrer dans une chambre d'hôtel. Je ne sais pas qui est cette traînée, mais que Dieu lui vienne en aide si jamais j'apprends un jour son nom.

—Ça arrive qu'un homme ait du mal à se décider entre deux femmes. Mais je ne peux pas imaginer Colin avec quelqu'un d'autre que toi… Vous êtes tellement amoureux, tous les deux, depuis le début. Je sais que vous vous disputez comme chien et chat, mais les couples les plus solides sont souvent ceux qui se chamaillent le plus, déclara Shannon.

—On s'est éloignés depuis qu'on a commencé la FIV. Ça a siphonné toute notre vitalité, avoua Tara.

—Je te l'avais bien dit, de ne pas t'engager sur la voie de l'immaculée conception, pas vrai ? J'ai toujours dit que vous auriez un enfant quand le moment viendrait.

—Maman, j'ai trente-sept ans. Les chances ne sont pas de mon côté…

—Oh, veux-tu bien arrêter avec ce genre de discours ! Je t'ai eue à trente-huit ans et tu t'en es très bien sortie, non ? Ce qui doit arriver arrivera.

—Tu m'as toujours répété que tout arrive pour une bonne raison. Mais pour quelle raison Colin me trompe-t-il avec une autre femme ? Où est le bon côté de la médaille ? demanda Tara avec désespoir.

—Tara, ce qui est compliqué dans la vie, c'est qu'on peut seulement vivre en allant vers l'avant, mais on ne comprend qu'en regardant en arrière. Peut-être que si Colin a fait une rencontre, c'est parce que toi aussi, tu dois découvrir une nouvelle personne…

—Jack, murmura Tara pour elle-même.

— Qui ça ?

Tara ne savait par où commencer. Elle était épuisée après la journée qu'elle venait de vivre.

— Maman, j'ai beaucoup de choses à te raconter mais j'ai l'impression que je vais m'écrouler. J'ai un nœud dans le ventre après tout ce qui s'est passé. Est-ce qu'on peut reprendre cette conversation demain matin ?

— Bien sûr, mon chaton. Va vite au lit. Quand tu te lèveras, je te préparerai ton petit déjeuner.

— Merci, maman…

Tara suivit le couloir et ouvrit la porte de son ancienne chambre. Elle était exactement comme elle l'avait laissée, un peu de poussière en plus. Elle observa les murs couverts de vieux posters d'ABBA et tenta de sourire malgré sa souffrance.

Elle se déshabilla, se glissa dans son lit d'autrefois, et soudain, elle était de nouveau adolescente. Shannon ouvrit la porte et entra dans la pièce.

— Tiens, mon chaton, dit-elle en lui tendant un verre rempli d'un liquide incolore. Bois ça. Ça va soulager ton ventre.

— C'est quoi ? s'enquit Tara en s'asseyant.

— Juste du 7 Up dégazé, expliqua Shannon avec un sourire. Ça va détendre ce nœud que tu as.

— Merci maman, sourit Tara en prenant une gorgée.

— Demain matin, tu auras l'impression d'être une toute nouvelle personne, promit Shannon en éteignant la lumière.

Avant de s'endormir, Tara ouvrit Crush pour voir si Jack lui avait répondu.

Rien. Pas de message, pas de lumière verte. Mais elle savait qu'il était dans son bon droit en l'ignorant. Elle lui avait posé deux lapins d'affilée, pour l'amour du ciel ! Elle écrivit un message dans l'espoir qu'il le voie la prochaine fois qu'il ouvrirait l'appli.

Claire : J'espère que tu pourras me pardonner, Jack ♥

J'ai besoin de toi ♥

Chapitre 29

Le lendemain matin, Tara fut réveillée par l'arôme et les sons merveilleux d'une poêle qui crépite de graisse. Elle se frotta les yeux et ouvrit Crush pour voir si Jack avait répondu. Toujours rien. *Laisse-lui le temps*, se dit-elle. Elle se dirigea vers la cuisine où elle trouva sa mère en train de préparer de quoi nourrir une armée. Il y avait des œufs, des saucisses, du bacon, des haricots, du boudin blanc, du boudin noir, des tomates frites et une provision apparemment infinie de pain blanc grillé.

—Seigneur, maman, tu n'avais pas besoin de te donner autant de mal ! s'écria-t-elle en voyant cet étalage.

—Oh, arrête, tu as besoin de manger. Tu n'as plus que la peau sur les os par rapport à la dernière fois que je t'ai vue, décréta Shannon en empilant les denrées sur l'assiette de Tara.

Celle-ci s'assit et tendit la main vers une tranche de pain blanc légèrement grillée et beurrée. Elle prit une bouchée : c'était l'extase absolue. Tout comme pour le thé, les mamans avaient une façon bien à elles de préparer les tartines.

—Oh mon Dieu, maman, tu n'as pas idée combien j'en avais besoin. Je n'ai pas mangé de glucides de toute la semaine ! confia Tara en se délectant de la délicieuse saveur.

— Il faut que tu arrêtes ces régimes draconiens, Tara. Les femmes ne sont pas faites pour vivre sans pain blanc. Pourquoi souffrir délibérément ?

Tara savait qu'elle avait raison. Ses cinq journées sans pain l'avaient rendue irritable, l'ombre d'elle-même. Elle se demanda si elle aurait massacré la moto de Colin à coups de club si elle avait eu du pain blanc dans l'estomac. Sans doute pas.

Shannon ajouta le reste des mets sur l'assiette de Tara. C'était un repas pantagruélique, on ne peut pas dire autrement. L'assiette disparaissait littéralement sous la nourriture.

— C'est trop…

— Oh, mange, veux-tu ! Maintenant, si ma mémoire est bonne, tu étais sur le point de me parler d'un dénommé Jack.

Tara eut un petit rire. Quelques années plus tôt, un médecin avait annoncé à Shannon qu'elle était génétiquement prédisposée à la maladie d'Alzheimer, mais sa mère semblait au contraire plus alerte que jamais.

— Quand je pense à ce médecin qui prétendait que tu allais perdre la mémoire…

— Ah oui, j'avais oublié que j'avais Alzheimer, rit Shannon. Alors, c'est qui, ce fameux Jack ?

Tara inspira un bon coup. Si quelqu'un était capable de la conseiller sur la situation impossible dans laquelle elle se trouvait, c'était sa mère.

— OK. Voilà. Donc, ça ne va pas trop entre Colin et moi depuis notre dernier échec de FIV. Je lui ai dit que je n'avais pas la force de recommencer tout ça. Mais depuis, on n'a fait que s'éloigner. Et en m'éloignant de lui, je me suis rapprochée de quelqu'un d'autre…

— Continue, qui est-ce ?

— C'est là que ça se complique. Il y a une nouvelle appli, Crush, tu n'en as sans doute pas entendu parler.

— Bien sûr que si ! Tout le pays a entendu Mary Muldoon dans *La Ligne.* Et voilà qu'elle est venue me consulter il y a trois semaines ! Elle cherchait un remède contre la honte.

— Comment on fait, pour traiter la honte ?

— On utilise un vibromasseur.

— MAMAN ! s'étrangla Tara, choquée.

— Elle ne l'a pas trop bien pris, elle non plus, narra Shannon dans un éclat de rire. Bref, raconte-moi ton histoire, mon chaton.

— OK, donc je me suis inscrite sur Crush, juste pour prouver que je n'étais pas comme cette Mary. Mais le jour même, j'ai eu un match à cent pour cent avec un homme. Un homme prénommé Jack.

— Cent pour cent… ce n'est pas rien, commenta Shannon en s'appuyant au dossier de sa chaise.

— Mais c'est là que ça devient encore plus fou, maman. Tu sais, toutes les deux, on a parfois cet instinct viscéral ?

— Bien sûr. Ta grand-mère avait ça aussi. C'est l'intuition. Comme un sixième sens.

— Eh bien… quand j'ai matché avec Jack sur Crush, j'ai ressenti ça. Une vraie synchronicité. Exactement la même sensation que lorsque j'ai rencontré Colin au *O'Malley's*, raconta Tara, certaine que sa mère comprenait.

— Mon Dieu, c'est sérieux… Je t'écoute…, encouragea Shannon, déjà totalement investie dans l'histoire.

— Alors j'ai pas mal discuté avec Jack ces derniers temps, mais on ne s'est encore jamais rencontrés. Je sais que ça paraît débile, mais j'ai des sentiments pour lui, bien que je n'aie jamais vu sa tête. Parce que l'une des règles sur Crush, c'est de ne pas envoyer de portraits avant de se rencontrer. Ça doit rester anonyme.

— Et tu n'as pas encore essayé de le rencontrer ?

— Si, mais les deux fois je lui ai fait faux bond. Et maintenant, je pense que je l'ai perdu. Il ne m'a pas répondu, et je pense qu'il ne le fera pas. Je devrais être en train de réfléchir à mon mari et au fait qu'il me trompe, mais je n'arrive pas à penser à autre chose que Jack. C'est totalement irrationnel.

— Les histoires de cœur, ce n'est jamais rationnel, mon chaton. D'une certaine façon, c'est très beau que tu aies développé des sentiments sans jamais l'avoir vu. Peut-être que c'est plus que du désir. Et la synchronicité a forcément un sens.

— Tu crois vraiment que Jack pourrait être ma destinée ?

— Je n'ai pas la réponse, mon chaton. Mais je crois que je sais où on peut la trouver, déclara Shannon.

Une fois fini leur monumental petit déjeuner, Shannon entraîna Tara dans le jardin. Tara se demandait où elles allaient, d'autant que le jardin s'était métamorphosé depuis la dernière fois qu'elle était venue. Elles traversèrent jusqu'au coin opposé, qui abritait une petite aire fleurie entourée de treillis.

— Qu'est-ce que c'est ? demanda Tara.

— Un petit jardin de la mémoire que j'ai fait pour ton père...

Tara contempla le magnifique coin de verdure et prit conscience à quel point son père lui manquait. Elle était très proche de lui, particulièrement quand sa mère était occupée avec les gens qui venaient la trouver pour des remèdes divers. Elle était passée par toutes les étapes du deuil et avait fini par accepter son décès. Mais il avait laissé un vide immense. La veillée avait duré quatre jours pleins, tant il était aimé de tous.

— C'est beau… Il doit te manquer chaque jour…, soupira Tara.

— Oui, mais il n'est pas vraiment parti, mon chaton. L'énergie ne disparaît jamais, elle est juste transférée. Et l'énergie de ton père est partout dans ce jardin, répondit Shannon en admirant les fleurs.

— C'est une jolie pensée. J'essaierai de voir les choses comme ça, moi aussi.

— Il a passé l'essentiel de sa vie à être mon jardinier. C'est agréable d'en faire autant pour lui. Tant que ce jardin vivra, il vivra aussi, sourit Shannon.

— Que c'est beau…, s'extasia Tara.

— Maintenant, il est temps de jeter un coup d'œil à ta destinée. Viens dans mon bureau.

Elle conduisit Tara à l'intérieur d'une structure aux allures de belvédère, construite en osier. Des plantes poussaient à travers les murs de la hutte, lui donnant un air surnaturel. Au centre se trouvait une table flanquée de deux fauteuils poire.

— C'est quoi, cet endroit ? demanda Tara qui ne l'avait encore jamais vu.

— Je l'ai fait construire récemment, mon chaton. C'est un temple yoni.

— Mais encore… ?

— Tu vois, le yonique s'oppose au phallique. La société patriarcale est tellement obsédée par les bâtiments phalliques que j'ai décidé d'en construire un yonique, une représentation des organes reproducteurs féminins, plus spécifiquement l'utérus.

— Wow, me voilà de retour dans l'utérus de ma mère, tant d'années après. Il faut croire que neuf mois, ce n'était pas assez, rit Tara.

— En réalité, je t'ai portée neuf mois et demi. Tu étais en retard à ta propre naissance, tu te rends compte ! rétorqua Shannon sur le même ton.

— Un léger retard, c'est très chic.

— Bref, c'est ici que je fais toutes mes séances désormais. Y compris avec toi, conclut Shannon en mélangeant un paquet de tarot.

— Au point où j'en suis, tout conseil est bon à prendre…

Tara s'installa sur l'un des gros poufs.

Shannon étala les cartes face cachée sur la table devant elle.

— OK, mon chaton, tire une première carte.

Avec un soupir, Tara choisit une carte au hasard. Elle la retourna et lut « Roue de la Fortune ».

— OK, ta carte numéro un est La Roue de Fortune. À l'endroit. La première carte indique ton passé. Elle représente le destin, la destinée. Avec cette carte, on n'est pas dans l'aléatoire, plutôt dans ce que les choses doivent être.

— Oh mon Dieu. C'est peut-être Crush. La compatibilité à cent pour cent avec Jack ! s'écria Tara, ragaillardie.

— Choisis la carte suivante.

Tara retourna une autre carte au hasard.

— OK, ta deuxième carte est le Deux d'Épée, à l'endroit. Ça représente ton présent. Ici, tu vois une femme aux yeux bandés, qui brandit deux épées devant la mer. Le bandeau suggère que cette femme est aveuglée, incapable de voir ce qu'elle a devant les yeux. Cette femme est à la croisée des chemins, incertaine de la voie qu'elle doit emprunter. Elle essaie de maintenir ces deux épées en équilibre. On peut interpréter cela comme un symbole phallique. Peut-être qu'elle essaie de choisir entre deux hommes.

— OK, c'est en train de devenir un peu flippant, bredouilla Tara, choquée.

— Tire ta troisième carte, mon chaton. Elle représente ton avenir, rappela Shannon en agitant les mains au-dessus du jeu étalé.

Tara inspira profondément. C'était cette carte qui pouvait lui indiquer une direction à suivre. Connaissant sa chance, elle allait tomber sur La Mort. Elle ferma les yeux et tendit la main. Lorsqu'elle rouvrit les paupières, elle vit que la carte était Les Amoureux.

— Ah oui, Les Amoureux, à l'endroit. Cela représente l'harmonie intérieure grâce à une union parfaite. C'est la carte des âmes sœurs liées par le destin. Des couples faits l'un pour l'autre.

Tara était sans voix.

— Donc, dans ton passé, je vois une Roue de Fortune qui tourne en ta faveur. Dans ton présent, une femme qui a du mal à voir ce qu'elle a sous les yeux. Et dans ton futur, deux amoureux qui se découvrent. Est-ce que ça résonne en toi, mon chaton ? demanda Shannon, qui connaissait très bien la réponse.

— OUI, ÇA RÉSONNE ! cria Tara, abasourdie par le tirage des cartes. Mais qu'est-ce que je dois faire ? Les cartes me disent que je suis censée être avec Jack mais il ne m'a toujours pas répondu sur Crush !

— Tara, mon chaton, c'est un homme. Ils sont incapables de bouder longtemps, répondit Shannon avec un sourire narquois.

— Mais d'un autre côté, il y a Colin. En ce moment, je le déteste, mais je l'aime encore. Quand on parle de trouver « le bon », l'idée ce n'est pas qu'il y en a un seul ?

— C'est ce que je pensais aussi, mon chaton, mais récemment j'ai commencé à voir les choses sous un autre angle, avoua Shannon avec coquetterie.

— Comment ça… ?

— Eh bien… tu sais combien j'aimais ton père. Et je l'aimerai toujours. Mais ça fait six ans qu'il est parti maintenant, et il se trouve qu'un autre homme me fait la cour, révéla Shannon sans pouvoir réprimer un sourire.

— C'est merveilleux, maman ! Qui c'est ? demanda Tara, ravie.

— Tom O'Malley.

— TOM O'MALLEY ! Tu plaisantes ! Je croyais qu'il venait te voir uniquement pour sa foulure.

— Comment crois-tu qu'il s'est foulé l'aine, pour commencer ?

— MAMAN !

Tara était horrifiée.

— Oh, ne fais pas cette tête, mon chaton. Je ne sais pas d'où te vient toute cette culpabilité catholique. Ça doit être de ton père, car ce n'est certainement pas de moi.

— Oui, c'est de papa, c'est certain. Et des bonnes sœurs, rit Tara.

— Eh bien, il est temps d'arrêter ! Il n'y a pas de mal à se faire du bien !

— Tu as raison. J'ai l'impression que tout le monde profite, sauf moi. Même ma mère a plus de libido, apparemment !

— Tu sais, peut-être que tu devrais aller secouer un peu ce que ta maman t'a donné…

— Tu as raison. Je ne vais pas laisser la trahison de Colin définir qui je suis. Je suis une vraie féministe, et je vais me relever ! affirma Tara avec assurance.

— Ah, mon chaton, ne me dis pas que tu es toujours féministe, après toutes ces années ?

— Maman, bien sûr que je crois que les femmes sont les égales des hommes ! rétorqua Tara, consternée.

— Mais mon chaton, ça ne signifie pas que les hommes sont les égaux des femmes. Je détesterais qu'on doive s'abaisser à être leurs égales ! sourit Shannon.

— Tu m'as fait peur ! pouffa Tara.

— C'est fini d'avoir peur, maintenant. Après ce tirage, ce que tu dois faire est très clair.

— Je dois rencontrer Jack. Il faut que je découvre son identité, conclut Tara avec certitude.

— Et n'oublie jamais ce que je t'ai appris, rappela Shannon d'un air sage. Rien ne se produit sans raison.

Chapitre 30

Pendant que Tara recevait les conseils spirituels de sa mère, Colin se réveillait avec la pire gueule de bois de tous les temps. Il avait l'impression d'avoir cent tambours dans la tête, et une tonne de sable dans la bouche. Il se leva du canapé et alla aussitôt boire autant d'eau qu'il put au robinet de la cuisine. Son état s'améliora légèrement, mais il était encore en proie à La Terreur.

Il s'était noyé dans l'alcool après le départ fracassant de Tara, et les événements de la nuit étaient soudain en train de lui revenir. Il se souvint de ce qu'avait dit Tara… Il ignorait si elle était rentrée après être partie comme ça.

— Tara ? appela-t-il dans la maison déserte.

Pas de réponse.

Si elle n'était pas rentrée, c'est que la situation était grave. Il se rappela ses dernières paroles : elle avait dit qu'elle allait elle aussi avoir une liaison. Il s'agissait sans doute d'une menace en l'air pour essayer de le blesser ? Pourtant, où était-elle ?

Colin prit son téléphone pour l'appeler. La sonnerie retentit une fois puis il tomba sur la messagerie, comme si elle avait rejeté l'appel.

« Bonjour, vous êtes sur la messagerie de Tara. Laissez-moi un message, et je vous rappellerai. »

— Tara, c'est Colin. Où es-tu ? S'il te plaît, rentre à la maison pour qu'on puisse discuter, demanda-t-il avant de raccrocher.

En rentrant dans le salon, il remarqua les plaques émaillées par terre, et se souvint que Tara les lui avait lancées à la figure. Il savait que le moins qu'il pouvait faire était de décrocher les autres, et de dire adieu à son antre de mâle. Déjà, parce que Tara avait commencé le travail, et aussi parce qu'il n'avait pas envie qu'elle recommence à les lui balancer. Surtout avec un tel mal de crâne. Il les rassembla et forma une pile.

En apportant ses plaques à la remise, Colin vit sa moto couchée par terre, et se rappela que Tara avait tenté de la démolir. Bien qu'elle lui ait assené quelques coups puissants, il savait qu'elle avait survécu. Il n'était pas sûr, hélas, qu'il en aille de même pour son couple. Sa femme avait disparu sans lui dire où elle se trouvait, et il n'avait pas la moindre certitude qu'elle allait revenir. Elle finirait bien par rentrer à la maison, bien sûr, mais il se demandait si elle reviendrait également vers lui.

Bien qu'il n'ait pas couché avec Claire, il savait que rien ne plaidait en sa faveur. Tara l'avait vu se rendre dans une chambre d'hôtel après lui avoir menti en prétextant un excès de travail. Si un jury avait dû évaluer la situation, Colin n'aurait guère eu d'espoir. Il n'était certes pas coupable en réalité, mais ça ne le rendait pas innocent pour autant. Bien qu'il ne croie pas à une puissance supérieure, Colin avait l'impression d'être frappé par une punition divine. Il n'avait pas commis d'adultère, mais il avait convoité la femme de son voisin. Le fait que deux des dix commandements concernent l'adultère signifiait qu'il n'échapperait pas au jugement.

Il était submergé de remords. Crush lui semblait soudain totalement glauque. Le fait qu'il ait mis son mariage en danger pour une femme qui l'avait planté deux fois lui coupait le souffle de rage, de mépris de soi. Pourtant, il n'arrivait toujours pas à chasser Claire de son esprit. Son chant de sirène résonnait toujours à ses oreilles bien qu'elle ait déjà coulé son navire. Il aurait voulu cogner un mur de pierre pour se briser tous les os de la main. La main qui avait téléchargé Crush. Cette main oisive, mère de tous les vices.

Colin posa sa pile de publicités sur la selle de la moto, et fit rouler ce qui restait de sa virilité jusque dans l'appentis dont elle était sortie. Il s'appuya contre le mur du fond et s'assit par terre, près de vieilles boîtes de rangement. Il se demandait s'il existait une chance que Tara lui pardonne. Il l'avait blessée, et elle avait tendance à être rancunière. « Je te pardonne, mais je n'oublie pas », disait-elle souvent.

Il songea à tout lui raconter quand elle rentrerait à la maison. L'inscription sur Crush, la compatibilité avec Claire, la tentative de rendez-vous pour un verre et la réservation de la chambre juste au cas où elle voudrait coucher avec lui. Mais lorsqu'il se repassait les événements dans l'ordre chronologique, il avait l'air d'un monstre. Soudain, ses actions paraissaient tellement préméditées ! S'il s'était engagé dans une liaison dans un moment d'égarement, on pourrait encore le comprendre, mais Colin avait passé bien des intersections qui s'écartaient de la route du désastre.

Et il avait choisi de ne pas les emprunter.

À sa gauche, il vit une boîte de rangement étiquetée « Tara, Université ». Il la tira vers lui et souleva le couvercle. Le premier objet qu'il aperçut était la vieille balle Magic 8 de Tara. Il s'était souvent moqué de la foi qu'elle accordait aux prédictions de cet oracle en plastique. Il s'en saisit, sourire aux lèvres, et réfléchit à la question qu'il allait poser.

— Tara est-elle l'amour de ma vie ? demanda-t-il en secouant la balle.

OUI, ABSOLUMENT, répondit la balle.

— OK…, dit Colin en se replongeant dans ses réflexions. Mes sentiments pour Claire sont-ils vrais ?

OUI

— Est-ce qu'on est censés rester ensemble, Tara et moi ?

SANS L'OMBRE D'UN DOUTE

— Claire et moi, on est censés se mettre ensemble ?

C'EST CERTAIN

— Est-ce que mon couple avec Tara durera toujours ?

VOUS POUVEZ Y COMPTER

— Est-ce que je dois avoir une liaison avec Claire ?

TOUS LES SIGNES DISENT QUE OUI

— Ce truc ne sait pas ce qu'il raconte, s'agaça Colin.

Il lança la balle Magic 8 à travers l'abri de jardin.

Il se remit à fouiller dans la caisse et trouva tout un tas de souvenirs que Tara avait gardés de ses années d'études. Des cahiers de cours, son uniforme de travail du *O'Malley's*, la boîte semblait être un coffre au trésor sans fond. Elle avait conservé leurs abonnements de train, tous les billets des concerts où ils étaient allés ensemble, de vieilles photos d'eux, et le sweat de l'UCD qu'elle lui piquait toujours. Il prit le vêtement qu'il n'avait presque jamais porté lui-même. Il l'enfila par-dessus sa tenue et découvrit qu'il lui allait encore. Il inspira le parfum de Tara qui l'imprégnait toujours, et fut assailli de souvenirs. Il avait tant aimé la voir dans ce sweat…

Il trouva même la dissertation de Tara intitulée « Girls Just Wanna Have Fundamental Rights : nouvelle Théorie du Féminisme intersectionnel ». La note de 49/100 était indiquée à l'encre rouge, ce résultat qui déchirait Tara encore aujourd'hui. Il prit une photo d'eux lors de leur été à New York, avec un visa de stage. On apercevait l'Empire State Building derrière eux alors que Tara l'embrassait sur la joue.

Ils avaient l'air tellement heureux !

Colin prit conscience que la boîte dans laquelle il fouillait était en réalité un temple de leur couple. Une capsule temporelle dont il ignorait même l'existence. Il n'avait jamais été du genre sentimental, mais les articles dans la boîte faisaient vibrer une corde sensible, et lui donnèrent une inspiration. Il se leva, et regarda autour de lui dans le petit appentis.

Peut-être était-il encore temps de quitter la route du désastre et de prendre celle de la rédemption.

Il savait ce qu'il avait à faire, même si ce serait difficile. Il semblait bien que Tara soit partie pour tout le week-end, et lorsqu'elle rentrerait à la maison, il savait qu'il ne pourrait pas lui dire à quel point il était désolé. Il faudrait qu'il le lui montre.

Chapitre 31

Après un week-end revigorant en compagnie de sa mère, Tara estima qu'il était temps de rentrer à la maison. Elle se fit la promesse de venir en visite à Galway au moins une fois par mois à l'avenir. La longue route n'était qu'un faible prix à payer pour le fortifiant que représentait l'amour d'une mère. Elle était arrivée au bord de la dépression, et repartait regonflée d'espoir. On était dimanche soir, elle avait un déjeuner de travail avec Dick Mulligan dans moins de vingt-quatre heures. Bien qu'elle traverse les affres de l'infidélité, elle était toujours déterminée à décrocher la clientèle de Dick, ne serait-ce que pour prouver aux Gars qu'elle en était capable.

Avant de prendre l'autoroute vers Dublin, toutefois, Tara avait un petit arrêt à faire. Elle entra dans le centre de Galway et se dirigea vers le *O'Malley's Pub*. En flânant dans Shop Street, Tara sentait l'énergie électrisante de la ville tout autour d'elle. Elle s'était toujours sentie chez elle ici, avec l'impression de pouvoir se détendre, se contenter d'exister. Elle vit les inévitables touristes se balader, prenant des photos des bars colorés et des statues de bronze. Galway dégageait une magie particulière… Comme une carte postale vivante, avec un souffle propre.

Elle arriva enfin au *O'Malley's* et constata que le pub n'avait pas changé d'un iota. Pas même un coup de peinture verte sur son extérieur rustique. Tara ouvrit la porte et découvrit avec exaltation que l'intérieur était également toujours semblable. C'était l'un des plus petits pubs de Galway, et c'est ce qui lui donnait cette atmosphère riche, chaleureuse. Il n'avait jamais l'air vide. Même en ce dimanche soir, l'endroit vibrait d'une énergie positive. Tara n'avait pas franchi le seuil depuis cinq secondes que le propriétaire, Tom, s'aperçut de sa présence.

— TARA FITZSIMONS ! cria-t-il de derrière le bar.

— TOM O'MALLEY ! répondit-elle sur le même ton en se dirigeant vers lui. Tu ne devrais pas travailler, à ton âge !

— La seule personne qui peut faire tourner le *O'Malley's*, c'est O'Malley, répondit Tom en riant.

Il avait pas mal vieilli depuis la dernière fois que Tara l'avait vu, mais il avait quand même raison. Les lieux ne seraient pas les mêmes sans lui.

— Mais tu dois avoir plus de soixante-dix ans maintenant, Tom ?

— C'est gentil, Tara, mais en fait j'ai eu quatre-vingts ans il y a quelques semaines, avoua Tom, flatté.

— Mon Dieu, Tom, et tu te tues toujours à la tâche ?

— Oh, tu sais ce qu'on dit : la première cause de décès chez les personnes âgées, c'est la retraite. Quand tu as un travail, tu es bien obligé de rester en vie pour l'accomplir, s'esclaffa-t-il. Qu'est-ce qui t'amène à Galway ?

— Oh, c'est une longue histoire. Une grosse dispute avec mon mari. J'avais juste besoin de prendre un peu de recul, expliqua Tara en s'asseyant au bar.

— Il faut combattre le mal par le mal, c'est ce que je dis toujours. Si ton couple prend l'eau, bois du whisky, professa Tom en sortant une bouteille de Jameson.

— J'aimerais bien, mais j'ai trois heures de route qui m'attendent. Je vais juste prendre un 7 Up, s'il te plaît.

— Tout de suite, répondit Tom en ouvrant une bouteille de limonade pour la lui servir. Tu sais que les habitués répètent toujours que tu tirais la Guinness comme personne à l'époque.

— Je suis contente de savoir que je suis passée à la postérité. J'adorais travailler ici, Tom. Qu'est-ce qu'on a pu rigoler… Et je suis ravie que tu n'aies rien changé au décor.

— Y a des gens qui m'ont demandé d'enlever les vieilles pubs, mais je refuse. Ma préférée, c'est celle-ci.

Il montra une plaque au-dessus du bar, qui annonçait : « Guinness is good for you ».

— Mon mari a la même dans le salon.

Tara regarda autour d'elle et s'aperçut que la totalité des plaques émaillées de Colin avaient leurs jumelles ici.

— Seigneur, quelle drôle de coïncidence ! Colin a toutes ces pubs, en fait.

— Alors, c'est qu'il a l'œil. Elles sont toutes très rares. Pas faciles à dénicher. Je vais changer le fût, petite, je reviens dans une minute, dit Tom en disparaissant dans l'arrière-salle.

Assise seule au bar, Tara se mit à songer à sa rencontre avec Colin, ici même.

11 novembre. Elle ne l'avait même pas vu entrer dans le pub : elle était occupée à recharger les étagères. Puis elle avait entendu une voix dans son dos, commandant une Guinness. Elle s'était retournée, et il était là. C'était la première fois que Tara faisait l'expérience de la synchronicité. Mais elle n'avait éprouvé aucune perplexité, elle savait exactement ce qui se passait. Elle savait en cet instant précis qu'il était Le Bon.

Il était tellement arrogant à l'époque, à se plaindre de la Guinness, sachant très bien que ça déclencherait une diatribe de sa part.

— Tu finis ton service à quelle heure ? avait demandé Colin.

— Ça te regarde ?

— Je me demandais juste si tu aurais encore de l'énergie pour un autre service après celui-là…

Elle l'avait traité d'hypocrite et lui avait dit de ne l'attendre en aucun cas.

Mais bien entendu, à peine était-elle sortie du *O'Malley's* ce soir-là qu'il était là, assis à l'attendre sur la fameuse moto, une cigarette aux lèvres.

— Tu m'as attendue, constata-t-elle avec stupeur.

— Bien sûr ! Tu m'avais dit de ne pas le faire ! répliqua Colin en mettant le moteur en marche. Monte.

— Monter sur ta putain de moto ? Jamais de la vie !

— Ben, t'as le choix entre monter tout de suite, et passer le reste de ta vie à te demander ce qui se serait passé si tu l'avais fait…

— De tous les pubs de toutes les villes de toute l'Irlande, il fallait que tu entres dans le mien, avait-elle constaté en grimpant à l'arrière.

Assise au *O'Malley's* à présent, Tara se demandait : si elle pouvait tout recommencer, monterait-elle de nouveau sur cette moto ? À quoi sa vie aurait-elle ressemblé si elle ne l'avait pas fait ? Si elle n'était pas montée, elle n'aurait pas connu les plus belles années de son existence. Mais elle se sentait aussi blessée d'avoir donné les meilleures années de sa vie à un homme qui avait à un moment cessé de l'aimer. Était-ce mieux d'avoir aimé et perdu, ou de n'avoir jamais aimé ? Valait-il mieux connaître la douleur que de ne rien ressentir du tout ?

Une part d'elle-même se sentait terriblement jalouse. Colin avait trouvé une nouvelle fleur dont il était le jardinier. Avait-elle les racines plus jeunes ? Les pétales plus beaux ? Pouvait-elle, contrairement à Tara, porter un fruit ? Elle aurait désespérément voulu savoir ce que cette femme avait de plus qu'elle. Mais elle savait aussi qu'elle n'avait aucun droit de juger Colin. Elle comprenait exactement ce qui poussait une personne à être infidèle.

C'était le désir de se sentir vivant.

Colin avait raison. Si elle n'était pas montée à l'arrière de la moto, elle aurait passé le reste de sa vie à se demander ce qu'elle avait raté. Mais à présent, elle avait peur de se poser la même question à propos de Jack. Bien qu'elle doive aimer Colin pour toujours, c'était sur la moto de Jack qu'elle avait envie de monter. Exactement comme autrefois, sa part rationnelle lui disait de ne rien entreprendre de si imprudent, mais quelque chose, au plus profond d'elle-même, l'incitait à risquer le tout pour le tout. C'était comme une aventure, un nouveau départ, l'odeur enivrante d'un livre neuf.

Mais elle était tourmentée par tant de questions sans réponses… Où était parti Jack ? Lui répondrait-il un jour ? Sa lumière verte se rallumerait-elle jamais ? Elle avait tenté plusieurs fois de supprimer Crush, sans parvenir à s'y résoudre. Jack et elle avaient trop de choses en suspens. Il n'avait pas supprimé son profil : l'espoir était toujours permis. Mais c'était précisément l'espoir qui la torturait. S'il lui annonçait que leur histoire en ligne était terminée, elle l'accepterait, tournerait la page. C'était le silence qui la tuait. Elle commença à taper un message de plus qu'elle enverrait dans le néant.

Claire : Jack, je t'en prie, parle-moi…

Tu ne peux pas savoir à quel point j'ai besoin de toi en ce moment ❤

Tara remit son téléphone dans son sac alors que Tom revenait, après avoir changé le fût.

— Alors, à ce qu'on m'a raconté, tu courtises ma mère ? taquina-t-elle. On dirait que tu es devenu un sacré coureur de jupons, avec l'âge.

— Ah, c'est pour ça que tu es là ! rétorqua Tom en riant. Pour me remettre les idées en place.

— Ne t'inquiète pas, Tom, tu as ma bénédiction. Je ne l'avais pas vue en si bonne forme depuis mon père, dit Tara en levant son verre vers lui.

— Ah, tu me fais plaisir, Tara. Ça fait chaud au cœur de savoir que je la rends heureuse.

— Tu es doué, en tout cas. À la voir, on croirait qu'elle est plus jeune que moi !

— Vois-tu, j'ai toujours pensé que toutes les fleurs méritent s'épanouir.

C'était ça. Le slogan pour Crush que Tara cherchait en vain.

Toutes les fleurs méritent de s'épanouir.

C'était exactement l'idée qu'elle voulait faire passer, sans avoir jamais trouvé les mots.

— Tom, tu es un génie ! Je dois rentrer. Tu viens de me donner l'inspiration, s'écria-t-elle en sifflant son 7 Up d'un trait.

— Oh, petite, tu viens juste d'arriver !

— Je reviens bientôt, Tom, promis. Il faut qu'on aille dîner, maman, toi et moi.

— Bonne idée, petite.

— Et sois sage pendant que je ne suis pas là, monsieur le coureur de jupons. Je ne veux plus entendre que tu t'es foulé l'aine ! lança Tara en s'éloignant vers la porte.

— Je ne promets rien !

Après ses trois heures de route, Tara arriva enfin chez elle à Hillcrest peu après 23 heures. Épuisée par le voyage, elle n'était pas d'humeur à affronter un nouveau conflit avec Colin. Par chance, lorsqu'elle jeta un coup d'œil dans le salon, elle constata qu'il était en train de cuver sur le canapé. Elle ne put s'empêcher de remarquer qu'il était couvert de taches de peinture, et qu'il avait les mains calleuses, abîmées. On aurait dit qu'il avait bricolé sans relâche, mais elle avait beau scruter autour d'elle, rien ne semblait avoir changé. Elle vit tout de même que les plaques émaillées n'étaient plus là, et que l'antre de mâle était redevenu son salon. Sa barbe avait un peu poussé pendant ses deux jours d'absence, et à sa grande contrariété, Tara devait admettre que ça lui allait plutôt bien. Elle ferma doucement la porte et monta à l'étage sur la pointe des pieds.

Elle devait encore mettre à jour la présentation pour Dick Mulligan avec le nouveau slogan, mais elle était complètement lessivée. Elle arrivait à peine à garder les yeux ouverts. Elle décida de se réveiller tôt le lendemain matin, et de faire les changements à tête reposée. Elle se coucha et pria en silence pour que son lundi se déroule conformément à ses attentes.

Chapitre 32

Tara se réveilla bon pied, bon œil à l'aube de ce qu'elle espérait être un tournant de sa carrière. Tout devait se passer à la perfection, car elle jouait gros sur cette présentation. Le moindre accroc, et tout serait perdu. Si tout allait bien, Dick Mulligan serait l'un des clients les plus prometteurs qu'Insight ait jamais décrochés. Même s'il était l'ennemi public numéro un, il n'en était pas moins un beau gibier, et Tara comptait bien l'inscrire à son tableau de chasse. Elle devait prouver aux Gars, et aux directeurs, qu'elle était toujours au top.

Elle descendit dans la cuisine, sortit sa tablette de son sac à main et mit la cafetière en route. Regardant par la fenêtre, elle fut frappée par la beauté du ciel matinal teinté de rose. Elle ne put s'empêcher de remarquer les outils qui traînaient à côté de l'appentis. Colin avait dû tenter de réparer les dégâts qu'elle avait faits sur la moto.

Pendant que son café coulait, elle passa la tête dans le salon et vit que Colin dormait toujours comme une bûche. Parfait. Elle ne pouvait affronter une dispute maintenant. Elle se servit son café et passa les trente minutes suivantes à peaufiner sa présentation. Elle revit chaque diapo et ajouta le slogan « Chaque fleur mérite de s'épanouir » en petit sous le logo. C'était la cerise sur le gâteau de cette campagne. Et tout ça grâce à Tom O'Malley ; qui l'eût cru ?

Une fois la présentation terminée, toutefois, Tara s'aperçut que la tablette n'avait plus beaucoup de batterie, alors qu'elle en avait besoin pour faire son topo. Elle sauvegarda le dossier et la brancha, posée sur le comptoir de la cuisine. Il n'était que 7 h 30, et elle avait donc tout le temps de se recharger.

À présent, c'était sa propre batterie que Tara devait remplir à cent pour cent.

Elle savait qu'elle devait raviver le moindre gramme de confiance qu'elle avait encore en elle. Elle ne pouvait pas laisser l'infidélité de Colin affecter cette énorme opportunité professionnelle. Elle avait ébloui Dick lors de la première réunion, et la barre était donc placée très haut. Cette fois, elle devait se surpasser.

Tara se doucha, mit son plus beau maquillage, et se vêtit d'une ensorcelante robe rouge, assortie d'une paire d'escarpins noirs avec des talons de dix centimètres qui lui donnaient la confiance dont elle avait besoin. Certes, la robe était un peu courte, et Tara se demanda si c'était une tenue appropriée pour aller au travail. Mais en se regardant dans le miroir, elle s'aperçut qu'elle était belle. Superbe, même. Après tout, Dick Mulligan était le créateur d'une application d'adultère. Il fallait qu'il sache qu'elle avait du sex-appeal, pour pouvoir lui vendre sa stratégie marketing. Toute sa présentation reposait sur l'idée que les femmes débloquent leurs désirs pour reconquérir leur vitalité, donc elle se devait de porter une robe qui irradiait d'une aura érotique. C'était le moment où jamais d'épouser le féminin sacré.

Colin l'avait trompée, et Jack la ghostait, mais elle n'allait pas laisser un homme lui dicter son état d'esprit un jour si important. Elle se redressa de toute sa hauteur, rejeta les épaules en arrière, et descendit l'escalier d'un pas assuré. Lorsqu'elle retourna dans la cuisine, pourtant, elle fut frappée par la vision de Colin en train de préparer un bol de céréales. Il versait le lait en premier : il fallait qu'il soit fou !

— Tara ! s'écria-t-il, surpris. Je ne savais pas que tu étais là.

— Et pourtant si, répondit-elle sans émotion.

— Je ne t'ai pas entendue rentrer la nuit dernière. J'ai quelque chose à te montrer, dit Colin en se levant.

— Colin, je suis pressée ce matin, fit-elle en attrapant son sac à main.

— Je t'assure que tu seras contente de voir ça. Viens, c'est dans l'abri de jardin !

Il paraissait excité comme un enfant.

— Colin, je me fous que tu aies rangé l'abri de jardin, depuis des mois que je te le demande. J'ai des choses plus importantes à penser aujourd'hui.

Colin eut l'air consterné.

— Qu'est-ce qui est plus important que notre mariage ?

— Avoir une liaison, apparemment !

— Eh bien, la dernière chose que tu m'aies dite, c'est que tu allais avoir une liaison, toi aussi. C'est là que tu étais tout le week-end ?

— Tu voudrais bien le savoir, hein ? siffla Tara dans l'espoir de le blesser.

Colin l'examina des pieds à la tête.

— Tu es drôlement pomponnée, pour quelqu'un qui part au travail… Tu as plutôt l'air d'aller à un rencard.

Tara en profita pour retourner le couteau dans la plaie.

— Peut-être bien…

— Tu dis ça juste pour me faire du mal ! rétorqua Colin, qui refusait de la croire.

Il avait raison, mais Tara ne voulait pas qu'il le sache.

— Tu peux bien penser ce que tu veux. Dans un cas comme dans l'autre, la conversation est terminée.

Elle mit son sac sur son épaule et sortit de la cuisine, la tête haute. Elle n'allait pas laisser Colin gâcher cette journée.

Colin entendit la porte d'entrée, et sut que Tara était partie. Elle bluffait sûrement. Il était impossible qu'elle ait une liaison. D'un autre côté, il avait aussi cru qu'elle bluffait quand elle l'avait pris la main dans le sac sur son propre adultère, et il s'était bien trompé. Et elle était vraiment très glamour pour un simple lundi au bureau. À qui cherchait-elle à plaire ? Il se rassit pour finir ses céréales.

Soudain il entendit une notification qui ne provenait pas de son téléphone. Tournant la tête, il découvrit la tablette de Tara qui vibrait, l'écran éclairé, sur le comptoir de la cuisine. Il s'approcha pour l'éteindre. La notification qu'il aperçut lui causa un choc.

AUJOURD'HUI À 12 H 00 : PROJET DICK.

AL FRESCO, DUBLIN

Colin était abasourdi. Il n'y avait pas mille explications possibles. Tara ne bluffait pas. Elle avait effectivement une liaison. Tout prenait sens à présent. Son absence tout le week-end. Son retour discret en pleine nuit. Sa tenue aguicheuse pour aller au travail. Et maintenant, « PROJET DICK » dans son calendrier. Autrefois, elle indiquait SEXE pour ne pas oublier d'avoir des rapports avec Colin en période d'ovulation. Mais programmer un adultère ! C'était obscène.

Pour qui se prenait-elle ? Était-elle si assoiffée de vengeance qu'elle s'abaissait à coucher avec quelqu'un d'autre juste pour le narguer ? Ou pire, éprouvait-elle des sentiments pour cet homme ? Avait-elle l'intention de quitter Colin ?

Cette hypothèse lui coupa le souffle. Il avait déjà entendu Rory employer l'expression « projet dick », et savait qu'elle s'appliquait à une partie de jambes en l'air sans conséquence, rien de sérieux. Colin ne savait comment réagir, mais il comptait sur Rory pour élaborer une stratégie.

Lorsque Tara entra dans le bureau d'un pas conquérant, Emily l'attendait.

— Mon Dieu, s'écria-t-elle, impressionnée de la voir si belle. Les hommes vont te jeter des billets !

— C'est trop, tu crois ? demanda Tara en regardant sa robe.

— Bien sûr que non. Franchement, tu vends une campagne pour une appli de rencontres adultérines. Il faut avoir le look qui va avec. Tu es devenue l'exact opposé de Mary.

— C'est précisément ce que je pensais, dit Tara, rassurée, en s'installant à son bureau. « Chaque fleur mérite de s'épanouir »… qu'en penses-tu ?

— C'est sexy et poétique, approuva Emily.

— J'ai fait les modifications ce matin. Ça ne t'embêterait pas de relire ma présentation ?

— Franchement, Tara, avec cette tenue, je ne pense pas que Dick remarque des coquilles dans tes diapos…

— Arrête tes bêtises, ce qui intéresse Dick, ce sont mes idées. Pas ma personne.

— Ah oui, tu ne trouves pas bizarre qu'il ait insisté pour que tu lui montres ton travail au restaurant plutôt que dans nos locaux comme pour la réunion avec les Gars ?

— C'est un peu… inhabituel, je l'admets. Mais d'un côté, c'est mieux. Plus décontracté, moins de pression. Tu veux présenter le projet avec moi ?

— Moi, présenter un projet ? Avec mes problèmes d'anxiété ? Je préfère encore prendre un bain avec grille-pain.

— D'accord, mais tu veux bien relire mon diaporama, s'il te plaît ? Je sais que c'est rare que je te demande de faire ton travail…, insista Tara pour jouer de sa culpabilité.

— Très bien, passe-moi ta tablette, gémit Emily.

— Merci…

Tara attrapa son sac et fouilla pendant cinq secondes avant de tilter et de devenir pâle comme un linge. Elle avait laissé sa tablette dans la cuisine, en train de se recharger.

— Oh, Seigneur ! J'AI OUBLIÉ MA TABLETTE ! Je ne peux pas faire ma présentation sans mes diapos ! se désola-t-elle en faisant les cent pas dans la pièce, en pleine crise d'hyperventilation.

— Détends-toi. À quand remonte ta dernière sauvegarde ?

— À ce matin. Quand j'ai fait les dernières modifications, haleta Tara, incapable de respirer.

— Dans ce cas, c'est sûrement enregistré dans le cloud.

— Quel cloud ? J'ai un cloud ?

— Toi et la technologie, rit Emily. Attends, je vais chercher ma tablette.

Elle s'éloigna vers son bureau et revint aussitôt après, l'appareil à la main.

— Alors, voyons voir, ton e-mail c'est tara@insight.com, et je devine que ton mot de passe doit être AbbaGold et… oh, regarde-moi ça, je suis connectée.

— Mes diapos sont dedans ? demanda Tara, frénétique.

— Oui. Crush Pitch. Dernière modification ce matin. Tiens, tu n'as qu'à prendre ma tablette pour le rendez-vous.

— Oh, Emily, tu es une sainte !

Tara était plus que soulagée.

— Ne dis pas de gros mots, plaisanta la stagiaire.

— Je retire ce que j'ai dit. Seigneur, je suis tellement soulagée, avoua Tara en reprenant enfin son souffle. J'ai vraiment besoin que tout se passe sans accroc aujourd'hui.

— Ne t'en fais pas. J'ai lu l'horoscope des gémeaux pour toi ce matin, et ça dit qu'il va t'arriver quelque chose d'important.

Lorsque Colin poussa la porte de son bureau, il trouva Rory étalé sur son canapé. On était lundi, et le jeune homme subissait son habituelle gueule de bois.

— Tara me trompe, annonça-t-il en entrant comme une furie.

Rory se redressa immédiatement.

— BON DIEU ! Tu es sûr ?

— Euh… non. Mais il n'y a aucune autre explication.

— Commence par le commencement, demanda Rory, impatient de comprendre.

— OK, alors déjà, Tara a découvert que j'allais à l'hôtel pour rencontrer Claire. Alors elle m'a mis devant les faits et ensuite elle a disparu tout le week-end. Et ce matin quand je me suis réveillé, elle était rentrée et s'était mise sur son trente-et-un, avec une minirobe qu'elle n'avait jamais portée de toute sa vie. Et quand elle est partie, j'ai vu une notification sur sa tablette : elle a un projet dick.

Dis-moi que je perds les pédales, Rory ! Dis-moi qu'on peut interpréter ça autrement ! supplia Colin, essoufflé d'avoir parlé si vite.

Rory se tut un moment pour digérer l'information.

— Colin, je sais absolument tout sur la gent féminine. Et il n'y a aucune autre façon d'interpréter ces informations. Tara te trompe, décréta-t-il sans l'ombre d'une hésitation.

— Oh, mon Dieu, gémit Colin en s'effondrant sur son canapé. Qu'est-ce que je vais faire, bordel ?

— Tu rigoles, ou quoi ? Tu dois te battre pour elle ! Qu'est-ce qu'il y avait d'autre, dans la notification ?

— Ça disait « AUJOURD'HUI À 12 H 00 : PROJET DICK. AL FRESCO, DUBLIN »

— *Al Fresco*, je connais. C'est une petite terrasse dans Dalkey. Il faut qu'on y soit à midi pour la prendre la main dans le sac, s'enflamma Rory.

— Tu as raison ! Faut qu'on sache qui elle rencontre. J'ai besoin de savoir ! Elle doit me prendre pour un crétin. Elle batifole dans toute la ville pour me faire porter les cornes publiquement, et elle s'imagine que je ne vais pas m'en rendre compte ?!

— Elle veut te transformer en lavette. Elle croit qu'elle peut tout se permettre parce qu'elle te considère comme gentil, insista Rory dans l'espoir de transmettre sa colère à Colin.

— Alors, elle va tomber de sa chaise ! Je ne suis pas le genre d'homme qui ne dit rien lorsque sa femme a un projet dick ! renchérit Colin, au diapason.

— Je t'accompagne. Si le gars essaie de commencer un truc, je serai ton renfort, annonça Rory en bombant le torse.

— Je vais montrer à ce type qu'il n'a pas choisi de coucher avec l'épouse du bon gars !

Colin était prêt pour la bataille.

Chapitre 33

Colin et Rory se garèrent en face du *Al Fresco* vers 11 h 50. Depuis la voiture de Rory, ils avaient une vue dégagée, mais il n'y avait pas trace de Tara dans le restaurant.

— Tu es sûr qu'on est au bon endroit ? demanda Colin en scrutant les lieux.

— Il n'y a qu'un seul *Al Fresco* à Dublin. Détends-toi, on est en avance…

Rory coupa le moteur de sa Range Rover.

— Je n'arrive pas à croire que mon couple soit tombé si bas. Ma femme me trompe en plein jour !

— Tu vois bien qu'elle essaie de se venger. Tu me disais qu'elle t'a vue avec Claire ?

— Non, pas avec Claire, Dieu merci. Mais elle m'a vu entrer dans la chambre d'hôtel. La chambre d'hôtel que *tu* m'as dit de réserver ! rappela Colin, teigneux.

— Oh, arrête, tu aurais voulu que je devine que Tara allait s'en rendre compte ? Il faut être taré pour suivre son conjoint parce qu'on le soupçonne d'être infidèle !

— C'est ce qu'on est en train de faire, non ?

— Pas du tout, ça n'a rien à voir. Tu es juste en train de réaffirmer ta virilité. De te battre pour ta femme !

— Ouais. J'essaie de l'empêcher de commettre une erreur qu'elle regretterait toute sa vie. Je n'ai même pas rencontré Claire, et encore moins couché avec elle, alors techniquement je ne l'ai pas trompée. Mais si Tara va jusqu'au bout, notre couple risque de ne pas s'en remettre. Et je veux bien être pendu si…

C'est à cet instant que la Nissan Micra bleue de Tara passa devant la vitre de la portière de Rory.

— C'EST LA VOITURE DE TARA ! cria Colin en se baissant.

Rory se baissa en même temps pour ne pas être vu. Ils regardèrent tous deux discrètement par-dessus le tableau de bord. Par chance, elle ne les avait pas remarqués. Elle mit le clignotant à droite et manœuvra pour se garer du même côté de la rue, juste une voiture plus loin. Elle avança un peu et tenta d'entrer en marche arrière dans la place.

— Oh, Seigneur, on en a pour la journée. Tara est incapable de faire un créneau, soupira Colin.

— Elle a quelqu'un avec elle ? demanda Rory.

Il lui semblait apercevoir une silhouette sur le siège passager.

— Je ne vois pas, répondit Colin, les yeux plissés.

Après quelques manœuvres plus que maladroites, Tara finit par glisser sa voiture dans l'emplacement. Elle dépassait toutefois la ligne blanche. Elle sortit de son véhicule et traversa la rue déserte en direction du *Al Fresco*.

— Regarde-la, toute bichonnée pour aller voir son mystérieux bonhomme. Ça me dégoûte, siffla Colin.

Ils avaient une vue parfaite sur l'ensemble du restaurant. Tara s'annonça auprès de la serveuse qui l'installa à une table, seule.

— Humm, pas de mystérieux bonhomme, pour le moment, commenta Rory.

— Je vais l'appeler.

Colin sortit son téléphone.

— Quoi ? On va perdre l'élément de surprise !

— Je ne vais pas lui dire qu'on est là. Juste lui demander où elle est. Elle a peut-être une très bonne raison de se trouver ici.

Il appuya sur son nom dans ses contacts et attendit qu'elle décroche. De loin, il la vit fouiller dans son sac et en sortir son téléphone. Elle regarda l'écran, fit une grimace en constatant la provenance de l'appel, et porta l'appareil à son oreille.

— Je suis au travail, Colin, ne me rappelle pas.

Elle raccrocha sans lui laisser le temps de dire un mot. Il était en état de choc.

— Qu'est-ce qu'elle a dit ? s'enquit Rory, curieux.

— Qu'elle était au travail. Et après, elle a raccroché. Voilà, on sait qu'elle ment. On le voit de nos propres yeux. Elle n'est clairement pas en train de travailler. Et c'est justement le prétexte que je lui ai donné quand, en réalité, j'allais à l'hôtel pour voir Claire ! commenta Colin, furieux.

— Tu as vu sa tête quand elle a compris que c'était toi qui l'appelais ? Elle veut se venger. Il n'y a pas pire furie qu'une femme délaissée…

— *Regarde !* s'écria Colin, le doigt tendu.

Un homme en costume noir s'approchait de la table de Tara, qui s'était levée pour le saluer. Il lui fit une bise sur la joue, la main posée un peu trop bas dans son dos au goût de Colin.

— C'est qui, ce pervers ? marmonna-t-il, les yeux plissés.

— Je n'arrive pas à distinguer. Prends ton téléphone et zoome avec la caméra.

De toute évidence, ce n'était pas la première filature de Rory.

Colin ouvrit l'appareil photo de son téléphone pour voir de plus près. L'image était loin d'être nette, mais c'était toujours mieux qu'à l'œil nu.

— C'est qui ? demanda Colin.

— Je ne sais pas trop, mais il porte un costume cher. Qui que ce soit, il est de la haute, déduit Rory.

Le sourire de Tara ne ressemblait à aucun sourire que Colin ait vu depuis des mois. Apparemment, le type avait sorti une blague, et Tara riait un peu trop fort pour être sincère.

— Elle fait ce rire séducteur qu'elles font toutes, commenta Rory.

Colin était furieux.

— Il faut que je sache qui c'est !

Rory scrutait l'image sur le téléphone.

— Humm… il a l'air riche. Un peu plus âgé qu'il ne le laisse paraître. La mâchoire forte, mais le menton fuyant. Il nous faudrait des jumelles pour analyser son implantation de cheveux. Ce pauvre homme a un début de calvitie.

— Mais qu'est-ce qu'elle fait avec lui, dans ce cas ? Ce serait plus logique s'il était plus beau que moi ! s'écria Colin, perplexe.

— Je crois qu'elle t'en veut tellement qu'elle est prête à mettre la barre au minimum.

— Je vais aller voir de plus près, déclara Colin en posant son téléphone sur le tableau de bord.

— OK, c'est parti, répondit Rory, la main sur la poignée de la portière.

— Non, reste ici. Garde la situation à l'œil.

Il ouvrit sa portière.

— Pfff, d'accord… Mais si tu as besoin de renfort, fais signe ! supplia Rory, avide d'action.

Colin quitta la voiture et traversa la rue en diagonale vers le restaurant, hors de vue de Tara.

Rory surveillait la scène depuis quelques secondes lorsqu'il vit la portière passager de Tara s'ouvrir brusquement et une jolie jeune femme en sortir. Il fut aussitôt subjugué.

— Je savais bien qu'il avait quelqu'un ! se chuchota-t-il à lui-même.

— Qu'est-ce qui se passe ici ? demanda Emily en ouvrant la portière passager.

— Qu'est-ce qui vous prend ? rétorqua Rory, stupéfait.

Emily s'assit sur le siège passager et referma la portière.

— Je sais que vous espionnez Tara. Je vous ai vu dans le miroir-maquillage.

— Vous voulez dire le rétroviseur ? balbutia Rory avec horreur.

— Pourquoi vous l'espionnez ?

— Cela ne regarde que Colin et Tara.

— Alors, c'est donc le mari de Tara. La situation est en train de se durcir. Et elle n'est pas la seule, commenta Emily avec un regard vers l'entrejambe de Rory qui faisait une bosse.

— Elle a tendance à s'exciter dans les moments chaotiques, expliqua Rory en essayant de cacher l'objet du délit.

— RACONTEZ ! tonna Emily.

— Vous êtes entrée dans ma voiture sans autorisation ! C'est moi qui devrais poser les questions !

— Continuez. Mon safe word, c'est « Plus fort », sourit Emily.

— OK, je vais tout vous dire. À une condition. Vous devez accepter un repas entrée-plat-dessert avec moi, avec les mets les plus raffinés, proposa Rory, séduit par son énergie sexuelle débordante.

— Il n'y a qu'un mets qui m'intéresse, objecta Emily.

— Lequel ?

— Le « Mets-la-moi bien profond ».

— Seigneur Dieu, je crois que je suis amoureux ! OK, marché conclu.

— Alors, dites-moi ce qui se passe, exigea Emily.

— Colin espionne Tara parce qu'elle le trompe. Il veut la prendre en flagrant délit. Il a vu une notification ce matin, disant qu'elle avait un projet dick aujourd'hui à midi, donc on l'a suivie pour la prendre la main dans le sac.

Emily s'aperçut qu'elle était en partie responsable du quiproquo. C'était elle qui avait inscrit les mots « PROJET DICK » dans le calendrier de Tara.

— Oh mon Dieu, je sais ce qui s'est passé ! C'est moi qui gère le calendrier de Tara. Elle n'a pas de projet dick ! Elle a un projet avec Dick !

— Je ne comprends rien !

— Dick, c'est Richard Mulligan ! Le PDG de Crush !

— Le type qui est passé à la radio ?

— Oui, et Tara s'apprête à faire la présentation la plus importante de sa carrière devant lui, expliqua Emily, complètement affolée.

— Et Colin vient d'entrer pour l'accuser de le tromper ! répondit Rory, soudain conscient de la gravité de la situation.

— EH BEN, APPELEZ-LE POUR L'EN EMPÊCHER !

Rory sortit son téléphone et se hâta d'appeler Colin.

— Ça sonne.

— Ouf…

Le téléphone de Colin se mit à sonner sur le tableau de bord de la voiture.

— Oh Seigneur, il l'a laissé ici ! cria Rory, pris de panique. Venez, il faut qu'on l'arrête avant qu'il soit trop tard !

Alors que Tara commentait ses diapositives, elle s'aperçut qu'il avait les yeux rivés sur sa poitrine et guère sur la tablette.

— Donc le thème de la fleur qui s'épanouit vient donner une unité à la campagne. Il y a tellement de femmes qui se sentent coincées dans leur vie, et Crush leur offre une vie rêvée, un chemin pour se reconnecter à leur moi érotique, expliqua Tara en essayant de garder l'attention de Dick.

— Humm, répondit-il, manifestement sans écouter un moindre de mot de ce qu'elle disait.

— L'idée de la campagne, c'est de montrer aux femmes qu'il n'y a rien de honteux à avoir des désirs. Qu'elles méritent que ces désirs soient comblés, reprit-elle en faisant défiler les diapos.

— Tara, je suis certain que le reste de la présentation est fantastique, coupa Dick en lui prenant la tablette des mains pour la poser sur la table. Mais ce que je veux découvrir, ce sont vos désirs.

— Moi ? Euh, je pense que je ne suis pas différente des autres femmes, en fait, répondit Tara, nerveuse.

— Oh si, vous êtes très différente…, souffla Dick en lui mettant la main sur le genou.

Ne sachant comment réagir, Tara rit avec gêne.

— Je ne vois pas de quoi vous parlez, bredouilla-t-elle.

— Eh bien, vous débordez de sex-appeal, je l'ai su dès que j'ai posé les yeux sur vous, susurra Dick en remonta la main jusqu'à sa cuisse.

Tara était pétrifiée par la peur. C'était comme une paralysie du sommeil, pourtant elle était bien éveillée et ce qu'elle vivait n'était pas un rêve lucide, mais bel et bien une effroyable réalité.

— Et cette robe que vous portez me rend fou…

— Euh… Richard, je…

— Je vous en prie, appelez-moi Dick, insista-t-il en glissant la main sous sa robe.

— ENLEVEZ VOS SALES PATTES DE MA FEMME ! hurla Colin.

Il chargea à travers la terrasse en direction de leur table. Tara était totalement abasourdie. L'apparition soudaine de Colin l'avait arrachée à sa sidération, mais elle ne comprenait pas d'où il avait surgi.

— Colin, que fais-tu ici ? demanda-t-elle en se levant de sa chaise.

— Ce que je fais ici ?! Et toi, tu fous quoi avec ce pervers ?

— Dis donc, mon pote ! s'emporta Dick.

— Je ne suis pas ton pote ! Tu te prends pour qui, à tripoter ma femme ?

— COLIN, TAIS-TOI ! hurla Tara.

— Oh, désolé, j'interromps ton petit rencard ? Ton petit projet dick ?

— Colin, je peux t'expliquer. Écoute, s'il te plaît…

— Oh, j'en ai fini d'écouter ! Tu crois que tu peux m'humilier comme ça, hein ? Eh bien, cette raclure s'est trompée d'adversaire ! rugit Colin avec un signe de tête vers Richard.

À cet instant, toute la terrasse contemplait avec intérêt Colin en train de se donner en spectacle. Plusieurs clients sortirent leur téléphone pour filmer la scène.

— C'est qui la raclure ? demanda Dick en se levant à son tour.

— C'est toi ! Je t'ai vu mettre la main sous la robe de ma femme !

— Porter une robe si courte, c'est un appel à être tripotée, avança Dick, pas du tout désolé.

Colin se redressa pour assener à Dick Mulligan un puissant coup de poing dans la mâchoire qui l'envoya en vol plané sur la table.

— COLIN ! hurla Tara.

La foule poussa un halètement collectif, mais chacun continua de filmer l'imbroglio qui se déroulait devant leurs téléphones sans en perdre une miette.

— Dire des choses pareilles, c'est un appel à se faire assommer, répondit Colin à son adversaire inconscient.

Rory et Emily arrivèrent sur les lieux, un instant trop tard.

— Colin, arrête, ce n'est pas ce que tu crois.

— Oh si. C'est le gars du projet dick de Tara.

— CE N'EST PAS UN PROJET DICK ! C'EST UN RENDEZ-VOUS DE PROJET AVEC DICK ! TU VIENS DE FRAPPER RICHARD MULLIGAN ! s'époumona Tara.

— Qui ça ?

— C'était le plus gros client que j'aie jamais décroché. Je ne couche pas avec lui ! C'était un rendez-vous d'affaires ! explicita Tara, aveuglée par la rage.

— Dans ce cas, pourquoi il avait la main sous ta robe ? demanda Colin, toujours perplexe.

— Il… euh… Je…

Mais Tara bredouillait de colère. Elle était en colère contre Colin pour son intrusion, mais aussi contre Dick pour son comportement scandaleux.

Dick Mulligan reprit connaissance et se leva de la table. Il était toujours sonné, le nez ruisselant de sang.

— Monsieur Mulligan, il y a eu un malentendu…, commença Tara en s'approchant.

— RESTEZ OÙ VOUS ÊTES ! Je ne veux plus jamais être en contact avec vous ni personne d'autre de chez Insight !

Il se tourna vers Colin avec un regard venimeux.

— Quant à vous, espèce de primate ! Si jamais je vous revois, je vous traîne au tribunal et je vous dépouille jusqu'au dernier centime !

Dick tourna les talons et entra en trombe dans le restaurant pour se nettoyer la figure.

Tara, Colin, Rory et Emily restèrent plantés au milieu du désastre, incapable de trouver les bons mots.

— Tara, je…, commença enfin Colin, sachant que ses paroles ne pèseraient pas lourd.

— Pas un mot de plus. N'espère plus que je te pardonne de m'avoir trompée ! Quoi, ça ne te suffisait pas de détruire notre couple ? Il fallait que tu ruines ma carrière par-dessus le marché ? Rentre à la maison, Colin. Rentre faire tes saletés de valises, avec tes saletés de plaques émaillées et ta saleté de moto ! cingla Tara, écumante de rage.

— Tara…, supplia Colin.

— C'est terminé.

Chapitre 34

Trois semaines plus tard

Par un après-midi d'octobre, Tara était assise dans le bureau du docteur Burke, attendant l'arrivée de son mari. Elle n'était pas là pour une séance de thérapie, toutefois. Le docteur Burke était désormais leur médiatrice, avec pour objectif de les aider à dresser un accord de séparation. Tara en avait informé Colin par texto, mais il avait déjà dix minutes de retard.

Tara n'était pas retournée au travail depuis la débâcle du *Al Fresco* ; elle avait préféré épuiser ses congés annuels que d'affronter les Gars. Elle avait espéré pouvoir mettre toute l'histoire sous le tapis, mais avait vite compris que ce ne serait pas possible. L'une des personnes qui avaient filmé Colin en train de flanquer un coup de poing à Dick avait mis la vidéo en ligne, et comme Richard Mulligan était un ennemi public, la vidéo était devenue virale en une nuit. Elle continuait à être partagée des milliers de fois chaque jour, et Tara savait que les Gars l'attendaient avec un million de blagues pour son retour. Elle aurait voulu ramper sous un rocher et y rester cachée. C'était déjà assez embarrassant d'avoir été observée par l'assistance du restaurant, mais désormais elle avait l'impression que le pays entier riait d'elle. Plus elle y pensait, plus elle était en colère contre Colin.

Et pourtant, une part d'elle, au plus profond, avait envie de lui pardonner. Il l'avait sauvée, après tout. Elle détestait se voir comme une demoiselle en détresse, mais lorsque Dick avait glissé une main sous sa robe, elle s'était retrouvée paralysée par la peur. Colin était apparu juste à temps, comme un chevalier à l'armure étincelante. S'il ne s'était pas montré, Dieu sait ce que Dick aurait fait. Colin avait enfin endossé le rôle héroïque dont elle avait besoin.

Le problème, c'est que Colin n'était pas venu au restaurant pour la sauver, il était venu parce qu'il croyait qu'elle le trompait. Son mobile n'était pas l'héroïsme. C'était la vengeance. Prendre une bonne décision pour de mauvaises raisons était-il réellement louable ? Elle l'avait jeté dehors et ne l'avait pas revu depuis. Elle ne cessait de se répéter qu'avant même d'avoir frappé Dick, il l'avait trompée. Et tout ça pour ensuite lui coller la honte à l'échelle nationale.

Non, le mal était fait.

La porte s'ouvrit et Colin entra sans se presser. Il était hirsute, comme s'il venait de tomber du lit. Il avait à présent une pleine barbe, et bien qu'elle lui aille, elle avait besoin d'être taillée. Il s'assit sur le canapé à côté de Tara et se tourna vers le docteur Burke.

— OK, finissons-en, dit-il en s'affalant contre le dossier.

— Pardon ?! s'offusqua Tara, choquée par son attitude je-m'en-foutiste. Cette réunion est très importante.

— Bah, je ne vois pas en quoi la méditation va aider notre couple. Tu sais très bien que je déteste le yoga.

Il croisa les bras.

— C'est un rendez-vous de médiation, pas de méditation, crétin ! On est là pour organiser notre séparation.

— Tu as écrit « méditation » dans ton texto.

Il sortit son téléphone et ouvrit le message, puis le lui colla sous le nez. Il avait raison, elle s'était trompée en tapant. Elle était furieuse contre elle-même.

— C'est sûrement le correcteur orthographique. Tu aurais dû te douter qu'il s'agissait de médiation après tout ce qui s'est passé !

— Attends, donc on divorce ? s'écria-t-il, sincèrement stupéfait.

— Non, on se sépare. Divorcer, ça prend du temps.

— J'ai besoin d'un avocat ? Tu m'as pris par surprise, je n'ai rien préparé !

— C'est pour ça que le docteur Burke est notre médiatrice. Pour nous aider à nous mettre d'accord.

— Et tu n'aurais pas pu trouver quelqu'un de moins cher ? s'agaça Colin. Elle nous a fait payer trois cents euros pour nous dire de regarder le DVD de notre mariage.

— Cette méthode fonctionne très bien en général, répondit l'intéressée avec un haussement d'épaules.

— La nostalgie, c'est plus ce que c'était, il faut croire, maugréa Colin. Est-ce qu'elle est qualifiée pour être médiatrice, au moins ?

— Docteur Burke, je vous présente mes excuses au nom de Colin, dit Tara. En fait, non ! Je n'ai plus besoin de m'excuser pour lui. Je ne suis plus responsable de ses faits et gestes.

— Alléluia ! se réjouit Colin.

— Ce n'est pas grave, Tara, répondit le docteur Burke avec calme. Colin, si ça peut vous rassurer, j'ai dix ans d'expérience en tant que médiatrice agréée, et je suis habilitée à produire des accords de séparation officiels. La médiation a pour but d'aider les couples à négocier les termes de leur séparation, tout en s'assurant que les besoins de chacun soient respectés. C'est un processus qui demande du temps. Il se peut que nous soyons là pour plusieurs heures.

— Seigneur, je crois que j'aurais encore préféré le yoga, soupira Colin.

— Tu sais, Colin, tu es gonflé de plaisanter après ce que tu as fait. Tu as quasiment anéanti toute ma carrière !

— Oh, je t'en prie, c'était juste une erreur !

— Juste une erreur ? Tu m'as suivie pour essayer de me prendre en flagrant délit d'adultère !

— Ah, parce que tu n'as pas fait exactement la même chose, peut-être ? J'aurais dû penser quoi, en te voyant partir au travail avec une robe de soirée et des talons de vingt centimètres ?

— C'est marrant comme les mecs ont facilement tendance à croire que quelque chose fait vingt centimètres, hein ? persifla Tara. Docteur Burke, laissez-moi vous expliquer de quoi on parle...

— Pas la peine, Tara, j'ai vu la vidéo sur Internet, répondit la médecin avec un sourire incertain.

— Oh, pour l'amour du ciel, même vous, vous l'avez vue ? Emily avait raison, elle est devenue virale. Bravo, Colin, tu as fait de moi la risée du pays !

— On te voit à peine dans la vidéo, Tara, c'est moi qu'ils filmaient. Et pour information, la plupart des commentaires disent que je suis un héros d'avoir agi comme ça.

— Tu as de la chance de ne pas être en prison, Colin ! Tu ne peux pas te balader et agresser les gens impunément !

— Je peux quand ils tripotent ma femme ! Je n'arrive pas à croire que tu prennes parti pour le gars qui t'a mis une main sous la robe. Vous voyez, docteur Burke, ma femme n'est pas féministe et c'est une grande partie du problème, déclara Colin en reprenant les mots de Tara lors de leur unique séance de thérapie.

— JE SUIS FÉMINISTE ! hurla Tara.

— Eh bien, d'après les commentaires de la vidéo, je suis le nouveau visage du féminisme, pérora Colin en sortant son téléphone. Voyons voir… ah oui, c'est là. Le meilleur commentaire dit « Le vrai féminisme, c'est ça. #TeamLui », et le deuxième dit « On a besoin de plus d'hommes comme lui pour contrer la misogynie #HeForShe ». Tu vois, je suis une icône féministe.

Il jubilait.

Tara avait l'impression que de la vapeur allait lui sortir par les oreilles. Tout ce qu'elle voulait, c'était être une icône féministe qui inspire les femmes, et voilà que Colin était le Monsieur libération des femmes ! Ça n'avait aucun sens ! Elle avait passé dix-huit ans à tenter de pousser Colin à se déclarer féministe, et maintenant elle ne voulait rien tant que le voir la fermer.

— Tu voudrais me faire oublier la réalité, mais ça ne marche pas, Colin. On était en conflit avant le *Al Fresco*, tu te souviens ? Ou bien aurais-tu oublié que tu as couché avec une autre femme ?

— Combien de fois dois-je le répéter ? Je n'ai couché avec personne ! Regarde mes narines : est-ce qu'elles se dilatent ? Non !

Colin ne disait rien d'autre que la vérité.

— Je t'ai vu entrer dans cette chambre d'hôtel de mes propres yeux, Colin. Probablement avec une prostituée !

— Ce n'était pas une prostituée !

— Ça aurait aussi bien pu. Docteur Burke, inscrivez dans le rapport que mon mari m'a trompée à cause de son incurable complexe de la madone et de la putain, dit Tara, persuadée que la médiatrice allait le faire.

— Je n'ai en réalité jamais posé un tel diagnostic, rétorqua le médecin.

— Bref, quelle que soit l'identité de cette briseuse de ménage qui se trouvait dans la chambre avec toi, au moins je n'ai pas fait irruption pour lui flanquer mon poing dans le nez !

— Oh oui, tu t'es contentée de te tapir à la maison dans le noir afin de m'attaquer avec des plaques émaillées ! Docteur Burke, inscrivez dans le rapport que mon épouse m'a lancé des objets contondants à la tête.

— Oh je t'en prie, tu as le crâne tellement dur que ça ne risquait pas de te faire mal, siffla Tara en lui tournant le dos.

— Je voudrais que vous enleviez du rapport que j'ai rencontré une prostituée.

— Vous êtes conscients qu'on n'est pas au tribunal et qu'il n'y a aucun rapport écrit ?

— Est-ce que cette traînée était au courant que tu es marié ? demanda Tara.

— Oui. Elle est mariée aussi.

— Dans ce cas, je devrais la trouver pour coucher avec son mari. Histoire de lui rendre la monnaie de sa pièce. Allez, comment elle s'appelle ?

— Personne. C'était juste une femme qui me donnait une bonne image de moi. Elle était gentille, douce, et elle avait vraiment envie que je sois heureux.

— EH BIEN POURQUOI TU NE L'AS PAS ÉPOUSÉE, ALORS ? cria Tara comme une enfant.

— JE VAIS PEUT-ÊTRE LE FAIRE ! répondit Colin, tout aussi puéril.

— Tu sais quoi ? Ça me fait du bien d'entendre ça, annonça Tara, calmée. Quand une femme te vole ton mec, la meilleure vengeance est de la laisser le garder.

— Super. Alors, où est cet accord de séparation ? Je suis prêt à signer pour être libre.

— En fait, nous n'avons pas encore commencé le processus de médiation, fit remarquer le docteur Burke.

— Allons-y, dans ce cas, répondit Colin en s'affalant de nouveau contre son dossier.

— Bref, dit le docteur Burke, enfin en mesure de faire ce qu'elle avait à faire. Aujourd'hui, vous êtes réunis pour procéder à la division. Ce n'est pas un divorce, c'est plutôt une désunion.

— Oh, appelons un chat un chat ! maugréa Colin.

— À l'issue de ce rendez-vous, j'établirai un accord préliminaire de séparation, que vous signerez tous les deux et qui établira la situation clairement si vous voulez entamer les démarches officielles de divorce. Alors, commençons par le commencement. Ressources et passifs.

— Alors… il y a la maison, commença Tara. C'est là que j'habite actuellement. Colin dort chez un ami.

— Ce qui n'a aucun sens quand on sait que la maison compte trois chambres à coucher ! interrompit Colin, de nouveau énervé.

— Je crois qu'un peu de distance est plutôt raisonnable, eu égard à la situation, dit Tara.

— Alors je suis censé continuer à rembourser la moitié du crédit, c'est ça ?

— Bien sûr que non. Ça n'a pas de sens de garder la maison. Elle vaut probablement bien plus maintenant que lorsqu'on a l'a achetée. On va pouvoir rembourser les banques et dégager une plus-value, répondit Tara avec tristesse.

Elle savait que vendre la maison était la décision la plus raisonnable, mais elle y était toujours attachée sentimentalement. Elle avait eu son intuition viscérale lors de la première visite, qui lui disait qu'elle vivrait heureuse et longtemps entre ses murs. Mais la vie n'avait pas été le conte de fées qu'elle attendait. Peut-être était-il temps de faire son baluchon et d'avancer.

— Je te propose qu'on vende la maison et que j'y reste en attendant, conclut-elle.

— Je ne peux pas dormir éternellement sur le canapé de Rory, ça me fait mal au dos.

— Ah oui ? Moi ce qui me fait mal au dos, c'est le poignard que tu y as planté, du coup je reste. N'oublions pas qui gagne le pain de ce foyer, cingla-t-elle dans l'espoir de le blesser.

— Je croyais que tu avais arrêté les glucides ? se moqua Colin.

— Celui qui reste dans la maison va devoir la décorer pour les visites d'acheteurs. De toute évidence, je suis la plus qualifiée pour le faire.

— Oh, je t'en prie ! Dans une semaine il ne restera pas un mur sans un panneau « Live Laugh Love » !

— Et toi, tu transformerais chaque pièce en antre de mâle ! Je ne vais pas laisser faire ça ! Je reste, et c'est tout ! souffla Tara avec dédain.

— Très bien, mais ne viens pas pleurnicher quand tu trouveras une araignée dans l'évier et que tu auras peur de la tuer.

— Je préfère vivre avec une araignée qu'avec un serpent !

— Tara. Colin. Là on est en train de repartir vers une séance de thérapie de couple. Souvenez-vous, on est en médiation. Le but est de se mettre d'accord sur les termes de la séparation.

— OK, avançons, convint Tara.

Après trois heures à se chamailler, Colin et Tara étaient enfin tombés d'accord sur les aspects pratiques de leur séparation. Tara resterait dans la maison jusqu'à ce qu'elle soit vendue, et Colin demeurerait chez Rory le temps de se trouver une garçonnière en ville.

Après la vente de la maison, tous les meubles devaient être répartis entre eux d'une manière ridiculement puérile. Si Tara voulait les lampes, Colin voulait les ampoules. Tara pouvait avoir le lit, mais Colin prenait le matelas. Le canapé revenait à Colin, mais Tara récupérait les coussins.

Mais finalement, ce jeu du Talion s'acheva et le docteur Burke compila toutes les informations nécessaires à l'accord de séparation.

— OK, dit-elle. Je crois qu'on a fait le tour. Je vais rédiger le document ce soir et vous le poster demain.

— Merci, docteur, dit Tara en se levant de concert avec Colin.

Celui-ci se dirigea droit vers la porte et regagna le parking sans un au revoir.

— Désolée, soupira Tara, gênée de sa grossièreté.

— Souvenez-vous que vous n'avez plus à vous excuser pour lui.

— Ah oui, désolée ! répondit Tara en prenant conscience qu'elle venait de le refaire.

— Est-ce que je peux dire un dernier mot avant que vous partiez ?

— Bien sûr, docteur.

— Prenez votre temps avant de signer l'accord. Assurez-vous que c'est réellement ce que vous voulez. Je sais que vous avez l'impression de le détester en ce moment, mais l'amour et la haine sont les deux facettes d'une même médaille, expliqua la médiatrice en lui touchant l'épaule.

—Merci, mais malheureusement, je crois que notre histoire est finie.

Chapitre 35

Alors qu'elle s'éloignait du bâtiment vers sa voiture, Tara prit conscience qu'une page se tournait. La séparation n'était peut-être pas aussi définitive que le divorce, mais c'était un pas dans cette direction. Son couple était moribond. Il ne manquait plus que deux signatures pour l'achever. La solitude lui tomba dessus avec un pincement au cœur. Avait-elle pris la bonne décision ? L'erreur de jugement de Colin était-elle excusable ? Pourquoi s'accrochait-elle toujours à l'espoir trompeur qu'incarnait Jack ? Il n'avait toujours pas répondu, et elle se surprenait à consulter l'appli pour voir si son chevalier servant était réapparu.

Elle voulait que Jack vienne la sauver, comme lui seul en était capable.

Si c'était Jack qui avait frappé Dick Mulligan, elle se serait donnée à lui sur-le-champ, pour toujours. Et peut-être que si Colin ne l'avait pas déjà trompée, elle aurait ressenti la même chose pour lui. Mais elle était toujours infiniment blessée par sa trahison. Elle essayait de se rappeler qu'elle était malheureuse bien avant que Colin frappe Dick. Ce n'était que la dernière goutte d'eau, pas la première. Pourtant même après avoir obtenu ce qu'elle voulait dans l'accord de séparation, elle ne le vivait pas comme une victoire.

En arrivant au parking, elle vit Colin qui s'apprêtait à enfourcher sa moto, laquelle semblait être devenue son principal moyen de locomotion. Manifestement, elle n'y était pas allée assez fort avec ce club de golf.

— Tu ne me dis même pas au revoir ?

— C'est toi qui veux qu'on se dise au revoir, pas moi, rétorqua Colin en se tournant pour lui faire face.

Il y eut entre eux un silence comme ils n'en avaient jamais connu. C'était un moment de deuil, une minute de silence pour leur amour. Tara commença à avoir l'impression d'avoir commis une terrible erreur. Elle ne voyait pas comment elle pourrait affronter ce chagrin seule.

— Tu sais, j'ai vraiment cru qu'on allait s'en sortir, toi et moi, avoua Colin en essayant de ne pas s'effondrer.

— Moi aussi.

Elle ne savait pas quoi dire. Elle se sentait brisée.

— Peut-être que les étoiles les plus brillantes… se consument plus vite, balbutia-t-elle enfin.

Colin resta silencieux quelques secondes. Elle resta plantée là, avec une envie désespérée de panser les plaies qu'elle lui avait infligées. Mais elle était blessée aussi. Elle devait recoudre son cœur avant de se vider de son sang.

— Si on pouvait repartir de zéro, est-ce que tu monterais encore à l'arrière de ma moto ? demanda Colin.

Elle avait les yeux brûlants. C'était une question impossible. Elle ne regrettait pas d'être montée sur cette moto, mais c'était ce qui l'avait conduite à l'instant présent, à ce moment de rupture, de désespoir.

— Je ne sais pas quoi répondre…

Colin eut l'air dévasté par cette réaction.

— De tous les pubs de toutes les villes de toute l'Irlande, il fallait que j'entre dans le tien, dit-il en retenant ses larmes.

Tara luttait elle aussi pour garder contenance, mais une larme roula sur sa joue. Elle sentit revenir le creux dans sa poitrine, un vide dont elle craignait qu'il l'engloutisse cette fois. Ce n'était que maintenant qu'elle prenait conscience que c'était la fin. Elle luttait de toutes ses forces pour ne pas pleurer, pour ne pas laisser céder le barrage.

— Avant de signer le contrat, jette un œil dans l'appentis. Je t'ai laissé quelque chose pour que tu te souviennes de moi.

Il lui adressa un dernier sourire triste, enfila son casque et mit le contact. Elle le regarda s'éloigner dans le soleil couchant, et craqua complètement. Dix minutes plus tôt, elle n'avait pas le moindre doute quant à sa décision, et à présent elle remettait tout en question. Elle fit démarrer sa voiture et pria pour que les larmes ne l'aveuglent pas sur le chemin de la maison.

Lorsqu'elle arriva enfin à Hillcrest, Tara eut l'impression que la maison froide et vide se moquait d'elle, que les murs chuchotaient ses échecs. Elle prit soudain conscience qu'elle était vraiment seule pour la première fois de sa vie. La gravité de la situation l'écrasait, et l'isolement menaçait de l'entraîner vers les profondeurs de la mélancolie. Il lui semblait que sa vie avait perdu toute signification alors que le moindre brin de son système de croyances complexe avait été démenti.

Elle avait voulu la totale. Être mariée à l'homme qu'elle aimait, dans la maison de leurs rêves avec un beau bébé et une carrière florissante. À présent, elle n'avait rien. Pas de mari, pas d'enfants, une carrière réduite en miettes et une maison sur le point d'être vendue. Elle prit conscience que c'était son match avec Jack qui avait précipité la série d'événements qui l'avaient conduite au désastre. Elle avait téléchargé Crush, et à peine quelques semaines plus tard, voilà qu'elle avait tout perdu. La synchronicité qui lui avait toujours servi de boussole spirituelle l'avait menée à la catastrophe.

Cette cosmique cruauté était-elle la destinée qu'elle méritait ?

Non, il devait y avoir autre chose. Ça ne pouvait pas être le hasard. Si c'était le cas, alors, plus rien n'aurait de sens…

Elle avait besoin de croire qu'il existait un sens profond à tout ce chaos. À présent, plus que jamais, elle devait croire au destin.

Elle ouvrit Crush et vit tous les messages qu'elle avait envoyés à Jack et auxquels il n'avait pas répondu.

Ghostée. C'était exactement ce qu'elle méritait.

Elle avait un peu honte qu'il l'ignore, mais ensuite elle vit qu'il ne s'était pas connecté depuis deux semaines.

Peut-être qu'il ne l'ignorait pas, en réalité. Peut-être qu'il n'avait tout simplement pas ouvert l'appli. Ou même qu'il l'avait supprimée. Mais son profil existait toujours, et il restait donc une chance. Une petite chance, mais quand même. On était samedi soir, et elle n'avait rien de prévu le lendemain.

Il fallait qu'elle essaie une dernière fois. Si elle ne le faisait pas, elle garderait toujours la question « Et si… ? ». Elle se demanderait toujours pourquoi sa vie avait pris ce chemin-là. Elle décida de se mettre à la merci de l'univers. Après tout, que lui restait-il à perdre ? Si cela devait arriver, ça arriverait certainement.

La destinée déciderait.

Claire : Coucou Jack, je sais que tu dois me détester et que tu ne liras peut-être pas ce message

Mais je veux que tu saches à quel point je suis désolée de t'avoir de nouveau posé un lapin

Je ne mérite pas une troisième chance, je le sais

Mais je serai à Dún Laoghaire Harbour demain à 15 heures

Au milieu du West Pier, il y a une passerelle pas très fréquentée

Je sais qu'il n'y a sans doute aucune chance que tu viennes

Mais je serai là, Jack

Je te promets que je serai là ♥

Chapitre 36

— Tu m'as dit qu'on allait dans un bar, soupira Emily alors que Tara et elle se faisaient faire une pédicure au *Oscar's Hair and Nail Salon*.

— Techniquement, je n'ai pas menti. C'est un bar à ongles, répondit Tara en sachant très bien qu'elle l'avait induite en erreur.

— Bah, je préférerais me bourrer la gueule.

— Emily, on est dimanche matin.

— Exactement. Tu n'as jamais entendu parler des brunchs sans fond ?

— Allez, j'ai besoin de ton soutien moral. Je veux être parfaite de la tête aux pieds pour Jack. Et Suzanne fait les meilleures manucures et pédicures de tout Dublin.

Suzanne était en train de faire des miracles sur ses pieds.

— Oh, merci ! dit Suzanne avec un sourire.

— Alors, qu'on se comprenne bien. Tu te fais belle pour rencontrer Jack à Dún Laoghaire Harbour alors même qu'il n'a pas répondu à tes messages et que tu ne sais pas du tout s'il va venir ?

— Oui.

— Seigneur, ça bat tous les trucs de gémeaux que j'aie jamais vus, rit Emily.

— Oh, arrête, Emily, tu ne vas pas me faire croire que tu n'es jamais allée quelque part dans l'espoir qu'un certain gars y soit ?

— Humm… j'avoue. Cela dit, j'espère qu'après tous ces efforts, il ne va pas te planter là.

— Ce n'est pas pour Jack, c'est pour moi, expliqua Tara. J'ai besoin de redevenir moi-même. Et s'il ne se montre pas, je saurai que ça ne devait pas arriver, et je pourrai avancer dans ma vie.

— Je vois, dit Emily en baissant de nouveau les yeux sur son téléphone.

— Combien de vues a la vidéo maintenant ? demanda Tara, laissant la curiosité l'emporter.

— Tu es sûre que tu veux savoir ?

— Ben, j'ai besoin de savoir combien de personnes dans le pays se payent ma tête.

— Un virgule deux million.

— QUOI ?

Tara flanqua involontairement son pied dans la figure de Suzanne.

— OH, MON DIEU, JE SUIS DÉSOLÉE, SUZANNE !

— Seigneur, Tara, je croyais que c'était ton mari qui aimait taper les gens, pas toi, taquina Suzanne.

— Oh non, même toi, tu as vu la vidéo ? demanda Tara, mortifiée.

— Ta réaction devant le coup de poing est encore plus drôle que le coup de poing lui-même, intervint Emily. Regarde.

Sur l'écran d'Emily, Tara vit un gros plan de sa réaction alors que Colin frappait Dick Mulligan. C'était la photo la moins flatteuse qu'on ait prise de toute sa vie. L'image du choc à l'état pur, capturée par l'objectif. Les internautes avaient fait des mèmes en ajoutant différentes légendes à l'image du visage de Tara. Sur l'une on pouvait lire « Quand tu t'aperçois que tu as laissé le chauffe-eau allumé ». Sur une autre « Quand tu te cognes l'orteil sur un coin de meuble ».

— Oh, mon Dieu ! Je suis un mème ! soupira Tara. C'est un désastre absolu, une catastrophe !

— C'est une bonne chose, de devenir virale ! Tu m'as littéralement volé mon rêve, je voulais devenir une star d'Internet. Et ça prouve que tu es bonne en marketing. Tes clients verront forcément que tu sais déclencher le buzz, dit Emily, optimiste.

— Est-ce que les gens qualifient toujours Colin d'icône féministe ?

— Ben, il a flanqué un coup de poing à la misogynie moderne. Cette remarque de Dick sur ta robe comme une invitation à se faire tripoter ? Moi aussi, je l'aurais frappé. Mais c'était beaucoup plus sexy de voir Colin s'en charger. Il paraît qu'il est célibataire maintenant… Tu crois que j'ai mes chances ? plaisanta Emily.

— N'y pense même pas, rit Tara.

Elle rendit son téléphone à Emily. Elle avait vu assez de mèmes avec sa tête pour la journée.

— Ça ne t'a pas un peu excitée de voir Colin défendre ton honneur ? demanda Emily.

— Bien sûr que si ! Mais il l'a fait pour les mauvaises raisons… Il ne voulait pas défendre mon honneur, il voulait me dénoncer publiquement parce qu'il croyait que je le trompais. Maintenant, si c'était Jack qui avait frappé Dick, ce serait une tout autre histoire. Mais la façon dont tout ça s'est terminé m'attriste…

— Tu ne m'en veux pas d'avoir écrit « PROJET DICK » dans ton calendrier ? Je veux dire, comment aurais-je pu me douter que mes actions auraient des conséquences ? D'habitude, ça ne marche pas comme ça !

— Non, je ne t'en veux pas. Je redoute le harcèlement que je vais subir de la part des Gars quand je vais revenir au bureau lundi. Ma carrière est finie…

— Je crois que tu te trompes complètement sur eux. Ils n'ont pas arrêté de me demander comment tu allais. Ils étaient horrifiés par les propos de Dick sur ta robe. Je crois qu'ils étaient sincères quand ils ont essayé de t'accompagner au déjeuner pour la présentation…

— Pfff, tu as raison. Ils ne cherchaient pas à tirer la couverture à eux. Ils essayaient de me protéger, comprit Tara.

Elle repensa aux événements qui avaient conduit à ce coup de poing et vit qu'elle ne pouvait s'en prendre qu'à elle-même.

— Tu sais quoi ? Tout est ma faute. C'est le karma. J'aurais dû les laisser faire cette présentation. Tout cet enchaînement d'événements a commencé quand j'ai voulu leur prendre ce client. Tout ce que je voulais, c'était montrer que je n'étais pas une Mary, et maintenant je suis partout sur Internet. Je suis littéralement la nouvelle Mary !

— J'aime le chemin que tu as suivi ! rit Emily. Bon, si ça peut te rassurer, tu n'es plus le sujet le plus partagé, désormais.

— Ah ouais, qu'est-ce qui m'a détrônée ?

— Le hashtag le plus publié en ce moment est #YummyMummy. Tout le monde ne parle que de cette influenceuse, Celine Loftus.

— Beurk, c'est ma voisine. Tout le monde la vénère, à Hillcrest. Ne me dis pas que le reste du pays ne jure plus que par elle, maintenant ! s'écria Tara, horrifiée.

— Non, c'est tout le contraire. Une journaliste s'est infiltrée en tant que Yummy Mummy, et a publié un article qui montre qu'il s'agit d'une arnaque pyramidale. Tout le monde exige que Celine rembourse. Elle est en train de perdre tous ses abonnés. Regarde.

Emily lui tendit de nouveau son téléphone. Le visage de Tara s'illumina alors qu'elle lisait tous les commentaires.

« Celine doit payer pour des années d'escroquerie. Rends l'argent que tu nous as extorqué, sinon ! », disait un commentaire. « Celine s'est fait des millions en dépouillant des femmes au nez et à la barbe de tout le monde. À L'ÉCHAFAUD ! » disait un autre.

Tara aurait pu pleurer de joie. Elle avait raison depuis le début. C'était la plus euphorique sensation de soulagement qu'elle ait jamais connue.

— Emily, tu ne peux pas imaginer comme cette nouvelle me rend heureuse. J'ai toujours senti que Celine était pourrie jusqu'à l'os, mais tout le monde pensait que j'étais folle ! Tu es mon rayon de soleil, avoua Tara, détendue dans son fauteuil.

— Et voilà ! dit Suzanne en finissant la pédicure de Tara. Tu te fais coiffer aussi, n'est-ce pas ?

— Merci beaucoup, Suzanne. Oui, tout à fait, répondit Tara en se levant.

— Parfait, tu peux t'asseoir dans la partie coiffure, Oscar va venir s'occuper de toi dans quelques minutes.

Tara et Emily passèrent de l'autre côté du salon et s'installèrent.

— Alors, si Jack se pointe, qu'est-ce que vous allez faire après la jetée ? s'enquit Emily d'un air suggestif.

— Je n'ai pas réfléchi jusque-là, pour être honnête. Je vais juste suivre mon instinct. Je sais que ça paraît fou, mais ces dernières semaines, l'univers m'a indiqué un chemin qui m'éloignait de Colin pour me rapprocher de Jack. Toute ma vie est tombée en miettes, et tout a commencé avec Crush. J'ai besoin de croire qu'il y avait une raison derrière tout ça. Je dois écouter mes tripes.

— Je crois que c'est juste le syndrome du côlon irritable, plaisanta Emily.

— Tu as déjà eu l'impression d'être destinée à rencontrer quelqu'un ?

— Ben, c'est drôle que tu dises ça en fait, parce que je viens de rencontrer quelqu'un qui me plaît vraiment, et j'ai rendez-vous avec lui tout à l'heure, confia Emily, manifestement amourachée.

— Oh, mais c'est merveilleux ! Je savais qu'il y avait quelqu'un qui t'attendait ! Alors, crache le morceau ! C'est qui ?

— Rory, l'ami de ton mari, se vanta Emily, toute fière.

— RORY ! Non, non, non, n'importe qui mais pas Rory ! Je ne connais personne de pire que lui !

— Je sais, il est parfait !

— La voix de sa conscience, c'est *Mr Brightside* des Killers en boucle vingt-quatre heures sur vingt-quatre ! s'affola Tara.

— La meilleure chanson du monde pour un mariage, rêvassa Emily à haute voix.

— Ce mec est champion du monde de chaude-pisse !

— Oh, ça fait des années que je suis immunisée contre ça…

— Mais c'est une nympho au masculin ! s'écria Tara avant de prendre conscience qu'ils s'étaient en réalité peut-être fort bien trouvés. OK, en fait je comprends.

— Ça s'appelle le satyrisme, j'ai vérifié, sourit Emily. Je pensais que les satyres étaient un mythe. Je n'arrive pas à croire que j'aie réussi à en capturer un dans la nature !

— Je crois que Colin avait raison, chacun finit par trouver chaussure à son pied. Et tu es balance, donc plus je vais te dire de ne pas coucher avec lui, plus vite tu vas le faire, capitula Tara.

— Et il est scorpion. Ça sera la relation la plus toxique de l'histoire ! renchérit Emily, surexcitée.

— Et on dit que les jeunes ne croient plus à l'amour…

— Il est beaucoup plus profond que ce qu'on croit. Je vois à travers sa façade. La plupart des hommes, de nos jours, sont des loups déguisés en agneaux. Mais Rory est un agneau déguisé en loup, roucoula Emily.

— Quand même, bonne chance pour lui faire dépasser sa peur de l'engagement…

— Oh, arrête, les hommes n'ont pas peur de l'engagement. Ils ont peur de l'abandon. Une fois que tu as saisi ça, ils sont beaucoup moins difficiles à comprendre.

— OK, tu as gagné. Je crois que c'est l'homme idéal pour toi. Alors, tu le vois quand ?

— Juste après mon épilation du maillot !

— Si tu aperçois Colin lors de ton rendez-vous avec Rory, tu pourras me dire de quoi il a l'air ? S'il prend soin de lui ? demanda Tara, inquiète.

— Il faut que tu arrêtes de penser comme Tara et que tu commences à penser comme Claire. Colin est le passé, Jack le futur. Enfin… s'il vient.

Oscar, le coiffeur de Tara, s'approcha.

— Tara, ça fait plaisir ! Je te fais des boucles, comme la dernière fois ?

— Non, elle a besoin de changer de tête, décréta Emily.

— Ah, une envie de changement ?

— Pas forcément de changement, non, mais… J'ai envie de redevenir moi-même. Est-ce qu'il y a quelque chose qui pourrait me donner encore plus confiance en moi qu'une mise en plis ?

— Humm… tu me fais confiance ?

— Je mettrais ma vie entre tes mains.

— OK, alors, mets ça, dit Oscar en sortant un masque réfrigéré du mini-frigo.

— Oh, il paraît que c'est super pour les poches sous les yeux ! s'écria Tara en le plaçant sur son visage.

Elle remarqua qu'elle ne voyait presque plus rien.

— Oui, et ça va t'obliger à garder les yeux fermés pendant que j'opère ma magie. Maintenant, bascule ta tête en arrière et détends-toi.

— Amuse-toi bien, Tara, lança Emily. Je vais me faire arracher les poils jusqu'à ce que mort s'ensuive.

— Je n'arrive pas à croire que je suis en train de claquer cinquante euros pour que tu te fasses un brésilien pour Rory McKenna, soupira Tara.

— Eh, ce n'est pas ma faute si ça coûte la peau du cul ! rétorqua Emily avec un regard à Oscar.

— Prenez les choses ainsi, mesdames : la qualité a un prix, répondit Oscar d'un air facétieux qui les fit rire toutes les deux.

Après une heure de stress à attendre que la teinture agisse tout en racontant par le menu son histoire avec Jack à Oscar, il fut enfin temps d'enlever le masque glacé et de découvrir le résultat. Tara inspira un grand coup. Elle n'avait aucune idée de ce qu'elle allait trouver. Oscar lui retira le masque des yeux et Tara regarda son reflet dans le miroir. Et faillit tomber de surprise.

Elle était redevenue rousse.

Comme c'était sa couleur naturelle, son premier instinct était de ne pas aimer. Mais en regardant de plus près, elle constata que c'était le roux le plus opulent qu'elle ait jamais vu. Un roux de starlette hollywoodienne. Un roux à décrocher des statuettes. La couleur d'un vin d'été, la teinte d'un soleil couchant flamboyant. C'était comme sa couleur naturelle, mais soulignée d'une nuance vibrante. En voyant son véritable reflet dans le miroir pour la première fois depuis des années, elle eut une magnifique prise de conscience.

Elle était devenue elle-même.

— Oscar, tu as accompli un miracle, dit Tara en le prenant dans ses bras.

— Ben, on s'est battus contre le roux pendant des années avec cette teinte cendrée. Il était temps de laisser la vraie toi briller de nouveau.

— Merci, Oscar. J'espère que Jack aimera autant que moi. Enfin, s'il vient.

— S'il ne se pointe pas, il ne sait pas ce qu'il perd, sourit Oscar.

Chapitre 37

Quand Tara arriva chez elle et se gara dans son allée, elle vit un camion de déménagement devant la maison de Celine, et des dizaines de cartons posés sur la pelouse. Elle sortit de voiture et observa sa voisine, sur le trottoir d'en face, en train de se disputer avec le chauffeur. Les autres mères de la rue étaient sur le pas de leur porte, à regarder Celine faire ses valises. L'intéressée s'aperçut que Tara la scrutait. Elle se précipita vers elle. Tara tenta d'éviter son regard, mais elle était déjà à la moitié de la chaussée.

— Tara ! Tara !

Tara se tourna vers elle.

— Tout va bien, Celine ?

— Tara, ma vie est en train de tomber en ruine. Tout le monde me traite d'arnaqueuse. On doit vendre la maison pour rembourser toutes mes ambassadrices, sinon elles vont me faire un procès. On doit partir dans le… dans le… on doit partir dans LE NORD DE DUBLIN !

Tara eut le plus grand mal à ne pas rire.

— Tu peux m'aider ? supplia Celine. Tu travailles dans le marketing. Il doit y avoir un moyen de réécrire l'histoire pour me faire passer pour la gentille ? On est toutes les deux des entrepreneuses. On doit se soutenir entre nous. Je veux dire, tu sais bien que le Nord, ce n'est pas ma place.

Sans moi, Hillcrest ne serait rien ! Ça ne sera plus pareil si je m'en vais.

— Alléluia, répondit Tara en souriant.

— Pardon ?! s'offusqua Celine, prise de court. Je ne vais pas rester là à te laisser me juger, ni toi ni personne d'autre !

— Eh bien, bravo à toi de ne pas accorder d'importance au regard des autres. J'ai toujours admiré ta confiance en toi, dit Tara en lui resservant un de ses compliments à double sens.

Celine poussa un grognement et repartit d'un pas furibond pour finir sa dispute avec le chauffeur du camion. Tara sortit son téléphone pour consulter le profil de Celine sur les réseaux sociaux. De dix mille abonnés, elle était tombée à quatre cent dix. Alors, dans un des moments les plus cathartiques de son existence, Tara appuya sur « se désabonner ». La Méchante Sorcière du Sud était à présent La Méchante Sorcière du Nord, et ne faisait plus partie des problèmes de Tara. Elle regrettait seulement que ça ne se soit pas produit plus tôt, avant que Colin et elle décident de mettre la maison en vente. Elle aurait voulu pouvoir faire l'expérience de Hillcrest maintenant que le sortilège de Celine était levé.

Tara entra pour se changer rapidement avant son rendez-vous avec Jack. Elle se sentait incroyablement bien et savait déjà ce qu'elle allait porter. Lorsqu'elle ouvrit la porte, elle vit une grosse enveloppe sur le sol du couloir ; elle sut aussitôt ce que c'était.

L'accord de séparation était arrivé.

Elle le ramassa pour l'emporter dans la cuisine. Une fois l'enveloppe ouverte, elle s'aperçut que le document lui-même n'était pas si épais. Toute sa vie avec Colin, résumée en quelques pages. Il ne lui semblait pas juste que dix-huit années se trouvent réduites à si peu de chose.

Elle parcourut les feuilles et vit l'endroit où elle était censée apposer sa signature. Elle sortit un stylo de son sac.

Alors que la pointe du stylo touchait le papier, Tara sentit son ventre se nouer. Elle avait brièvement repris le régime kéto et n'avait pas mangé le moindre glucide depuis vingt-quatre heures, juste pour ne pas rencontrer Jack toute gonflée. Mais ce n'était pas la faim. C'était différent. Les paroles de Colin résonnèrent soudain dans son esprit. Il lui avait dit d'aller voir dans l'abri de jardin avant de signer l'accord de séparation. Un souvenir l'y attendait, avait-il dit. Elle regarda par la fenêtre de la cuisine. Elle se savait incapable de résister à la curiosité.

En approchant de l'appentis, elle se demandait ce qu'il pouvait bien contenir de si important. Si Colin s'imaginait que trier quelques cartons alors qu'elle le lui demandait depuis des mois pouvait régler quoi que ce soit, il se trompait vraiment. En ouvrant la porte, elle ne distingua presque rien. La cabane n'avait pas de fenêtre et se trouvait dans l'obscurité totale. Elle avait envie de tourner les talons, mais se dit qu'elle devait bien à Colin de regarder quand même. Elle avança à tâtons dans le noir en direction de l'interrupteur. Colin l'avait posé sur le mur du fond, au lieu de le mettre près de la porte comme le bon sens l'aurait voulu. Elle chercha sur le mur jusqu'à – enfin ! – le trouver. Elle alluma les lampes et le choc la fit s'effondrer. Elle n'en croyait pas ses yeux. Chaque parcelle de la pièce était désormais illuminée. Au début, elle crut à une hallucination. Mais elle regarda autour d'elle, et comprit ce qu'il avait fait.

Colin avait transformé l'abri de jardin en une réplique du pub *O'Malley's*.

C'était beaucoup plus petit que le pub original, évidemment, mais c'était une maquette authentique, qui avait saisi l'essence de l'un de ses lieux préférés sur terre.

L'endroit où ils étaient tombés amoureux.

Le bar, fabriqué avec deux palettes placées verticalement et une grande planche, avait été peint couleur acajou, comme le vrai. Il avait même une tireuse Guinness. Au-dessus du bar, une enseigne bricolée annonçait « O'Malley's ». Toutes les plaques rétro de Colin avaient été accrochées, exactement aux mêmes endroits que dans le vrai pub. Ce n'est qu'alors que Tara comprit pourquoi Colin avait fait cette collection.

Sur chaque mur, il avait collé des dizaines de photos d'eux deux pendant leurs plus belles années, leurs sourires étincelant sur toutes les surfaces de l'appentis. Des images d'eux dans différentes villes d'Europe, dans leur ancien studio. Les murs en étaient recouverts. Les vieux tickets de concert, les bracelets des festivals, les cartes d'embarquement. Il avait même accroché une masse de guirlandes lumineuses qui ressemblaient à des lucioles dans le ciel.

La pièce vibrait de leur amour.

Tara s'approcha du bar et tira doucement l'une des manettes. À sa grande surprise, une goutte de Guinness coula : il avait installé un vrai robinet et un vrai fût. Au centre de la pièce se trouvait une petite table en bois et des chaises. Sur la table et tout le long du bar, des bougies étaient plantées dans de vieilles bouteilles de vin. Les fameuses bouteilles que Colin n'était jamais allé déposer au recyclage paraissaient soudain si belles ! Derrière le bar, il avait encadré son vieil uniforme de barmaid, ainsi que la dissertation qu'elle avait écrite sur le féminisme intersectionnel. Avec un stylo rouge, il avait changé sa note en cent quarante-neuf sur cent, et écrit « Icône féministe ». Elle se mit à rire alors même que des larmes roulaient sur ses joues.

Comment avait-il fait cela ?

Il avait réalisé un miracle qui dépassait sa compréhension. La somme de travail nécessaire pour recréer le *O'Malley's* par magie était énorme. Elle n'était partie qu'un week-end et apparemment Colin avait passé chacune des quarante-huit heures à reconstituer l'endroit de leur première rencontre. C'était sans doute pour cela qu'il s'était écroulé sur le canapé, couvert de taches de peinture. Et ce matin-là, il avait demandé à Tara de l'accompagner dans l'abri de jardin. Tout prenait sens à présent. Colin semblait avoir abattu l'ouvrage de trois hommes. Étant retournée au *O'Malley's* tout récemment, elle voyait bien qu'il avait apporté une immense attention aux détails. C'était une réplique vivante, qu'on aurait presque pu entendre respirer. Mais c'était plus que cela.

C'était un musée de leurs souvenirs, un monument à leur couple.

Puis Tara vit sur l'un des tabourets de bar quelque chose qui la fit vaciller. C'était le sweat à capuche de Colin, de l'UCD. Ce vêtement qu'elle lui avait piqué. Le tissu qu'elle portait sur elle chaque fois qu'il lui manquait. Elle aurait voulu enfiler ce sweat et être de nouveau sienne. Mais comment ? Elle n'était plus à lui.

Tara sentit son estomac se nouer de nouveau, et la nausée monter. En cet instant, elle aurait donné n'importe quoi pour remonter le temps. Si seulement elle pouvait retourner au moment où Colin et elle s'étaient perdus. Elle ne désirait rien tant qu'être à nouveau dans ses bras.

Mais que désirait Colin ?

Le visage ruisselant de larmes, son maquillage fichu, elle songea au rêve que nourrissait Colin de devenir père. Ce rêve qu'elle avait été incapable de réaliser. Fonder une famille était tout ce qu'il souhaitait, et malgré tous ses regrets, elle ne pouvait pas remplir cette ambition qu'il avait depuis toujours. Il était encore jeune et beau. Il trouverait sans peine une nouvelle compagne. Peut-être que cette personne qu'il avait vue dans la chambre d'hôtel avait des sentiments pour lui. Peut-être serait-elle en mesure de le rendre heureux. Peut-être pourrait-elle lui offrir la famille que Tara ne pouvait lui donner.

Cela lui faisait mal que Colin ait une nouvelle fleur pour laquelle jardiner, mais peut-être en méritait-il une qui puisse porter des fruits. Elle savait qu'il serait le meilleur père imaginable. Un vrai papa, comme il disait. Le genre qu'il n'avait pas eu, et s'était juré de devenir. Cela la tuerait de le voir avec une nouvelle épouse et une famille, mais il ne s'agissait pas d'elle. Elle s'était montrée égoïste. Elle était devenue tellement obsédée par l'idée de découvrir sa destinée qu'elle n'avait pas pris une seconde pour réfléchir à celle de Colin. S'il existait un homme qui méritait de devenir papa, c'était bien lui.

Elle pensa au vieil adage qui dit que lorsqu'on aime quelqu'un, on doit lui rendre sa liberté, et que s'il revient, c'est qu'on était faits l'un pour l'autre. Elle aimait Colin et ne lui jalousait rien. Tout ce qu'elle voulait, c'était son bonheur, et si elle n'était pas à même de le lui offrir, alors elle devait le laisser partir.

Il méritait d'être heureux.

Elle aurait voulu être celle capable de le rendre heureux, mais peut-être n'était-ce pas en son pouvoir. Et si elle retournait vers Colin maintenant, elle serait éternellement tourmentée par Jack. Pourquoi avait-elle éprouvé cette synchronicité ? Pourquoi sa vie entière s'était-elle écroulée en conséquence ? Elle ne pouvait pas vivre le reste de sa vie sans réponses à ces questions. Elle savait que se rendre sur la jetée était la seule façon d'obtenir ses réponses. Et elle savait qu'elle serait incapable de s'en empêcher. Elle avait besoin de boucler la boucle.

Tara rentra et regarda l'accord de séparation, pas encore signé. Elle n'était pas en état de le signer tout de suite, et ne voulait pas massacrer encore plus son maquillage. Elle fourra les papiers dans son sac et consulta sa montre.

14 h 01.

Elle devait être là-bas dans moins d'une heure et n'osait pas se mettre en retard. Elle se reprit, et monta se préparer. Elle se rappela que tous les événements précédents avaient tracé un chemin vers ce moment précis. Et même s'il devait ne pas se produire, cela donnerait tout de même à Tara les réponses dont elle avait besoin pour clore le chapitre Jack.

Il n'avait toujours pas répondu à son message, et les chances qu'il se montre étaient donc proches de zéro. Mais ça ne faisait rien. Parce que même si elle n'avait pas rendez-vous avec Jack, une vérité restait inchangée.

Tara avait rendez-vous avec son destin.

Chapitre 38

Colin était assis, avachi, sur le canapé de Rory. Il mangeait un bol de céréales, en pyjama. C'était à peu près tout ce qu'il faisait de son temps libre depuis qu'il était séparé de Tara. Sa nouvelle barbe était passée de stylée à hirsute, et il n'avait aucune motivation pour sortir de cette ornière. Il n'avait pas tout à fait touché le fond, mais il en avait parfois l'impression. Il avait perdu l'amour de sa vie et la maison qu'ils partageaient. Mais pire que tout, il avait perdu son avenir avec Tara. Sa situation actuelle n'était que temporaire, bien sûr, mais il avait du mal à voir plus loin.

L'appartement de Rory pouvait être décrit comme un gigantesque antre de mâle, sous la forme d'un loft entièrement ouvert. D'anciennes couvertures de *Playboy* étaient accrochées au mur à la vue de tous, le salon s'enorgueillissait d'un bar bien rempli et d'une immense télé, parfaite pour regarder les matchs. C'était d'une propreté impeccable, mais Colin suspectait que s'il avait regardé la pièce avec une lampe à UV, il serait devenu aveugle. Sans l'ombre d'un doute, si ces murs avaient des oreilles, ils avaient dû devenir sourds.

— Tu es toujours au lit ? demanda Rory en sortant de sa chambre.

— Je ne suis pas au lit, je suis sur le canapé, répondit Colin sur la défensive.

— Ouais, mais c'est là que tu dors, donc techniquement ça veut dire que tu as passé la journée au lit. Lève-toi, on va faire une partie de billard.

— Je ne suis pas d'humeur…

— Tu n'as pas le choix. S'il y a une chose que je ne supporte pas, c'est les gens qui pleurent sur leur nombril. Alors dépêche-toi de te lever.

Rory avait raison. Colin ne pouvait pas rester à panser ses plaies éternellement. Et pour être honnête, il était fan de la table de billard de Rory, avec son revêtement en daim, touche finale parfaite de toute garçonnière.

— D'accord, d'accord. Je me sens un peu paumé, c'est tout, capitula Colin en se levant.

— Je comprends, mon vieux, répondit Rory en rassemblant les boules. Mais il faut que tu te remettes en selle. Il y a plein de femmes qui n'attendent qu'un homme comme toi.

— Mais je ne veux pas d'autres femmes, je veux retrouver Tara…

Colin éparpilla les boules. Deux d'entre elles finirent dans les poches.

— Je dois dire que je n'arrive toujours pas à croire que Tara t'ait quitté parce que tu as frappé ce pervers. Tu déchires dans cette vidéo !

— Merci ! Et dans les commentaires, tout le monde estime que c'est moi le héros.

— Exactement. Et moi aussi, j'ai l'air sacrément héroïque, à te soutenir comme ça, renchérit Rory en envoyant à son tour une boule dans une poche.

— Tu n'as pas levé le petit doigt !

— C'est comme un choriste, Colin. Je ne suis pas intervenu car je voulais te laisser ton moment de gloire…

L'explication n'était pas très convaincante.

— Ouais, c'est ça, rit Colin.

— Mais ce que je voulais dire, c'est qu'il y a des centaines de femmes sur Internet qui discutent de ton geste héroïque. Ce n'est pas le moment de t'auto-apitoyer sur mon canapé. C'est le moment de repartir à la conquête du monde. Tu ne peux pas rêver meilleur timing !

— Hmmm… tu as peut-être raison.

Colin n'avait pas vu les choses comme ça. C'était son quart d'heure de gloire, peut-être fallait-il en tirer le maximum.

— J'ai toujours raison. Je veux dire, pourquoi n'as-tu pas retéléchargé Crush ? Maintenant que Tara n'est plus là, rien ne t'empêche de te mettre avec Claire.

— Claire non plus ne veut pas de moi… Elle m'a posé deux lapins. Si elle voulait de moi, on se serait déjà rencontrés.

— C'est quand la dernière fois que tu lui as parlé ?

— Quand j'étais dans la chambre d'hôtel, elle m'a envoyé un message pour me dire qu'elle ne viendrait pas à *L'Élixir*. Alors j'ai supprimé Crush. Je n'y suis pas retourné depuis. J'ai les chocottes.

— Sans vouloir te vexer, ça ne te va pas d'avoir les chocottes, commenta Rory en regardant la barbe hirsute et le pyjama de Colin. Au minimum du minimum, réinstalle Crush et regarde ce que tu as comme nouveaux matchs. Ne serait-ce que pour te booster l'ego.

— Je n'aurai jamais mieux que cent pour cent, Rory. Claire était la seule femme à part Tara qui me faisait vraiment éprouver quelque chose.

— Alors dis-lui que c'est toi, le beau gosse dont tout le monde parle en ligne ! Tu n'as plus besoin de cacher ton identité. Une fois qu'elle aura vu ta vidéo, elle mourra d'impatience de te rencontrer. Et pas juste pour un verre, crois-moi.

Colin était à court d'excuses. Il n'avait pas l'impression que Claire soit aussi attachée à lui qu'il l'était à elle. Mais peut-être que ça valait le coup d'essayer. Rien ne lui interdisait d'envoyer une photo de son visage désormais. Il avait le cœur brisé, mais peut-être que l'offrir à une autre était le meilleur moyen de guérir.

Après tout ce qui s'était produit, qu'avait-il à perdre ?

— D'accord, d'accord. Je vais télécharger Crush.

— Voilà, c'est bien !

Colin sortit son téléphone pour réinstaller l'appli. Quand il cliqua sur l'icône, il fut accueilli par la page de connexion. Il entra le nom JACK.

— C'était quoi le mot de passe que tu as mis, déjà ?

— RORY-EST-MONTÉ-COMME-UN-TAUREAU, tout en majuscules avec des traits d'union, répondit son ami avec un sourire satisfait.

Colin leva les yeux au ciel et se connecta. Lorsque la page d'accueil s'ouvrit, il faillit laisser tomber son téléphone sous l'effet du choc. Une énorme quantité de messages de Claire l'attendaient. Les plus récents apparaissaient en premier.

> Claire : Coucou Jack, je sais que tu dois me détester et que tu ne liras peut-être pas ce message

> Mais je veux que tu saches à quel point je suis désolée de t'avoir de nouveau posé un lapin

Je ne mérite pas une troisième chance, je le sais

Mais je serai à Dún Laoghaire Harbour demain à 15 heures

Au milieu du West Pier, il y a une passerelle pas très fréquentée

Je sais qu'il n'y a sans doute aucune chance que tu viennes

Mais je serai là, Jack

Je te promets que je serai là ♥

Colin contemplait l'écran, sans voix. Son cerveau n'arrivait pas à comprendre ce qu'il lisait. Claire voulait toujours de lui. Mais il avait ignoré tous ses messages après avoir supprimé Crush.

— Bordel, qu'est-ce qui se passe ? s'inquiéta Rory en voyant son expression.

— C'est Claire ! Elle veut qu'on se voie à Dún Laoghaire Harbour !

— Pas possible ! Quand ça ?

Colin scruta le téléphone et vit que le message qui parlait de se voir le lendemain datait de la veille.

— AUJOURD'HUI ! ELLE VEUT QU'ON SE VOIE AUJOURD'HUI ! Oh, mon Dieu ! Elle me dit qu'elle y sera à 15 heures… il est quelle heure ??

— Deux heures et demie !

— DEUX HEURES ET DEMIE ! Je ne serai jamais à Dún Laoghaire dans les temps !

— AVEC UNE ATTITUDE PAREILLE, EN EFFET ! hurla Rory.

— OK, OK, repartit Colin en tentant de rassembler ses pensées. Des vêtements ! Il me faut des vêtements !

— Va voir dans ta valise, prends un jean et une chemise ! Et démêle-moi cette barbe ! Ensuite tu te brosseras les dents ! Et du déo !

Colin se précipita dans la chambre de Rory où se trouvait sa valise. Il fouilla dedans et trouva un jean foncé un peu chic, une chemise bleue, une ceinture marron et des bottes de la même couleur. Une fois habillé, il courut dans la salle de bains, se brossa les dents et se peigna la barbe avec de l'huile spéciale pour la rendre moins piquante. Il se mit du déo sous les aisselles et de l'eau de Cologne dans le cou. Il regarda sa montre. 14 h 36.

C'était quasiment impossible qu'il y arrive.

Mais bon sang, il fallait qu'il essaie.

— Je suis présentable ? demanda-t-il à Rory juste avant de partir.

— Bon, en six minutes, c'est pas mal.

C'est l'instant que choisit la sonnette pour retentir.

— Ah, c'est Emily. Juste à l'heure pour son projet dick.

— N'emploie pas cette expression devant moi, je ne suis pas remis de mon syndrome de stress post-traumatique, protesta Colin, désireux d'oublier ce souvenir.

Lorsque Rory fit entrer Emily, elle lui sauta immédiatement dessus et se mit à le dévorer tout cru. Rory rentra dans l'appartement à reculons, serrant Emily en lui rendant ses baisers avec rage. La jeune femme aperçut soudain Colin du coin de l'œil et se calma un peu.

— Oh, j'avais oublié que tu avais de la compagnie, souffla-t-elle en tentant de reprendre contenance.

— Tu dois être Emily… J'ai beaucoup entendu parler de toi !

— Il n'y a aucune preuve ! répondit Emily avec autodérision.

— Bref, je file ! reprit Colin en se précipitant vers la porte. ATTENDS ! Je n'ai jamais renvoyé de message pour dire que je venais !

— Pas le temps, Col ! Dépêche-toi ! cria Rory.

— Oui ! Souhaite-moi bonne chance !

Colin sortit en trombe.

— File comme le vent, mon ami ! lança Rory en fermant la porte derrière lui. Bon, on en était où ?

Rory et Emily se remirent à s'entredévorer tout en se dirigeant vers le milieu de l'appartement.

— Où Colin était-il si pressé d'arriver ? demanda Emily.

Elle voulait chaque centimètre carré de Rory contre sa peau, mais elle voulait aussi quelques potins pour Tara.

— Oh, c'est une longue histoire, expliqua Rory en l'embrassant dans le cou. Il vient de s'apercevoir qu'il a rendez-vous dans trente minutes à Dún Laoghaire Harbour. J'espère vraiment qu'il sera à l'heure. Le pauvre homme, il a bien besoin de décrocher le pompon.

— Attends, Colin a un rendez-vous à Dún Laoghaire Harbour ? s'étonna Emily. C'est bizarre, Tara aussi !

— Ça va être gênant, s'amusa Rory en ouvrant la fermeture éclair au dos de sa robe.

— Enfin, je ne sais pas si je devrais dire « rendez-vous ». Tara va là-bas avec le vague espoir qu'un certain Jack se montre. Ce qu'il ne fera sans doute pas. Bref…

Emily ouvrit la chemise de Rory en la déchirant, et tout en caressant ses pectoraux volumineux, se remit à l'embrasser.

— Une minute, coupa Rory en s'écartant. Tu as dit… Jack ?

— Ouais, c'est le gars avec qui elle discutait par messages. Ils se sont rencontrés sur la fameuse appli, Crush.

— OH, MON DIEU ! s'étrangla Rory qui comprenait enfin.

— Quoi ?

— Par hasard… le pseudo de Tara sur Crush… c'est Claire ?

— Ouais, comment tu le… OH MON DIEU ! JACK, C'EST COLIN ?

— CLAIRE, C'EST TARA ? Alors c'est ENSEMBLE qu'ils parlaient ces dernières semaines ? balbutia Rory, effaré.

— C'est sûrement ça ! Mon Dieu, il faut qu'on les appelle ! s'écria Emily en sortant son téléphone.

— ATTENDS !

— Attends quoi ? On n'a pas le temps ! s'affola Emily.

— Écoute-moi, insista Rory en passant toute la situation en revue. Et si on attendait juste de voir ce qui se passe ? Je veux dire, qui sommes-nous pour interférer avec le premier rendez-vous de Jack et Claire ?

— Humm… tu as raison, en fait, sourit Emily avec satisfaction. Et je viens juste de prendre conscience qu'on a un problème bien plus urgent à résoudre.

Rory la souleva contre le mur.

— Lequel ?

— Je ne l'ai jamais fait sur une table de billard…

Chapitre 39

Colin sauta sur sa Triumph Bonneville.

Il n'avait que vingt minutes pour arriver à Dún Laoghaire Harbour. C'était peu probable qu'il y parvienne. Mais il n'était pas du genre à se laisser décourager par les probabilités.

Il mit les gaz et fit vrombir le moteur de Bonnie. Puis il sortit du parking comme une fusée et fila le long de la rue. Il n'était pas parti pour une petite balade tranquille du dimanche. C'était tout ou rien. Il avait tout foiré avec Tara. Il ne pouvait pas faire de même avec Claire.

Il traversa le centre-ville en slalomant entre les voitures. Il poussait Bonnie à sa limite, mais elle était née pour ce trajet.

Il arriva à hauteur d'une file de voitures, pare-chocs contre pare-chocs, à l'arrêt.

— Pas aujourd'hui, dit-il en se glissant entre les deux voies pour remonter le bouchon à toute vitesse.

Les automobilistes le klaxonnaient pour cette infraction, mais il s'en moquait. L'enjeu était trop grand.

Il finit par sortir du centre-ville, et arriva à un feu rouge.

Il freina et consulta sa montre.

14 h 45.

Arriver à temps était toujours peu probable.

Mais ce n'était pas impossible.

Et c'était bien assez pour Colin.

Le feu passa au vert et il tourna la manette de gaz plus violemment que jamais.

Alors qu'elle marchait le long de Dún Laoghaire Harbour, Tara se sentait nauséeuse. Le haut-le-cœur qu'elle avait ressenti dans l'abri de jardin s'était transformé en mal de mer dès qu'elle avait vu l'eau, bien qu'elle soit sur la terre ferme. Elle se disait qu'il était normal d'avoir l'estomac noué avant de rencontrer un inconnu ; elle prit une profonde inspiration et tenta de se détendre. Bien qu'elle ignore en réalité si l'inconnu en question était en chemin ou pas.

Pendant une fraction de seconde, elle eut envie de tourner les talons et de s'enfuir à toutes jambes. Mais elle changea d'avis. Elle se souvint de la deuxième carte de tarot qu'elle avait tirée, avec la femme aveugle devant la mer… Et justement elle était là, devant la mer, prête à enlever son bandeau. Elle avait tiré Les Amoureux comme carte de l'avenir. Il fallait que ça ait un sens. Elle devait faire confiance à son intuition, maintenant plus que jamais.

Elle arriva enfin au bout de la passerelle et s'appuya sur la balustrade pour contempler les flots. Elle posa son sac à main et se pencha par-dessus la rambarde, laissant le vent secouer ses cheveux redevenus roux. Il faisait doux, tiède même pour un mois d'octobre, et elle avait enfilé une robe d'été blanche, sans manches, avec une large ceinture marron et des spartiates. C'était le genre de tenue qu'elle ne portait qu'en vacances, jamais en Irlande. Mais alors que le vent la cinglait, elle regretta bien vite de ne pas avoir emporté de veste.

Elle pria pour que Jack voie son message et vienne la rejoindre. La tapisserie des événements qui avaient conduit à ce moment paraissait chaotique, le fruit du hasard, mais Tara avait besoin de croire qu'il existait un plan sous-jacent pour elle, qu'elle était toujours dans la bonne voie. C'était la synchronicité qui l'avait menée dans ce cheminement, et le moment de vérité était enfin venu. Si Jack ne venait pas, elle saurait que cela ne devait pas arriver. Mais si sa relation avec Jack n'était pas destinée à voir le jour, le destin existait-il ? Cela signifierait-il que sa synchronicité était dénuée de sens ? La question la terrifiait, mais elle avait quand même besoin d'une réponse.

Elle baissa les yeux vers sa montre.

14 h 59.

Elle n'aurait plus longtemps à attendre.

Elle contempla la mer en attendant patiemment que le destin vienne la trouver.

Colin voyait la mer. Il savait qu'il n'était plus très loin.

Le problème, c'est qu'il n'avait pas de GPS sur sa moto, et qu'il n'était pas certain de l'endroit où il devait tourner. Mais avec l'océan en vue, il savait qu'il était presque arrivé.

C'est là qu'il entendit un choc métallique. Comme si quelqu'un avait jeté une clé à molette dans le moteur de Bonnie. Ensuite la fumée apparut.

— Non, non, non, non, non ! Pas maintenant !

Bonnie commença à ralentir alors que son moteur rendait l'âme. L'avait-il trop poussée ? Elle était presque aussi vieille que lui et peut-être n'était-elle plus capable d'endurer un trajet aussi tumultueux que celui que Colin venait de lui imposer. Mais elle avait été réparée si récemment ! D'un autre côté, Colin faisait les réparations lui-même, et peut-être qu'il n'était pas aussi doué en mécanique qu'il le croyait. Sans compter que Tara l'avait frappée avec un club de golf.

Il gara Bonnie le long de la route et coupa le moteur. Il aurait voulu l'inspecter pour voir s'il pouvait arranger le problème, mais il savait que c'était impossible.

L'heure tournait.

Il consulta sa montre.

15 h 08.

Il était déjà en retard. Mais sans doute Claire lui accorderait-elle un petit délai. Il regarda à gauche et son visage s'illumina d'espoir.

Il voyait la jetée. À un jet de pierre, presque. Il pouvait encore arriver s'il courait assez vite. Et c'est exactement ce qu'il avait l'intention de faire.

Colin se mit à courir vers la jetée de toutes les forces de son être. Il fallait qu'il y arrive. Sans ça, toute sa vie se serait écroulée pour rien. Il traversa à toutes jambes la rue qui le séparait de la jetée. Les voitures le frôlèrent en klaxonnant. Arrivé de l'autre côté, il se mit à transpirer à grosses gouttes. De toute sa vie, il n'avait jamais couru si vite, et son corps était en état de choc. Peut-être que l'adrénaline de la situation allait lui donner le coup de fouet dont il avait besoin pour réussir.

Enfin, il était sur le port. Il s'arrêta un instant pour reprendre haleine. La jetée s'étirait devant lui, et la foule profitait du dimanche. Comment reconnaître Claire ? Qu'avait-elle dit dans son message ? Quelque chose à propos d'une passerelle à mi-chemin de la jetée.

C'était ça.

Colin regarda la passerelle qui s'étirait vers le milieu du port. Il n'avait pas encore repris son souffle qu'il le perdit de nouveau. Au bout du chemin, il voyait la silhouette d'une belle femme rousse tournée vers la mer, comme si elle se languissait de lui. Elle lui tournait le dos, et il ne voyait pas son visage. Mais il n'y avait qu'elle sur la passerelle.

Il savait que c'était Claire.

La sirène pour laquelle il avait volontairement naufragé son bateau, dans le seul espoir d'apercevoir sa majesté. C'était tellement logique qu'elle soit rousse : les chevelures flamboyantes étaient sa faiblesse.

Colin sourit en avançant sur la jetée. Alors qu'il s'approchait d'elle, il éprouva une étrange sensation de familiarité. Lorsqu'il parlait avec Claire, ces dernières semaines, il avait l'impression de l'avoir connue toute sa vie, et à présent, alors que la distance entre eux diminuait, il le ressentait plus fort que jamais. Ses cheveux roux flottaient dans toutes les directions, comme des flammes indomptables dans le vent. Il avait presque peur, s'il clignait des yeux, que cette vision éthérée disparaisse. Elle apparaissait comme un mirage dans le désert de sa vie, une oasis de possibilités.

Il devint soudain terriblement conscient qu'il allait devoir lui parler dans quelques secondes seulement. Que dire qui soit à la hauteur du moment ? Comment sonnerait sa voix ? Elle était attirée par sa masculinité, mais Colin n'avait pas la voix très grave. Il décida de parler plus bas d'une octave, et se racla la gorge pour se préparer.

Mais que faire après avoir parlé ? L'intensité émotionnelle de leurs échanges en ligne avait été telle que parler de la pluie et du beau temps serait totalement incongru. Il repensa à leurs conversations tardives. Son désir le plus profond, avait-elle dit, était qu'un homme la saisisse pour la soulever dans ses bras. Elle ne voulait pas avoir à demander à un homme de prendre l'initiative, elle voulait un partenaire qui sache qu'elle était sienne, sans dire un mot.

Alors qu'il avançait sur la passerelle, il sut ce qu'il avait à faire.

Tara regarda une dernière fois sa montre.

15 h 14.

Il était temps de renoncer. Si Jack avait voulu d'elle, il serait déjà là.

Elle se sentit un peu bête de s'être rendue sur la jetée. Elle prenait soudain conscience du ridicule de la situation : aller rencontrer un homme qui ne répondait même pas à vos messages ? C'était tout bonnement absurde.

Mais au moins, maintenant elle savait. Elle avait sa réponse. Une réponse qui la poussait à remettre en question son système de croyances tout entier. Une réponse qui signifiait que tout ce qu'elle avait toujours cru n'était qu'un mensonge. Une réponse qui lui arrachait tout espoir.

Mais alors elle entendit les pas.

Dans son dos, qui approchaient.

Pour une raison inexplicable, elle sut que c'était Jack. Elle sentait son énergie masculine avancer vers elle.

Le suspense la tuait. Elle aurait voulu se retourner, mais elle voulait attendre qu'il soit juste derrière elle. Enfin, les pas s'arrêtèrent.

— Bonjour, chère inconnue, dit une voix grave et virile qui lui parut incroyablement familière, comme si elle l'avait connue toute sa vie.

Tara sourit et commença à pivoter lentement.

— Ne te retourne pas, gronda la voix grave.

Elle obéit sans se faire prier. Il commandait et ça lui plaisait.

— Fais-moi confiance.

La voix de baryton de Jack lui donnait la chair de poule.

Pour des raisons mystérieuses, elle lui faisait confiance. Elle aurait mis sa vie entre ses mains.

— Ferme les yeux.

Elle obéit une fois de plus, sans savoir à quoi s'attendre. Les pas résonnèrent de nouveau. Il approchait. Elle resta là, pétrifiée de désir. Elle gardait les yeux bien fermés alors que Jack était de plus en plus près. Il lui avait donné un ordre et elle n'osait l'enfreindre.

C'est alors qu'elle le sentit l'étreindre, la tourner vers lui et poser les lèvres sur les siennes. Elle fondit alors entre ses bras, et se perdit dans ce doux abandon réciproque. Tara eut alors un sentiment de déjà-vu, comme si elle avait vécu ce moment à l'infini dans le passé, et s'apprêtait à le revivre pour toujours à l'avenir. Elle avait la chair de poule de la tête aux pieds, des frissons dans le dos. La sensation était aussi familière que fantastique.

C'était la synchronicité la plus puissante que Tara ait jamais éprouvée.

Même les yeux fermés, Tara voyait qu'elle était exactement là où elle devait être.

Mais elle ne pouvait plus attendre, il fallait qu'elle découvre son visage. Elle commença à ouvrir lentement les yeux pour apercevoir l'amour de sa vie.

Mais ce qu'elle vit lui donna plutôt la peur de sa vie.

— COLIN ! hurla-t-elle.

— TARA ! cria-t-il en ouvrant les yeux à son tour.

Tara poussa un hurlement strident et repoussa Colin avec une force inflexible.

— QU'EST-CE QUE TU FAIS LÀ ?

— Ce que je fais là ? Tu veux dire toi, qu'est-ce que tu fais là ? J'étais censé rencontrer une certaine Claire ! répondit Colin, totalement perplexe.

C'est alors que la vérité se fit enfin jour.

— JACK ? glapit Tara.

— CLAIRE ? rugit Colin.

— Non, non, non, ça ne peut pas être vrai ! protesta Tara. Tu ne peux pas être Jack, c'est impossible. Oh mon Dieu, Colin, tu m'as fait marcher tout ce temps ? C'est un jeu pour toi ? questionna-t-elle.

Elle essayait désespérément de comprendre.

— Moi, te faire marcher ? C'est toi qui m'as fait marcher ! rétorqua-t-il, offensé.

— JE NE SAVAIS PAS QUE TU ÉTAIS JACK !

— BEN MOI, JE NE SAVAIS PAS QUE TU ÉTAIS CLAIRE !

— Attends, j'ai la tête qui tourne. Tu veux dire que ces dernières semaines, on a discuté *ensemble* sur Crush ? bredouilla-t-elle.

L'ironie de la situation venait de lui tomber dessus comme une tonne de briques.

— Non, ça n'a pas de sens. Claire et moi, on se parle depuis des lustres !

— À 23 h 23 tous les soirs ? demanda Tara qui connaissait déjà la réponse.

— Mon Dieu, quand j'étais sur le canapé, c'est toi qui recevais mes textos dans le lit ? Impossible, Claire m'a envoyé ces photos sexy d'elle en lingerie ! Tu n'as rien de tel dans tes tiroirs !

— J'ai acheté ces dessous pour essayer d'être sexy pour Jack. Mais Jack m'a envoyé des photos de lui à la salle de sport. Ce n'est pas toi sur ces images, impossible !

— Rory m'a emmené à la salle pour que mes photos soient plus attirantes.

— Mon Dieu, c'est pour ça que tu étais dans le Luas devant le *Vine* dans Dawson Street ! Tu venais pour *me* retrouver ! comprit-elle avec un halètement.

— Tu étais là ? J'ai cru que Claire m'avait posé un lapin !

— Je t'ai vu, j'ai eu peur que tu me prennes la main dans le sac avec Jack, et je me suis enfuie comme une dératée !

— Attends, c'est pour ça que tu m'as vu entrer dans l'hôtel ! Tu étais dans Harcourt Street pour rencontrer Jack, dit Colin, comprenant tout à son tour.

— Alors tu as réservé la chambre pour Claire et toi ?

— OUI !

— Alors tu me trompais… avec moi-même ? JE SUIS LA TRAÎNÉE AVEC LAQUELLE TU AVAIS RENDEZ-VOUS ?

Soudain, tout était transformé.

Tara avait été tellement blessée par l'adultère de Colin. Mais il disait la vérité quand il affirmait ne pas avoir couché avec une autre femme. Et l'autre femme, c'était elle ! Elle était la salope briseuse de ménage qu'elle avait tant maudite !

— Attends juste une minute. Tu as fait une crise quand tu as découvert que j'avais une liaison. Mais tu avais une liaison, toi aussi ! C'est l'hôpital qui se fout de la charité ! protesta Colin, froissé par son hypocrisie.

— Je n'ai jamais eu l'intention de te tromper ! Si j'ai téléchargé Crush, c'est seulement parce qu'on gérait leur campagne publicitaire.

— Tu veux me faire croire que nos innombrables conversations nocturnes avaient un caractère purement professionnel ? Arrête ton char…

— Au début, c'était ça. Mais quand j'ai matché avec Jack, j'ai eu la même sensation viscérale que lorsque je t'ai rencontré.

— Va comprendre…

— J'ai pensé que mon intuition était le signe que j'étais destinée à être avec Jack.

— Peut-être que c'est le cas, répondit Colin sans chercher à dissimuler ses sentiments. Tu t'es teint les cheveux.

— Tu n'aimes pas ? demanda Tara en tentant d'assagir ses flammèches folles.

— Non. J'adore. Tu te ressembles de nouveau. La Tara qui m'a fait craquer au *O'Malley's*, confia Colin avec chaleur.

— Le *O'Malley's* de Galway, ou celui dans notre abri de jardin ? sourit-elle.

— Oh, tu l'as vu, alors ?

— Mais comment tu as fait ça ?

— Tu n'imagines pas ce qu'on trouve sur Internet.

— Et tu avais déjà toutes les plaques…

— J'espérais que les enseignes t'enseignent que c'était le signe de ne pas signer les papiers.

— Un plan sacrément élaboré.

— Et cela aurait-il marché, par hasard ?

Tara se pencha pour prendre l'accord de séparation dans son sac à main.

— Regarde par toi-même…

Colin tourna les feuillets pour arriver à la dernière page. Elle était vierge.

— Tu n'as pas signé… Quelque chose ne te convenait pas dans le document ?

— Non, c'était parfait… Je trouve juste ça drôle que…, commença-t-elle d'un ton taquin.

Colin déchira les papiers en deux et fit taire Tara d'un baiser. Alors qu'il l'attirait plus près de lui et la serrait bien fort, elle se sentit assez rassurée pour se laisser aller.

En cet instant, Tara avait la certitude cosmique de sa place dans le monde. Alors que son mari la tenait dans ses bras, elle savait qu'elle était exactement au bon endroit. Elle sentait l'amour de Colin, comme un soleil, faire fondre la glace de l'hiver et la ramener à la vie comme une fleur d'été.

Ses inexplicables sentiments pour Jack prenaient enfin sens. Elle avait la preuve que l'univers avait un dessein, que les coïncidences n'existaient pas. Lorsque deux personnes sont destinées à être ensemble, l'avenir trouve toujours un chemin. La synchronicité ne l'avait pas guidée vers les bras d'un autre homme.

La destinait l'avait ramenée vers son foyer.

— Je t'aime, Jack, dit Tara bien en sécurité dans son étreinte.

— Je t'aime aussi, Claire, répondit Colin en l'agrippant de toutes ses forces.

— Pour toujours et à jamais ?

— À jamais et pour toujours.

— De tous les pubs de toutes les villes de toute l'Irlande, il fallait que tu entres dans le mien, sourit Tara, sans pouvoir cacher la joie qui illuminait son âme, l'amour qui irradiait de son cœur.

— Alors dis-moi. Est-ce que tu monterais sur ma moto et referais tout pareil ?

— Ça dépend de ta réponse à une question très importante…, répondit-elle avec coquetterie.

Colin eut un sourire perspicace.

— Oui, bébé. Je t'aimerais encore si tu étais un ver de terre.

— Ce sont les mots que toute femme rêve d'entendre, chouchou.

Tara éclata de rire et se pencha pour l'embrasser de nouveau.

Ils savaient tous deux qu'ils venaient de renouveler leur engagement l'un envers l'autre par ces paroles, sans avoir besoin de rien y ajouter.

Mais alors que Tara embrassait encore Colin, elle sentit soudain son estomac se contracter de nouveau. Cette fois, pourtant, la nausée était bien plus violente que précédemment, au point qu'elle se crut sur le point de vomir. Elle était prise de vertige. Elle n'aurait pas su comment décrire ce qu'elle ressentait, mais elle comprenait que ce n'était pas normal.

— Colin, je ne me sens pas très bien, dit-elle alors que sa vue commençait à se brouiller.

— Tara, que se passe-t-il ? demanda Colin, terrifié.

— Je… je… crois que je vais…

Ses yeux se révulsèrent. Alors qu'elle sombrait dans l'obscurité de l'inconscience, elle entendit Colin appeler à l'aide d'une voix désespérée. Toute couleur avait quitté le visage de sa femme.

Chapitre 40

Lorsque Tara se réveilla à l'hôpital, elle vit un spectacle auquel elle n'aurait jamais imaginé assister. Colin priait.

Elle avait repris brièvement connaissance plusieurs fois depuis son évanouissement et se souvenait vaguement du son de Colin appelant une ambulance, et d'avoir été transportée à l'hôpital. C'était la première fois qu'elle était assez lucide pour comprendre ce qui se passait.

— Colin…, murmura-t-elle en tendant une main vers lui.

— Mon Dieu, Tara, tu es réveillée ! s'écria-t-il en se levant d'un bond pour lui embrasser le front.

— Qu'est-ce qui s'est passé ?

— Tu t'es évanouie sur la jetée. On ne sait pas encore pourquoi. Les médecins sont en train de faire des examens. Tu es de nouveau tombée dans les pommes quand ils t'ont fait une prise de sang, c'est pour ça qu'ils t'ont amenée ici.

— Oh mon Dieu, je vais mourir !

Tara s'assit dans le lit.

— Ne dis pas ça !

— C'est sûrement un cancer. Il faut que je regarde sur Google.

Colin l'empêcha d'attraper son téléphone.

— Non, tu ne vas pas regarder tes symptômes sur Internet. Les résultats ne vont plus tarder. Et quels qu'ils soient, on va se battre ensemble. Plus rien ne nous séparera jamais.

Emily et Rory entrèrent dans la chambre comme une tornade.

— Mon Dieu ! Tara, tu vas bien ? cria Emily en se précipitant à ses côtés.

— Vous n'auriez pas dû venir ! Je ne voulais pas interrompre votre rendez-vous…

— Ne t'en fais pas, on l'a déjà fait trois fois, répondit Rory avec le plus grand sérieux.

— Et vous êtes toujours ensemble ? s'étonna Colin. Ça ne marche plus, la lucidité post-noix ?

— C'est trop bizarre : après avoir couché ensemble, on s'est aperçus qu'on s'appréciait encore ! répondit Rory, choqué par sa propre révélation.

— Mais Tara, qu'est-ce qui t'est arrivé ? Tu es tombée dans les pommes quand tu as découvert que Colin était Jack ? demanda Emily.

— TU ÉTAIS AU COURANT ?!

— On n'a compris que quelques minutes avant votre rendez-vous, expliqua Rory, volant à son secours. On a fait le rapprochement.

Colin ne le prit pas très bien :

— Tu aurais dû m'appeler pour me prévenir !

— On s'est dit que tout allait s'arranger. On ne pouvait pas deviner que tu te retrouverais à l'hôpital, insista Emily.

Sur ces mots, un médecin entra, un porte-bloc à la main.

— Bonjour Tara, je suis le docteur Boyd. Comment vous sentez-vous ?

— Docteur, je vous en prie, dites-moi la vérité. Combien de temps il me reste ?

—Je dirais à peu près huit mois, répondit le médecin, les yeux sur ses résultats.

—Oh, mon Dieu…, gémit Colin en serrant la main de sa femme de toutes ses forces.

—Laissez-moi deviner…, reprit Tara. Cancer ?

—C'est bien possible, répondit son interlocuteur sans émotion apparente.

—Doux Jésus ! sanglota Colin.

—Mais je penche plutôt pour gémeaux, précisa le docteur Boyd.

—Docteur, je ne suis pas venue pour que vous me donniez mon horoscope ! Que disent les examens ? Pourquoi je me suis évanouie ? insista Tara, aussi perplexe que furieuse.

—Eh bien, il y avait une petite hypoglycémie, mais ce n'est pas bien méchant. Perdre connaissance, c'est très fréquent chez les femmes dans votre état.

—QUEL ÉTAT ?

—Quoi, vous n'étiez pas au courant ? répliqua le docteur Boyd, désorienté.

—AU COURANT DE QUOI ?

—Vous êtes enceinte.

—ENCEINTE ? s'écrièrent Tara et Colin d'une seule voix.

Tara était stupéfaite. C'était impossible. Il devait y avoir une erreur.

—Non, docteur, il doit y avoir une erreur. Je ne peux pas avoir d'enfants.

—Alors, d'après les examens, vous pouvez tout à fait.

—Je pensais que j'avais juste un peu de retard. Ça ne m'a pas du tout alertée ! Mais Colin, c'est quand la dernière fois qu'on a eu un rapport ?

— Ça doit remonter au soir où on a regardé la vidéo de notre mariage, comme le docteur Burke nous l'avait recommandé. Mon Dieu, cette femme est un génie !

C'étaient les trois cents euros les mieux dépensés de sa vie.

Tara était toujours persuadée qu'il s'agissait d'une erreur.

— Mais on a connu trois échecs de FIV ! Vous pouvez refaire les examens, pour être sûrs ?

— On les a déjà faits trois fois. Beaucoup de femmes tombent enceintes naturellement après des échecs de FIV. Tout ce qu'il faut, c'est le bon spermatozoïde et le bon ovule.

— Donc vous êtes certain à cent pour cent que je suis enceinte ?

— Oui, vous pouvez vous préparer à l'arrivée d'un petit gémeaux en juin de l'année prochaine. D'après vos analyses sanguines, vous êtes en parfaite santé. Votre évanouissement semble être dû à la fois à l'adaptation de votre corps aux hormones et à l'hypoglycémie. Veillez à ne pas sauter de repas, et à bien consommer des glucides, du pain par exemple.

— C'est le plus beau jour de ma vie, soupira Tara, les larmes aux yeux.

— Je vais faire votre bon de sortie. On se revoit dans quelques semaines pour la première échographie, annonça le docteur Boyd avant de quitter la pièce.

— Tara, tu arrives à le croire ? On va avoir un bébé !

— J'ai du mal à réaliser… J'ai cru que j'avais un cancer ! répondit Tara, les yeux toujours brillants de larmes.

— Ce mec doit vraiment apprendre à parler aux patients, grommela Emily. Mais plus important : félicitations ! Est-ce qu'on peut être parrain et marraine, Rory et moi ?

— Seulement si vous êtes encore ensemble dans huit mois, répondit Tara.

— Défi accepté, lança Rory, confiant.

— Allez, Rory, on ferait mieux de les laisser en tête à tête. Allons voir si on peut trouver un cagibi libre par ici.

Rory la suivit hors de la pièce, embrumé par le désir.

— Il faut croire que chacun finit toujours par trouver chaussure à son pied, commenta Colin en riant alors qu'ils s'éloignaient.

— Narcisse et la nymphe enfin réunis, plaisanta Tara. Colin, tu arrives à le croire ? Je pense que je vais pleurer !

— On va avoir un bébé ! s'extasia Colin, la tête sur le ventre de sa femme. Pense à toutes les blagues de daron que je vais pouvoir faire ! Comment on va l'appeler ?

— Que dirais-tu de Claire si c'est une fille ?

— Et Jack si c'est un garçon ? Ce sera drôle de lui expliquer l'histoire de son prénom !

— Quand je pense qu'on a failli se perdre. Si jamais tu me vois commencer une dispute, embrasse-moi pour me faire taire, soupira Tara en lui pressant la main.

— Et si jamais on recommence à s'éloigner, retrouve-moi au *O'Malley's*, répondit-il en lui caressant le visage avec douceur.

— Tu ne vas pas rigoler, avec deux gémeaux à la maison, pouffa Tara.

— Je promets de vous aimer tous les quatre, plaisanta Colin. Maintenant, il ne nous reste plus qu'à supprimer Crush de nos téléphones.

— Une dernière chose, dit Tara en sortant le sien de son sac.

Elle se mit à taper et Colin sentit son appareil vibrer. Il ouvrit la notification et lut.

Claire : Enchantée de te rencontrer enfin, Jack ❤

Colin sourit et répondit :

Jack : À plus, chère inconnue ☺

Tara et Colin supprimèrent tous deux leurs comptes Crush et effacèrent l'application de leurs téléphones. Ils avaient rencontré leur match cent pour cent compatible, et il n'existait pas de score plus haut que la perfection. Ils avaient téléchargé l'application pour échapper à leur vie, mais les étoiles les avaient ramenés chez eux.

— Tu avais raison, Tara. Rien ne se produit sans raison.

— Tu me crois enfin ? demanda-t-elle en se noyant dans ses yeux couleur océan comme lors de leur première rencontre.

— Oui, Tara… parce que maintenant je sais… que ma raison, c'est toi.

Colin l'enlaça et l'embrassa comme il le ferait tout le reste de sa vie. Leur flamme brillait plus fort que jamais, ravivée par le combustible de ces cent pour cent de compatibilité.

Tout ça grâce à ce qui était plus qu'une liaison : un lien.

Et tout ça grâce à une petite appli nommée Crush.

— Rentrons à la maison, proposa Tara avec l'impression que sa vie venait tout juste de commencer.

Remerciements

En premier par ordre d'importance, j'aimerais remercier mes merveilleux parents Kathleen et Finian d'être les parents les plus capables de m'inspirer, m'accepter et prendre soin de moi que l'on puisse rêver. Merci de m'avoir donné la plus incroyable enfance, et de m'avoir toujours répété de poursuivre mes rêves. Sans votre amour et votre soutien, ce livre n'aurait jamais été possible.

Je voudrais aussi remercier mes sœurs Jessica et Lisa pour leurs fantastiques retours sur *Crush* et leurs encouragements à chaque étape.

Un énorme merci à mon agente survitaminée Marianne Gunn O'Connor qui a cru en *Crush* dès le tout début. Merci d'avoir vu mon potentiel et d'avoir réalisé mon rêve, au sens propre du terme.

À Vicki Satlow, Patrick Lynch, Dan Bolger et Alison Walsh chez MGOC, merci pour votre dur labeur sans lequel *Crush* n'en serait pas là aujourd'hui.

À Jayne Osborne chez Pan Macmillan, merci de t'être battue pour *Crush* et d'avoir été son plus grand soutien depuis l'instant où tu l'as lu. Ton regard sur mon premier roman a changé ma vie pour toujours, et c'est une chose que je n'oublierai jamais.

Et à Francesca Pathak, merci pour ton fantastique travail, toujours en cours, sur le livre.

Merci également à Samantha Fletcher d'avoir été une si agréable collaboratrice tout au long du processus de correction. Ton constant sens du détail signifie beaucoup pour moi. Et au reste de l'équipe de Pan Mac, je suis

très reconnaissant de votre remarquable travail et je ne pourrais imaginer meilleure maison pour *Crush*.
Mille mercis à mes meilleurs amis Emmet Mahoney et Tim Graham de m'avoir poussé à améliorer *Crush* tout au long de son élaboration. Votre amitié est tout pour moi.
À Matt, Deirdre et Angela Murtagh de Causey Farm, vous m'avez offert tant d'occasions d'exprimer ma créativité et je ne serais pas celui que je suis aujourd'hui si nos chemins ne s'étaient pas croisés. Merci pour tout, y compris vos précieux retours sur le livre.
À mes professeurs d'anglais Eoin Winters et Sinead Feeney à O'Carolan College, merci d'avoir décelé une étincelle créative en moi avant même que j'en sois moi-même conscient. Vous avez cru en moi et cela signifie plus à mes yeux que vous ne l'imaginez.
Et à ma grand-mère Rita McGarry, qui est décédée avant que le livre soit achevé, j'espère que tu es fière du nombre de tes merveilleux dictons qui se sont retrouvés dans le roman. Tu me manques chaque jour. Bisou.
Pour finir, à tous ceux qui ont entre les mains un exemplaire de *Crush*, merci du fond du cœur. Mon but quand j'écris est de remonter le moral de mes lecteurs et j'espère que la fidèle infidélité de Tara et Colin aura eu cet effet sur vous.

Achevé d'imprimer en janvier 2024
Par CPI Brodard & Taupin à La Flèche
N° d'impression : 3055324
Dépôt légal : février 2024
Imprimé en France
38122725-1